Hubertus Borck, geboren 1967 in Lübeck, ist Kabarettist, Texter, Theater- und Drehbuchautor. Er schrieb u. a. für «Gute Zeiten, schlechte Zeiten», «Wege zum Glück» und die NDR-Produktion «Rote Rosen». Hubertus Borck lebt in Hamburg. In der Thrillerserie mit Franka Erdmann und Alpay Eloğlu erschienen bisher «Das Profil» und «Die Klinik».

Stimmen zur Erdmann-und-Eloğlu-Reihe:

«Ein extrem schneller Thriller, der im wahrsten Sinne des Wortes unter die Haut geht.» *Münchner Merkur* zu «Das Profil»

«Wer Fitzek mag, wird diesen Thriller lieben.» *Frankfurter Rundschau Online* zu «Das Profil»

«Hochspannung um Social-Media-Gefahren, Hamburg-Kolorit und Ermittler, denen man gern folgt.» *Hörzu* zu «Das Profil»

«Nach ‹Das Profil›, dem fulminanten Start seiner Erdmannn-Eloğlu-Reihe (…) der zweite Band um das ungleiche LKA-Ermittlerduo (…) extrem unterhaltsam.» *krimi-couch.de* zu «Die Klinik»

«Hochdosiert spannend.» *Kulturnews* zu «Die Klinik»

HUBERTUS BORCK

DIE STRAFE

THRILLER

Rowohlt Taschenbuch Verlag

2. Auflage Januar 2024

Originalausgabe

Veröffentlicht im Rowohlt Taschenbuch Verlag,

Hamburg, Januar 2024

Copyright © 2024 by Rowohlt Verlag GmbH, Hamburg

Redaktion Carla Felgentreff

Die Nutzung unserer Werke für Text- und Data-Mining

im Sinne von § 44b UrhG behalten wir uns explizit vor.

Covergestaltung ZERO Werbeagentur, München

Coverabbildung Helmut Henkensiefken/pixxwerk

Satz aus der Minion

bei Pinkuin Satz und Datentechnik, Berlin

Druck und Bindung GGP Media GmbH, Pößneck

ISBN 978-3-499-01077-4

Die Rowohlt Verlage haben sich zu einer nachhaltigen Buchproduktion verpflichtet. Gemeinsam mit unseren Partnern und Lieferanten setzen wir uns für eine klimaneutrale Buchproduktion ein, die den Erwerb von Klimazertifikaten zur Kompensation des CO_2-Ausstoßes einschließt. Weitere Informationen finden Sie unter www.klimaneutralerverlag.de

Für Kai.

Prolog
Montag, 28. August

Wenn sie jetzt das Lenkrad verriss, ermahnte sich Christine, würde sie gegen einen der Alleebäume rechts und links der Bundesstraße knallen. Die fast senkrecht stehende Mittagssonne schien ihr durch die Frontscheibe des alten Mini mitten ins Gesicht, und trotz der heruntergeklappten Sonnenblende musste sie die Augen immer wieder zusammenkneifen. Es roch nach Reinigungsflüssigkeit. Mit der Scheibenwischanlage versuchte sie verzweifelt, die Unmengen toter Insekten vom Glas zu entfernen, die ihr die Sicht auf der Landstraße von Hittfeld zur Autobahnauffahrt Richtung Hamburg zusätzlich erschwerten. Alle redeten davon, dass es immer weniger Bienen, Grashüpfer und Mücken gab, was ja stimmen mochte, aber es waren noch genug, dass die Wischblätter einen schmierigen Film daraus machten.

Sie sah durch den Rückspiegel zu ihren Kindern nach hinten. Während ihre Vierjährige tief und fest in ihrem Kindersitz schlief, thronte ihr um zwei Jahre älterer Sohn stolz auf seiner Sitzschale, für die er seit wenigen Wochen endlich groß und schwer genug war. Er summte ein Lied und leckte schon wieder einen Butterkeks an, den er anschließend vor sich in den Fußraum warf. Für eine erneute Ermahnung war Christine zu müde. Jedes Mal, wenn die Kinder einige Tage bei ihren Eltern verbracht hatten, musste sie ihnen anschließend all die Dinge wieder abgewöhnen, die Oma und Opa ihnen hatten durchgehen lassen. Trotzdem war Christine dankbar für die kostenlose Kinderbetreuung, insbesondere wenn sie die Kleinen während der Prozesstage dort abgeben konnte. Gerade jetzt, zum Auftakt der Hauptverhandlung, versuchten Journalisten immer wieder, Christine vor ihrer Wohnung in Alsterdorf abzufangen.

Wie aus dem Nichts tauchte plötzlich ein Lkw auf der schmalen Landstraße vor ihr auf und fuhr über den Mittelstreifen direkt auf sie zu. Panisch schlug sie auf die Hupe, zog mit ihrem Mini so weit nach rechts, dass sie die Sträucher der Böschung gegen die Beifahrerseite schlagen hörte. Sie hielt die Luft an und streckte sich gleichzeitig ein wenig nach oben, als würde das eigene Auto dadurch schmaler werden. Ein lautes Horn ertönte. Als der Lkw an ihr vorüberdonnerte, sah sie aus dem Augenwinkel gerade noch, wie der Fahrer ihr den ausgestreckten Mittelfinger zeigte. Was für ein Vollidiot!

Erleichtert atmete sie durch, während ihr das Herz gefühlt bis zum Hals schlug. Ihre Hände am Steuer waren feucht. So feucht wie der nächste Keks, den ihr Sohn nach vorne warf. Dieses Mal blaffte sie ihn an, was ihr schon im nächsten Moment leidtat. Sie selbst hätte besser aufpassen müssen. Christine wusste doch, dass die Lastwagen bei Stau auf der Autobahn die Elbe über die Kattwykbrücke querten und ein Stück über die Ausweichstrecke Richtung Süden fuhren. In ihrem alten Wagen fühlte sie sich weit weniger sicher als in dem schweren Firmenwagen, aber den hatte sie bei ihrer fristlosen Kündigung vor einem Jahr abgeben müssen. Seitdem stand sie extrem unter Strom. Wie sollte es weitergehen? Christines Gehalt war nun einmal unverzichtbar für den Unterhalt ihrer Familie.

Sie musste die Waschmitteldüse erneut bedienen. Aber einige Insektenreste klebten immer noch hartnäckig am Glas, so hartnäckig wie die Schlagzeile einer deutschen Boulevardzeitung an Christine: *Die Brandmeisterin von Billbrook*. Die Anklage der Hamburger Staatsanwaltschaft lautete auf fahrlässige Tötung. Sie war gefangen in diesem Albtraum, aus dem es im Moment kein Erwachen gab. Eine Hexenverfolgung im 21. Jahrhundert, bei der die Medien mithalfen, das Feuer des Scheiterhaufens, auf dem Christine stand, zu entfachen. Dabei war sie unschuldig. Doch sie hatte schon während der ersten Verhandlungstage am Amtsgericht einen Vorgeschmack darauf erhalten, dass recht haben und recht bekommen zwei unterschiedliche Paar Schuhe waren.

Immer noch hielt sie das Lenkrad mit beiden Händen fest umklammert, gerade so, als würde es ihr die Stabilität im Leben zurückgeben, die sie am Tag X verloren hatte. Die meisten Freunde hatten sich längst zurückgezogen. Auch einige Familienmitglieder schienen der falschen Berichterstattung und den Lügen, die über sie verbreitet wurden, Glauben zu schenken.

Endlich tauchte die Auffahrt Buchholzer Dreieck vor ihr auf. Christine war jedes Mal erleichtert, wenn sie die schmale Landstraße verlassen und auf die gut ausgebaute A 1 Richtung Hamburg fahren konnte. Ihr Handy klingelte auf dem Beifahrersitz unter den Tupperdosen, die ihre Mutter mit frischem Obst aus dem Garten gefüllt hatte. Dann verstummte es. Wahrscheinlich sprang die Mailbox an.

Als sie nach rechts auf den Zubringer zur Autobahn abbog und beschleunigte, bemerkte sie im Rückspiegel einen schwarzen Sprinter, der eindeutig nicht genügend Sicherheitsabstand hielt. Waren heute nur Idioten unterwegs? Wieder meldete sich das Handy. Es musste wohl wichtig sein. Vielleicht war es ihr Anwalt mit neuen Erkenntnissen? Er hatte die Aussage eines Kollegen überprüfen wollen, die sie möglicherweise entlasten könnte. Auf dem Beschleunigungsstreifen gab sie noch einmal Gas, kontrollierte den Verkehr durch beide Spiegel und drehte sich kurz über die linke Schulter. Freie Fahrt.

Sie setzte den Blinker und scherte zügig auf die Autobahn ein. Das Handy verstummte wieder, um gleich darauf erneut zu klingeln. Der Sprinter hinter ihr war zurückgefallen und folgte nun in gebührendem Abstand. Und wenn sie das Gespräch schnell entgegennahm? Es ging ja nur geradeaus, der Verkehr war übersichtlich, und mehr als einhundertzwanzig Stundenkilometer durfte man hier sowieso nicht fahren. Blind tastete sie unter dem eingetupperten Obst nach dem Handy. Eine Dose fiel in den Fußraum. Endlich bekam sie das Gerät zu fassen. Beim erneuten Blick in den Rückspiegel sah sie den Sprinter immer noch hinter sich. Er kam jedoch wieder näher. Beschleunigte er etwa? Raste er auf sie zu? Fast wirkte es so, als würde er Anlauf nehmen. Sicher würde der Fahrer gleich den Blinker setzen und hinter ihr auf die linke Spur ausscheren.

Aber dann spürte Christine den heftigen Stoß. Sie verriss das Lenkrad. Ihr Kopf schnellte nach vorne. Die Kinder schrien auf. Sie verlor die Kontrolle über den Wagen, und für den Bruchteil einer Sekunde staunte sie über die saubere

Scheibe, durch die sie nun plötzlich in den Himmel hinauf-
schaute.

Als ihr die ersten Splitter des Sicherheitsglases ins Auge
schossen, wurde es stockfinster. Dann folgte Stille.

1 Montag, 28. August

Wollen wir schnell irgendwo was essen? Mittagszeit ist schon durch. Ich übernehme den Kaffee.» Alpay lenkte den Dienstwagen durch den Berufsverkehr zurück in Richtung Stadtpark, in dessen Nähe sich das Hamburger Polizeipräsidium befand. In einem Kaufhaus im Stadtteil Wandsbek hatte er am Vormittag gemeinsam mit Franka knapp dreitausend Euro Falschgeld sichergestellt, mit Angestellten und der Geschäftsleitung gesprochen und Videomaterial gesichtet.

Er schaute kurz zu ihr hinüber, aber sie hatte den Blick aus dem Beifahrerfenster gerichtet und sagte keinen Ton, trommelte jedoch nervös mit den Fingern auf ihrem Oberschenkel. Alpay dachte an die Nikotinpflaster zurück, die sich Franka vor einigen Wochen gegen ihre Entzugserscheinungen auf den Arm geklebt hatte. Die Kettenraucherin Franka Erdmann hatte doch tatsächlich den Zigaretten abgeschworen.

Er unternahm einen letzten Versuch. «Komm schon, Franka. Lass uns wenigstens irgendwo draußen ein Brötchen essen. Der Sommer ist so gut wie vorbei.»

«Danke für das Angebot, Alpay. Aber ich würde gerne die Blüten in die Technik geben. Mich interessiert, ob diese Scheine auch aus Neapel stammen.»

Alpay wusste, dass ein Großteil des europäischen Falschgelds früher aus Balkanländern wie dem Kosovo gekommen war, es vor einigen Jahren aber eine Verschiebung Richtung Italien gegeben hatte. Er hätte sich eigentlich denken können, dass Hauptkommissarin Erdmann die kriminaltechnische Untersuchung wichtiger war als ihre Mittagspause.

Franka öffnete ihr Fenster einen Spalt, der Fahrtwind roch bereits nach Herbst. Als plötzlich klassische Musik über die Boxen erklang, schaute Alpay verwundert zum Autoradio in der Mittelkonsole. Es war ausgeschaltet. Dafür leuchtete im Display der Freisprechanlage der Name Susanne Erdmann-Fr… Anscheinend ein Doppelname, der nicht auf die Anzeige passte. Fragend blickte er zur Kollegin hinüber, die sich mit Privatem ziemlich zurückhielt, das wusste jeder im Dezernat. Während eine Harfe stimmungsvoll vor sich hin zupfte, durchwühlte Franka ihre Umhängetasche.

Endlich bekam sie ihr Handy zu fassen, entkoppelte es aus der Freisprechanlage und steckte es kommentarlos wieder ein, ohne den Anruf entgegenzunehmen. Die Harfenmusik verstummte. Alpay konnte sich ein Schmunzeln nicht verkneifen.

«Was ist so komisch?» Franka schaute zu ihm hinüber.

«Meine Schwester. Ja und?»

«Du hast eine Schwester? Die hast du nie erwähnt.»

«Warum sollte ich?»

«Älter oder jünger?»

Franka schaltete das Radio ein, und Alpay kapierte, dass er es gut sein lassen sollte. Selbst nach fast einem Jahr im Dezernat und zwei gemeinsam gelösten Fällen erwischte ihn Frankas manchmal schroffe Art noch völlig unvermittelt. Abgesehen davon, dass sie vor einigen Wochen neunundfünfzig Jahre alt geworden war und in der Nähe der Eimsbütteler Apostelkirche lebte, wusste er immer noch kaum etwas über seine Vorgesetzte.

Die Radiomoderatorin kündigte den Informationsblock der nächsten halben Stunde an. Darunter eine Reportage über eine Bootsausstellung in den Messehallen und eine Kritik zur gestrigen Opernpremiere in der Staatsoper.

Der Verkehr wurde zähfließender, und Alpay nahm den Fuß vom Gas, bis er schließlich hinter einem Taxi zum Stehen kam. «Ist jetzt nicht wahr, oder?» Er öffnete sein Fenster und steckte den Kopf hinaus. «Kann man da vorne nicht abbiegen, oder was?» Scheiße, dachte er, als er sich daran erinnerte, dass man die Innenstadt ab dem Vormittag hätte weiträumig umfahren sollen. Er ließ sich ergeben in seinen Sitz sinken.

«… doch zunächst schalten wir live zu unserer Kollegin Britta Sieland, die für uns am U-Bahnhof Baumwall steht. Britta, wie viele Demonstranten und Demonstrantinnen werden denn erwartet?»

Auch Franka schüttelte nun den Kopf. «Ich hatte das auch nicht mehr auf dem Schirm.» Sie band sich die grauen Haare notdürftig zu einem kurzen Zopf zusammen.

Weder Alpay noch Franka hatten an die Klimademo gedacht, auf die sich die Hamburger Polizei seit Wochen akribisch vorbereitet hatte. Anscheinend wirkte sich die Sperrung der Hamburger Innenstadt selbst auf Barmbek-Nord aus.

«Die Veranstalter haben ihre Anhänger über alle Social-Media-Kanäle zum friedlichen Protest aufgerufen», sagte die Frau im Radio. «Zum jetzigen Zeitpunkt geht man von dreißigtausend Teilnehmenden aus. Die Hamburger Polizei hingegen hat eine weitaus geringere Zahl gemeldet.»

Franka fuhr ihre Rückenlehne etwas nach hinten und legte ihren Ellbogen auf den Fensterholm.

«Britta, entschuldige», unterbrach die Moderatorin im Studio ihre Kollegin in der Live-Schalte. «Wir haben eine dringende Verkehrsmeldung reinbekommen: Auf der A1 Richtung Hamburg auf Höhe der Anschlussstelle Buchholzer Dreieck brennt ein Pkw. Bitte bilden Sie unbedingt eine Rettungsgasse und fahren Sie langsam an der Unfallstelle vorbei. Schaulustige erschweren die Rettungsarbeiten. Noch einmal, bitte bilden Sie eine Rettungsgasse.»

Franka schaltete das Radio wieder aus. «Hoffentlich hat der Fahrer oder die Fahrerin es rechtzeitig rausgeschafft. Es gibt kaum etwas Schrecklicheres, als wenn ein Mensch verbrennt.»

2   Dienstag, 5. September

Margarete stand auf ihrem kleinen Balkon im zehnten Stock eines Hochhauses im Hamburger Stadtteil Billstedt und schaute in die dunkle Nacht hinaus. Sie leerte den Rest Spezi aus der Jumboflasche und zündete sich zufrieden eine Zigarette an, die sie fast ohne hinzugucken gedreht hatte. Den Tabak und das Einwegfeuerzeug steckte sie zurück in die Kängurutasche ihres Hoodies. Sie spürte, wie die Süße der Limo unangenehm unter die Krone ihres linken Backenzahns zog. Irgendwo in der Nachbarschaft schrie eine Frau ihren Freund an, der brüllte zurück.

Sie genoss die Zigarette. Eigentlich war das Nikotin genauso Gift für ihr Rheuma wie der Zucker in der Limo. Aber heute hatte sie sich beides verdient. Zufrieden lehnte sie sich gegen das Balkongeländer und schaute durch die geputzte Scheibe ins frisch gestrichene Wohnzimmer hinein. Die neue Wandfarbe sah auch im Schein der Deckenlampe wirklich toll aus.

Margarete hatte die Klassenfahrt ihrer Tochter Kathleen dazu genutzt, die Wände der zweiundsechzig Quadratmeter großen Dreizimmerwohnung hellblau zu streichen. Und weil sie im Baumarkt nicht nur Wand-, sondern auch Lackfarbe günstig geschossen hatte, hatte sie gleich alles angeschliffen und lackiert, was einen frischen Look benötigte. Daher strahlten nun auch die Türen und Fensterrahmen, die Fronten der Küchenschränke und das kleine Schuhregal im Flur in mattem Weiß. Obwohl sie öfter eine Pause hatte einlegen müssen, weil ihre Fingergelenke wieder schmerzten, hatten die Renovierungsarbeiten Margarete erstaunlich viel Spaß gemacht. Sie massierte sich die Hände, wobei sie der Ring am linken Ringfinger an Kathis Vater erinnerte. Die Liebe ihres Lebens war vor sechs Jahren verstorben. Aber es hatte weitergehen müssen.

Über zwanzig Jahre hatte sich Margarete in der Reinigung in der Steinfurther Allee krummgelegt, bis ihr das Rheuma vor vier Jahren endgültig einen Strich durch die Rechnung gemacht hatte. Unter diesem Gesichtspunkt war sie noch etwas stolzer auf sich, die anstrengenden Streicharbeiten ganz alleine bewerkstelligt zu haben.

Auch wenn Margarete jeden Euro zweimal umdrehen musste, tat sie alles, damit es Kathi gut ging. Na, die würde Augen machen, wenn sie morgen früh aus Grömitz zurückkäme. Wie oft hatte Kathi sich einen neuen Anstrich für die Wohnung gewünscht. Und Hellblau war ihre Lieblingsfarbe.

Unten, auf dem Havighorster Redder, saß eine Gruppe Teenager auf einer Bank unter einer Laterne. Sie kannte die Truppe. Einige harmlose Jungs, die breitbeinig durch die Gegend mackerten, aber keiner Fliege etwas zuleide taten. Der jüngste Sohn von Kieslings war siebzehn und war Margarete sogar hin und wieder mit den Einkäufen behilflich, wenn sie mal wieder nicht richtig tragen konnte. Nun flippte er seine brennende Kippe auf die Straße, die der Wind über die Fahrbahn rollte. Selbst von hier oben sah Margarete die kleine Glut aufspritzen.

Sie fühlte sich wohl in diesem Stadtteil. Das Leben in der

Mümmel, wie viele von ihnen die in den Siebzigerjahren erbaute Hochhaussiedlung liebevoll nannten, war besser als sein Ruf, besonders, wenn man sich aus dem Ärger heraushielt.

Als sie ihre Zigarette fast aufgeraucht hatte, betrachtete Margarete die Sammlung leerer Farbeimer und Lackdosen, die auf dem Balkon zusammengekommen war. Wenn sie Kathi morgen früh vom Bahnhof abholen wollte, wie sie es ihr vorhin am Telefon versprochen hatte, müsste sie heute noch den ganzen Müll entsorgen und die Wohnung wieder picobello herrichten. Zu Kathis Rückkehr sollte alles perfekt sein.

Farinaz war schon gestern Nachmittag beeindruckt die Kinnlade heruntergeklappt, dabei war der Flur noch nicht einmal fertig gestrichen gewesen. Die Nachbarin aus dem Elften hatte spontan auf ein Schwätzchen vorbeigeschaut. Was den neusten Klatsch anbelangte, war Farinaz Baumann wie ein Kiosk, wie die Barfrau selbst über sich sagte. Margarete hatte gestern wieder einmal festgestellt, dass man sie lieber zur Freundin als zur Feindin hatte.

Langsam wurde es kühl hier draußen. Der Spätsommer fühlte sich Anfang September bereits nach Herbst an. Margarete drückte ihre Kippe in dem kleinen Aschenbecher aus, der auf dem wackeligen Holztisch stand. Dann nahm sie den letzten Schluck und stellte die leere Speziflasche auf das Fensterbrett neben das große Gurkenglas mit dem benutzten Terpentinöl. Mehrere Pinsel in verschiedenen Größen weichten darin ein. Insgesamt waren in der letzten Woche vier solcher Gefäße mit altem Lösungsmittel zusammengekommen. Darüber, wo sie diese Brühe entsorgen sollte, hatte Margarete sich bisher keine Gedanken gemacht. Wahrscheinlich müsste sie zum Recyclinghof fahren. Aber dafür war es heute bereits zu spät, es war ja schon nach Mitternacht. Sie war sicher, dass es Leute gab, die in einer solchen Situation alles einfach in den Ausguss kippten und ihr ökologisches Gewissen gleich hinterher, so sie denn eins hatten. Margarete würde das aber nicht tun. Sie schaute zur leeren Jumboflasche. Ob da alles hineinpasste? Wenige Minuten später hatte sie das Terpentin problemlos umgefüllt und sammelte in der Wohnung noch das bekleckerte Zeitungspapier vom Fußboden. Da kam einiges an Papiermüll zusammen, auf dem teils handtellergroße Placken Lackfarbe getrocknet waren. Zu ihrem eigenen Erstaunen brauchte Margarete vier riesige Tüten dafür.

Schließlich schaute sie auf die Uhr. So spät nachts war nicht anzunehmen, dass sie noch jemanden im Keller antreffen würde, der sich über den Lösungsmittelgestank ihres Mülls beschwerte – und darüber, dass sie die Flasche mit dem benutzten Terpentin einfach neben einen der Müllcontainer stellte. Margaretes schlechtes Gewissen meldete sich erneut, denn sie wusste natürlich, dass der Müllkeller kein Recyclinghof war. Aber die Stadtreinigung würde die Flasche ganz sicher nicht einfach stehen lassen. Oder? Sie beruhigte sich mit einer Geschichte, die Farinaz gestern erzählt hatte. Zwei ihrer Bekannten hatten ihre alte Waschmaschine nach unten in den Müllraum transportiert, und die Nachbarin ging ganz selbstverständlich davon aus, dass der Hausmeister einen städtischen Entsorger rief, wie er es immer tat, vermutlich aus Notwehr, damit der Keller nicht im Sperrmüll versank. Dass das nicht zu seinen Pflichten gehörte, schien Farinaz egal zu sein. Was war da schon Margaretes eine Flasche Terpentinöl?

Bevor sie die Tür im zehnten Stock hinter sich zuzog, befühlte sie noch die Taschen ihrer Jogginghose. Links hatte sie ihr Handy eingesteckt, rechts schob sie den Schlüsselbund hinein. Dann schlüpfte sie mit nackten Füßen in ihre Gummisandalen und schleppte den Müll zum Fahrstuhl.

Die Türen öffneten sich. Der Geruch, der Margarete entgegenschlug, war eine Mischung aus gebratenen Zwiebeln unten vom Croqueladen und altem Katzenstreu.

Das Licht in der Kabine flackerte mal wieder. Margarete streckte sich und schlug von unten gegen die weiße Kunststoffverkleidung der Lampe, wobei sich die toten Insekten darin kurz zu bewegen schienen. Der Wackelkontakt war jedenfalls behoben.

Dann drückte Margarete auf *U*. Die verbeulten Schiebetüren fuhren zusammen, und vor ihrer Nase erschien ein frisch ins Metall geritztes Hakenkreuz. Darunter hatte jemand mit Edding einen alten Spruch geschmiert: *Du bist scheiße, ich bin cool. Rudolf Hitler ist ein schwul.*

Im Keller angekommen, trat Margarete hinaus in den schmalen Gang. Ein Bewegungsmelder ließ die Leuchtstoffröhren an der weiß gestrichenen Decke eine nach der anderen anspringen. Wie ein kippender Dominostein den nächsten umwarf, schien eine Lampe die nächste einzuschalten. Vor Jahren hatte man das Haus einer Grundsanierung unterzogen. Hier unten war davon nichts mehr zu erkennen. Die Wände waren längst wieder mit Graffitis und Parolen überzogen, die sich die Verfasser wohl nur im Verborgenen an die Wände zu schmieren trauten. Margarete gruselte es hier immer ein wenig. Irgendwo fiel eine Metalltür ins Schloss. Sie horchte auf. War sie um diese Uhrzeit doch nicht alleine?

«Hallo?»

Schritte entfernten sich. Noch eine Tür klappte. Dann war nur noch das monotone Brummen aus dem Raum der Haustechnik zu hören.

Der leichte Luftzug, der stetig durch die Belüftungsschlitze in den Wänden zog, roch immer etwas modrig. Hinter der Tür am Ende des Gangs ging es links zu den Kellerverschlägen. Bog man nach rechts, erreichte man den fensterlosen Raum mit fünf rollbaren Müllcontainern für die insgesamt fünfundfünfzig Wohnungen.

Margarete hängte sich die vier Tüten über den Rücken und griff mit der anderen Hand die Bügel der zwei großen Farbeimer, in denen sie die leeren Lackdosen verstaut hatte. Die Jumboflasche Terpentin zog ihr den Arm zusätzlich nach unten.

So beladen erreichte sie kurz darauf den Müllraum. Na toll! Der Container mit Hausmüll war mal wieder bis zur Oberkante voll, der Deckel war schon nicht mehr zugegangen. Hier drinnen stank es entsetzlich nach Babywindel. Farinaz' Waschmaschine stand vor dem schweren Rolltor auf der gegenüberliegenden Seite der Kellertür. Daneben lehnte eine versiffte Matratze.

Margarete bugsierte ihre Mülltüten und die Farbeimer in den Raum, als über ihr das Licht ausging. Wie wild fuchtelte sie mit beiden Armen durch die Dunkelheit – aber der Bewegungsmelder reagierte nicht. Was war denn nun los? Sie winkte erneut durch das Schwarz und fluchte. Doch die Lampe wollte einfach nicht wieder anspringen. Dafür hörte sie, wie die Tür hinter ihr ins Schloss fiel. Nur das leise Grundrauschen der Entlüftung war zu hören. Das durfte doch jetzt wohl nicht wahr sein!

So stand sie eine Weile bewegungslos da, bis sich ihre Augen langsam an die Dunkelheit gewöhnt hatten. Margarete kniff die Augen zusammen. Das Schwarz schärfte die Sinne. Schemenhaft traten die Umrisse der Behälter wie aus dem Nichts hervor und schimmerten gelbgrünlich wie in einem 3-D-Effekt. Als würde fahles Licht von der Decke fallen. Vorsichtig schaute Margarete nach oben und versuchte dabei, im Dunkeln nicht das Gleichgewicht zu verlieren. Als sie die phosphoreszierende Nachricht über sich entzifferte, traute sie ihren Augen nicht.

Ich sehe was du tust!

Das war jetzt ein Witz, oder? Plötzlich erinnerte sie sich an die Schritte, die sie gehört hatte. Die Tür, die irgendwo ins Schloss gefallen war. Sie spürte den Luftzug der elektrischen Entlüftung hinter sich, der konstant durch die Schlitze unterhalb der Decke zog. Als würde ihr jemand im Dunkeln in den Nacken atmen. Sie schluckte. War sie hier drinnen etwa nicht alleine?

Ich sehe was du tust!

Langsam stieg Panik in ihr auf. War der Bewegungsmelder vielleicht gar nicht defekt, sondern jemand hatte ihn manipuliert? Etwas knisterte links von ihr. Dann plumpste es zu Boden. Margaretes Nackenhaare stellten sich auf. Laut und deutlich hörte sie unter dem Geräusch der Lüftung das Fiepen einer Ratte. Es raschelte erneut. Im fahlen Licht der Neonfarbe kroch ein weiteres Tier aus dem Hausmüll. Es fiel von der Kante des Containers hinab ins Dunkel. Angeekelt bewegte Margarete sich mit kleinen Schritten durch den Raum, dorthin, wo sie die Tür vermutete. Die phosphoreszierenden Buchstaben konturierten die Umrisse der Tonnen nur schwach. Sie rempelte gegen einen der Container und spürte das Handy in der Jogginghose. Erleichtert zog sie es hervor. Das Display leuchtete auf. Immerhin einen Balken Empfang hatte sie hier unten. Mittlerweile war es 1.40 Uhr. Auch ohne die Taschenlampe einzuschalten, erkannte sie im Schein ihres Displays die rettende Tür zu ihrer Linken. Eine Ratte huschte ihr über die Sandalen, Margarete spürte die kleinen spitzen Krallen auf den nackten Füßen. Ein stummer Schrei, nur noch wenige Schritte zum rettenden Ausgang. Endlich. Voller Angst griff sie nach der Klinke – und zog sie aus dem Schließblech.

Durch den Impuls, die Tür mit ganzer Kraft aufzuziehen, machte sie mit dem Handy in der einen und mit dem Griff in der anderen Hand zwei Schritte rückwärts, stolperte über die Flasche mit dem Terpentin, fiel zu Boden und schlug mit dem Kopf gegen einen der Container aus Kunststoff. Vor Schreck ließ sie das Handy fallen und sah, wie es über den Betonboden direkt unter die Waschmaschine rutschte. Die Türklinke hielt sie dagegen noch fest in der Hand wie einen dünnen Strohhalm, der ihr die letzte Rettung versprach. Vergeblich versuchte sie, unter die Maschine zu greifen, die sich zudem nicht einen Zentimeter verschieben ließ, da ihr die Schultergelenke vom Rheuma schmerzten.

Auf allen vieren kroch sie nun durch den Raum, verharrte immer wieder im Dunkeln und betastete mit der freien Hand ihre Umgebung. Sie fühlte das geriffelte Rolltor, unter dem ein leiser Luftzug hindurchwehte. Die Gummilippe schloss zum Glück nicht luftdicht am Boden ab. Sie rief nach Hilfe, doch niemand hörte sie. Es war zum Verzweifeln.

Wie eine Blinde bewegte sie sich weiter nach links, wo sie

die Kellertür vermutete. Krümeliger Untergrund. Die Räder der Müllcontainer. Plastik, Metall. Immer noch der stetige Luftzug am Boden. Wenn sie die Richtung im Dunkeln korrekt deutete, musste sie zur Kellertür nur noch geradeaus. Dann endlich! Margarete ertastete den schmalen Alurahmen in der Wand. Sie schob die Hand noch ein Stückchen weiter nach oben. Da war es: das Schließblech! Vorsichtig befühlte sie den Vierkantstift, der auf der anderen Seite der Tür die Klinke hielt. Jetzt ganz ruhig. Komm schon, ermutigte sie sich selbst. Sie musste ihre zitternden Hände unter Kontrolle bringen. Es ging doch nur darum, in fast absoluter Dunkelheit diesen Scheißgriff zurück auf den Metallstift zu schieben. Sie setzte an, rutschte ab. Hinter ihr kratzte irgendwo eine Ratte. Margaretes Herz pockerte. Noch einmal setzte sie vorsichtig an, und endlich rutschte die Klinke auf den Vierkantstift. Aber weil sie noch etwas Spiel zu haben schien, schob Margarete den Griff noch ein kleines Stückchen weiter – als es hinter der Tür im Kellergang plötzlich schepperte. Ahnungsvoll tastete sie das Schließblech ab. Doch dort, wo eben noch der Metallstab gesessen hatte, fühlte sie nur ein scharfkantiges Loch. Sie musste den Vierkantstift mitsamt dem Türgriff auf der anderen Seite aus dem Schließblech geschoben haben. Nun saß sie hier drinnen endgültig fest? Margarete schossen die Tränen in die Augen.

Verzweifelt schlug sie mit den Fäusten gegen die Tür und rief nach Hilfe. Hatte sich jemand einen Scherz erlaubt? Der nicht funktionierende Bewegungsmelder, die Nachricht aus Neonfarbe an der Decke, die lose Türklinke. Wirkte das nicht alles doch sehr wie ein Plan?

Ich sehe was du tust!

Dann musste sie eben weiter lautstark auf sich aufmerksam machen. Sie kam im Dunkeln zurück auf die Füße und trat plötzlich auf einen Gegenstand. Etwas Weiches, das knisterte. Eine Ratte fiepte. Margarete stolperte erneut, schlug wieder der Länge nach hin und knallte dieses Mal mit der Stirn gegen eine der Metalltonnen. Sie hörte das auslaufende Terpentin aus der kaputten Flasche gluckern. Der Kunststoff musste unter ihrem Gewicht geplatzt sein. Dann stiegen ihr auch schon die Terpentindämpfe scharf in die Nase, und ihre Haut brannte am Haaransatz, aus dem ihr warm das Blut über die Stirn lief. Kalt zog ihr hingegen das Terpentin in die Jogginghose und tränkte ihren Schlüpfer. Was war das nur für ein Albtraum? Sie hörte Stimmen von der Straße. Auf allen vieren kroch sie hustend zum Rolltor. Das Lösungsmittel brannte in der Lunge. Eine Gruppe Jugendlicher lachte draußen. Sie kamen näher. *Bitte, Jungs, kommt her, kommt und helft mir hier raus.* Margarete erkannte die Stimme von Kieslings Sohn. Wieder holte sie zum Schlag gegen das schwere Rolltor aus und rief um Hilfe, doch gerade jetzt fuhr ein getunter Motor heulend oben auf der Straße vorbei.

Und ganz plötzlich ging das Licht im Müllraum wieder an. Margarete blinzelte. Moment, war das wirklich die Lampe? So hell, so gleißend und heiß, dass sie die Augen wieder zusammenkneifen musste. Sie war ganz durcheinander. Hatte sie etwa eine glühende Kippe unter dem Rolltor hindurchtrudeln sehen, die in einer hellblauen Stichflamme verpufft war? Vorsichtig öffnete sie die Augen gegen die Hitze und erkannte die Ratten, die senkrecht die Wände hinaufliefen und dem heißen Inferno durch die schmalen Entlüftungsschlitze unterhalb der Decke entkamen. Es roch nach verbranntem

Haar. Und während Margarete begriff, dass es ihre Frisur war, die sich in Rauch auflöste, stand auch schon ihr Jogginganzug in Flammen. Ein Schmerz, so unbeschreiblich grausam, dass nur der Schock sie retten konnte. Kurz bevor Margarete das Bewusstsein verlor, spürte sie eine kleine Explosion in der Tasche ihres Hoodies. Sie roch verbranntes Fleisch. Ob sie wirklich als lebende Fackel den Papiercontainer entzündete, hätte sie nicht mehr sagen können.

3   Dienstag, 5. September

Alpay stand mit dem Rücken gegen den Dienstwagen gelehnt und wählte Frankas Nummer. Während er eigentlich damit rechnete, morgens um 7.30 Uhr auf ihrer Mailbox zu landen, beobachtete er Jörg, der sich mit dem Einsatzleiter der Feuerwehr vor dem abgesperrten Hauseingang eines elfstöckigen Plattenbaus unterhielt.

«Guten Morgen, Alpay», begrüßte ihn Franka schließlich, und ihre Stimme klang ziemlich angeschlagen. Sie hatte sich gestern am frühen Abend nach Hause verabschiedet, weil sie befürchtete, eine Erkältung zu bekommen. Anscheinend hatte sie recht behalten, und schon tat es ihm leid, dass er sie überhaupt angerufen hatte.

«Sorry. Du klingst ja furchtbar.»

Er hörte, wie sie einen Schluck trank. Vielleicht heißen Tee. Dann räusperte sie sich. «Was gibt's so früh am Morgen?»

«Ich musste eben daran denken, was du letzte Woche zu mir gesagt hast, dass es nichts Schrecklicheres gibt als verbrannte Menschen.»

«Und deswegen rufst du mich an?» Sie hustete.

«Jörg und ich haben Bereitschaft. Wir sind nach Mümmelmannsberg gerufen worden. Laut Feuerwehr ist hier jemand im Keller eines Hochhauses verbrannt.»

Drei Löschzüge parkten vor der Eckbebauung einer Zeile mit insgesamt fünf Wohntürmen. Es schepperte. Die Rettungskräfte waren endlich in der Lage, ein sich langsam abkühlendes und deformiertes Rolltor aufzubrechen. Es lag am unteren Ende einer kleinen Rampe, die der Stadtreinigung zum Abtransport des Mülls diente. Schwarzer dichter Rauch zog daraus hervor.

«Wisst ihr schon, wie das passiert ist?», wollte Franka wissen.

«Du meinst Brandstiftung?» Rettungskräfte in schweren Monturen und mit Atemschutzmasken vor dem Gesicht zogen einen Schlauch durch das Rolltor in den Keller. «Ist noch zu früh, das zu sagen. Die Feuerwehr löscht die letzten Glutnester. Erst danach können die Kollegen von der Brandursachenermittlung rein.»

«Okay. Aber mir ist jetzt nicht ganz klar, warum du mich anrufst, wenn du mit Jörg im Bereitschaftsdienst unterwegs bist.» Er hörte, wie sie ihre Nase putzte.

Weil Alpay nicht zugeben wollte, dass er lieber im Team mit Franka statt mit Jörg hierhergerufen worden wäre, druckste er herum.

«Alpay?»

«Entschuldige.»

«Du hast Schiss. Stimmt's?» Ihre Stimme war voller Anteilnahme, was ihn auf merkwürdige Weise rührte.

«Na ja …» Zumindest in dieser Beziehung musste er seiner Vorgesetzten nichts mehr vormachen. Sie kannte ihn. Er vertraute ihr. Auch wenn Alpays Furcht vor dem Betrachten von Todesopfern in den letzten Monaten einer bemüht professionellen Distanz gewichen war, alleine bei dem Gedanken, vielleicht einem verbrannten menschlichen Körper gegenübertreten zu müssen, stellten sich ihm die Nackenhaare auf. Franka hatte ja selbst neulich erst gesagt, dass es auch für sie kaum etwas Schlimmeres gab, als wenn ein Mensch im Feuer ums Leben kam.

Jemand pfiff auf Fingern, und Alpay bemerkte Jörg, der ihn vom Hauseingang heranwinkte.

«Franka, ich muss Schluss machen.»

«Eine Sache noch, Alpay. Egal, wie furchtbar der Anblick da unten gleich sein sollte, halte die Augen offen. Hörst du? Sieh hin.»

Er wünschte ihr gute Besserung und beendete das Gespräch. Auch wenn Frankas Ratschlag ihm sein Unwohlsein nicht nehmen konnte, würde Alpay sich zumindest bemühen, ihn zu befolgen. Er wusste, wie wichtig der offene Blick bei Tatortbegehungen war. Mit jedem Schritt, den er den betonierten Weg zurück zum Hochhaus ging, stank es intensiver nach verkohltem Plastik. *Halte die Augen offen*, hörte er Frankas Stimme nachhallen.

Alpay schaute zu einigen evakuierten Bewohnern hinüber, die in circa vierzig Metern Entfernung hinter dem Absperrband der Feuerwehr darauf warteten, in ihre Wohnungen zurückkehren zu dürfen. Eine kleine Gruppe hatte sich geweigert, das in den frühen Morgenstunden extra für sie geöffnete Gemeindezentrum Mümmelmannsberg als vorübergehende Notunterkunft zu nutzen. Nun war ihnen die Erleichterung darüber anzusehen, dass der Kellerbrand keine Katastrophe ausgelöst hatte. Dass dort unten ein Mensch zu Tode gekommen war, hatten Polizei und Feuerwehr bis jetzt noch nicht nach außen kommuniziert.

«Ey, Sie da!»

Alpay drehte sich nach einer Frau im rosa Bademantel um. Sie stand auf einer vertrockneten Rasenfläche und war mit den Absätzen ihrer Pumps im sandigen Untergrund versackt. Nicht unbedingt das passende Schuhwerk für einen Feueralarm, aber in der Eile hatte sie wohl nichts anderes gefunden. Ihr Alter war schlecht zu schätzen. Wohlwollend betrachtet war sie noch keine fünfzig Jahre. Ihre ungekämmten braunen langen Haare schienen auch der Flucht in den frühen Morgenstunden geschuldet zu sein.

«Haben Sie hier was zu sagen?» Ihr Ton klang aggressiv. Sie stützte die Hände in die Hüfte, wobei sie eine Flexileine hielt. Am anderen Ende kackte ein kleiner und, wie Alpay fand, ziemlich hässlicher Hund in eine Rabatte mit verblühten Heckenrosen.

«Sorry, ich bin hier nicht der Einsatzleiter.» Noch hatten Feuerwehr und Brandursachenermittlung das Sagen. Alpay war froh, um eine Diskussion mit der Frau herumzukommen, die nicht im Traum daran dachte, die Hinterlassenschaften ihres kleinen Lieblings aufzusammeln. Aber es war nicht der richtige Zeitpunkt, sie zu ermahnen. Er setzte seinen Weg zum Hauseingang fort. Auf den Balkonen der umliegenden Hochhäuser standen einige Bewohner und filmten den Großeinsatz der Feuerwehr mit ihren Handys.

Alpay trat zu Jörg, der, sein Notizbuch in der Hand, vom Einsatzleiter der Feuerwehr auf den aktuellen Stand gebracht wurde.

«... die Kollegen haben das Opfer in der Mitte des Raumes gefunden. Durch den Einsatz der Löschmittel können sie aber nicht mit Bestimmtheit sagen, ob die Person wirklich dort zu Tode gekommen ist oder erst vom Löschwasser dorthingespült wurde.» Er deutete in Richtung der evakuierten Personen hinter dem Absperrband. «Die Leute hier haben es einem Nachbarn aus der dritten Etage zu verdanken, dass nicht mehr Opfer zu beklagen sind.» Er schaute auf seinen Einsatzbericht. «Der Mann ist gegen 3.00 Uhr von der Arbeit gekommen und hat schon Rauch gerochen, als er den Weg zum Haus hochkam. Er sagt, beim Öffnen der Haustür zog bereits schwarzer dichter Qualm aus dem Keller. Dann hat er geistesgegenwärtig die Nachbarn wach geklingelt und die 112 gerufen.»

«Ich verstehe nicht», sagte Jörg, «warum der Müll hier im Keller gesammelt wird. Man weiß doch, dass solche Container immer mal wieder zur außerordentlichen Gefahrenquelle werden können.»

«Das müssen Sie mit der Verwaltung der Häuser klären. Liegt vielleicht daran, dass hier in den letzten fünf Jahren des Öfteren Außensammlungen angezündet worden sind. Gerade der blaue Deckel scheint eine magische Anziehungskraft auf Feuerteufel zu haben.»

«Können Sie schon sagen, wann der Brand in etwa ausgebrochen ist?» Alpay öffnete sein Notizbuch.

«Da sind Ihre Kollegen von der Brandursachenermittlung gefragt. Als wir ankamen, stand der Keller jedenfalls lichterloh in Flammen.» Er zeigte zum Croqueladen, der sich im Erdgeschoss des Gebäudes befand. «Der Rauch hat die linke Gebäudeseite bis hinauf zum zweiten Stock geschwärzt. Sehen Sie die kleinen Belüftungsklappen oberhalb der Rasenkante? Da zog das raus. Ein Feuer braucht Brenn- und Sauerstoff. Beides war im Keller mehr als vorhanden. Der Kamineffekt hat das Feuer regelrecht angeheizt.»

Alpay sah zu einigen verrußten Fahrrädern und ange-
sengten Kinderwagen hinüber, die auf einem Rasenstück
neben dem Wohnhaus lagen. Der Einsatzleiter bemerkte seinen Blick. «Der Scheiß stand überall in den Gängen. Hat die
Löscharbeiten zusätzlich erschwert. In einem der Keller sind
Dosen mit Bauschaum explodiert. Ich kann Ihnen sagen, die
Kollegen sind da überhaupt nicht durchgekommen, so aus-
gehärtet war das Zeug.»

«Und die Bewohner?», fragte Alpay. «Haben wir schon
einen Überblick, ob alle evakuiert worden sind?»

«Kollegen von der Streife sind jetzt drüben im Gemeindezentrum und versuchen, die Meldeliste abzugleichen. Wir hof-
fen, so herauszufinden, wer da unten ums Leben gekommen
ist», sagte Jörg und steckte seine Kladde wieder ein. «Dieses
Haus besteht aus elf Stockwerken mit insgesamt fünfundfünfzig Einheiten. Laut Einwohnermeldeamt sind unter dieser
Adresse einhundertsechsundvierzig Personen gemeldet. Die
Gewerbeflächen waren bei Ausbruch des Feuers noch nicht
geöffnet.»

«Während der Löschaktion», klinkte sich der Einsatzleiter der Feuerwehr wieder ein, «mussten einige Bewohner
in ihren Apartments bleiben. Erst als wir die Abzugsklappe
oben im Dach des Treppenhauses geöffnet haben und der
Qualm abziehen konnte, haben wir alle evakuieren können.
Das Kohlenmonoxid haut einem einfach die Beine weg.
Die Anwohner können von Glück sagen, dass ihr Haus vor
drei Jahren eine feuerfeste Fassadenverkleidung bekommen
hat.»

Alpay erinnerte sich an einen katastrophalen Hochhaus-
brand vor einigen Jahren in London, bei dem zweiundsiebzig

Menschen den Tod gefunden hatten. Auch in Deutschland gab es immer noch viele alte Fassaden, deren Dämmungen leicht entflammbar waren. «Können wir schon runter?»

Der Einsatzleiter kratzte seinen Dreitagebart und schüttelte den Kopf. «Da unten steht alles voller Löschwasser. Das müssen wir erst abpumpen. Und bis die Brandursachenermittlung durch ist, kann das noch was dauern.» Er nickte knapp und ging zu seinen Leuten hinüber, die eine mobile Pumpe aus einem Einsatzfahrzeug entluden.

Alpay fragte sich, was die Spurensuche in einem Raum zu finden glaubte, in dem mehrere Tausend Liter Müll und ein Mensch verbrannt waren. Bei dem Gedanken daran, dass der Körper noch nicht aus dem Keller geborgen worden war, drehte sich ihm der Magen um.

Kurze Zeit später trugen auch Alpay und Jörg die weißen Overalls der Spurensuche. Bernhard Bruhns, genannt Poppy, der Chef der Abteilung, ging mit ihnen zur Rampe, die hinunter zum Müllraum führte. Dort setzte sich seine Assistentin Sophie von Ackern gerade die Kapuze auf den Kopf und zog darüber noch eine Fluchthaube der Feuerwehr, bevor sie mit einem Alukoffer die Rampe zum Müllraum hinunterlief. Das Ventil der Fluchthaube schützte vor toxischen Brandgasen. Auch wenn die Brandexperten der Spurensuche ihre Arbeiten im Keller beendet hatten, dünstete der geschmolzene Kunststoff der Müllcontainer immer noch giftige Dämpfe aus. Zusammen mit den verbrannten Kabeln bildeten sie eine gefährliche Mischung aus Dioxinen, die auch der Schaum nicht erstickt hatte. Im Gegenteil. Auch das Löschen mit Chemie setzte gesundheitsgefährdende Stoffe frei, wie Alpay wusste.

«Okay, Jungs. Seid ihr so weit?» Bruhns war durch das Ventil seiner Fluchthaube schlecht zu verstehen. Zumal auch Alpay so ein Teil auf dem Kopf trug und darum zusätzlich schlecht hörte. Das kleine Sichtfenster und der Filter schützten auch ihn. Schweiß lief ihm in die Augen, und der Schutzanzug aus Polyethylen spannte über seiner Brust. Vielleicht packte er beim Sport im Moment zu viel Gewicht auf die Brustpresse?

Alpay wollte die Besichtigung des ausgebrannten Müllraums so schnell wie möglich hinter sich bringen, zumal das Opfer noch immer nicht geborgen worden war. Jörg klopfte ihm aufmunternd auf die Schulter. Wahrscheinlich wusste mittlerweile jeder im Dezernat, wie sehr Alpay Tatortbesichtigungen hasste, wenn die Todesopfer noch nicht in die Rechtsmedizin überführt worden waren.

Mit großem Unbehagen folgte Alpay Jörg und Poppy Bruhns die Rampe hinunter. Dabei spürte er nicht nur die Temperatur ansteigen, sondern auch das flaue Gefühl im Magen. Er wusste, dass er den Anblick des verbrannten Körpers nicht mehr hinausschieben konnte, als Bruhns vor dem inzwischen aufgefrästen Rolltor stehen blieb.

«Bei dem Opfer da unten handelt es sich übrigens um eine Frau. Nach euch.» Mit einer angedeuteten Verbeugung zeigte Bruhns zum Tor.

Jörg trat zuerst ein. «Holy shit!», hörte Alpay ihn trotz Schutzhaube laut und deutlich sagen. Dann betrat er mit erhöhtem Puls hinter dem Kollegen den Brandort.

Drei Scheinwerfer der Spurensicherung standen auf Teleskopstativen und beleuchteten ein schwarzes Inferno aus geschmolzenen Kunststoffcontainern. Ein Spurentechniker fotografierte die Apokalypse im Keller, die einem Menschen zum Verhängnis geworden war. Alpay wusste genau, was dort links von ihm, abgedeckt unter einer grauen Kunststofffolie, auf dem Fußboden lag, und wandte den Blick ab.

Sophie von Ackern reichte ihrem Chef ein Klemmbrett. «Wir sind fertig. Wenn Sie abzeichnen, packen wir zusammen.»

Poppy Bruhns setzte seine Unterschrift unter das Dokument und deutete auf eine kleine zierliche Gestalt, die in der Mitte des Raums hockte und den aufgeplatzten Bodenbelag begutachtete. «Jungs, das ist Annelie Lutze. Kollegin der Brandursachenermittlung.»

Die Frau in Overall und Ventilhaube kratzte mit einer Art Maurerkelle über den bröckeligen Boden. «Aller Wahrscheinlichkeit nach ist das die Zündquelle. Der Brandentstehungsbereich ist vom Feuer leider komplett vernichtet worden.» Sie zuckte mit den Schultern. «Auch über dem Brandherd ist der Putz großflächig abgeplatzt.»

Alpay schaute zur geschwärzten Decke hinauf, aus der vereinzelt verkohlte Kabel herabhingen. Vier verbogene Metallklemmen hatten einmal die Lampe gehalten.

Lutze scharrte mit ihrem Werkzeug den porösen Boden weiter auf. «An dieser Stelle hat das Löschwasser gebrannt. Das haben die Kollegen der Feuerwehr bestätigt. So was spricht für Brandbeschleuniger. Deswegen kam ein Gemisch aus Wasser und Schaum zum Einsatz. Und hier», sie reichte Jörg einen Spurensicherungsbeutel mit drei völlig verkohlten Blechkanistern, «war jeweils ein halber Liter von dem Zeug drin, das aller Wahrscheinlichkeit nach dieses Inferno ausgelöst hat.»

Jörg gab den Beutel mit dem verkohlten Inhalt an Alpay weiter. «Aber die Dosen sind nur verbeult und nicht explodiert.»

«Die Feststellung ist richtig.» Lutze kam auf die Füße und nahm Alpay die Tüte wieder ab. «Die Flüssigkeit muss anders in diesen Raum gekommen sein als in diesen Kanistern. Wir haben auch noch eine Menge leerer Lackdosen gefunden und Metallhenkel von Eimern für Wandfarbe. Ich denke, hier könnte jemand ordentlich renoviert haben.»

Wie Lutze ihnen erklärte, hatte das Feuer seinen Ursprung in der Mitte des knapp zwanzig Quadratmeter großen Raums gehabt. Sie deutete auf eine Matte mit Spiralfedern. «Das war mal eine Matratze. Bei allem, was hier vermutlich so rumstand, ist es ein Wunder, dass es nicht zu einer größeren Katastrophe gekommen ist. Durch die alten Metalltüren ist das Feuer nicht übergesprungen. Die Belüftung hat aber ordentlich für Sauerstoff gesorgt. Der Qualm hat fast alle Gänge geschwärzt.»

Alpay konnte nicht glauben, was die Hitze für eine Kraft entwickelt hatte. Zwei der Müllcontainer aus Kunststoff, deren Wände durch das Feuer nach innen eingesackt waren, hatten sich durch den brennenden Papiermüll im Bodenbereich so deformiert, dass die Untergestelle aus Metall darin eingeschmolzen waren. Drei weitere Tonnen hatte das Feuer danach zu konturlosen Skulpturen zusammengeschmolzen, die wie schwarzes Karamell auf dem feuchten Betonboden klebten.

Alpay kratzte sich durch die Haube am Kopf. «Ich dachte immer, solche Tonnen sind schwer entflammbar.»

«Bei viertausend Litern Pappe und Papier macht jedes

noch so dichte Polyethylen irgendwann schlapp», erklärte Lutze und schlug gegen einen der stark deformierten Container.

Einzig die Tonne aus verzinktem Alu, deren Hausmüll bis auf das Metall darin vollständig verbrannt war, hatte dem Feuer mit offenem Deckel getrotzt. Die Brandursachenermittlerin deutete auf das, was einmal eine Waschmaschine gewesen war. «Sehen Sie die starken Deformierungen der Kunststoffteile? Das Gerät hat unmittelbar vor der Brandquelle gestanden.»

«Sauerei, was die Leute hier alles abstellen. Das Ding war der Feuerwehr bei den Löscharbeiten im Weg.» Poppy Bruhns half einem Kollegen, die verbogene Matte aus Spiralfedern zum geöffneten Rolltor zu tragen.

Lutze verpackte ihre Asservatenbeutel, in denen sie auch Proben von Fußboden und Decke gesammelt hatte, in einer Alukiste. «Der Termin zur Müllentsorgung wäre übrigens heute Mittag gewesen. Dementsprechend voll waren die Wertstofftonnen.»

Der Boden zu Alpays Füßen glänzte feucht, denn auch wenn man das Gemisch aus Wasser und Löschschaum abgepumpt hatte, tropfte es immer noch von der Decke und Alpay direkt aufs Visier.

«Für mich war's das, Herr Bruhns. Sie kennen das Spiel: Wenn wir die Ergebnisse ausgewertet haben, bekommen Sie meinen Bericht.» Lutze grüßte in die Runde, doch bevor sie den Keller verließ, hakte Alpay noch einmal nach.

«Wenn Sie von einem Brandbeschleuniger ausgehen, wie Sie sagen, bedeutet das also Brandstiftung?»

Lutze trat durch das aufgefräste Rolltor nach draußen und

nahm erst die Ventilhaube, dann die Kapuze ihres Spurensicherungsanzugs ab. Sie strubbelte sich durch die dichten braunen Locken. «Wer weiß, was in diesem Keller noch so alles entsorgt wurde. Denken Sie nur an die Dosen mit Bauschaum, die jemand in seinem privaten Keller gelagert hatte.» Sie wischte sich mit dem Ärmel über das verschwitzte Gesicht. Alpay schätzte die Frau auf Mitte dreißig. Aber ihre zierliche Statur täuschte nicht darüber hinweg, wie taff sie war.

«Wenn Sie mich fragen, Herr Eloğlu, hat irgendjemand aus diesem Haus eine Menge Terpentin entsorgt. Warum das allerdings angefangen hat zu brennen, das gilt es herausfinden.» Sie nickte in die Runde und ging.

Poppy Bruhns wandte sich an Alpay und Jörg. «Bereit, Jungs?» Seine Frage war anscheinend rhetorischer Natur, denn ohne eine Antwort abzuwarten, schlug er die Kunststofffolie über dem verbrannten Opfer zurück.

«Grundgütiger.» Jörg war das Entsetzen in der Stimme anzuhören. Sein Gesicht konnte Alpay hinter dem beschlagenen Plastikvisier kaum erkennen. Bruhns hatte die Folie über der Toten schneller zurückgeschlagen, als dass irgendjemand noch hätte in Deckung gehen können. Der Anblick war abstoßend und faszinierend zugleich. Irgendwie surreal. Vielleicht wandte Alpay deshalb den Blick nicht ab. Außerdem hörte er Franka sagen: *Sieh hin.* Jemand machte Fotos.

«Ich dachte, die Aufnahmen habt ihr schon?» Bruhns kratzte sich durch die Kapuze am Kopf. Die Antwort des Kollegen mit der Kamera war unter der Haube schlecht zu verstehen. Er checkte auf dem Display kurz seine Aufnahmen und verließ den Keller.

Alpay war verwundert. Der Blick auf das Opfer gelang ihm erstaunlich gut. Denn obwohl es tatsächlich das Grausamste war, was er bis zu diesem Zeitpunkt gesehen hatte, entbehrte der Anblick der verbrannten Frau jeglicher Realität.

Ein Mensch in Form eines verkohlten Baumstamms. Der kahlköpfige Schädel mit dem verbrannten Gesicht war bis zur Unkenntlichkeit entstellt. Die Arme wie zwei Äste nach vorne angewinkelt, einige Finger fehlten. Die Beine, in der leichten Krümmung einer Baumwurzel erstarrt, erinnerten ihn an die Bilder aus dem Geschichtsunterricht über den Untergang Pompejis. Natürlich hatte er während seiner Ausbildung auch Fotos von Brandopfern zu sehen bekommen, aber diese Leiche zeigte ihm wieder einmal, wie krass der Unterschied zwischen Theorie und Praxis war.

«Da wird euch nur eine DNA-Analyse weiterhelfen. Man muss kein Rechtsmediziner sein, um zu sehen, dass es sich um Verbrennungen vierten Grades handelt.» Bruhns deutete auf den kleinen Ring, den die Tote an der rechten Hand trug. «Vermutlich aus Gold. Sonst wäre er verbrannt. Hilft uns vielleicht bei der Identifizierung.»

Die Haut der Toten, die sich durch die Hitze wie in grobe Falten gelegt hatte, erinnerte Alpay an eine tranige Fackel. Er wusste, dass das Feuer dem Körper sämtliches Wasser entzogen hatte. Ruhig atmete er durch das Ventil seiner Haube. Zu seiner eigenen Überraschung hatte er immer noch keine Probleme, dieses Opfer eingehend zu betrachten.

«Schaut mal, hier.» Bei der Gestalt, die in Schutzanzug und Atemmaske den Raum vom Keller aus betrat, handelte es sich um Sophie. Sie deutete auf das Schließblech in der Tür. «Die Klinken fehlen. Den einen Griff haben wir auf dem Boden rechts neben dem Rolltor gefunden. Das Gegenstück mit dem Vierkantstift lag auf der anderen Seite der verschlossenen Tür im Gang.» Sie präsentierte zwei Asservatenbeutel aus dem Spurensicherungskoffer.

«Könnten die sich durch die Hitze gelöst haben?», fragte Jörg. Alpays Visier begann noch mehr zu beschlagen. Die Filter der Brandschutzhauben reichten für maximal fünfzehn Minuten, und wie Alpay der Blick auf die Uhr verriet, blieben ihnen davon noch knappe fünf.

«Das werden wir im Labor untersuchen», antwortete sie.

«Wissen wir schon, wer das Opfer ist?» Jörgs Gesicht war nun fast vollständig hinter seinem beschlagenen Sichtfenster verschwunden.

«Ich dachte, ein bisschen Arbeit lassen wir euch auch noch.» Sophie schwenkte ein angesengtes Handy in einem durchsichtigen Beutel. «Das lag unter der Waschmaschine. Wahrscheinlich gehört es dem Opfer.»

Alpay begann langsam den Gestank von verbranntem Kunststoff zu riechen. Das Ventil seiner Maske verlor also auch an Wirkung.

«Okay.» Jörg bewegte sich langsam auf das geöffnete Rolltor zu. «Ich glaube, hier drinnen haben wir genug gesehen.»

«Die bunten Graffitis in den Kellergängen wären sonst noch eine Besichtigung wert.» Sophie deutete in das von der Polizei ausgeleuchtete Labyrinth des Kellers. «Einige fremdenfeindliche Parolen sind nicht vollgerußt. Wir haben Fotos gemacht.»

Zwei Spurentechniker demontierten die Tatortlampen vom Stativ.

«Ganz ehrlich, Leute», Bruhns deckte den Körper des Opfers vorsichtig wieder ab, «im Moment stehen wir noch vor einem totalen Rätsel. Hoffentlich wissen wir mehr, wenn die Frau identifiziert ist.»

4   Dienstag, 5. September

Brandstiftung oder Unfall? Was hältst du von der ganzen Sache?» Alpay pellte sich aus seinem Einteiler, während Jörg seine Fluchthaube auf das Dach des Dienstwagens legte. Sein Gesicht war verschwitzt und glühte.

«Du hast doch gehört, was Bruhns gesagt hat. Wir müssen die Ermittlungsergebnisse abwarten. Wahrscheinlich morgen.»

Die Bestatter trugen einen Zinksarg die Rampe hinauf, und schoben ihn in den Wagen, den sie mit offener Heckklappe geparkt hatten. Alpay war gespannt, ob die Rechtsmedizin in Hamburg-Eppendorf überhaupt noch etwas zur Klärung dieses Unglücks beitragen konnte.

«Jeder von uns hat doch ein Bauchgefühl.» Alpay ließ nicht locker und betrachtete den goldenen Ring des Opfers, den Poppy Bruhns ihm in einem Asservatenbeutelchen ausgehändigt hatte. «Da geht also eine Mieterin nachts in den Keller, bringt ihren Müll runter und …» Alpay hielt mitten im Satz inne, als er die Anwohnerin im rosa Bademantel zügig den Weg zum Haus hinaufgehen sah, obwohl Polizei und Feuerwehr die Absperrung immer noch nicht aufgehoben hatten. Ihren Hund trug sie dabei auf dem Arm. Für wen hielt die sich? Dank seiner regelmäßigen Joggingrunden um die Hamburger Außenalster hatte Alpay die Frau nach wenigen Metern eingeholt.

«Was bitte soll das werden?»

Sie fuhr erschrocken zusammen, als er sich ihr in den Weg stellte. «Gehen Sie bitte hinter die Absperrung zurück.»

Nun lächelte die Hundehalterin verächtlich. «Ich denke, Sie haben hier nichts zu sagen?» Mit dem ausgestreckten Arm zeigte sie die Fassade empor in den bedeckten morgendlichen Himmel. «Hören Sie, ich wohne im Elften. Ich bin Barfrau, habe nach meiner Schicht kaum geschlafen und stehe seit Stunden hier draußen. Ich muss da jetzt hoch.»

«Das Gebäude ist noch nicht freigegeben», sagte nun Jörg, der Alpay gefolgt war. «Also, bitte.»

Sie machte keine Anstalten den abgesperrten Bereich zu verlassen, trotzdem blieb Alpay freundlich. «Niemand kann zurück in seine Wohnung, bis wir wissen, welche technischen Probleme der Brand in dem Haus verursacht hat. Strom, Wasserversorgung, die gesamte Fahrstuhltechnik sitzt im Keller. Warum gehen Sie nicht, wie die meisten Ihrer Nachbarn, ins Gemeindezentrum. Dort gibt es sogar ein kleines Frühstück.»

Die Frau verzog angewidert das Gesicht. «Damit ich da mit den ganzen Assis aus dem Haus sitze, oder was?» Anscheinend hielt sie sich für etwas Besseres. «Was für eine Kacke. Nur weil da unten mal wieder ein Penner eingeschlafen ist? Kein Wunder, wenn hier keine Sau die Türen zumacht.»

Alpay reichte es. Er deutete Richtung Absperrband, hinter dem eine junge Frau mit Rucksack aufgetaucht war. «Noch einmal werde ich Sie nicht bitten.»

Schließlich zog die Bewohnerin ab und winkte sogleich der jungen Frau mit dem Gepäck über der Schulter.

«Ey, Kathleen!»

«Was ist denn hier los?», rief die junge Frau über die Distanz zurück.

«Irgendein Vollhorst hat den Müllkeller angezündet.» Sie zeigte auf Alpay. «Und der Herr lässt uns noch nicht rein!»

Auf Alpay wirkte die junge Frau mit dem Rucksack alarmiert. Nicht nur, dass sie ständig die Fassade hinaufblickte, sie schien auch mehrfach ihr Handy zu kontrollieren. Zudem schaute sie sich besorgt unter den Wartenden um. Alpay dachte an die im Keller zu Tode gekommene Person, von der noch niemand wusste, um wen es sich handelte. Einem Impuls folgend nickte er Jörg zu, und gemeinsam gingen sie zu der jungen Frau hinüber.

«Guten Tag, Eloğlu. Kriminalpolizei.»

«Polizei?»

«Der hat hier aber nix zu sagen, sagt er.» Der süffisante Unterton der Hundebesitzerin rief Alpay Frankas mahnende Worte ins Gedächtnis: cool bleiben und sich nicht provozieren lassen.

«Wohnen Sie auch hier?», wandte er sich an die junge Frau mit dem Rucksack und ignorierte die Frau mit dem Hund.

«Sie können ruhig *du* zu ihr sagen. Sie ist erst fünfzehn.»

«Sorry.» Alpay warf seinen Vorsatz über Bord. «Könnten Sie einfach mal die Klappe halten, ja?»

Die Hundebesitzerin zuckte kurz beleidigt mit den Schultern. Dann stolzierte sie davon. Alpay hätte die Schülerin für älter gehalten. Die großen Ohrringe, die lässig zusammengeknotete Frisur und der abgeblätterte grüne Nagellack hätten sie auch als junge Studentin durchgehen lassen.

«Ich wohne mit meiner Ma im Zehnten. Ich heiße Kathleen. Kathleen Birgner.» Sie schaute sich nervös um. «Wieso hat's hier gebrannt?»

«Das wissen wir noch nicht.» Alpay lächelte sie freundlich an.

Das Mädchen schaute wieder auf sein Handy. «Ich … hab gestern Abend das letzte Mal mit meiner Mutter telefoniert, wissen Sie. Eigentlich wollte sie mich heute Morgen vom ZOB abholen. Klassenfahrt nach Grömitz.» Sie riss die Augen weit auf, um nicht zu weinen, das war nicht zu übersehen. «Aber sie kam nicht. Ich hab eine halbe Stunde gewartet, dann habe ich die U-Bahn genommen. Ich versuche meine Mutter seit über einer Stunde anzurufen. Aber sie geht nicht ans Telefon.»

Jede ihrer unsicheren Bewegungen verriet die Angst des Mädchens. Und irgendwie beschlich Alpay die Vermutung, dass ihre Vorahnung richtig sein könnte. Gerade wollte er sie schonend auf den Ring vorbereiten, den man bei dem Opfer im Keller gefunden hatte, da wurde er plötzlich von Jörg ein Stück zur Seite gezogen.

«Siehst du den Typen da vorne am Baum?», fragte er leise.

«Den im Schlafanzug?»

«Links daneben. Den mit dem Helm», sagte Jörg. «Der schießt schon die ganze Zeit Fotos.»

Alpay nickte. «Warum gibt es eigentlich immer wieder solche Flitzpiepen, die von Unglücksorten Aufnahmen machen?»

Statt mit dem Handy fotografierte der Mann allerdings mit einer richtigen Kamera. Vom Outfit her gehörte er ganz offensichtlich nicht zu den evakuierten Mietern. Weder trug er einen Bademantel noch einen Jogginganzug. Dieser Typ hatte

Zeit gehabt, sich Jeans und eine dunkelgrüne Bomberjacke anzuziehen und auch noch einen offenen Motorradhelm und eine Sonnenbrille aufzusetzen, obwohl der Himmel bedeckt war. Selbst aus fünfzig Metern Entfernung war Alpay klar, dass dieser Mann nicht in die Hochhaussiedlung in Mümmelmannsberg gehörte.

«Man hört doch immer wieder, dass Brandstifter an den Tatort zurückkehren und ihnen einer dabei abgeht, wenn sie das Chaos sehen, das sie angerichtet haben.» Alpay nickte in Richtung des Mannes, der dem abfahrenden Leichenwagen hinterherfotografierte. «Den schnappen wir uns.»

Was war das für eine perverse Nummer? Vergewisserte sich hier wirklich ein Täter, dass sein Plan aufgegangen war? Darauf bedacht, dass sie den Mann nicht zu früh aufschreckten, gingen Alpay und Jörg getrennt voneinander auf ihn zu. Alpay hatte gerade das Ende des trockenen Rasens erreicht, genau wie Jörg, der knappe zwanzig Meter rechts von ihm unter dem Absperrband hindurchtauchte, da verschwand der Mann mit dem Motorradhelm plötzlich hinter einem Baum.

Alpays Antritt war schnell. Auch Jörg rannte los und schlug einen weiten rechten Bogen, um dem Typen den Weg abzuschneiden. Doch der blieb wie vom Erdboden verschluckt. Scheiße, dachte Alpay und scannte mit schnellem Blick die Umgebung. Die Löschzüge waren abfahrbereit. Bewohner kehrten zum Haus zurück. Jemand warf einen verkohlten Kinderwagen auf einen Haufen schwarzer Fahrräder vor dem Haus. Ein Bus hupte. Aber der Verdächtige schien sich in Luft aufgelöst zu haben.

«Fuck.» Alpay schlug mit der Faust in die Luft, als Jörg

ziemlich aus der Puste angelaufen kam. «Keine Ahnung, wie er das gemacht hat, aber der ist weg.»

«Nee, glaub ich nicht.» Alpay sah die Frau mit dem Hund ins Haus zurückkehren. Sie hatte sich bei dem jungen Mädchen untergehakt, das ihre Mutter vermisste. Alpay befühlte das Asservatentütchen mit dem Ring in seiner Jackentasche. Er würde noch einmal mit ihr sprechen.

Plötzlich zündete irgendwo der Anlasser eines Rollers fehl. Beim zweiten Versuch sprang der Motor an. Und wenige Sekunden später schoss eine grüne Vespa hinter einem der Wohnblöcke hervor, raste über die vertrocknete Grünfläche, fuhr dabei fast einen Mann im Bademantel über den Haufen und entkam auf dem Bürgersteig. Das Nummernschild war verdreckt – oder absichtlich unkenntlich gemacht.

«Stehen bleiben!» Alpay rannte los. Dreimal die Woche legte er die 7,5 Kilometer lange Strecke um die Außenalster in unter fünfundvierzig Minuten zurück. Aber jetzt rutschte er auf der sandigen Rasenfläche weg wie auf Schmierseife. Er taumelte und versuchte, sich zu fangen. Der Rollerfahrer gab Gas, und Alpay schlug der Länge nach hin.

5 Dienstag, 5. September

Er rollte leicht auf die linke Seite, zog seinen Arm eng am Körper aus dem Wasser, führte ihn im Bogen über den Kopf, wo er mit der Hand wieder eintauchte. Ruhig glitt er dahin. Seine Atmung hatte sich den Zügen beim Kraulen angepasst. Nach jedem vierten Schlag drehte er das Gesicht kurz zur Seite, holte Luft, tauchte ein und atmete während der nächsten drei Schläge langsam unter Wasser wieder aus. Den Wechselschlag seiner Unterschenkel hatte er genauso automatisiert wie die restlichen Abläufe im Wasser. Durch die Schwimmbrille sah er, wie er über den Grund des Beckens hinwegzog. Fünfzig Meter Blau. Jede Kachel ein Stück des Ganzen. Im Gegensatz zum Becken war sein Leben aus den Fugen geraten. Diese Strecke erschien ihm wie ein Kanal, dessen schwimmende Bahnkordeln zu beiden Seiten seine Gedanken bündelten und ihn davor bewahrten, vor lauter Schmerz die Orientierung zu verlieren.

Armzug, Beinschlag, Atmung gaben ihm auch in dieser Ausnahmesituation den Rhythmus vor. Das jahrelange Schwimmen hatte seinen Körper geformt. Mit fünfunddreißig Jahren fühlte er sich auf dem Höhepunkt seiner Fitness. Seit den Jahren bei der Bundeswehr gab ihm der Sport Struktur – gerade jetzt.

Die letzte Bahn. Die letzten fünfzig Meter. Er spürte die

Strecke in den Oberschenkeln. Die Arme ermüdeten. Seine Schultergelenke brannten, doch er biss die Zähne zusammen. Aufgeben war in seinem Leben nie eine Option gewesen, alleine schon wegen der Kinder.

Er schlug am Beckenrand an und schaute auf die große Uhr neben dem Sprungturm. Es war 8.10 Uhr. Ihm blieb nicht mehr viel Zeit. Er japste nach Luft, tauchte unter der schwimmenden Kordel zur Seite hindurch, und als sich seine Lunge nach wenigen Atemzügen wieder beruhigt hatte, ließ er sich mit den Füßen voran in die Tiefe sinken. Der Lärm der Schwimmhalle ebbte hier unten in der Schwerelosigkeit ab. So machte er es immer, wenn er die eintausend Meter bis zur Erschöpfung hinter sich gebracht hatte.

Nun tauchte er langsam zurück an die Oberfläche, drehte sich auf den Rücken und floatete mit ausgestreckten Armen, die Ohren dabei unter Wasser. Dumpf hörte er seinen Puls. Das Element trug ihn zuverlässig. Er wusste, dass es Menschen gab, die sich davor fürchteten, aber ihm vermittelte das Wasser Sicherheit. Für ihn war es der Ursprung allen Lebens. Jeder See, jedes offene Meer zog ihn an.

Eine Kostbarkeit, die man hüten musste, gerade für nachkommende Generationen. Wieder einmal musste er daran denken, wie leichtfertig damit umgegangen wurde. Und damit meinte er nicht nur im Großen die Konzerne, denen der Profit über Gerechtigkeit ging. Die Wasser zur Ware degradierten und auch sonst nicht zimperlich waren, wenn sie sich in der Natur bedienten. Oder sich an ihr vergriffen. Er schloss die Augen.

Wie wenig sorgten sich auf individueller Ebene selbst einige seiner Freunde. Er konnte nicht begreifen, wie ihnen immer noch der tatsächliche Wille zur Veränderung fehlte. Wie sie nicht bereit waren, konsequent genug ihr Verhalten anzupassen. Seine Frau hatte bereits im Bekanntenkreis aussortiert. Unter anderem eine Freundin, die in den Großmarkt gefahren war, um mehrere Großpackungen Plastikstrohhalme zu kaufen, nachdem die Europäische Union diese verboten hatte.

Immer öfter verzweifelte er am Verhalten seiner Mitmenschen. Auch die sogenannten *Kleinigkeiten* machten ihn sprachlos. Neulich war er mit seinem besten Kumpel im Kino gewesen. Der hatte seine Kippe achtlos auf dem Bürgersteig ausgetreten und liegen lassen. Als er ihn darauf aufmerksam gemacht hatte, war der Freund beleidigt gewesen. Das Bier nach dem Film hatten sie geknickt.

Andere Freunde taten mit dem Kauf von Bioprodukten und der Benutzung des Fahrrads wiederum so, als seien sie sich der Problematik bewusst, dass kein einziges Klimaziel erreicht werden würde. Aber letztlich übertünchten sie mit ihrem nach außen demonstrierten guten Willen doch nur ihre Feigheit. Denn das System grundlegend zu verändern, das traute sich keiner. Aber darum ging es doch im Kern. Was nützte es, seinen Müll zu trennen, wenn man nicht bereit war, seinen Konsum zu reduzieren. Man hatte sich in seiner Bequemlichkeit eingerichtet, daher war es an der Zeit, einen Gang hochzuschalten. Es musste wehtun.

Mit Schmerz kannte er sich aus.

Er holte Luft und tauchte wieder unter. Nur Widerstand brachte Veränderung. Ungehorsam erzeugte Aufmerksamkeit. Diejenigen, die nicht mitzogen, mussten gezwungen werden.

Unter Wasser schwamm er zur Treppe hinüber. Schon lange war er der Meinung, dass man schwerere Geschütze auffahren musste, als zweimal im Jahr die Innenstadt für eine Großdemonstration zu blockieren. Lächerlich. Vielen rang so ein müder Protest doch nicht einmal mehr ein Schulterzucken ab. Er tauchte auf. Es waren immer dieselben, die auf die Straße gingen, um danach wieder zu erkennen, dass sie nichts bewirkten. Null, zero, nada. Seine Faust knallte auf die Wasseroberfläche.

Er hatte die Schnauze voll von Leuten wie dieser aufgetakelten Frau, die neulich ihre kaputte Waschmaschine zum Hausmüll ihres Wohnblocks hatte transportieren lassen. Er hatte sie und die beiden Typen mit der Sackkarre freundlich gebeten, für das alte Gerät besser den Sperrmüll zu rufen. Doch sie hatten ihn ausgelacht und anschließend persönlich beleidigt.

Zwar hatte er seine Wut heruntergeschluckt und sich weiter um die Reparatur im Keller gekümmert, aber er wäre fast an seinem Ärger erstickt. Er war am Limit. Wie ein Fass, dem nur noch der letzte Tropfen zum Überlaufen fehlte.

Ein Denkzettel hatte es werden sollen, als er spät am Abend in das Hochhaus zurückgekehrt war. Er hatte gespürt, dass er sich Luft verschaffen musste. Dass ihn seine Verzweiflung langsam dazu trieb zurückzuschlagen. Nicht auf einer persönlichen Ebene, weil ihn diese Tusse beleidigt hatte. Nein, das hier war größer. Er wollte alle warnen, die das Ausmaß dessen nicht erkannten, worauf sie zusteuerten.

Wer in seine Falle im Keller tappte, war ihm scheißegal gewesen. Die alte Matratze hatte nicht den Anschein erweckt, als sei die Frau mit der kaputten Waschmaschine die einzige

Bewohnerin des Hauses, die es in puncto Mülltrennung nicht so genau nahm. Die Botschaft an der Decke würde eine klare Warnung an alle Nachbarn sein. Ein Schreck, der sie wahrscheinlich nicht zum Umdenken veranlasste, aber zur Vorsicht. **Ich sehe was du tust!**

Er griff mit beiden Händen nach dem Beckenrand, zog sich daran aus dem Wasser und ging eilig in Richtung der Duschräume. Eine Gesellschaft, die nicht hören wollte, musste fühlen.

6   Dienstag, 5. September

Franka stand fertig zurechtgemacht im Badezimmer ihrer Drei-Zimmer-Altbauwohnung und hielt sich mit beiden Händen am Waschbecken fest. Sie hatte den Kopf in den Nacken gelegt und gurgelte. Die entzündungshemmende Lösung brannte, als hätte sie sich einen Bunsenbrenner in den Hals geschoben. Viel hilft viel war wohl in diesem Fall ein Fehler. Sie hatte das Zeug kaum verdünnt. Ihre Schwester hatte es ihr empfohlen. Oder besser: sie dazu verdonnert. Der sieben Jahre älteren Susanne steckte auch ein Jahr nach ihrer Pensionierung als Lehrerin der bestimmende Ton einer Oberstudienrätin noch immer in den Knochen. Franka schmunzelte bei dem Gedanken, wie sehr sich Susanne noch heute um ihre *kleine* Schwester sorgte.

Vor einem Monat war Susanne mit ihrem Mann von Köln zurück nach Hamburg gezogen. Nach einundzwanzig Jahren in NRW suchte sie jetzt wieder Anschluss bei alten Freunden in Hamburg – und bei Franka. Kino, Theater, Spieleabend. Schon der Gedanke an eine Runde Monopoly bereitete Franka Beklemmungen. Vielleicht waren es aber auch die Schmerzen, die ihr im Moment den Hals zuschnürten.

Aus dem Wohnzimmer hörte sie den Fernseher. So informierte Franka sich oft morgens über die Nachrichtenlage.

Sie dachte an Alpays Anruf von eben. Er war heute mit Jörg

unterwegs. Dass Franka und ihre Kollegen immer wieder in unterschiedlichen Teamkonstellationen ermittelten, je nach Fall und Verfügbarkeit von Beamten, tat gerade einem Anfänger wie Alpay gut. Sich immer auf neue Dynamiken untereinander einstellen zu müssen, hielt einen in der Arbeit wendig. Nach dem Tod von Frankas langjährigem Ermittlungspartner Armin vor fast eineinhalb Jahren war ihr das selbst erst langsam wieder bewusst geworden. Vor einem knappen Jahr hatte Martin Suttmann ihr dann Alpay an die Seite gestellt. Anfänglich hatte es ordentlich Stress zwischen ihnen gegeben. Rückblickend musste Franka allerdings einräumen, dass sie daran nicht ganz unschuldig gewesen war. Durch die eingespielte Arbeit mit Armin hatte Franka einem Anfänger wie Alpay gegenüber ziemlich unflexibel reagiert. Und auch wenn sie die forsche Art ihres neuen Kollegen manchmal immer noch nervte, irgendwie arbeitete sie gerne mit ihm zusammen – und erfolgreich.

Jetzt ermittelte er mit Jörg. Ob es sich bei dem Feuer in Billstedt um Brandstiftung oder um einen technischen Defekt handelte?

Unten im Hof setzte ein Laubbläser ein. Durch den extrem heißen Sommer hatte die Kastanie bereits Anfang September braune Blätter und zu kleine Früchte abgeworfen. Dieses Gerät nervte Franka jedes Jahr, zudem zog der Gestank des Benzins durch das geöffnete Badezimmerfenster. Sie befühlte ihre Stirn und schaute in den Spiegel. Selbstmitleid war so gar nicht ihr Ding, aber sie sah wirklich furchtbar aus. Die Haut fahl, die grauen Haare strähnig. Was aber viel schlimmer war: Alle Knochen taten ihr weh. Sie würde sich jetzt einen Tee machen, eine Tablette einwerfen und ins Dezernat fahren, denn noch war ihre Disziplin stärker als ihre Erkältungssymptome.

Sie ging durch den Flur, vorbei am Wohnzimmer mit dem laufenden Fernseher, und startete in der Küche den Wasserkocher für einen Becher Salbeitee. Als sie nach drei Minuten den Beutel aus dem brackig aussehenden Heißgetränk zog und achtlos in die Spüle warf, zeigte die Uhr am Backofen 8.30 Uhr. Auf der Arbeitsplatte neben dem Honig lag die angebrochene Schachtel Zigaretten. Ans Rauchen war bei diesen Halsschmerzen jedenfalls nicht zu denken. Franka erinnerte sich, wie sie vor einigen Wochen nach fast vierzehn Tagen ohne Tabak wieder rückfällig geworden war. Hier in dieser Küche. Keine große Geschichte. Einfach so. Nur durch Zufall hatte sie in einer Vase eine Schachtel Zigaretten gefunden, die sie dort irgendwann für den Notfall deponiert und ironischerweise vergessen hatte. Nur wenige Minuten nach ihrem Fund hatte sie der Versuchung nicht mehr widerstehen können. Ohne zu husten und ohne schlechtes Gewissen. Trotzdem konnte Franka auch drei Wochen nach ihrem Nikotin-Rückfall auf die Häme der Kollegen verzichten. Zumindest rauchte sie durch die Heimlichtuerei erheblich weniger, und schon wegen der Halsschmerzen würde sie zumindest heute keine einzige Kippe anfassen.

Als sie nun mit ihrem Tee hinüber ins Wohnzimmer ging, hörte sie eine eindringliche Frauenstimme die Klimakatastrophen des letzten Sommers aufzählen. Franka setzte sich auf das Sofa und nippte vorsichtig an ihrem Becher. Sie fühlte sich wirklich angeschlagen. Vielleicht wirkten die Fernsehbilder eines Waldbrands bei Berlin deshalb besonders apokalyptisch auf sie. Der Protest von Demonstranten bei einem

Braunkohletagebau in NRW mutete an wie der verzweifelte Kampf Davids gegen Goliath. Die Bilder waren zu eindringlich, um sie einfach auszuschalten. Laut Off-Kommentar begleitete das Kamerateam eine Gruppe von Studierenden, die sich im Hamburger Hafen an das Zufahrtstor eines chemieverarbeitenden Betriebs gekettet hatten. Als Polizistin wusste sie, dass sich die Aktivisten wegen Nötigung und Hausfriedensbruch strafbar machten. Aber wie beurteilte Franka diese Aktion eigentlich als Privatperson?

Eine halbe Stunde später saß sie im Dezernat an ihrem Schreibtisch und ließ sich ein schnell wirkendes Granulat gegen Schmerzen auf die Zunge rieseln. Das kleine Tütchen, von dem Franka annahm, dass es zu großen Teilen aus Aluminium bestand, hatte sie schon fast in den Papiereimer unter ihrem Schreibtisch geworfen, als sie sich an den Bericht aus dem Frühstücksfernsehen erinnerte. Noch im letzten Winter hatte Franka ihre Kippen achtlos auf der Straße ausgetreten. Sie wusste noch, wie sie von ihrer Kollegin Sybille Wischmeier dafür sensibilisiert worden war, dass sich mancher Abfall in der Natur eben nicht so schnell auflöste wie ein Haufen Hundekot. Jetzt hatte sie Hemmungen, die leere Granulat-Verpackung in den Papiermüll zu schmeißen.

Franka schaute durch die geöffnete Glastür nach nebenan ins Großraumbüro. Um 9.15 Uhr hingen vereinzelt Jacken über Bürostühlen. Einige Kollegen und Kolleginnen schwirrten anscheinend schon im Haus umher, andere waren draußen unterwegs und kümmerten sich um ihre aktuellen Fälle. Nur Marcel Reuter und Ina Reitzenbach saßen an ihren Schreibtischen und erledigten Aktenarbeit.

Weil Franka im Moment in keinen aktuellen Fall eingebunden war, kümmerte sie sich um die Kriminalstatistik des ersten Halbjahres ihrer Abteilung. Sie wippte in ihrem Bürostuhl und wartete, bis der Computer hochgefahren war. Dabei beobachtete sie von ihrem Schreibtisch aus, wie Alpay das Gemeinschaftsbüro nebenan betrat, und weil die Glastür zu ihrem Raum auch heute Morgen offen stand, hörte sie, wie er den beiden Kollegen einen guten Morgen wünschte.

«Wollt ihr auch Kaffee? Ich setz 'ne frische Kanne auf», fuhr er fort, ohne Franka an ihrem Schreibtisch zu bemerken. Die helle Chino hatte er sich vermutlich bei der Begehung des ausgebrannten Kellers in Billstedt eingesaut, dachte Franka, als sie ins Großraumbüro hinüberging.

«Gibt's Neuigkeiten?», fragte sie, und Alpay ließ vor Schreck den Deckel der Kaffeedose fallen.

«Sag mal, bist du irre?» Er bückte sich danach. «Ich denke, du bist krank. Was machst du hier?»

«Arbeiten.»

«Kann die Statistik nicht warten?» Er füllte Kaffeepulver in den Papierfilter der Maschine. «Du klingst total heiser.»

Natürlich hätte das warten können. Aber sie antwortete lieber mit einer Gegenfrage.

«Und was machst *du* hier? Dein Bereitschaftsdienst ist doch vorbei.»

«Nach der Teamsitzung dampf ich ab.» Er schaltete die Kaffeemaschine an und setzte sich auf die Kante seines Schreibtisches. «Krasses Ding in Billstedt.»

«Brandstiftung?»

Er wiegte den Kopf hin und her. «Im Moment sieht es so aus ...» Sein Dienstapparat klingelte. «Sorry, Franka. Jörg und ich berichten gleich im Teammeeting.» Er nahm das Gespräch entgegen. «Morgen, Frau Lutze. Gibt's schon Neuigkeiten?»

Jörg und Sybille betraten das Büro. Im Gegensatz zu Alpay schien Sybille nicht sonderlich davon überrascht zu sein, dass Franka schon wieder zum Dienst erschienen war. «Hätte mich auch gewundert.» Sybille fuhr ihren Computer hoch. «Schicke Hose. Neu?»

Franka war sich nicht ganz sicher, ob Sybille das ernst meinte. «Ist was verkehrt damit?» Sie schaute irritiert an sich herunter. «Ich habe neulich meinen Kleiderschrank aufgeräumt und diese Cargohose wiedergefunden. Die kann man doch noch wunderbar tragen.» Dazu hatte Franka eine schlichte dunkelblaue Bluse kombiniert, unter der sie ein weißes Top trug.

«Ich kenne niemanden, der klamottentechnisch nachhaltiger ist als du», sagte Sybille, und nun klang es so, als meinte sie es durchaus ernst.

«Ich kaufe immer Sachen mit Qualität, die sind dann eben auch noch in Schuss, wenn sie vielleicht etwas aus der Mode geraten sind.»

Alpay beendete sein Telefonat mit Lutze, schaute zu Franka und schmunzelte.

«Lachst du über mich?», fragte sie ihn.

«Bordeaux hätte ich jetzt nicht in deinem Farbspektrum vermutet», flachste er und hielt den Daumen hoch.

«Na, du traust dich was», sagte Franka und ging nach nebenan in ihr Büro. Eins stand fest: Der jüngste Neuzugang in der Abteilung 4 war angekommen.

Zwanzig Minuten später setzte sich Franka neben Martin Suttmann an den großen Konferenztisch im Aquarium. So nannten sie den Besprechungsraum im Erdgeschoss des Polizeipräsidiums, weil dessen Wände bis unter die Decke verglast waren. Ihr Chef eröffnete die Teamsitzung. Jeden Morgen brachten sich die Ermittlungsteams gegenseitig auf Stand. Die Anzahl der aktuellen Fälle, darunter eine Vergewaltigung in Tonndorf und ein Rauschgiftring, der vom feinen Pöseldorf aus operierte, zeigten, dass die schweren Straftaten in der Hansestadt zwar rückläufig waren, aber es bei über zehntausend Fällen im vergangenen Jahr immer noch keinen Anlass zur Entwarnung gab.

«Alpay, schon Neuigkeiten zum Kellerbrand?» Suttmann hatte sich nicht an den erfahrenen Jörg gewandt, sondern an den jüngeren Kollegen, was Franka durchaus registrierte. Innerhalb eines knappen Jahres war Alpay nicht nur den Vorschusslorbeeren seines Chefs gerecht geworden, er hatte sich auch als zuverlässiges und beliebtes Teammitglied in die Abteilung integriert. Sybille erhielt einen Anruf auf ihrem Diensthandy und verließ den Raum, während Alpay Fotos einer Hochhaussiedlung und des Einsatzortes der Feuerwehr an der Dokumentationswand befestigte. Darauf war mit einem Blick zu erkennen, wie heftig das Feuer in dem Keller gewütet hatte.

«Man kann von Glück sagen, dass hier nicht mehr passiert ist und dass nicht weitere Opfer zu beklagen sind. Vor drei Jahren hat die gesamte Häuserzeile eine neue Brandschutzverkleidung bekommen.» Alpay hängte ein Foto auf, das den verbrannten Körper einer Frau zeigte. Ein Raunen ging durch den Raum. Am lautesten stöhnte Ina Reitzenbach auf, wofür sie sich sogleich entschuldigte. Franka war insgeheim voller Respekt dafür, wie souverän Alpay angesichts der grausamen Bilder die Ereignisse vortragen konnte.

«Bei dem Opfer handelt es sich aller Wahrscheinlichkeit nach um Margarete Birgner, dreiundvierzig Jahre alt. Die Frau wohnte mit ihrer fünfzehnjährigen Tochter Kathleen im zehnten Stock. Das Mädchen hat einen Ring als Schmuckstück ihrer Mutter identifiziert. Der DNA-Abgleich steht aber noch aus. Poppy Bruhns hat eine Speichelprobe von dem Teenager genommen. Eine Tante kümmert sich um das Mädchen.»

«Konnte Frau Lutze schon was zur Brandursache sagen?» Suttmann schaute nicht von seinen Notizen auf.

«Sie vermutet, dass mindestens eineinhalb Liter Terpentinöl im Spiel gewesen sind. Wie sich das Zeug entzündet hat, wissen wir noch nicht. Bei ungefähr viertausend Litern Pappe, Papier und Müll da unten ging das Ganze dann ziemlich schnell. Brandursachenermittlung und SpuSi haben uns ihre Ergebnisse frühestens für den Nachmittag angekündigt.»

«Terpentin klingt aber nach Brandstiftung.» Suttmann befummelte wie so oft seine Nase. Manchmal rupfte er sich dabei ein hervorstehendes Haar aus. Eine furchtbare Marotte, daher wandte Franka den Blick schon vorsorglich ab. «Gut, Alpay. Ihr bleibt an der Sache dran.»

«Wenn wir die Berichte ausgewertet haben, wissen wir mehr», sagte Jörg und klopfte Alpay kumpelhaft auf die Schulter. Die Geste hatte etwas Scheinheiliges, was Franka missfiel. So als wollte er daran erinnern, dass auch er an den Ermittlungen beteiligt sei und mit Mitte vierzig zu den erfahreneren Kollegen gehörte. Sybille kam von draußen zurück, steckte ihr Handy wieder ein und wandte sich direkt an den Chef.

«In der Kunsthalle haben eben zwei Umweltaktivisten kurz nach Öffnung der Türen einen Anschlag auf ein Gemälde verübt.»

«Und was haben wir damit zu tun? Das ist die Baustelle von Hegemanns Abteilung.»

«Der fragt nach Ermittlungsunterstützung, Martin. Krankheit, Urlaub. Die sind unterbesetzt. Es geht jetzt aktuell darum, die Aktion zu protokollieren. Es wurde mit Eiern auf ein Bild gezielt. Da ist wohl gerade die Hölle los.»

«Mit Lebensmitteln zu werfen, scheint nicht aus der Mode zu kommen», sagte Kurt Möhring und schüttelte genervt den Kopf, während Franka in die Runde schaute. «Lassen die sich nicht mal was Neues einfallen? So was wie die Aktion im Stadtpark letztes Jahr. In Baumwipfel zu klettern, ist zwar auch ein alter Hut, hat aber wenigstens halb Hamburg in den Park gelockt. Das war mal spektakulär.» Alle erinnerten sich an die Gruppe von ungefähr zwanzig Aktivisten. Knapp einen Monat hatten sie in den Baumkronen alter Bäume hinter dem Planetarium ausgeharrt, um die Bemühungen zur Reduktion von CO_2 anzumahnen. Die jungen Frauen und Männer hatten nicht nur für ein starkes Medieninteresse gesorgt, sondern zu Frankas Überraschung auch einen großen Rückhalt in der Hamburger Bevölkerung erlebt.

«In der Kunsthalle hat die Aktion jedenfalls für ein geräumtes Museum gesorgt», sagte Sybille. «Bevor die beiden Täter ihre Hände mit Sekundenkleber aufs Parkett geklebt haben, haben die laut Hegemann ein Transparent entrollt. Sieht nach einer Aktion der Gruppe Artikel-1 aus.»

«Die Würde des Menschen ist unantastbar, die eines Gemäldes aber nicht?» Jörg lächelte spöttisch.

«Wenn mich nicht alles täuscht, bezieht sich der Name auf das Bundes-Immissionsschutzgesetz», entgegnete Sybille. «Ich glaube, das soll uns alle vor schlimmen Umweltschäden schützen. Irgendwie so.»

Jörg lehnte sich auf seinem Stuhl zurück und wippte. «Sieh an. Da kennt sich aber jemand aus.»

«Ich hab mal was an die gespendet, glaube aber nicht, dass ich mich dadurch gleich strafbar gemacht habe.» Sybilles sarkastischer Unterton gefiel Franka irgendwie.

«Na gut», sagte Martin. «Selbstverständlich helfen wir Hegemann und seinen Leuten. Kurt, bist du frei?» Martin schien im Kopf seine Mannschaft durchzugehen. Aber Franka wusste, dass Kurt zusammen mit zwei Kollegen im Fall von gestohlenen Sportwagen auf dem Kiez ermittelte.

«Das kann ich übernehmen», sagte sie. Vielleicht lenkte sie die Arbeit von ihren leichten Schluckbeschwerden ab.

«Und was ist mit den Halbjahresstatistiken? Wir haben September.» Suttmann juckte anscheinend schon wieder die Nase. «Wir werden das letzte Bundesland sein, das seine Daten nach Berlin meldet. Nee, Franka.»

Sie konnte den Blick nicht so schnell abwenden, wie er sich ein Nasenhaar ausgerissen hatte.

Um 12.00 Uhr erreichte Franka zusammen mit Sybille den Altbau der Hamburger Kunsthalle. Er war einer von drei Gebäudeteilen, die zwischen dem Hauptbahnhof und der Binnenalster lagen.

Martin war schnell eingeknickt, als klar geworden war, dass der Vorfall in einem der fünf städtischen Museen lediglich aktenkundig gemacht werden musste. Die Anzeige wegen

Hausfriedensbruch und Sachbeschädigung war offensichtlich und würde keine aufwendigen Ermittlungsarbeiten nach sich ziehen. Zudem hatten sich die Täter im wahrsten Sinne des Wortes selbst ver-haftet. Sie klebten zu Füßen der Tat, die sie zu verantworten hatten. Franka ging jedoch davon aus, dass sie die beiden Aktivisten immerhin zur Feststellung ihrer Personalien mit aufs Präsidium nehmen mussten. Kaum ein Täter war bei solchen Aktionen mit gültigen Ausweispapieren unterwegs.

Noch bevor Franka mit Sybille den prunkvollen Museumsbau durch die Drehtür des verglasten Eingangsbereichs betreten hatte, sah sie die Besuchertraube am Fuße des säulengetragenen Treppenaufgangs stehen. Vornehmlich junge Leute, wie sie nun feststellte. Vielleicht Abiturienten. Sie fotografierten sich gegenseitig vor der Absperrung hinauf in den ersten Stock. Ein Mann in dunkelblauem Cordanzug stand auf den Stufen und versuchte sich mit einer aufgeregten Ansprache Gehör zu verschaffen. Offensichtlich einer der Verantwortlichen, denn er erklärte, warum man die obere Etage geschlossen halte. Die Besucher hätten aber die Möglichkeit, nebenan die Galerie der Gegenwart zu besuchen. Franka tauchte unter der Absperrung hindurch.

«Entschuldigung, meine Dame.» Der Mann winkte aufgeregt ab. «Hier können Sie jetzt nicht rauf.»

«Erdmann, LKA Hamburg. Meine Kollegin Frau Wischmeier.» Sie deutete auf Sybille und kramte dann in ihrer Lederjacke nach dem Dienstausweis, fand aber nur eine alte Dose mit Nikotinkaugummis. Sie nahm eins. «Und Sie sind?»

Ihr entging der verstohlene Blick nicht, mit dem er sie musterte. «Dr. Henning Jausel, Assistenz der Direktion. Ent-

schuldigen Sie.» Er zeigte die Treppe hinauf. «Bitte, hier entlang.» Er ging voraus, Franka und Sybille folgten.

Franka schätzte den Mann auf Anfang vierzig. Seine fort-
geschrittene Glatze versuchte er mit besonders langem Deck-
haar zu kaschieren, das er mit einem Scheitel über die Platte
frisiert trug. Trotz seines altbackenen Erscheinungsbildes
hatte er etwas Jugendliches, was vielleicht an den Sneakern
lag, die er zu seinem Cordanzug kombinierte. Oder an den
zwei Stufen, die er bei jedem Schritt auf einmal nahm.

«Wir sind schockiert. Wirklich. Das hat doch nix mehr mit
Klimaschutz zu tun.» Ihm steckte der Schock ganz offensichtlich immer noch in den Knochen. Franka hatte Mühe, Schritt
zu halten.

Im ersten Stock angekommen, irritierten sie die modern
anmutenden Affenskulpturen, die auf den Eckpodesten der
Balustrade standen. Sie waren aus Bronze. Das hatte sie vor
Jahren mal in einem großen Artikel in der Zeitung gelesen,
als die Erben des Künstlers die Figuren als Leihgabe nach
Hamburg geschickt hatten. Durch die dunkel angelaufene
Legierung wirkten die Primaten allerdings wie verbrannte
Kinder. Früher hatten an dieser Stelle wohl einmal gusseiserne Kandelaber gestanden. Frankas Blick suchte die Überwachungskameras, die an Decken und Wänden jeden Winkel
des Museums aufnahmen.

Hinter dem Museumsangestellten betrat sie zusammen
mit Sybille die Haupthalle, die sich meterhoch vor ihnen auf-
tat. Die durch ein gewaltiges Oberlicht in der Decke einfal-
lende Helligkeit setzte die Gemälde auf lilafarbenen Wänden
dramatisch in Szene und ließ das Parkett honiggelb leuchten.
An der dem Treppenhaus gegenüberliegenden Wand hing ein

goldgerahmtes Gemälde in der Größe einer Hausfassade, das Franka förmlich erschlug.

Jausel ließ die Halle hinter sich und betrat nun einen kleineren Ausstellungsraum, den er durch einen Durchgang auf der linken Seite sofort wieder verließ. Wer kein gutes Ortsgedächtnis hatte, konnte sich hier drinnen leicht verlaufen.

«Und dann auch noch das wichtigste Exponat unseres Hauses.» Jausel brach die Stimme. «*Wanderer über dem Nebelmeer* von Caspar David Friedrich. Ich könnte heulen. Zum Glück hängt das Bild hinter Glas. Aber die Werke in unmittelbarer Nähe leider nicht. Am liebsten würde ich diese beiden Vollidioten so lange am Parkettboden kleben lassen, bis alles gereinigt und restauriert worden ist.» Der Mann hatte sich in Brast geredet und strich sich mit einem kontrollierenden Griff über die fixierten Haare.

«Ich kann Ihren Unmut verstehen, Herr Dr. Jausel», sagte Franka. «Aber um die juristische Aufarbeitung der Aktion kümmert sich die Hamburger Staatsanwaltschaft.»

Er nickte betreten. «Sicher. Entschuldigen Sie.» Dieses Bild war nicht nur das Aushängeschild der Hamburger Sammlung, wie er ihnen auf dem Weg durch das Museum erklärte. Die Bildaufteilung machte das neunundfünfzig auf fünfundsiebzig Zentimeter große Gemälde so außergewöhnlich. Selten hatte Caspar David Friedrich eine einzelne Figur in den Mittelpunkt seiner Arbeit gestellt, informierte er sie. Mit jedem Satz war dem Kunsthistoriker seine Betroffenheit anzumerken.

«Sind Sie bescheuert? Sie tun mir weh!», hallte ihnen Geschrei entgegen, bevor sie schließlich einen petrolfarben gestrichenen Ausstellungsraum betraten.

Das Szenario, das sich Franka darbot, war absurd.

Zwischen kaputten Eierschalen und zwei leeren Zehnerkartons hockten ein Mann und eine Frau in roten Warnwesten auf dem Parkett. *WACHT ENDLICH AUF!* war in Großbuchstaben mit Leuchtfarbe auf einem am Boden ausgebreiteten Transparent zu lesen.

Die beiden schrien, während uniformierte Polizeibeamte versuchten, die festgeklebten Hände mit Wattestäbchen und Aceton vom Holzboden zu lösen. Franka hielt sich mit einem Kommentar zurück, mahnte aber die Beamten, vorsichtig zu sein. Den beiden auf dem Boden Festgeklebten war es bei dieser Aktion offensichtlich nicht darum gegangen, das Gemälde zu zerstören. Zumal es ohnehin hinter Glas hing. Den Aktivisten ging es um die Aufmerksamkeit für das Klima. Auch wenn Franka die Ziele der Umweltbewegung grundsätzlich gut fand, hatte sie doch ein Problem mit der Wahl ihrer Mittel.

Angestellte des Museums wischten die Bilder in einer ersten Rettungsmaßnahme notdürftig ab. An der rechten Wand hingen fünf Gemälde, mittig das Werk von Caspar David Friedrich. Auf dem rötlich blonden Haar des abgebildeten Mannes klebte ein Rest zerlaufenes Eigelb. Zu wissen, dass das Werk hinter Glas geschützt war, machte die Sache etwas weniger dramatisch, wie Franka fand. Aber man konnte die Wucht erkennen, mit der die Eier auf das Kunstwerk geschleudert worden waren. Nicht nur bis zur Decke hinauf waren Eigelb und -klar gespritzt, auch die Werke rechts und links des eigentlichen Ziels hatten ordentlich etwas abbekommen.

Nun rückten zwei Museumsmitarbeiter mit einer riesigen Leiter an, um die Aufhängungen der Rahmen in fünf oder sechs Metern Höhe von der Decke zu lösen. Die Gemälde mussten so schnell wie möglich in die Werkstätten gebracht werden, das war auch Franka und Sybille trotz der notwendigen Beweisaufnahme klar.

Aber der Vorfall war nicht nur von der Aktionsgruppe auf ihrem Twitteraccount gepostet worden, worüber Sybille Franka nach einem schnellen Check informiert hatte. Auch die zuerst eingetroffenen uniformierten Kollegen hatten die Tat bereits ausreichend dokumentiert.

«Scheiße noch mal. Sie reißen mir die Haut ab!», brüllte der am Boden festklebende Mann die junge Polizeibeamtin in Uniform an. Dabei pustete er sich immer wieder hektisch seine langen Haare aus dem Gesicht.

Noch bevor Franka zur Mäßigung aufrufen konnte, platzte dem stellvertretenden Museumsdirektor der Kragen. «Reißen Sie ihm die verdammte Hand doch einfach hoch.»

Schließlich ging Franka dazwischen und rief alle Beteiligten zur Ordnung. Dann betrachtete sie wieder das ausgerollte Banner zu ihren Füßen. *WACHT ENDLICH AUF!* Sie machte ein Foto mit ihrem Handy, das in diesem Moment vibrierte und Franka über eine E-Mail von Ina Reitzenbach aus dem Präsidium informierte. Angehängt waren die Fotos vom Twitteraccount der Gruppe Artikel-1, die auch Sybille schon gefunden hatte, gepostet kurz nach der Attacke vor etwas mehr als zwei Stunden. Auf den Bildern waren die beiden Aktivisten zu sehen, wie sie rohe Eier auf das Gemälde schleuderten. Der Text zur Meldung mahnte, dass der fossile Weg die Menschheit ins Verderben führen werde. Franka winkte Sybille zu sich heran und reichte ihr das Handy mit den Fotos des Anschlags.

«Fällt dir was auf?»

«Dass die sich mal was Neues überlegen sollten?» Sybille wusste offensichtlich nicht, worauf Franka anspielte.

«Hier sind diese zwei Akteure zu sehen.» Sie deutete auf die Frau und den Mann, denen die uniformierten Kollegen Handschellen anlegten, nachdem man die Hände der beiden vom Parkett befreit hatte. Wieder lautstarker Protest der Aktivisten. Franka tippte mit dem Finger auf ihr Smartphone in Sybilles Hand. «Wenn diese beiden die Eier auf das Gemälde geworfen haben, frage ich mich, wer hat währenddessen die Fotos davon gemacht?»

7 Dienstag, 5. September

O b es sich bei der Toten tatsächlich um Margarete Birgner handelt, werden wir erst in vier Tagen wissen.» Alpay saß um 13.30 Uhr vor seinem Computer und schaute von der Mail auf, die Dr. Dörfler von der Rechtsmedizin geschickt hatte. «So lange dauert der DNA-Test mindestens. Der Körper ist so verbrannt, dass man nur noch Material aus dem Backenzahn oder dem Beckenkamm entnehmen kann, schreibt er.»

«Aber es würde einen wundern, wenn das Opfer jemand anderes wäre als diese Frau, oder?» Jörg spülte seinen Kaffeebecher über dem kleinen Waschbecken aus.

Alpay nickte. Er erinnerte sich, wie sie gestern an der Wohnungstür im zehnten Stock geklingelt hatten. Die Nachbarin mit dem hässlichen Hund hatte ihnen geöffnet. Bis die Tante des Mädchens eintraf, kümmerte sie sich um den Teenager, was er wiederum nett von ihr fand. Jeder Mensch verdient eine zweite Chance, hatte Alpay gedacht. Er erinnerte sich an den starken Geruch frischer Lackfarbe in einer renovierten Wohnung, die noch nicht vollständig wieder eingerichtet war. Laut Farinaz Baumann hatte Margarete Birgner eine Woche lang gestrichen und lackiert. Das könnte die leeren Blechdosen Terpentinöl im Keller erklären, die Lutze gefunden hatte.

Alpay hatte noch kurz gezögert, ob er dem Mädchen tatsächlich den goldenen Ring des Opfers zur Identifizierung präsentieren sollte. Als die Tante eingetroffen war, hatte er den Ring schließlich aus dem kleinen Asservatenbeutel hervorgeholt. Kathleen war weinend zusammengesackt. Genau wie die Schwester des Opfers hatte auch die junge Frau das Schmuckstück zweifelsfrei erkannt.

Er wandte sich nun wieder dem Bericht auf seinem Computer zu. Haut, Sehnen und Muskeln des Opfers waren laut Beschreibung in der unteren Körperhälfte bis auf die Knochen weggebrannt. Auch auf dem Oberkörper war es zu Verkohlung von Unterhautfettgewebe gekommen. Die Gesichts- und Hirnschädelknochen lagen frei, die Augäpfel waren zerstört. Alpay atmete angestrengt durch. Er wusste, dass den schriftlichen Berichten der Rechtsmedizin stets eine Fotodokumentation angehängt war. Vor Jörg riss er sich jedoch zusammen und konzentrierte sich wieder auf das Gutachten.

«Weiter schreibt Dörfler, dass sich durch die Verbrennung einige toxikologische Untersuchungen erledigt haben, weil der Brand dem Körper sämtliche Flüssigkeiten entzogen hat.» Als er den Bericht nun weiter nach oben scrollte, tauchte wie befürchtet am unteren Rand seines Bildschirms eine erste Fotobeschriftung auf: *Symmetrische Aufnahme der Schädelkalotte.* Um die Einwirkung stumpfer Gewalt auf den Schädel auszuschließen, die vielleicht mit einem Feuer hatte vertuscht werden sollen, hatte Dörfler zur Sicherheit eine Schädeldiagnostik angefertigt, wie er schrieb.

Alpay zögerte. Er ahnte, dass Fotos des gesamten äußeren Schädels folgen würden – oder von dem, was die Hitze davon noch übrig gelassen hatte. Auch wenn er im Keller in der Lage gewesen war, den verbrannten Körper der Frau zu betrachten, fürchtete er sich nun vor den mit Blitzlicht aufgenommenen und vergrößerten Detailaufnahmen aus der Rechtsmedizin. Jede Psyche fand ihren eigenen Umweg, mit einem solchen Grauen umzugehen. Wollte er im Dezernat weiterkommen, und das war Alpays Plan, musste er seinen persönlichen Horror überwinden.

Entschlossen klickte er auf das nächste Foto, bei dem es sich laut Gutachten um einen vergrößerten Ausschnitt der Bauchdecke des Opfers handelte, die als solche aber nicht mehr zu erkennen war. Die Verbrennungen vierten Grades hatten die Haut schwarz verkohlt. Sie wirkte aufgeplatzt. Dörfler hatte die Mitte des Fotos mit einem roten Kreis markiert. Schaute man genauer hin, war dort, wo sich laut Bericht einst der Bauchnabel der Frau befunden hatte, ein geschwärztes, fingernagelkleines Rädchen mit menschlichem Gewebe verschmolzen. Angestrengt wandte Alpay den Blick ab, schaute zur Decke und atmete gegen den aufsteigenden Ekel an. Er hatte sich bis jetzt gut geschlagen. Aber so geballt war das doch mehr, als er wegstecken konnte. Eine ziemliche Zumutung, wenn er ehrlich war. Mit halbem Blick schob er das Foto auf seinem Bildschirm nach oben, bis es einem weiteren Motiv Platz machte.

«Ist das ein Piercing?» Jörg stand nun hinter Alpay und schaute ihm über die Schulter. Die weitere Detailaufnahme zeigte den kleinen Gegenstand, nachdem er dem Körper der Frau entnommen und auf einem neutralen Untergrund vergrößert fotografiert worden war.

«Dörfler hat das Teil an die Spurensicherung geschickt», sagte Alpay. «Laut denen ist das das Zündrädchen eines Einwegfeuerzeugs. Der Rest wird in der Hitze explodiert sein. Erklärt vielleicht auch, warum das Metall so tief in die Bauchdecke eingedrungen ist. Das zerstörte Kunststoffgehäuse hat sich in der Hitze ebenso mit menschlichem Gewebe verbunden.»

Jörg klopfte Alpay anerkennend auf die Schulter. «Das Jahr bei uns hat dich ganz gut abgehärtet, Glückwunsch.» Er grinste, aber Alpay schwieg. Wollte er wirklich *abgehärtet* sein? Wollte er einem solchen Grauen völlig ungerührt gegenübertreten? Und was folgte daraus? Etwa, dass einen dann auch die menschlichen Schicksale irgendwann nicht mehr kratzen, die damit verbunden waren? Nein, das wollte Alpay ganz sicher nicht. Aber es war weder der passende Zeitpunkt für eine Diskussion, noch war Jörg der richtige Gesprächspartner für dieses Thema.

«Könnte es möglich sein, dass das Opfer den Brand aus Versehen selbst ausgelöst hat?», fragte Jörg. «Suizid scheidet doch irgendwie aus. Niemand renoviert erst seine Wohnung, um sich anschließend zu töten.»

«Vielleicht hat Margarete Birgner eine Bauchtasche getragen oder eine Jacke, wo ein Feuerzeug drin war.» Alpay klickte sich zurück zu einer Gesamtaufnahme des verbrannten Körpers. «Ob die Frau Raucherin gewesen ist?» Ohne Jörgs Antwort abzuwarten, suchte Alpay in seiner Kladde nach der Mobilnummer von Birgners Schwester und erfuhr in einem kurzen Gespräch, dass Margarete Birgner zwar gewusst habe, wie schädlich das Nikotin in Bezug auf ihr Rheuma gewesen sei, aber trotzdem geraucht habe.

«Na bitte», sagte Jörg, nachdem Alpay aufgelegt hatte. «Dann hat sich die Frau wahrscheinlich eine angesteckt und dabei aus Versehen den ganzen Keller in Brand gesetzt.»

Aber diese Version überzeugte Alpay noch nicht. «Es gibt

gemütlichere Orte, eine zu rauchen, als ausgerechnet in einem Müllkeller, findest du nicht? Dazu noch mitten in der Nacht. Warum sollte die Frau das tun?»

«Weil sie eingesperrt war. Die Türklinken. Vermutlich hatte sie Langeweile. Außerdem», Jörg saß wieder an seinem Schreibtisch und deutete nach nebenan zu Frankas leerem Büro, «machen Menschen merkwürdige Sachen, wenn es ums Rauchen geht. Manche schieben sogar ihren Schreibtisch unter einen Rauchmelder, um den Neun-Volt-Block daraus zu entfernen.» Sie schmunzelten beide. Frankas frühere Aktionen, um heimlich in ihrem Büro rauchen zu können, waren zum Glück Geschichte.

Alpay las noch einmal aufmerksam den Bericht der SpuSi. «Laut Sophie stammen die Kellertüren aus den Siebzigerjahren, die Klinken sind aber bereits ausgetauscht worden. Beide Griffe sind aus unterschiedlichen Modellserien zusammengeschraubt gewesen, sind aber handelsübliche Teile aus dem Baumarkt.»

«Wie bei jedem Griff ist es also auch hier möglich», schob Jörg hinterher, «dass sich mit der Zeit die Schrauben gelöst haben. Besonders wenn die Fabrikate der Klinken eigentlich nicht zusammengehören.»

Er rollte auf seinem Stuhl quer durch den Raum an Alpays Schreibtisch heran. «Das ergibt doch alles Sinn. Die Frau entsorgt illegal ihren giftigen Müll und wird da unten eingesperrt, weil sich die Türklinke löst. Sie will sich die Zeit mit einer Kippe vertreiben. Pennt vielleicht ein und zündet versehentlich das Papier an, daran entzündet sich das Terpentin, dann die Matratze. Anzunehmen, dass sie den Renovierungsmüll in Tüten nach unten gebracht hat. Dann gab es noch mal eine krasse Verpuffung. Der Luftzug im Keller sorgt für ordentlich Kamineffekt. Der Raum brennt lichterloh.» Er zuckte mit den Schultern. Offensichtlich war für ihn die Sache klar.

«Das ist wirklich eine furchtbare Geschichte, Alpay. Aber da spricht alles für eine Verkettung unglücklicher Umstände.» Jörg schob sich mit den Füßen zurück an seinen Schreibtisch. «Ich glaube, an die Sache können wir einen Haken machen.»

Alpay schaute ihm nachdenklich hinterher. Dann wandte er sich wieder den Berichten auf seinem Rechner zu.

«Was ist mit der Farbe auf dem Deckenputz?»

«Was für 'ne Farbe?»

Alpay hörte, wie Jörg hinter ihm durch die Dokumente auf seinem Rechner klickte.

«Lutze hat Proben von Deckenputz und Fußboden auf die Art des Brandbeschleunigers untersucht. Dabei wurden Farbpartikel gefunden. Leuchtfarbe.» Alpay drehte sich zu Jörg, der sich in seinem Stuhl zurücklehnte und die Hände hinter dem Kopf kreuzte.

«Erinnerst du dich, was Sophie zu den Graffitis in den Kellergängen gesagt hat?» Jörg hatte seine Meinung zu dem Brand bereits zementiert, das merkte Alpay sehr deutlich. «Vermutlich auch so 'ne Schmiererei.»

Alpay starrte nun wieder auf das Gutachten vor sich, als hielte es irgendetwas versteckt, das er bisher übersehen hatte.

Plötzlich wurde die Glastür zu Frankas Büro geschlossen. Alpay drehte sich um. Sybille winkte ihm kurz. Er sah, wie ein Mann und eine Frau in roten Warnwesten vom Flur aus in Frankas Büro geführt wurden.

Dann konzentrierte Alpay sich wieder auf seinen eigenen Fall. Obwohl ihm Jörgs Version zum Ablauf des Brands irgendwie logisch erschien und zudem von den technischen Gutachten gestützt wurde, blieb er skeptisch.

«Und dieser Typ auf dem Motorroller?» Wieder schaute Alpay zu Jörg, der vor seinem Rechner saß und mit den Schultern zuckte.

«Ich nehme an, das war jemand, der einfach nur Fotos gemacht hat. Und weil er wusste, dass Gaffen bei der Polizei nicht gut ankommt, ist er abgehauen.»

Wirklich? Alpay dachte daran, wie Franka einem auf den Sack gehen konnte, weil sie nie die erstbeste Lösung akzeptierte. Weil sie jeden Befund, jedes Gutachten so lange auf den Kopf stellte, bis ihr noch eine weitere Theorie logisch erschien. Das hätte er sich gerade gewünscht. Sie würde nicht einfach abwinken.

Alpay rieb sich die Augen. Es hatte heute keinen Zweck mehr. Der Bereitschaftsdienst der letzten Nacht forderte seinen Tribut. Er würde in der Kantine noch schnell etwas essen und sich dann zu Hause aufs Ohr hauen.

«Die arme Frau», hörte er Jörg hinter sich sagen. «Komm, Alpay, lass uns den Bericht schreiben, und dann ab nach Hause.»

\#

Die beiden Eierwerfer saßen in ihren roten Warnwesten vor Frankas Schreibtisch und schwiegen. Auch untereinander sprachen sie kein Wort. Franka hatte sie vorläufig in Gewahrsam nehmen und ins Präsidium bringen lassen. Die erkennungsdienstlichen Maßnahmen zu personenbezogenen und biometrischen Daten waren bereits durchgeführt worden.

Wie Franka sehr richtig vermutet hatte, führte keiner der beiden Klimaaktivisten Ausweispapiere mit sich. Ihr war bewusst, dass es bei solchen Aktionen auch darum ging, der Polizei maximalen Aufwand zu bescheren. Die Social-Media-Accounts von Artikel-1 hatten ebenfalls keine Hinweise über die Identität der beiden ergeben. Eine Stunde nachdem sie in der Kunsthalle angekommen waren, wartete Franka auf das Ergebnis des Erkennungsdienstes.

«Und wer die dritte Person war, die Ihre Attacke fotografiert und ins Netz gestellt hat, wollen Sie mir immer noch nicht verraten?» Franka schaute von den E-Mails auf ihrem Rechner hoch und wandte sich an die beiden Aktivisten, ohne wirklich mit einer Antwort zu rechnen. Schon im Museum hatte sie das Material aus den Überwachungskameras durch die Staatsanwaltschaft angefordert.

Dank der Schüler einer gymnasialen Oberstufe, die die Attacke in der Kunsthalle mit ihren Handys gefilmt hatten, kursierte im Netz nicht nur die Aufnahme der Gruppe Artikel-1. Das Medieninteresse zu Angriffen auf Gemälde war immer noch groß und hatte dem Sprecher der Hamburger Polizei unzählige Presseanfragen beschert.

«Möchten Sie auch etwas trinken?» Franka goss sich ein Glas Wasser ein, doch die beiden vor ihr lächelten nur süffisant und schwiegen. Klar, dass sie der Polizei ihre Abneigung zeigen mussten, aber das war Franka egal. Wenn sie sich dann besser fühlten, sollten sie ihren kleinen Auftritt bekommen. Provozieren ließ Franka sich von solchen Kleinigkeiten nie.

«Handcreme würde mehr Sinn machen.» Die junge Frau mit dem Pferdeschwanz, Franka schätzte sie auf Mitte dreißig, pulte sich getrockneten Sekundenkleber von der Handfläche. Wie abgestorbene Hautschuppen segelte das Zeug zu Boden. «Wissen Sie eigentlich, wie brutal Ihre Kollegen uns die Hände mit dem Aceton abgerissen haben?» Zum Beweis hielt sie Franka ihre geröteten, vom Kleber schuppigen Handflächen entgegen und drehte sie hin und her.

Ohne auf die Beschwerde einzugehen, öffnete Franka die unterste Schublade ihres Schreibtisches und nahm eine Tube Creme heraus, die sie der Frau reichte. «Ohne Duftstoffe.»

«Danke», sagte die Aktivistin perplex und lächelte zögerlich. Dann wandte sie sich an den Typen neben sich. «Willst du auch, Joscha?»

Er hieß also Joscha, dachte Franka. Manchmal kam man mit Freundlichkeit eben weiter als mit harter Hand. Der Typ verdrehte kurz die Augen, weil ihn seine Partnerin mit Vornamen angesprochen hatte. Auch die Frau schien ihren Fauxpas bemerkt zu haben, kommentierte ihn aber nicht weiter. Die beiden cremten sich die Hände ein, wobei sich Joscha mal wieder die Haare aus dem Gesicht pustete. Franka wusste selbst, wie sehr einen das nerven konnte, weshalb sie oftmals versuchte, ihre Haare mit einem Zopfgummi im Nacken zusammenzuhalten. Sie schaute kurz durch die geschlossene Glastür ins Großraumbüro hinüber, wo Alpay mit Jörg vermutlich an der Brandsache von Billstedt saß. Die Männer schienen sich gut zu verstehen, und Franka fragte sich, warum ihr das irgendwie gegen den Strich ging.

«Wie lange dauert das denn noch? Es ist fast 14.00 Uhr.» Joscha wurde langsam ungeduldig. Franka wunderte sich, was er erwartet hatte. Dass er bereits eine halbe Stunde, nachdem er auf dem Parkett in der Kunsthalle geklebt hatte, zu Hause auf seinem Sofa saß? Sie schaute ihn unverwandt an.

Unter der roten Warnweste trug er ein gebügeltes Herren-oberhemd mit aufgekrempelten Ärmeln. Er war sportlich, seine sehnigen Unterarme passten zum Rest des drahtigen Erscheinungsbildes. Er streckte sich auf seinem Stuhl, und Franka überlegte, ob seine Sneaker vielleicht in China zusammengeklebt worden waren und was der Mann zu dem beträchtlichen CO_2-Fußabdruck seiner Schuhe zu sagen hätte.

Die Zeiten, in denen Aktivismus in kratzigen Wollpullovern betrieben wurde, waren jedenfalls längst vorbei. Franka selbst war Anfang der Achtzigerjahre noch in Jeans und Holzbotten ins schleswig-holsteinische Brokdorf gefahren, um mit Freunden gegen die Errichtung eines geplanten Kernkraftwerks zu demonstrieren. Sie waren fast einhunderttausend Menschen gewesen. Aber friedlich, darauf hatte Franka immer großen Wert gelegt. Sie hatte nicht zu den damals rund dreitausend gewaltbereiten Personen gehört, die für ein Großaufgebot an Polizeikräften verantwortlich gewesen waren. Gewalt in jeglicher Form lehnte sie ab.

Sybille betrat das Büro vom Flur aus und deutete auf Frankas Rechner. Die griff nach ihrer Lesebrille, öffnete die Mail des Erkennungsdienstes und staunte.

«Frau Sellin. Mensch. Das nenne ich mal eine Akte.»

«Frau *Doktor* Sellin, wenn ich bitten darf. So viel Zeit muss sein, Frau Hauptkommissarin.»

Franka wechselte einen kurzen Blick mit Sybille, die sich gegen das Fensterbrett lehnte und genervt durchatmete.

«Gegen Sie sind unter anderem zwei Strafsachen wegen ähnlicher Vergehen anhängig. Ein Monet in München, eine Skulptur von Rodin in Frankfurt, jetzt auch noch *Der Wanderer über dem Nebelmeer* in Hamburg.» Franka nahm ihre

Brille ab und schaute von ihrem Rechner auf. «Ich nehme an, Sie mögen keine Alten Meister?»

«Eines Tages wird Ihnen das Lachen noch vergehen», sagte Joscha, der mit Nachnamen Alverut hieß. Der fünfunddreißigjährige Maschinenbauingenieur aus der Sternschanze war heute zum zweiten Mal erkennungsdienstlich erfasst worden. Vor einem Jahr hatte man ihn wegen Widerstand gegen die Staatsgewalt zu einer Geldstrafe verurteilt, weil er bei einer Demonstration einem Polizeibeamten gegenüber handgreiflich geworden war.

«Hören Sie.» Franka versuchte es weiter freundlich. «Mir geht es nicht um eine Bewertung dessen, warum sie etwas tun, sondern um den Auftrag der Staatsanwaltschaft, die Ihnen zur Last gelegten Vorwürfe wie Hausfriedensbruch und Sachbeschädigung zu verfolgen. Herr Alverut, Sie haben Glück, Sie dürfen nach Hause gehen. Aber bitte halten Sie sich zur Verfügung. Sie dürften eine Ahnung haben, was da an Schadenersatz seitens der Kunsthalle auf Sie zurollt. Frau Sellin, Sie behalten wir hier.»

Der Mann sprang auf, die Frau schrie herum. Franka hatte sie kaum gebeten, sich zu mäßigen, als Alpay und Jörg schon die Glastür öffneten, sich aber zurückhielten. Franka und Sybille hatten die Situation im Griff.

«Tut mir leid, Frau Sellin, aber der Ermittlungsrichter hat Untersuchungshaft für Sie angeordnet», sagte Franka unbeeindruckt. «Im März dieses Jahres haben Sie mit anderen Mitgliedern Ihrer Gruppe die A 1 Richtung Süden blockiert und sich auf dem Asphalt festgeklebt. Jetzt haben Sie zum dritten Mal ein Kunstwerk in einem Museum attackiert. Sie können nicht wirklich geglaubt haben, dass das ohne Folgen bleibt.»

«Ja und?»

«Sie haben es nur Ihrem Anwalt zu verdanken, dass Sie im März auf Kaution aus der U-Haft entlassen worden sind. Sie hätten das Land nicht verlassen dürfen, sind aber nach Spanien geflogen. Immerhin sind Sie wegen Nötigung in über eintausend Fällen angeklagt. Nach der Attacke heute möchte der Ermittlungsrichter wohl sichergehen, dass Sie in Hamburg bleiben.» Franka wandte sich an Sybille. «Wir brauchen bitte einen Transport zum Holstenglacis.»

«Das können Sie doch nicht machen!» Joscha Alverut traten vor Wut die Sehnen am Hals hervor. Jähzornig schlug er mit der Faust so heftig auf Frankas Schreibtischplatte, dass das Wasser aus ihrem Glas überschwappte. Alverut schien zum Angriff bereit, und Franka war um die Präsenz der Kollegen dankbar.

«Ey, reiß dich mal zusammen, Junge!», sagte Sybille in scharfem Ton. «Nicht wir, sondern die Staatsanwaltschaft Hamburg hat den vorläufigen Haftbefehl gegen Frau Sellin ausgestellt.»

Franka wandte sich an die Aktivistin, die fassungslos den Kopf schüttelte. «Frau Sellin, die Kollegen bringen Sie gleich ins Untersuchungsgefängnis. Vielleicht ist es jetzt an der Zeit, Ihren Anwalt anzurufen.»

Dreißig Minuten später nahm Franka sich in der Kantine einen Apfel aus der SB-Theke, während Sybille hinter ihr ein Tablett über die Ablage des Tresens Richtung Kasse schob.

«Ja, ich esse einen Apfel.» Franka hob mahnend den Zeigefinger. «Und du musst keinen dummen Spruch darüber machen. Okay?»

Sybille schmunzelte. «Als du mit den Energydrinks aufgehört hast, warst du weniger auf Zinne als jetzt nach deinem Zigarettenentzug. Hast du immer noch so derbe Schmacht, oder warum bist du so unfreundlich?»

Franka wechselte das Thema. «Anja Sellin drohen bis zu vier Jahre Haft. Jetzt mal ehrlich, von London bis Hamburg werfen Klimaaktivisten immer noch Nahrungsmittel auf Gemälde. Ich hab das von Anfang an nicht verstanden. Sind die alle bekloppt?» Sie biss von ihrem Apfel ab und war erstaunt, wie sehr der Saft ihr die Mundschleimhaut zusammenzog. Das Obst schmeckte furchtbar. Vielleicht lag es aber auch an der Halspastille, die sie auf dem Weg in die Kantine noch gelutscht hatte.

«Nee, Franka. Eine promovierte Biologin wie Frau Sellin ist alles andere als bekloppt.» Sybille suchte sich aus der SB-Theke einen frischen Salat aus, wählte dazu ein Tütchen Vinaigrette und als Dessert einen Joghurt. «Mir ging es am Anfang wie dir. Wenn ich mal wieder in der Stadt im Stau stand, weil irgendwo eine Gruppe Aktivisten die Straßen blockierten. Aber über die Zeit hat sich meine Einstellung zu solchen Aktionen verändert. Diese Menschen sind alle verzweifelt.»

Franka schaute kurz zum Fernseher hinüber, der unter der Decke hing und auf dem wie immer irgendeine Service-Sendung des Norddeutschen Rundfunks lief, dann bezahlte sie ihren Apfel.

«Versteh mich nicht falsch», legte Sybille nach. «Ich glaube auch, dass die Gruppe Artikel-1 mit solchen Aktionen ihrer Sache einen Bärendienst erweist. Aber wenn sich in der Politik nichts bewegt, schalten manche eben einen Gang hoch.»

Franka sprach mit vollem Mund. «Sich auf eine Autobahn

zu kleben und über Stunden den Verkehr einer Metropole wie Hamburg lahmzulegen, hat für mich ja noch einen gewissen Bezug zum Klima. Aber was haben Monet und Rodin für Aktien an der Erderwärmung?»

Sybille bezahlte, und die beiden setzten sich an einen der freien Tische.

«Da kommt ja unser neues Dreamteam», rutschte Franka heraus, als Alpay und Jörg die Kantine betraten. Es klang zickiger, als sie beabsichtigt hatte. Sie legte ihren Apfelstiel auf Sybilles Tablett und wischte sich die Hände an der Hose ab.

«Wenn man dich so hört», sagte Sybille verwundert, «könnte man glatt denken, du bist eifersüchtig auf Jörg. Oder auf Entzug. Oder beides.»

Franka rollte mit den Augen. Worauf sollte sie denn eifersüchtig sein? Doch nicht auf Jörg, der mit Alpay zusammenarbeitete. Was für ein Schwachsinn.

Sybille riss das kleine Plastiktütchen Vinaigrette auf und kippte sich das fertige Dressing über den Salat. Ein feines Rinnsal lief außen an der Verpackung hinunter, tropfte ihr über die Hand und dann auf die Hose. «Scheiße. Diese Dinger sind echt ein Krampf. Warum kann man nicht einfach eine Flasche Essig und Öl da vorne hinstellen?»

Franka schaute sich die Sauerei ohne Mitleid an. «Kleb dich doch aus Protest an der SB-Theke fest.»

#

«Ist bei euch noch frei?» Ohne eine Antwort abzuwarten, setzte Alpay sich mit seinem Tablett zu Franka und Sybille an den Tisch und zog für Jörg einen Stuhl heran. Sybille fluchte leise vor sich hin, während sie mit einer Serviette einen Fleck aus ihrer Hose zu reiben versuchte.

«Meine Güte, hat die Frau vorhin einen Aufstand in deinem Büro gemacht», wandte Alpay sich an Franka und biss von seinem Brötchen ab. Im Präsidium nahm es einem kaum jemand übel, wenn man mit vollem Mund sprach. Selten fand man hier die Zeit, in Ruhe etwas zu essen. Er hatte Hunger und zu Hause einen leeren Kühlschrank. Seit er beim LKA arbeitete, passierte ihm das immer häufiger.

«Laut diesem Dr. Jausel vom Museum ist der materielle Schaden für die Kunsthalle noch gar nicht abzusehen. Zwar hängt der Caspar David Friedrich hinter Glas, aber die Bilder daneben leider nicht.» Franka trommelte nervös mit den Fingern auf der Tischplatte. Alpay kannte die Zeichen, wenn sich bei der Kollegin die Sucht meldete. Wie lange rauchte sie eigentlich schon nicht mehr? Fünf Wochen? Jetzt würde er sie jedenfalls nicht danach fragen, sie würde an die Decke gehen.

«Zudem ist der Imageschaden noch nicht zu überblicken», fuhr Franka fort. «Viele Museen haben schon lange Probleme, Bilder als Leihgabe zu bekommen. Mäzene haben mittlerweile Schiss, dass ihren Kunstwerken was passieren könnte, weil die Häuser nicht immer in der Lage sind, diese Werke zu schützen. Zu Recht, wie man sieht.»

Franka wühlte in ihrer Tasche und schob sich ein Nikotinkaugummi in den Mund, was Alpay kurz verwunderte. Er dachte, Pflaster und Kaugummis wären erledigt.

«Und wie läuft's bei euch?», wollte Franka wissen.

Weil Alpay gerade einen großen Bissen von seinem Brötchen genommen hatte, antwortete Jörg. «Der Brand in Billstedt war eine Verkettung unglücklicher ...» Mitten im Satz brach er ab und starrte auf den Fernseher an der Decke. Alpay folgte seinem Blick. Mit verwackelter Kamera zeigte das Bild zwei Personen in roten Warnwesten, wie sie die Freitreppe in der Hamburger Kunsthalle hinaufgingen. Im nächsten Bild erkannte Alpay die beiden Aktivisten von eben. Franka sprang von ihrem Stuhl, stieg hinauf und drehte am Fernseher den Ton lauter. Nun wurde der Ausstellungsraum mit dem Gemälde von Caspar David Friedrich gezeigt.

Die Regionalsendung berichtete über den Anschlag auf das berühmteste Bild der Hansestadt und zeigte Filmmaterial, das der Sender laut eigenen Angaben von Artikel-1 bekommen hatte.

«Sybille, ich will wissen, wer das Video gedreht hat. Wie ich vermutet habe, waren Sellin und Alverut da nicht alleine unterwegs. Sind die Aufnahmen aus den Überwachungskameras aus der Kunsthalle schon da?»

Alpay war erstaunt, dass sich Anja Sellin und Joscha Alverut nach dem Werfen von zwanzig rohen Eiern noch in aller Seelenruhe am Boden festleimen konnten. Besucher und zwei Personen vom Wachpersonal des Museums schauten ihnen dabei verdutzt zu, ohne einzuschreiten. Anja Sellin sprach laut und deutlich in eine auffallend wackelfreie Kamera.

«Menschen ertrinken, Menschen verhungern, Menschen erfrieren. Die Apokalypse ist nicht mehr weit. Und alles, wovor ihr euch fürchtet, sind ein paar Eier auf einem Gemälde. Ich fürchte mich vor Schlimmerem! Wissenschaftler prophezeien, dass wir unsere Familien 2050 nicht mehr werden ernähren können.» Nun brach Tumult unter den Besuchern aus. Junge Leute zückten ihre Handys und filmten die Aktion. Joscha Alverut brüllte los. *«Verdammte Scheiße, braucht ihr erst ein*

paar rohe Eier auf einem Gemälde, bevor ihr zuhört? Dieses Bild wird uns allen scheißegal sein, wenn es Kriege um Essen gibt! Wann hört ihr endlich zu und ändert euer Verhalten?»

In dem Bericht wurde nun der Polizeisprecher Berthold Bayer eingeblendet, den Alpay bereits seit dem Fall um die getöteten Influencerinnen kannte. In Schlips und Kragen formulierte er seine Sätze gestochen scharf. Zwar nannte er Artikel-1 als verantwortliche Gruppe, hielt aber die Identität der beiden Aktivisten zurück. Mit einem letzten Bild von Sellin und Alverut endete der Bericht, und der Moderator im Studio ging nahtlos dazu über, wie man seinen Garten für das Überwintern von Igeln präparierte. Franka stellte den Ton wieder leiser und stieg vom Stuhl. «Wenn jeder, der mit seinem Anliegen nicht weiterkommt, zu solchen Mitteln greift, das geht doch nicht. Die gehören eindeutig weiter bestraft.»

Alpay sah das anders. Und nach einem Jahr beim LKA fürchtete er weder Frankas harsche Reaktionen noch eine Diskussion. «Ich finde deine Aussage schwierig, Franka.» Es war ihm, als hielten Jörg und Sybille die Luft an.

«Du heißt dieses Verhalten also gut? Spannend.» Frankas Blick verriet Überraschung, aber auch echtes Interesse.

«Zwei Dinge», sagte Alpay in die Runde. «Seit über dreißig Jahren gibt es irgendwelche Klimakonferenzen, aber außer leeren Versprechungen passiert doch nichts. Wir hecheln jedem gesteckten Ziel hinterher. Ich kann verstehen, wenn Leute, die gegen Windmühlen kämpfen, irgendwann härtere Geschütze auffahren. Ob ich das gut finde, habe ich nicht gesagt.»

«Und zweitens?», hakte Franka nach.

«Alle fragen sich immer, ob die Verhältnismäßigkeit der Aktionen stimmt. Aber die Frage kann man auch umdrehen.

Sind drei Monate Haft für einen jungen Mann, der sich zum zweiten Mal auf einer Straße festklebt, wirklich gerechtfertigt?»

«Wie diese Typen in Augsburg?» Sybille lehnte sich auf ihrem Stuhl zurück und wandte sich an Franka. «Da sind mehrere Leute wegen Nötigung zu Geldstrafen verknackt worden und zwei junge Männer zu jeweils drei Monaten Freiheitsentzug – ohne Bewährung.»

Alpay nickte. «Was die Gruppe übrigens auch nicht davon abgehalten hat, einige Stunden später gleich wieder auf einer Straße zu kleben.»

Jörg schlug sich auf Frankas Seite. Seiner Meinung nach verspielten Typen wie Sellin und Alverut die Sympathien für die Klimabewegung. Er fragte sich, ob die breite Basis der Aktivisten solche Aktionen mittrug oder ob das Aktionen einiger Splittergruppen waren. Alpay bemerkte Frankas Verwunderung darüber, dass ausgerechnet Jörg ähnlicher Ansicht war. Er wusste, dass sie ihre Schwierigkeiten mit ihm hatte.

Sybille gestand, dass sie wie Alpay Sympathien für solche Attacken hegte. Weil sie wusste, dass ihre private Meinung in dieser Sache in ziemlichem Kontrast zu ihrem Beruf stand, senkte sie die Lautstärke ihrer Stimme in der Kantine des LKA vermutlich deshalb. «Das ist einfach scheiße frustrierend. Die Politik hat den Klimawandel als größte Krise für die Menschheit bezeichnet, tut aber nix. Ich hab 'ne kleine Tochter, die sich in den Sommerferien im Meer vor dem Plastik im Wasser geekelt hat.»

«Ich bin doch auch frustriert», sagte Franka. «Da bin ich total bei euch. Ich frage mich nur, wo soll dieser Protest noch hinführen?»

Insgeheim freute sich Alpay, denn nur selten ergaben sich mit den Kollegen spannende Diskussionen über gesellschaftspolitische Themen, die zudem noch im Zusammenhang oder auch im Konflikt mit beruflichen Aufgaben standen.

«Ich bewege mich in der Stadt nur mit dem Fahrrad», sagte er. «Ich habe gar kein eigenes Auto. Brauche ich eins, mache ich Carsharing. Ansonsten fahre ich mit der Bahn. Nehme ich einen Flieger in den Urlaub, kompensiere ich. Ich weiß, dadurch rette ich die Welt nicht, aber ich versuche schon, meinen ökologischen Fußabdruck so klein wie möglich zu halten.»

«Ach sooo», sagte Franka, wobei sie das o in die Länge zog. «Und weil ich immer noch mit meinem alten Nissan durch die Gegend fahre, muss ich irgendwann damit rechnen, dass du mir die Reifen meines – wie nennst du es immer? – meines *Schrottmobils* aufstichst?»

Alle am Tisch lachten. Zu Alpays Erleichterung nahm auch Franka die ganze Diskussion mit Humor, obwohl das Thema an sich nicht zum Lachen war.

«Ich glaube, ich muss mal mit unserem Chef sprechen», schob Franka schmunzelnd hinterher. «Du radikalisierst dich, mein Freund.»

8 Dienstag, 5. September

Wie unprofessionell ist das denn bitte? Himmel, was für eine verdammte Sauerei!» Dreißig Minuten nach seinem kleinen Imbiss in der Kantine saß Alpay wieder an seinem Schreibtisch und ließ das Donnerwetter seines Chefs über sich ergehen. Er war schon durch den Stadtpark Richtung Karolinenviertel geradelt, als Suttmann ihn angerufen und zurück ins Präsidium beordert hatte. Das letzte Mal, als Alpay Martin Suttmann derart hatte rumbrüllen hören, war er Franka angegangen. Bei der Jagd auf einen Serientäter, der seine Opfer vor knapp einem Jahr über Instagram ausspioniert und getötet hatte, hatte der Chef ihr zu Unrecht schlampige Ermittlungen vorgeworfen. Aber Franka hatte zurückgebrüllt. Das traute sich Alpay nicht, obwohl er sich ungerecht behandelt fühlte. Denn ganz sicher war er nicht derjenige gewesen, der das Polizeifoto aus dem Keller in Billstedt an die Presse durchgestochen hatte.

Nun sah Alpay durch die geschlossene Glastür in Frankas Büro hinüber. Sie saß mit Sybille vor ihrem Computer und sichtete das Kameramaterial aus der Kunsthalle. Kurz schaute sie zu ihm und nickte ihm aufmunternd zu. Das tat irgendwie gut und milderte seine Wut darüber, dass ihn der Chef zu Unrecht anging.

«Kriege ich in diesem Laden jetzt auch noch mal eine Antwort, Alpay?» Suttmann deutete auf die Onlineausgabe auf Alpays Bildschirm und schüttelte fassungslos den Kopf. «Das ist ja wohl ganz offensichtlich eine Aufnahme von eurer Begehung heute Morgen. Oder stammt das Bild etwa nicht aus dem Keller in Mümmelmannsberg?»

Alpay hielt die Klappe. Er wusste, Suttmanns Frage war rhetorischer Natur. Zum Glück kam es nur selten vor, dass polizeiliche Informationen nach draußen sickerten.

Trotz der Schutzkleidung, in der sie alle auf dem Foto steckten, machte Alpay sich zwischen Jörg und Sophie von Ackern aus. Zum Glück war keiner von ihnen unter den Ventilhauben identifizierbar. Alpay überlegte. Vielleicht ein Leck bei der SpuSi? Und er fragte sich, warum eigentlich ausschließlich er die gesamte Packung vom Chef abbekam? Jörg hatte doch in dieser Untersuchung den Hut aufgehabt. Vielleicht lag es daran, dass der Kollege hinter Alpay in Deckung gegangen war. So kam es Alpay jedenfalls vor, weil Jörg zwar nebenan über dem Waschbecken die Kaffeekanne ausspülte, aber die Klappe hielt. Doch Alpay war nicht der Typ, der in solchen Momenten den Schwanz einzog. Dann wäre er ganz sicher nicht zur Polizei gegangen. Während er sich den Kopf über eine undichte Stelle beim LKA zermarterte, erinnerte er sich plötzlich an den Mann auf der Vespa, der vor dem Haus gestanden und Fotos gemacht hatte. Aber war der auch im Keller gewesen?

Zu Alpays Erleichterung war Suttmann im Begriff, das Gemeinschaftsbüro zu verlassen und hatte die Türklinke bereits in der Hand. «Bei der SpuSi nachfragen, wie die Fotos in Umlauf gekommen sind. Danke», sagte er und knallte die Tür hinter sich zu. Innerlich machte Alpay drei Kreuze, dass sie diesen Fall zu den Akten gelegt hatten. Wer wusste schon, was für Fotos da draußen noch kursierten.

#

Franka schaute nur kurz von ihrem Computerbildschirm durch die Glastür nach nebenan. Alpay war von seinem Platz aufgestanden und raufte sich die Haare. Er war das erste Mal in Martins Schusslinie geraten. Musste unangenehm sein, ausgerechnet von seinem Förderer zusammengefaltet zu werden. Wie jeder hier wusste auch Franka, wie sich das Donnerwetter von Vorgesetzten anfühlte. Aber sie war seit über dreißig Jahren bei der Polizei. Ihr Fell war dick. Auch Alpay würde sich schnell eins wachsen lassen, davon war sie überzeugt.

«Wissen wir, was dem Chef über die Leber gelaufen ist?», fragte Sybille und hielt die Videoaufnahme aus einer der Überwachungskameras aus der Kunsthalle an.

«Irgendwas mit einem Polizeifoto und der Presse. Komm, Sybille, spul noch mal ein Stück zurück. Ist ja nicht so, dass wir nix zu tun haben.»

Sybille ließ den Film einige Sekunden zurücklaufen.

«Stopp», sagte Franka und deutete auf den verglasten Eingangsbereich der Kunsthalle. «Da betritt Joscha Alverut das Museum. Wie spät ist es auf dem Timecode?»

«10.05 Uhr», sagte Sybille. Franka stutzte. «Kannst du mal sein Gesicht ranzoomen?»

Sybille vergrößerte Alveruts Kopf auf dem Bildschirm. Franka wusste nicht, was es war, aber wie bei einem Fehlersuchbild hatte sie das Gefühl, dass hier irgendetwas nicht stimmte.

«Hat der die Haare anders?»

«Wie, anders?»

«Als wir den Ausstellungsraum betreten haben und er am Boden klebte, hat er sich doch ständig die langen Haare aus dem Gesicht gepustet. Auch bei seiner Befragung im Präsidium. Hier aber», Franka deutete auf den Bildschirm, «trägt er sie nach hinten frisiert. Nass oder gegelt.»

Sybille rief zur Sicherheit das Kameramaterial aus dem Ausstellungsraum auf. Tatsächlich, auf dieser digitalen Bildaufzeichnung hingen ihm die langen Haare ins Gesicht. Sie waren trocken.

«Gel kann es dann also nicht sein», stellte Franka fest. «Das hält den ganzen Tag. Alverut betritt das Museum mit nassen Haaren, als wäre er kurz vorher im Wasser gewesen.»

Sybille sprang zurück in das Kameramaterial aus dem Eingangsbereich und zuckte unbeeindruckt mit den Schultern. «Wenn ich morgens spät dran bin, verlasse ich das Haus auch mit nassen Haaren. Aber schau mal», sagte sie. «Er geht nicht zur Kasse, sondern zuerst zur Garderobe. Die lassen dich mit dicken Jacken und Taschen nicht in die Ausstellungsräume. Ah, da kommt er von der Garderobe zurück und geht wieder nicht zur Kasse, sondern direkt zur Ticketkontrolle unten an der Treppe.»

«Dann hat er sich vermutlich ein Onlineticket gekauft. Aber er ist alleine, oder?» Franka versuchte vergeblich, unter den Besuchern Anja Sellin auszumachen.

Sybille spulte vor und zurück. «Ja.»

«Und die Eier? Der Typ trägt ein aufgekrempeltes Herrenoberhemd. Die Eier hat der nicht dabei.»

Wieder spulte Sybille die Aufnahme ein wenig vor. «Hier.

Deine Freundin betritt das Museum um 10.11 Uhr. Da geht Alverut gerade die Treppe hoch in den ersten Stock. Selbes Spiel. Auch Sellin geht zuerst zur Garderobe, dann direkt zum Einlass. Wohl auch mit Onlineticket, welche Überraschung.»

Eine Gruppe junger Leute betrat das Museum. Offensichtlich die Schulklasse, die sich bei Frankas und Sybilles Eintreffen heute Mittag am Fuße der Treppe versammelt hatte. Einige ihrer Handyaufnahmen von der Attacke waren viral gegangen. Aber nur Sellin und Alverut waren gefilmt worden, wie sie sich auf das Parkett klebten und ihre Statements abgaben. Niemand der Schüler und Schülerinnen schien auf den Gedanken gekommen zu sein, auch die Person zu filmen, die das offizielle Material des Aktionsbündnisses aufzeichnete.

«Dann wechsel doch mal bitte zu den Aufnahmen aus dem Ausstellungsraum.» Franka nahm ihre Lesebrille von der Nase und putzte die verschmierten Gläser mit ihrem Top, das unter der Bluse hervorschaute.

Sybille ließ das betreffende Material bis zu dem Moment vorlaufen, als Sellin ihre Handtasche öffnete und zwei Warnwesten daraus hervorzog. Zu diesem Zeitpunkt befanden sich neben den beiden Aktivisten vier weitere Besucher in dem Ausstellungsraum. Zwei ältere Damen, eine von ihnen am Stock, die andere auf ihren Rollator gestützt, standen vor dem Gemälde von Caspar David Friedrich.

«Nein, das wäre wirklich zu perfide, wenn jetzt ausgerechnet eine von *denen* eine Kamera zückt», sagte Franka und bat Sybille, die beiden Herren im Raum zu vergrößern. Einer wanderte in den nächsten Ausstellungsraum, während zwei weitere Frauen von dort eintraten.

«Der da.» Franka deutete auf den verbliebenen Mann, einen jungen Mützenträger in Jeansjacke mit Teddyfellkragen. Und in der Tat, als Alverut und Sellin ihre Westen anzogen, hielt er eine Digitalkamera in einem Gimbal in der Hand. Das waren Profis, kein Zweifel.

«Kannst du ihn vergrößern?»

Sybille zoomte versehentlich auf den Eierkarton in Sellins Hand.

«Die Frau ist wenigstens konsequent», stellte Franka nüchtern fest. «Bio-Qualität.»

Dann ging alles rasend schnell. Die ersten Eier flogen. Franka war irritiert, dass keiner der Besucher eingriff. Eine Gruppe Schüler im Ausstellungsraum nebenan wurde vermutlich durch das Geschrei der beiden Aktivisten angelockt. Das Kameramaterial war ohne Ton. Endlich hatte Sybille das Gesicht des Kameramanns im Visier.

«Mach bitte einen Screenshot. Und dann einen Abgleich mit INPOL. Vielleicht haben wir den jungen Mann schon irgendwo in unserem System. Und bitte einen Suchaufruf auf unserer Facebookseite starten. Sprich auch mit Berthold Bayer.»

Sybille machte sich Notizen und zeigte dann mit ihrem Kugelschreiber auf das Computerbild. «Wie bei Sellin und Alverut gehe ich auch bei ihm davon aus, dass er schon einmal erfasst wurde. Hübscher Junge, übrigens.»

Franka stutzte plötzlich. «Sag mal, was ist eigentlich mit den Jacken der beiden?»

Sybille kapierte sofort, worauf Franka hinauswollte. Während man Joscha Alverut nach der Aktion wieder hatte laufen lassen, war Anja Sellin aufgrund eines gegen sie anhängigen Verfahrens wegen erneuter Fluchtgefahr verhaftet worden.

Womit vermutlich weder sie noch ihre beiden Mitstreiter gerechnet hatten.

«Vielleicht hat er deswegen so überzogen reagiert, als die Staatsanwaltschaft Sellin einkassiert hat? In dem Moment muss ihnen klar geworden sein, dass nur Alverut wieder an seine Jacke kam.» Franka griff zum Hörer und rief im Untersuchungsgefängnis an. Sie bat darum, die persönlichen Wertgegenstände, die man Anja Sellin bei ihrer Verhaftung abgenommen hatte, auf eine Garderobenmarke oder Schrankschlüssel zu untersuchen.

Danach wippte sie ungeduldig auf ihrem Stuhl. «Ich bin gespannt, ob in ihrer Jacke eine Überraschung auf uns wartet.»

Doch schon eine Stunde später folgte die Ernüchterung. Anja Sellin hatte neben einem Lippenpflegestift und einem benutzten Papiertaschentuch nur einen Kassenbon über zehn Liter Leuchtfarbe in der Tasche.

«Zumindest hat sie das Zeug nicht geklaut», sagte Sybille trocken und schob gleich hinterher, dass sie das als Witz gemeint hatte. Sie hielt Umweltaktivisten nicht per se für Straftäter.

Franka warf ihre Lesebrille auf ihre Schreibtischunterlage und rieb sich die Augen. «Okay. Dann war's das für uns. Anja Sellin sitzt in U-Haft, ab jetzt übernimmt die Staatsanwaltschaft.»

Sie schloss alle auf ihrem Desktop geöffneten Dateien und legte sie auf dem Server des LKA unter einer neuen Aktennummer ab. In der Mitte des Bildschirms tauchte der Ordner auf, in dem sich die Listen für die Kriminalstatistik für das erste Halbjahr ihrer Abteilung befanden. Sie war bereits ein Vierteljahr hinterher.

Sybille klopfte ihr aufmunternd auf die Schulter. «Das schaffst du, Franka.»

«Na dann …» Ein neuer Fall wäre ihr lieber gewesen.

9 Freitag, 13. Oktober

Der Regen klatschte an das kleine Dachfenster ihres dunkel gestrichenen Mansardenzimmers. Der Oktober war nicht golden, sondern grau und nass, und der späte Nachmittag hatte bereits das Tageslicht geschluckt. Die Leuchtreklame unten auf der Straße ließ die Tropfen auf der Scheibe im zweiten Stock wie dunkelrote Rubine scheinen. Eine schöne Vorstellung, dachte sie. Man pflückt die Edelsteine einfach draußen vom Glas und verlässt diesen Ort ohne Reue und ohne jemals wieder zurückzukehren.

Das Haargel, mit dem sie versuchte, einige widerspenstige Haarsträhnen zu fixieren, war kalt. Den Dutt am Hinterkopf hatte sie heute besonders fest zusammengesteckt. Auch an ihrem zweiundfünfzigsten Geburtstag musste sie arbeiten und trug bereits ihre schwarze Uniform. Es war mal wieder so weit. Dieser 13. Oktober fiel auf einen Freitag. Sie war weder abergläubisch, noch wusste sie, nach welchem Prinzip sich der vermeintliche Unglückstag in manchen Jahren ausgerechnet an ihrem Geburtstag wiederholte.

Im Schein der Klemmlampe an ihrem Schminktisch glänzten ihre schwarz gefärbten Haare wie Ebenholz, und ihre vollen weichen Brüste lagen wie frischer Schnee sicher in dem geschnürten Mieder aus Leder. Ihre dunkelrot angemalten Lippen erinnerten ihre Kundschaft oft an Schneewittchen.

Viele machten ihr deswegen Komplimente. Aber neben der Haar- und Hautfarbe und den vollen roten Lippen gab es noch eine Gemeinsamkeit mit dem Mädchen aus dem Märchen: die Stiefmutter. Doch Dörte hatte nie vergessen, dass sie damals nicht bei den sieben Zwergen hinter den sieben Bergen gelandet war, sondern in einem Kinderheim in Bremen. Ihr Prinz war auch nicht eines Tages auf einem Schimmel dahergekommen, sondern in einer tiefergelegten Karre mit breiten Puschen. Bei jedem Kopfsteinpflaster hatte der Wagen so stark vibriert, dass einem der Coffee to go aus dem Becher schwappte. Obwohl Zvonko sie jedes Mal verprügelt hatte, wenn sie sich weigerte, mit einem seiner Freunde zu schlafen, hatte sie ihn geliebt. Und er sie – zumindest hatte sie das damals geglaubt. Gemeinsam waren sie nach Hamburg gekommen. Und so hatte sie zu ihm gehalten, bis er vor zweiunddreißig Jahren mit zu viel Koks in der Nase über seine eigenen Füße gestolpert und auf die stark befahrene Reeperbahn gestürzt war.

Dörte war auf dem Kiez geblieben – und sie hatte gelernt. Das Leben und die Menschen in diesem Viertel hatten ihr beigebracht, sich zu wehren. Nie wieder hatte sie sich in irgendeine Form von Abhängigkeit begeben. Weder finanziell noch emotional. Ihre Partnerschaften waren nie von Dauer gewesen. Heute wusste sie, dass sie nicht ihren damaligen Zuhälter geliebt hatte, sondern lediglich die Gelegenheit, ihrer einsamen Jugend zu entkommen.

Auf dem Kiez lernte Dörte die ganze Bandbreite menschlicher Sehnsüchte kennen. Manche würden *Abgründe* sagen. Früh begriff sie, dass es diesbezüglich keine Grenzen gab. *Sie* war es, die für sich eine Linie markieren musste, die sie nie überschreiten wollte. Oder die dehnbar genug war, dass sie mit den Fetischen ihrer Kundschaft leben konnte.

Dörte begann nun leicht zu frieren. Der Oktober roch morgens bereits nach Schnee. Sie hatte die Heizung doch extra eine Stufe aufgedreht? War vielleicht die Flamme der Gasetagenheizung ausgegangen? Erst vorhin war ein Monteur zur Kontrolle hier gewesen. Zu Dörtes Überraschung hatte er plötzlich vor ihrer Tür gestanden, als sie das Studio und das kleine Duschbad mit dem tropfenden WC geputzt hatte. Anfangs hatte sie den Mann für einen Kunden, seinen Aufzug mit dem Werkzeugkasten für ein Rollenspiel gehalten. Der Benachrichtigungszettel über seinen anstehenden Besuch war entweder verloren gegangen, oder Dörtes Wirtschafterin hatte vergessen, sie zu informieren.

Sie rieb sich über die nackten Arme, stand auf und ging in ihr gegenüberliegendes Studio unter dem Dach hinüber. Daneben war in einem Kabuff die Gasbrenntherme eingebaut. Dörte öffnete die beiden Klapptüren um zu sehen, ob die kleine Flamme des Geräts noch brannte. Sie stand senkrecht, also wohl alles okay. Als sie die Türen schon fast wieder geschlossen hatte, entdeckte sie eine kleine schwarze Kappe in dem Kasten. Vielleicht hatte der Techniker sie ausgetauscht und nicht entsorgt? Sie rollte das Ding auf ihrer Handfläche hin und her. Oder war es irgendwo abgefallen? Dörte war keine Heizungstechnikerin, aber die kleine Plastikkappe erinnerte an eine Art Plombe. Durch die Mitte spannte sich eine feine Schlaufe aus Draht, deren Enden mit einer kleinen Plakette zusammengehalten wurden. Doch einer der Drähte war kaputt, das erkannte sie sehr deutlich. Das ganze Ding war nicht größer als eine Zehncentmünze.

Hinter ihr knarzte es plötzlich. Dörte horchte auf. Deutlich hörte sie das Geräusch der alten Stiegen hinter sich im engen Treppenaufgang. Die Stufen waren schmal, und der rote Läufer darauf war erst letzte Woche frisch verlegt worden. Sie drehte sich zur Studiotür und sah das rot lackierte Geländer der Treppe, die nach unten zu ihrem Platz hinter dem erleuchteten Schaufenster führte. Dörte hatte noch gar nicht geöffnet, aber irgendjemand schlich die Treppe hinauf, das war nicht zu überhören. Ein leichter Schauer kroch ihr über die nackten Arme. Die alten Zeiten, in denen sie für Zvonko gearbeitet hatte, ließen in solchen Momenten immer noch die Alarmglocken schrillen. Sie erinnerte sich genau daran, dass sie unten die Tür zur Herbertstraße abgeschlossen hatte. Und auch das Licht ihres Fensters, hinter dem sie täglich ab 17.00 Uhr in einem großen schwarzen Ledersessel saß und ihre Kundschaft anlockte, war noch nicht eingeschaltet.

Waren das Stimmen? Da wisperte doch jemand. Leise ging sie zur Zimmertür und schaute in den engen Treppenaufgang hinunter. «Wer ist da?», fragte sie mit bemüht fester Stimme, und als sie das Gegacker der Frauen hörte, fiel ihr ein Stein vom Herzen. Maike, Chen-Lu und Feli grinsten zu ihr hinauf und setzten zu einem Geburtstagsständchen an. Maike schoss ein Handyfoto von Dörtes überraschtem Gesicht. Singend kamen die drei Freundinnen die engen Stufen hinauf, wobei Feli eine Torte in den Händen balancierte. Die Flamme der kleinen Kerze tanzte im Luftzug. Dörte lächelte. Scheiße, wie sie sich freute. Die Mädels hatten an ihren Geburtstag gedacht! Oben auf dem Treppenabsatz breitete Dörte die Arme weit aus, drückte ein paar Tränchen weg und Chen-Lu ganz fest an sich, wobei deren Gesicht wegen ihrer Körpergröße in Dörtes

Dekolleté verschwand. Alle lachten. Auf ihre Mädels konnte sie sich verlassen. In ihrem Leben war Wasser schon immer dicker gewesen als Blut.

«Was willst du, Loser?» Eine halbe Stunde nachdem Dörte ihre Freundinnen rausgeschmissen hatte, weil sie arbeiten musste, schlug sie ihrem Kunden mit der flachen Hand mitten ins Gesicht. Sie wusste, wie sie im richtigen Winkel zuschlagen musste, damit die Ehefrauen in den feinen Hamburger Stadtteilen keinen Verdacht schöpften, dass in Wirklichkeit Dörte die vermeintlichen Aufsichtsratssitzungen leitete. Keine aufgeplatzte Lippe, kein blaues Auge. Nur der feine, spitze Schmerz, der den Kunden erniedrigte und ihm den Platz zu ihren Füßen zuwies, an dem nun der Anwalt in seiner teuren Anzughose kniete. Sie hatte ihm ein mit Nieten besetztes Halsband umgelegt. Die Krawatte aus italienischer Seide hing schlaff über seinem nackten behaarten Bauch.

Die Haut ihrer Kunden berührte Dörte grundsätzlich nie direkt. Bei der Arbeit trug sie Handschuhe. Gerne aus Leder, auf Kundenwunsch allerdings viel öfter aus schwarzem Latex, das bei Schlägen mit der flachen Hand leider häufig einriss. Die Mülltonne im Hof war voll davon. Auch die Korsagen aus Kautschuk rissen nach einer gewissen Zeit der Ermüdung um die Metallösen des Mieders ein. Sie hätte nicht sagen können, wie viel Gummi sie schon unten im Hausmüll entsorgt hatte.

In den schwarz gestrichenen vier Wänden ihres Studios war sie nicht Dörte, sondern Doreen. Keine dominante Sexarbeiterin, sondern ein Profi in Sachen schmerzender Lust. Eine Frau, die sich für das Züchtigen von Bankdirektoren, Werbern und biederen Familienvätern bezahlen ließ. Oft schmunzelte sie, wenn mal wieder öffentlich darüber diskutiert wurde, welcher Profi-Fußballer wohl schwul sei. Niemand kam auf die Idee zu fragen, wer aus den beiden Clubs der Hansestadt mit tief ins Gesicht gezogener Mütze, meist bei Dunkelheit, die Herbertstraße betrat, um sich in Dörtes Hinterzimmer für viel Geld einen Strafstoß verpassen zu lassen.

«Stärker, Herrin.»

Die Hände auf dem Rücken zusammengebunden, kniete er immer noch geduldig zu ihren Füßen, hob den Kopf mit geschlossenen Augen und bat um eine weitere Ohrfeige.

«Ich habe dich nicht verstanden.» Sie sprach mit fester Stimme und musste selten laut werden, um ihn in Schach zu halten. «Wie heißt das?»

Stöhnend brachte er ein «Bitte» hervor. Es wurde Zeit. Dörte kannte sein Timing, er kam schon seit einigen Jahren. Wie ein Hund, der auf seine Belohnung wartete, schaute er nun zu ihr auf. Sie nahm eine der Kopfmasken vom Haken an der Wand. Mit dem dort akkurat sortierten Equipment zeigte sie jedem Besucher, welche Praktiken sie seit Jahrzehnten beherrschte. Mit beiden Händen stülpte sie ihm ruckartig das lederne schwarze Teil über den Kopf. Der Mann stöhnte ein weiteres Mal. Die Löcher für die Augen waren mit einer Klappe mit Druckknöpfen fest verschlossen, die Öffnung für den Mund mit einem Reißverschluss. Nur für die Nase war ein Luftloch aus dem Leder gestanzt. Sie nahm eine Leine von der Wand und klinkte den kleinen Karabiner in die Öse seines Halsbands. Anschließend griff sie zu einer Reitgerte. Mit kleinen Hieben dirigierte sie den auf allen vieren kriechenden Mann zu einem Käfig, den ihr ein Schlosser direkt unter dem Mansardenfenster zusammengebaut hatte, weil er durch keine der Türen des alten Hauses passte. Mehrmals lachte sie den Mann an ihrer Leine aus. Weil er durch die Kopfmaske nicht sehen konnte, rempelte er nicht nur gegen den Arztstuhl, sondern auch gegen den kleinen rollbaren Metalltisch, auf dem sie als Frau Doktor ihr Arztbesteck nach Größe sortiert hatte.

Er kroch in den Käfig, in dem ein großer Hund kaum genug Platz gehabt hätte. Oben zwischen den Gitterstäben war eine Klappe angebracht. Klein genug, als dass man dadurch nicht entkommen konnte, aber breit genug, um ihre spezielle Kundschaft dadurch zu füttern – oder heißes Kerzenwachs auf sie hinabzugießen. Dörte verriegelte die Käfigtür und legte den Schlüssel auf die Fensterbank. Der Rechtsanwalt eines Chemieunternehmens, mehrmals hatte sie sein Bild in der Zeitung erkannt, rollte sich mit angezogenen Beinen auf den Rücken. Mit festen Ledermanschetten fixierte sie ihm Hand- und Fußgelenke an den faustdicken Gitterstäben. Sein Brustkorb hob und senkte sich in schneller werdenden Abständen. Er ahnte, dass sie jeden Moment die großen Kerzen auf den beiden Altarleuchtern entzünden würde. So lag er da und wartete. Dörte wusste, wie sehr er das heiße Kerzenwachs herbeisehnte, das sie ihm auf seine Brustwarzen gießen würde. Es sollte wehtun, durfte aber keine sichtbaren Verbrennungen hinterlassen, die zu Hause seine heimlichen Besuche verrieten. Für ihn war die Vorfreude der zweitschönste Moment, wie er ihr einmal gestanden hatte. Das Gefühl des Ausgeliefertseins, bevor er aufschrie. Wenn sie durch die Gitterstäbe griff und ihm die Augenklappe von der Kopfmaske knöpfte. Wenn er die Flammen über sich tanzen sah, während er fixiert in diesem Käfig am Boden lag. Dafür bezahlte er zweihundertfünfzig Euro die Stunde. Vielleicht ein zu hoher Preis, würde mancher meinen.

Gegenüber in Dörtes Aufenthaltsraum klingelte ein Handy. Ihr eigenes konnte es nicht sein, das lag wie immer stummgeschaltet auf ihrem Schminktischchen. Ihre Kunden legten im Studio ab. Mantel, Sakko und Hemd des Mannes hingen fein säuberlich auf Bügeln an dem Haken hinter der Tür. Drüben hörte es nicht auf zu klingeln.

Dörte erinnerte sich, dass Maike auch bei der kleinen improvisierten Feier mit Torte und kaltem Sekt ständig Fotos gemacht hatte. War das etwa ihr Handy? Die Smartphones der Frauen waren ihre Büros.

Dörte schaute auf den Mann im Käfig hinunter. Ein Kunde, der spürte, dass seine Domina gedanklich abwesend war, weil sie vielleicht an die Wäsche dachte, die sie noch aus der Reinigung holen musste, kam nie wieder. Der Mann zerrte an seinen Fesseln.

«Still sollst du liegen, hast du verstanden?»

«Verzeih, Herrin.»

«Verzeih, Herrin, was?»

«*Bitte*, Herrin. Verzeih mir, *bitte*.» Seine Atmung beschleunigte wieder.

Dann nahm sie die Streichholzschachtel zur Hand. Bis die Altarkerzen genügend Wachs verflüssigt haben würden, musste auch Dörte warten. Genügend Zeit also, schnell nach nebenan zu gehen und zu schauen, ob es wirklich Maikes Telefon war, das dort nach einer kurzen Pause wieder klingelte.

Der Streichholzkopf, den sie über die Reibefläche der Schachtel riss, bereitete dem Mann im Käfig zu ihren Füßen einen Lustgewinn. Er wand sich in seinen Fesseln. Der erste Docht brannte. Sie pustete das Hölzchen aus und riss den nächsten Schwefelkopf an. Der Mann reagierte, als hätte sie ihn wieder geschlagen. Nachdem die zweite Kerze brannte, verließ sie schnell den Raum und suchte nebenan nach dem klingelnden Handy, das sie auf der Ablage über dem kleinen Waschbecken fand. Maikes Gerät erkannte Dörte an der Porträtaufnahme ihrer Katze als Bildschirmschoner. Sie stutzte. Roch es hier nach Gas?

Der Knall, der die Scheibe aus dem Mansardenfenster drückte, riss Dörte nicht nur Maikes Telefon aus der Hand, sondern schleuderte auch sie selbst durch den Raum. Nach der unsanften Landung unter dem Schminktisch fiepten ihre Ohren. Jedes Geräusch dahinter klang wattig, als hätte man ihr das heiße flüssige Wachs der Altarkerzen in die Muschel gegossen. Sie spuckte Dreck aus dem Mund, und als sie wieder einigermaßen zur Besinnung kam, bemerkte sie die Flammen, die durch die geöffnete Tür zum Treppenaufgang schlugen.

Was war passiert? Ihr Kunde! Um Himmels willen, er lag doch noch eingesperrt in dem Käfig, gefesselt an Händen und Füßen. Tausend Gedanken schossen Dörte gleichzeitig durch den Kopf, unter anderem dachte sie an die Gastherme im Kabuff. Scheiße, und wo war in dem Chaos der Schlüssel für den Käfig? Sie versuchte, sich zu berappeln.

Nun war es Dörte, die auf allen vieren über den Boden kroch. Mann, war das heiß hier drinnen. Sie musste den armen Kerl da drüben rausholen. Aber Dörte schaffte es gerade mal bis in den Flur, denn die Hitze, die ihr durch die Studiotür entgegenschoss, war unerträglich. Ihr Mund war ausgetrocknet. Trotz ihrer fiependen Ohren hörte sie den Mann schreien. Schreie ohne Lust, ohne Freude am Schmerz. Unter der ledernen Kopfmaske brüllte er um sein Leben. Noch nie hatte Dörte jemanden so furchtbar schreien hören. Der Mann verbrannte bei lebendigem Leib, wenn sie ihn nicht befreite!

Sie kroch zurück in ihr Zimmer, wo der Schock sie taumelnd zurück auf die Füße brachte. Geistesgegenwärtig griff sie ihren Bademantel vom Stuhl, drückte ihn in das Waschbecken und drehte das kalte Wasser auf. Komm schon! Immer wieder wendetet sie den Stoff unter dem Strahl hin und her, dass sich jeder Zentimeter des Frottees vollsaugte. Ohne den schweren Bademantel auszuwringen, zog sie ihn über, setzte die nasse Kapuze auf und trat durch die Flammen in den Flur hinaus. Die Hitze zischte auf ihrem nassen Schutz, und der Rauch tat in ihren Lungen weh. Aber sosehr sie es auch versuchte, es war kein Durchkommen. Die alte Holzdecke ihres Studios brannte bereits lichterloh. Einzelne Teile fielen herab. Die Schreie des Mannes gingen ihr durch Mark und Bein. Eine hellblaue Flamme fraß sich über den Teppich Richtung Fenster, vor dem der Käfig stand. Er schrie ein letztes Mal. Sie wusste, dass er in diesem Moment sein Leben verlor. Bevor ihr der Rauch das Bewusstsein nahm, dachte sie, dass Freitag der 13. vielleicht doch ein Unglückstag war.

10 Freitag, 13. Oktober

Das Großaufgebot, das die Hamburger Behörden für die Lösch- und Rettungsarbeiten auf St. Pauli aufbringen mussten, legte die gesamte Reeperbahn lahm. Über eine halbe Stunde hatten Franka und Alpay gebraucht, um den Unglücksort zu erreichen. Um 19.30 Uhr war das Areal zwischen Friedrich- und Erichstraße längst abgeriegelt worden. Franka schaute aus dem Beifahrerfenster, während Alpay sich vor einem Kollegen auswies, um von der Reeperbahn in die Davidstraße einbiegen zu dürfen. Vor der Imbissbude an der Ecke, die mit ihrer überdimensionalen Leuchtreklame an ein Spielcasino in Las Vegas erinnerte, hatte sich eine riesige Menschentraube hinter der Absperrung versammelt. Es überraschte Franka wenig, dass der Kiez an einem Freitagabend um diese Uhrzeit bereits brechend voll war.

Alpay parkte den Wagen in der Davidstraße, nur einen Steinwurf von der Herbertstraße entfernt. Endlich hatte es aufgehört zu regnen. Mitte Oktober war es frisch geworden, und Franka stellte der Kragen ihrer Lederjacke hoch, als sie aus dem Wagen stieg. Auf dem feuchten Asphalt lagen matschige Pommes, aufgeweichte Fastfood-Verpackungen und achtlos weggeworfene Kippen. Schon aus der Entfernung sah sie die ausgezogene Rettungsleiter eines Löschfahrzeugs, die über den Dächern der Häuserzeile in der Herbertstraße schwebte. Auch wenn Franka und Alpay auf der Fahrt bereits über Funk erfahren hatten, dass der Brand gelöscht worden war, sah man den von der Feuerwehr mit Scheinwerfern angestrahlte Dachstuhl noch gespenstisch gegen den dunklen Abendhimmel qualmen. Brandgeruch lag in der Luft. Die Metallwände, die als Sichtschutz am Eingang zur Herbertstraße montiert waren und die Prostituierten vor neugierigen Touristenblicken schützten, hatte man für den Einsatz der Feuerwehr geöffnet.

«Darfst du da überhaupt rein?» Alpay deutete, ohne eine Miene zu verziehen, auf ein Schild. Darauf wurden Jugendliche unter achtzehn Jahren und Frauen vor dem Betreten der sechzig Meter langen Gasse gewarnt. Meinte er das etwa ernst? Eigentlich hatte Franka sich an seine lockeren Sprüche gewöhnt. Doch manchmal fehlte ihm das Gespür für den richtigen Zeitpunkt. Ähnlich wie bei Zeugenbefragungen, wenn er mal wieder über das Ziel hinausschoss. Aber sie verkniff sich eine Antwort.

Als sie die enge Gasse betraten, dachte sie daran, wie sich immer wieder Tourist*innen* auf dem Polizeikommissariat 15 beschwerten. Meist hatten die aufgebrachten Frauen die Warnschilder vor dem Betreten der Herbertstraße ignoriert und ihre Neugierde anschließend mit einer Dusche bezahlt. Einige Prostituierte waren nicht zimperlich, und sie zielten gut mit dem Inhalt ihrer Eimer. Nicht immer handelte es sich dabei um Wischwasser.

In die enge Herbertstraße waren von beiden Seiten Löschfahrzeuge eingefahren. Zum Glück hatte man ein Übergreifen der Flammen auf die Nachbargebäude erfolgreich verhindern können. Einige der Häuser waren über einhundertfünfzig

Jahre alt, und der Brandschutz war trotz Nachbesserungen ganz sicher nicht überall auf dem neusten Stand.

Auf dem feuchten Kopfsteinpflaster wurden das Blaulicht der Einsatzfahrzeuge und die bunten Lichter der Amüsierbetriebe reflektiert. Der Funkverkehr von Polizei und Feuerwehr knarzte aus den Wagen.

«Ich glaube, das letzte Mal war ich vor acht, neun Jahren hier», sagte Franka und schaute sich um. «Damals habe ich mit Armin eine Soko gegen ein kolumbianisches Drogenkartell geleitet.» Dann deutete sie auf ein zweistöckiges Haus mit blauer Fassade und roten Baldachinen vor den Fenstern. «Da drüben haben wir den Kopf der Truppe in einer Badewanne voller Frauen verhaftet.»

Sie bemerkte, wie Alpay neugierig die beleuchteten, aber zum Teil zerstörten Schaufenster der Bordelle betrachtete. Das zersplitterte Glas, das durch den Druck der Explosion aus den Rahmen geflogen war, lag überall auf dem Pflaster verstreut. Zum Glück war keine der Frauen verletzt worden, die dahinter gesessen hatten und ihre Kundschaft koberten, wie man das Anlocken von Freiern nannte. Und zum Glück hatten herabfallende Teile aus dem Unglückshaus keinen der Besucher auf der Straße getroffen. Nicht jeder, der hier heimlich durchspazierte, wollte als Zeuge befragt werden.

«Moin, Frau Erdmann. Mensch, Sie hab ich ja schon eine Ewigkeit nicht mehr bei uns gesehen. Geht's gut?» In breitestem Hamburgisch wurde Franka von Rosi begrüßt, deren kräftiger Handschlag selbst Franka wehtat. Die Streifenbeamtin vom Polizeikommissariat 15, der Davidwache gleich um die Ecke, griff sich mit beiden Händen an den Gürtel und korrigierte mit einem Ruck den Sitz ihrer Hose.

«Das ist meine Kollegin Basima Hamoud.» Sie deutete zur jüngeren Beamtin neben sich. Franka stellte Alpay vor.

«Freut mich.» Rosi reichte ihm die Hand. «In der Nummer 7 hat es einen Dachstuhlbrand gegeben», sagte sie und schaute nach oben zum qualmenden Dach. «Augenzeugen und Anwohner berichten von einem lauten Knall gegen 18.00 Uhr. In den Häusern 9, 5 und 6 sind die Scheiben zu Bruch gegangen. Das Haus Nummer 7 gehört dem Tierheim.»

«Dem Tierheim?» Das Erstaunen in Alpays Stimme war nicht zu überhören. Für Rosi wohl auch nicht. Sie lächelte.

«Der ehemalige Besitzer hatte keine Angehörigen, aber vierzehn Katzen.»

Zu viert näherten sie sich dem Unglücksort. Ein Krankenwagen parkte am Ende der Herbertstraße. Feuerwehrmänner und -frauen liefen umher. Auch die Spurensicherung hatte einen kleinen Einsatzbus in Position gebracht.

«Ich kenne die Frau, deren Studio da oben in die Luft geflogen ist. Furchtbar, wirklich ganz, ganz schrecklich.» Rosi schüttelte voller Entsetzen den Kopf.

«Schon eine Ahnung, wer dafür verantwortlich ist?», erkundigte sich Alpay, und Franka ahnte seinen Hintergedanken.

Rosi nahm ihre Mütze ab und kratzte sich am Kopf. «Sie meinen, so eine Milieu-Sache?»

Er nickte.

«Sie haben ja eine wilde Fantasie.»

«Wäre nicht das erste Mal, dass jemand sein Geschäft nicht verkaufen will.»

«Ich weiß nicht … Solche Zeiten sind doch eigentlich vorbei, oder?» Rosi zuckte mit den Schultern. «Einige der Häuser hier haben noch Gasthermen.»

An diese Möglichkeit hatte Franka auch schon gedacht. Obwohl auch Alpays Vermutung im Bereich des Möglichen lag. Denn früher war es regelmäßig zu erzwungenen Übernahmen von Clubs und Bordellen gekommen. Wer nicht verkaufen wollte, lief Gefahr, einer Gewalttat zum Opfer zu fallen. Noch heute versuchte man, die Geschäftsstrukturen auf dem Kiez von außen zu unterwandern. Aber eher durch den Aufbau von Drogenkartellen, die oftmals zusätzlich den organisierten Menschenhandel unter ihre Kontrolle gebracht hatten.

Rosi deutete auf eine Gestalt in weißem Schutzanzug, die in dem Haus ohne Dachstuhl verschwand. «Ihre Kollegen von der Brandursachenermittlung sind schon da oben unterwegs, oder in dem, was da noch übrig geblieben ist.»

Alpay blies die Wangen auf. Vielleicht erinnerte auch er sich in diesem Moment an den furchtbaren Brand vor fünf Wochen in Billstedt. Auch dort war eine Frau ums Leben gekommen. Den Anblick des verbrannten Körpers schien er ganz gut weggesteckt zu haben, was Franka immer noch erstaunte.

«Gibt es weitere Opfer?», wollte sie von Rosi wissen.

«Nein. Nur den Mann.»

«Welcher Mann? Ich denke, das Opfer ist eine Frau?»

Bei Rosi schien der Groschen zu fallen. «Sorry, Frau Erdmann. Ich bin auch ein bisschen durch den Wind. Nee, die Frau ist da drin.» Die Polizistin zeigte zum Krankenwagen mit den geöffneten Hecktüren, doch der Notarzt versperrte Franka die Sicht ins Innere.

Rosi verschränkte die Arme vor der Brust. «Die Frau heißt Dörte Mölling. Als Doreen kennt man sie hier als Domina. Sie wurde von einer Freundin aus den Flammen gezogen, weil die ihr Handy vergessen hatte. Wissen Sie, wir kennen hier fast alle Frauen.»

«Können wir mit den beiden sprechen?»

«Die Freundin, Maike Körner, wohnt um die Ecke. Die erreichen Sie über diese Mobilnummer.» Die Polizeibeamtin reichte Franka eine rot schimmernde Visitenkarte. «Als es zur Explosion kam, hat die Freundin wohl keinen Moment gezögert», fuhr Rosi fort, «ist die steile Stiege hochgerannt und hat Dörte da rausgeholt. Und ihr Handy. Dörtes Kunde allerdings …», die Beamtin biss sich auf die Unterlippe, bevor sie weitersprach, «der ist angekettet in einem Käfig verbrannt. Furchtbar.»

«Oh, Leute …» Alpay atmete scharf ein. Man brauchte keine große Fantasie, um sich vorzustellen, wie grausam der Mann gestorben sein musste.

«Und diese Dörte?», erkundigte sich Franka. Rosi zeigte wieder zum Krankenwagen hinüber, aus dem der Notarzt kletterte und den Blick auf eine Frau mit zerzaustem oder verbranntem Haar freigab. So genau ließ sich das für Franka aus der Entfernung nicht erkennen. Aber Dörte Mölling saß aufrecht auf der Liege. Die Brandwunden waren offensichtlich schon versorgt worden, sie trug Verbände oder Pflaster im Gesicht. Eine Sauerstoffmaske saß ihr über Mund und Nase, und der Arzt hatte sie in eine Aludecke gehüllt.

Franka bedankte sich bei Rosi und deren Kollegin und ging mit Alpay zum Krankenwagen hinüber. Der Notarzt teilte ihnen jedoch mit, dass die Frau so stark unter Schock stand, dass sie, trotz eines starken Beruhigungsmittels, immer noch hyperventilierte und am ganzen Körper zitterte. Ihre Verbrennungen waren zum Glück nur oberflächlich, aber nach ersten Untersuchungen hatte sie durch die Explosion ein Knalltrauma erlitten, das, wenn es nicht sofort behandelt werden würde, zu dauerhaften Hörschäden führen konnte. Selbst an eine *kurze* Befragung war im Moment nicht zu denken. Sie mussten sich also noch etwas gedulden. Als der Krankenwagen schließlich die Herbertstraße langsam in Richtung Hafenkrankenhaus verließ, tauchten dahinter plötzlich zwei Gestalten in weißen Schutzanzügen auf. Franka erschrak.

«So nervös?» Bernhard Bruhns lachte. «Brauchst wohl mal Urlaub.»

«Mensch, Poppy.»

«Ihr kennt euch?» Er deutete auf Annelie Lutze und zog sich die Kapuze vom Kopf.

«'n Abend, Frau Erdmann», sagte die Brandursachenermittlerin und nickte Alpay freundlich zu. «Eindeutig Gas, das ist jetzt mal keine Überraschung bei der Explosion. Aber ob das der Brenner oder eine undichte Leitung war ...» Sie zuckte mit den Schultern. «Mit einem Gutachten von uns rechnen Sie mal nicht vor Montag.»

«Montag erst?» Franka reagierte überrascht.

«Wir arbeiten zwar auch Samstag, Sonntag im Schichtbetrieb, aber ...»

«Frau Lutze, das können Sie mir nicht antun», unterbrach Franka. «Ehrlich. Mein Chef macht mir die Hölle heiß.» Sie setzte ein sorgenvolles Gesicht auf und spekulierte auf Lutzes Solidarität.

«Na, gut, Frau Erdmann. Weil Sie es sind. Ich kann aber

nichts versprechen.» Lutze lächelte entschuldigend, ging hinüber zum Unglücksort und verschwand im Hauseingang. Frankas Blick wanderte hinauf ins ausgebrannte Dachgeschoss. Von der Straße aus sah man einige Gestalten in weißen Schutzanzügen. Im hellen Scheinwerferlicht kletterten sie zwischen schwarz verkohlten Dachbalken herum und gingen ihrer Arbeit nach. Eine gespenstische Atmosphäre. Vor dem Haus lag eine herabgestürzte Fenstergaube.

Franka wandte sich an Poppy. «Wisst ihr schon, wer der Tote ist?»

«Nein.» Dafür präsentierte er zwei kleine Asservatenbeutel. In einem der durchsichtigen Tütchen lag eine vom Feuer schwarz angelaufene Armbanduhr. «Diese beiden Dinge sind alles, was noch an Verwertbarem von dem Mann übrig geblieben ist.»

«Sieht teuer aus», sagte Alpay. «Und das andere Ding?»

«Das ist ein Kreditkartenhalter aus Sterlingsilber. Hat 'ne Gravur innen. *Für meinen Crille, in Liebe Mucki,* steht im Klappdeckel. Die Plastikkarten sind allerdings durch die Hitze zusammengeschmolzen. Sophie sitzt im Technikwagen und versucht, Namen oder Kreditkartennummer zusammenzupuzzeln. In jedem Fall ist der Mann bis zur Unkenntlichkeit verbrannt. Ich bin zwar kein Rechtsmediziner, aber die Identifizierung geht nur über DNA.» Er wandte sich an Alpay. «Wie bei der Frau vor einigen Wochen in dem Müllkeller.»

«Wenn wir Glück haben», sagte Franka an Alpay gerichtet, «kannte die Prostituierte ihren Freier. Aber das werden wir erst erfahren, wenn wir sie befragen können.»

Ein Leichenwagen bog in Schrittgeschwindigkeit in die schmale Gasse ein, als Sophie aus dem Bus der Spurensicherung stieg. Mit einem triumphierenden Lächeln kam sie auf Franka und Alpay zu. Hatte sie schon etwas Wichtiges herausbekommen?

«'n Abend, Frau Erdmann. Hallo, Alpay.»

Franka nickte freundlich.

«Ich musste die Kreditkarten erst ordentlich wieder erhitzen, um sie einigermaßen auseinanderzubekommen. Also, der verbrannte Mann in dem Käfig heißt Christopher Blumenthal. In Hamburg gibt es einige mit diesem Namen. Dieser hier hat seine Platinum Amex und die goldene Mastercard von einer Hamburger Privatbank. Zudem trug er eine Uhr eines Schweizer Luxusherstellers. Ich nehme also nicht an, dass es sich bei unserem Christopher Blumenthal um den Schreiner aus Eidelstedt oder den Friseur aus Altona gleichen Namens handelt. Ich bin sicher, der Mann da oben ist ein Rechtsanwalt aus Othmarschen. Ich habe beim Kraftfahrt-Bundesamt nachgefragt, welcher Wagen auf ihn zugelassen ist. Ein dunkelgrüner 911er. Die Kollegen der Davidwache haben ihn in der Garage unter dem Spielbudenplatz entdeckt. Laut Parksystem ist der Wagen um 16.32 Uhr eingefahren. Übrigens, der Ehering des Toten lag im Cupholder. Eingraviert wurde *Elisabeth, 4. 8. 2001*.» Die Kriminaltechnikerin überreichte Franka ein durchsichtiges Tütchen mit dem Schmuckstück.

«Er hat sein schlechtes Gewissen wohl lieber im Auto gelassen. Prima Arbeit. Danke, Sophie.»

«Scheiße, das glaube ich ja wohl nicht …», sagte Alpay leise. Franka folgte seinem Blick. Ein Mann in dunkelgrüner Jacke drückte sich in einiger Entfernung im Halbdunkel in einen der Hauseingänge. Sein Basecap hatte er tief ins Gesicht gezogen. Dass der Mann weder zur Feuerwehr noch zur Polizei gehörte, war Franka in dem Moment klar, als Alpay wie ein geölter Blitz plötzlich losrannte. Doch der Typ hatte ihn bemerkt und flüchtete in Richtung Gerhardstraße, wo er nach rechts abbog.

«Stehen bleiben, Polizei!», brüllte Alpay, bevor auch er um die Ecke verschwand.

Rosi, die mit Kollegen an der Absperrung zur Davidstraße stand, kapierte sofort und informierte über Funk die Kollegen an den Straßensperren rund um die Unglücksstelle. Franka rannte Alpay hinterher, und auch Basima Hamoud sprintete los. Als die beiden Frauen um die Ecke bogen, lief Alpay dem Verdächtigen im Schein der Straßenbeleuchtung immer noch hinterher, nun in Richtung Hans-Albers-Platz. Immer wieder brüllte er dabei, der Mann solle stehen bleiben. Doch der Typ verschwand einfach hinter der Polizeiabsperrung und tauchte im Gewühl des schaulustigen Partyvolks unter.

«Fuck!» Alpay schlug mit der Faust in die Luft. «Mann, sind Sie blind, oder was?», blaffte er einen uniformierten Kollegen an. Franka fand den Ton etwas unangemessen, denn der Beamte war sichtlich überfordert. Er stammelte zu seiner Verteidigung, er habe überhaupt nichts gesehen, weil er die besoffenen Touristen davon abhalten musste, über die Absperrung zu klettern. Aber in der Sache hatte Alpay recht, der Kollege hätte die Situation mitbekommen müssen, immerhin hatte Alpay laut genug auf den Flüchtenden aufmerksam gemacht.

«Da kommt Ihnen also ein Mann auf einer abgesperrten Straße entgegengelaufen.» Alpay ließ den Kollegen nicht vom Haken. «Dahinter noch ein Mann, nämlich ich, der brüllt

‹Halt, stehen bleiben!›. Wie reagieren Sie? a) Sie halten den Flüchtigen auf. b) Sie diskutieren mit einem besoffenen Touristen und lassen den Flüchtenden in der Menge entkommen. Scheiße, Mann, lernt man das in der Ausbildung, oder was?»

Franka ging nun doch dazwischen. Das war einer dieser Momente, die sie bei Alpay oft kritisierte. Er musste endlich lernen, seine Impulsivität zu zügeln. Anders ausgedrückt: Er hatte sich mal wieder nicht im Griff.

«Ist gut jetzt, Alpay.»

«Nein, ist es nicht, Franka. Denn ich bin sicher, dass der Typ derselbe war, der vor fünf Wochen Fotos bei dem Brand in Billstedt gemacht hat!»

11   Freitag, 13. Oktober

Er hörte die ruhigen Herzen seiner Kinder klopfen. Seines hingegen donnerte, als feiere es ihn mit frenetischem Applaus oder gratulierte ihm auf diese Weise zu seiner Entschlossenheit. Als er es im Radio gehört hatte, war sein Zorn für einen kurzen Moment einem Gefühl von Triumph gewichen. Er hoffte inständig, dass die Flammen das zerstört hatten, was die Berechtigung auf Leben verwirkt hatte. Er wusste genau, wie es sich anhörte, wenn man über geborstenes Glas lief, und wie es roch, wenn Holz und Plastik verbrannten – und menschliches Fleisch. Wie es sich verfärbte und zu einer Art Fächer auffaltete, wenn die Feuchtigkeit verdampfte. Wie es schmerzte, wenn die Haut zu eng für den wunden Körper darunter wurde. Wie sie suppte, obwohl sie kaum Feuchtigkeit enthielt, weil die Entzündungen Wundsekret bildeten. Er hörte ihre Schreie und zuckte zusammen, denn Lisbeth knuffte ihn erneut in die Seite.

«Die Stelle hast du eben schon vorgelesen, Papi.»

«Wirklich? Das kann doch gar nicht sein», sagte er und riss sich zusammen. Gemeinsam lagen sie im Ehebett, wo sich Lisbeth und Konrad an ihren Vater kuschelten. Anscheinend hatte er einen Absatz aus der Gutenachtgeschichte doppelt vorgelesen. Nun zog er eine Grimasse, um davon abzulenken, dass er gedanklich ganz woanders war an diesem Abend, an dem er immer wieder heimlich die Lokalnachrichten auf seinem Handy verfolgte.

Nach einigen Seiten waren die Kinder endlich eingeschlafen. Er schob sie vorsichtig aus seinem Arm und stand auf, wobei das Kinderbuch zu Boden fiel. Er konnte nicht sagen, zum wievielten Mal er ihnen an diesem Abend aus *Die rostige Rakete* hatte vorlesen müssen. Jedes Abenteuer darin kannten sie auswendig. Die Geschichte vom Jungen, der sich aus alten Konservendosen eine Rakete zusammenklebte, um fremde Galaxien zu besuchen, in denen er allerlei Abenteuer erlebte. Und wenn er am Ende eines jeden Kapitels zur Erde zurückreiste, freute er sich auf die blaue Murmel, auf der er wohnte, die sein Zuhause war.

Aber während sein Gehirn die Buchstaben automatisch zu Wörtern zusammengesetzt hatte, war vor seinem inneren Auge eine völlig andere Version der Geschichte abgelaufen. In ihr hatte der Junge aus seiner rostigen Rakete die Erde nicht als blaue Murmel betrachtet. Das Blau war zu Braun geworden, das Grün zu Grau, und die Kontinente hatten ihre Form durch den Anstieg des Meeresspiegels bis zur Unkenntlichkeit verändert. Die Murmel rollte nicht mehr einwandfrei. Sie eierte ellipsenförmig wie der Mond um die Erde. Sah denn niemand, was hier passierte, hatte er sich ständig gefragt, während er vor den Kindern so tat, als sei das Wasser noch blau und der Wald noch grün.

Im Türrahmen stehend, betrachtete er seine friedlich schlafenden Kinder und fragte sich, in welchen Farben die Welt wohl aus dem All zu sehen sein würde, wenn Konrad und Lisbeth eines Tages selbst einmal Familien gründeten? Konrad war erst sechs Jahre alt. Die beiden waren so unschuldig und leichtgläubig. In ihrer Welt gewann das Gute noch gegen das Böse. In der Welt ihres Vaters war es umgekehrt. Das hatte er schmerzvoll begriffen.

Er ging hinüber ins Badezimmer, um aufzuräumen. Die zwei Gummienten schwammen noch in der Wanne. Er setzte sich auf den Rand, und plötzlich überkam ihn eine unendliche Traurigkeit. Was er tat, tat er für Lisbeth und Konrad und für jedes Kind, das ein Recht auf einen Planeten hatte, der nicht im Dreck früherer Generationen zu versinken drohte. Was er tat, tat er, damit Menschen endlich die ganze Wahrheit kapierten. Damit sie die Lügen und Ausflüchte erkannten, hinter denen sich die Verantwortlichen verschanzten. Er wollte die größtmögliche Aufmerksamkeit. Darauf hatte er ein Recht.

Nun zog er den Stöpsel aus der Wanne. Ein feiner Strudel bildete sich auf dem Wasser über dem Abfluss. Anfangs ganz langsam, dann immer schneller schien ein tiefer Trichter seine ganze Traurigkeit mit hinunter in den Ausguss zu ziehen. Das Wasser war fast abgelaufen, da steckte er plötzlich den Stöpsel zurück in den Abfluss, drehte den Kaltwasserhahn auf und wartete.

Als sich die Wanne mit kaltem Wasser gefüllt hatte, zog er sich aus und stieg ohne Zögern hinein. Es zog ihm die Poren zusammen. Die Durchblutung seiner Haut verlangte seinem Herzkreislaufsystem einiges ab.

Als er mit dem Kopf nach hinten untertauchte, war es ihm, als gefriere sein Gehirn und damit das letzte bisschen Zweifel, ob das, was er tat, auch richtig war.

Er hielt die Luft unter Wasser an. Dann riss er die Augen wieder auf und starrte durch das kalte Wasser an die verschwommene Badezimmerdecke. Als er nach einer gefühlten Ewigkeit japsend auftauchte, wusste er, dass er sich keine Verschnaufpause erlauben durfte.

12   Freitag, 13. Oktober

Eine knappe Stunde nachdem Alpay der Typ aus der Herbertstraße entwischt war, mittlerweile war es 21.00 Uhr, stand er im Kegel des Abblendlichts des Dienstwagens gegen den mannshohen Pfeiler einer privaten Einfahrt in Othmarschen gelehnt. Die rote Lampe einer Alarmanlage sollte unliebsamen Besuch abschrecken. Zum zweiten Mal klingelte er nun an dem polierten Tableau mit den Initialen *C.B. und E.B.* Aber wieder meldete sich niemand durch die Gegensprechanlage, obwohl in der Villa, die man durch dichte Rhododendronbüsche an manchen Stellen erkannte, einige Fenster hell erleuchtet waren.

Das Beifahrerfenster fuhr geräuschlos herunter. Anscheinend hatte Franka das Telefonat mit der Frau beendet, die ihre Freundin aus den Flammen in der Herbertstraße gerettet hatte. Franka steckte den Kopf aus dem Wagen.

«Vor dem Haus steht ein SUV. Ich bin sicher, da ist jemand zu Hause. Versuch es noch mal.»

Er läutete ein drittes Mal. Schließlich meldete sich eine Frauenstimme. «Ja, bitte?»

«Guten Abend, Eloğlu. Kriminalpolizei.»

«Wer ist da?»

«Kriminalpolizei. Eloğlu ist mein Name. Entschuldigen Sie die späte Störung. Frau Blumenthal?»

Keine Reaktion. Dann knisterte es aus dem kleinen Lautsprecher.

«Und was wollen Sie?»

«Das bespricht sich besser von Angesicht zu Angesicht. Könnten Sie uns wohl aufmachen?»

Stille. Nichts passierte. Er schaute zum Tor, dann zu Franka auf dem Beifahrersitz, die zuckte die Schultern. Vielleicht überlegte die Frau in der Villa, ob sich jemand einen Scherz erlaubte. Schließlich fuhren die eisernen Torflügel surrend auseinander, und Alpay stieg in den Wagen.

«Und?», fragte er mit Blick auf die rote Visitenkarte, die Franka in ihre Jackentasche zurücksteckte.

«Diese Maike Körner war verständlicherweise noch ziemlich von der Rolle. Hätte mich auch gewundert, wenn der was Ungewöhnliches aufgefallen wäre. Die war so damit beschäftigt, ihre Freundin aus dem Feuer zu holen ...» Franka schaute aus dem Fenster. «Sieht aus wie eine Filmkulisse», sagte sie, als Alpay die mit Spots beleuchtete Kiesauffahrt hinauffuhr. Vor ihnen tauchte ein riesiger Kasten aus rotem Backstein auf. «Ich denke nicht, dass sich hier jemand Sorgen um seine Heizkosten machen muss.»

Alpay parkte, und während er mit Franka auf das Haus zuging, wurde die Tür geöffnet. Die Silhouette einer schlanken Frau tauchte im Gegenlicht der Eingangshalle auf. Als sie hinaustrat, wurde sie von einer Lampe an der Fassade beleuchtet. Alpay schätzte sie auf Anfang fünfzig. Sie trug eine kurze Küchenschürze über einem karierten Rock und einer weißen Bluse. Obwohl die Frau etwas Damenhaftes ausstrahlte, war Alpay sich nicht ganz sicher, ob es sich nicht doch um eine Hausangestellte handelte. Vielleicht lag es an den Gartenhandschuhen, die sie zu seiner Verwunderung um diese Uhrzeit trug und nun auszog. Zwei Rauhaardackel kamen angerannt. Ihr Gekläffe hallte aus der schwarz-weiß gefliesten Halle nach draußen.

«Guten Abend. Eloğlu. Das ist meine Kollegin Frau Erdmann. Wir würden gerne mit Elisabeth Blumenthal sprechen?»

Mit den Gartenhandschuhen in der Hand deutete die Dame besorgt in den Eingangsbereich. «Bitte, treten Sie näher. Ich *bin* Elisabeth Blumenthal. Ist etwas passiert?» Sie schaute von Alpay zu Franka und wieder zu ihm zurück. Der Frau war anscheinend klar, dass ein Besuch der Polizei, zudem um diese Uhrzeit, meist nichts Gutes zu bedeuten hatte. Sie schloss die Tür und gab ihnen mit einer Geste zu verstehen, ihr zu folgen.

In der geräumigen Bibliothek, mit Regalen bis unter die Decke, sorgten kleine Tisch- und Leselampen für eine gemütliche Atmosphäre. Frau Blumenthal legte ihre Gartenhandschuhe auf die Anrichte vor dem Fenster, auf der sie ein riesiges Gesteck aus herbstlichen Ästen zusammenstellte.

«Setzen Sie sich doch.» Elisabeth Blumenthal deutete auf die beiden großen Sofas vor dem Kamin. In diesem Haus wirkte alles überdimensioniert, bis auf die zwei Rauhaardackel, die die Aufforderung ihres Frauchens missverstanden. Zu Alpays Erstaunen schafften sie trotz ihrer kurzen Beine den Sprung auf die Polster, wo sie sich um sich selbst drehten und sich dann seufzend fallen ließen. Alpay und Franka blieben stehen.

«Frau Blumenthal. Wissen Sie, wo Ihr Mann heute Abend ist?»

«Mein Mann?» Sie horchte besorgt auf und schaute auf die Uhr. «Der hat ein Abendessen mit wichtigen Mandanten, soweit ich weiß. Eigentlich müsste er bald zu Hause sein.» Sie streichelte einen ihrer beiden Hunde. «Ich dachte, Sie kämen wegen Friedrich. Unseres Jüngsten.» Statt ihrer Vermutung eine Erklärung folgen zu lassen, lächelte sie entschuldigend. «Aber Sie fragten ja nach meinem Mann, richtig?»

Alpay nickte.

«Etwas Geschäftliches?»

Er schaute kurz zu Franka, die ihm mit einem unauffälligen Nicken daran erinnerte, die Todesnachricht zu überbringen, wie sie es ihm bereits auf der Fahrt nach Othmarschen vorgeschlagen hatte. Bisher hatte er noch nie jemandem mitteilen müssen, dass er einen geliebten Menschen verloren hatte. Er atmete kurz durch und rief sich ins Gedächtnis, wie einfühlsam Franka in solchen Situationen mit Angehörigen umging. Es war nicht das, *was* sie sagte, sondern *wie* sie es sagte. Ausgerechnet die taffe Franka hatte eine gewisse Empathie in der Stimme, die die Grausamkeit einer solchen Information immer etwas abzufedern schien.

«Frau Blumenthal», sagte Alpay nun betont ruhig. «Es tut mir aufrichtig leid, Ihnen mitteilen zu müssen, dass wir Grund zu der Annahme haben, dass Ihr Mann heute Abend ums Leben gekommen ist.»

Er hielt den Blick und spürte tatsächlich selbst eine seltsame Form von Betroffenheit.

Elisabeth Blumenthal riss die Augen auf, schaute von ihm zu Franka und dann auf die Uhr.

«Nein.» Sie lachte. Ganz klar eine Übersprungshandlung, da war Alpay sich sicher. «Ich sagte doch, er hat ein Essen mit Mandanten.» Sie sprang von ihrem Sessel auf und nahm ihr Handy vom Kaminsims. «Moment.» Vermutlich wollte sie ihren Mann anrufen, denn sie hielt sich das Gerät ans Ohr.

Sollte Alpay jetzt die persönlichen Gegenstände von Christopher Blumenthal präsentieren, die Sophie notdürftig gesäubert hatte? Fragend schaute Alpay zu Franka, die wohl ahnte, was in ihm vorging. Mit einem Nicken gab sie ihr Okay.

«Mailbox», sagte Elisabeth und setzte sich zurück in den Sessel. Ihre Miene war wieder besorgt, als Alpay die drei Asservatentütchen aus seiner Tasche zog und sie auf den Couchtisch legte.

«Frau Blumenthal. Haben Sie diese Dinge schon einmal gesehen?»

Neben Christopher Blumenthals Ehering und seiner teuren Armbanduhr lag auch das silberne Kreditkartenetui. Elisabeth nahm es ungläubig in die Hand.

«Frau Blumenthal. In diesem Etui steht eingraviert …»

«… für Crille von Mucki», beendete sie den Satz. «Das habe ich meinem Mann vor über zwanzig Jahren zu seinem Dreißigsten geschenkt. Und die Uhr», sie nahm nun auch diese Asservatentüte in die Hand und betrachtete sie beunruhigt, «die Lünette ist eine Sonderanfertigung.» Als ihr Blick auf die dritte Tüte mit dem Ehering fiel, rollte ihr bereits die erste Träne über die Wange.

Elisabeth Blumenthal schien wie paralysiert.

«Frau Blumenthal?»

Sie wischte sich die Tränen mit dem Handrücken aus dem Gesicht. «Was heißt denn, Sie haben *Grund zu der Annahme*, dass mein Mann tot ist?» Nun zitterte ihre Stimme.

«Das bedeutet, dass wir von seinem Tod ausgehen müssen, ihn aber noch nicht zweifelsfrei belegen können.»

«Und warum sind Sie dann hier?» Sie legte das verpackte Etui auf den Couchtisch zurück und zog einen der Rauhaardackel auf ihren Schoß. «Ich verstehe das nicht. Wie soll das denn überhaupt passiert sein?»

Vor dieser Frage hatte Alpay sich am meisten gefürchtet. Wie brachte man einer Ehefrau bei, dass ihr Mann vor einigen Stunden nicht bei einem Mandantentermin, sondern beim Besuch einer Prostituierten ums Leben gekommen war?

«Es … war ein Unfall. So eine Art jedenfalls.» Der Versuch, um den heißen Brei zu reden, war ihm genauso unangenehm, wie die Wahrheit einfach auszusprechen.

«Wie oft habe ich ihm gesagt, dass er nicht so rasen soll. Ich hatte jedes Mal Angst, wenn ich auf der Autobahn neben ihm in diesem verdammten 911er gesessen habe.» Die Witwe weinte nun ungebremst und schlug sich die Hand vor den Mund. Durch Alpays Rumgeeiere war sie auf dem völlig falschen Pfad unterwegs. Hilflos schaute er zu Franka, die sich zu seiner Erleichterung neben den Sessel der Frau hockte.

«Frau Blumenthal, Ihr Mann ist bei einem Brand gestorben, der durch die Explosion einer Gastherme in einem Studio in der Herbertstraße ausgelöst wurde.»

Alpay bewunderte, wie ruhig Franka diesen für ihn so schwierigen Teil übernahm.

«Wie? In was für einem Studio?»

Franka atmete durch. Auch ihr schien dieser Moment schwerzufallen, und trotzdem strahlte sie eine solche Souveränität aus, die wohl nicht nur den vielen Jahren bei der Polizei geschuldet war, sondern auch mit Frankas Lebenserfahrung zu tun hatte.

«Frau Blumenthal, es tut mir unfassbar leid. Ihr Mann ist in einem Bordell in der Herbertstraße ums Leben gekommen.»

Die Bombe platzte ohne Knall, wie es schien. Seltsam unbeteiligt nahm die Witwe diese zweite Information entgegen. Alpay wusste, wie unterschiedlich Menschen eine solche Nachricht verarbeiteten.

«In einem Bordell ... sagen Sie?»

Franka nickte. Die tragische Tatsache, dass Christopher Blumenthal verbrannt war, weil er sich in einen Käfig hatte einsperren lassen, ersparte sie der Frau.

«Wie ist es passiert?», hakte Elisabeth nach.

«Die technischen Untersuchungen von Gastherme und Leitungssystem laufen noch.»

Elisabeth nickte und weinte. Franka kramte in ihrer Umhängetasche und reichte Elisabeth eine Packung frischer Papiertaschentücher.

«Sie wollen, dass ich ihn identifiziere?» Blumenthal schaute verängstigt auf. Die Frau tat Alpay leid. Dass Angehörige an einem Kühlschrankfach in der Rechtsmedizin stehen und ein Forensiker den Reißverschluss eines Leichensacks aufzog, kam nur selten vor, war aber anscheinend ein weitverbreitetes Bild in der Öffentlichkeit.

Alpay übernahm nun wieder die Gesprächsführung, dankbar, dass Franka ihm geholfen hatte. «Das ist nicht nötig, Frau Blumenthal. Wir sind durch feine Ermittlungsmethoden in der Lage, Identitäten zweifelsfrei zu klären. Dazu brauchen wir im Fall Ihres Mannes nach Möglichkeit bitte seine Zahnbürste, seinen Kamm ... solche Sachen halt.»

Sie nickte bemüht tapfer.

«Frau Blumenthal, sind Sie alleine zu Hause? Sollen wir vielleicht einen weiteren Angehörigen anrufen?», fragte Alpay, als er hörte, wie jemand die Haustür öffnete.

«Ich bin zurück, Mama!», rief eine weibliche Stimme, und die Dackel stürmten kläffend in die Halle.

«Willst du extra scharf?» An der Theke des Dönerladens stehend, drehte sich Alpay zu Franka um, die auf einem Barhocker am Fenster saß, an ihrem Tee nippte und durch die Scheibe zur Roten Flora hinüberschaute. Sie winkte ab.

Nachdem Alpay und Franka die Blumenthal-Villa um 21.50 Uhr verlassen hatten, hatten sie kaum ein Wort gewechselt. Aber hinter Altona hatte sich bei beiden der Hunger gemeldet, und Alpay hatte den Laden seines Cousins Selim in der Schanze vorgeschlagen. Während Alpay auf das Essen wartete, dachte er daran, wie Elisabeth Blumenthal nach dem Besuch der Polizei von ihrer erwachsenen Tochter Deike umsorgt worden war, die über den Tod des Vaters ebenso entsetzt gewesen war wie über die Umstände seines Todes. Vorsorglich hatte die Tochter einen befreundeten Arzt gerufen und noch im Beisein der Polizei ihren ebenfalls erwachsenen Bruder telefonisch informiert.

Schließlich servierte Alpay Franka ihren Teller mit dem gefüllten Fladenbrot. Sie schaute zum Tresen. «Und wo ist dein Cousin?»

Alpay schmunzelte. «Selim steht schon lange nicht mehr selbst hinter der Theke. Der hat mittlerweile zehn Läden im Stadtgebiet. Alles richtig gemacht, der Mann.» Er biss von seinem Döner ab. «Mir geht der Typ nicht aus dem Kopf», sagte er kauend und bemerkte zufrieden, dass es anscheinend auch Franka schmeckte.

«Der uns durch die Lappen gegangen ist?», fragte sie mit vollem Mund.

Er nickte kauend.

«Und du bist immer noch sicher, dass es derselbe war wie in Billstedt?»

«Ich glaube schon», gab Alpay zurück und wischte sich den Mund mit einer Papierserviette ab.

«Du *glaubst*.» Er hörte Frankas Misstrauen in ihrer Stimme. «Alpay, wir haben jetzt Mitte Oktober. Der Brand in Billstedt war Anfang September. Und schon damals hast du das Gesicht des Mannes nicht erkannt.»

«Die Klamotten. Das war dieselbe Jacke. Ich bin sicher, derselbe Typ hat auch heute Abend fotografiert.»

«Worauf willst du hinaus? Dass die beiden Sachen zusammenhängen? Dass es Täter gibt, die an den Ort ihrer Taten zurückkehren, weil ihnen einer dabei abgeht, das Leid ihrer Opfer zu feiern?»

Er nickte, denn genau das dachte er.

«Aber den Fall in Billstedt habt ihr zu den Akten gelegt. Für Jörg und dich war es ein tragischer Unfall.» Nun zog sich auch Franka eine Serviette aus dem Spender.

«Die Gutachten zumindest kamen zu dem Ergebnis.» Alpay atmete durch. «Die Explosion auf dem Kiez und das Feuer in Mümmelmannsberg weisen auf den ersten Blick keine Parallelen auf und scheinen einfach nur Unfälle zu sein. Keine Brandstiftungen, keine Tötungsdelikte. Trotzdem lässt mich die Frage nicht los, wer dieser Typ war, der vor mir abgehauen ist.»

Noch einmal biss er von seinem Döner ab und fragte sich, ob sein Job ganz langsam dafür sorgte, dass er hinter allem und jedem irgendetwas Verdächtiges sah. Er musste zugeben, dass Franka recht hatte: Das Gesicht des Mannes hatte er trotz der hell beleuchteten Herbertstraße nicht erkannt, und grüne Jacken gab es wie Sand am Meer. Er selbst trug einen Parka in der gleichen Farbe.

«Überall gibt's Idioten, Alpay. Ich fürchte, Sensationslust ist etwas zutiefst Menschliches. Leider. Es wäre nicht das erste Mal, dass sich jemand über die Absperrung der Polizei hinwegsetzt.» Sie schaute auf ihren Döner in der Hand. «Übrigens ziemlich lecker.»

«Freut mich», sagte er. «Und das Dach in der Herbertstraße? Gasheizungen sind eine sichere Sache. Die fliegen doch nicht einfach so in die Luft.»

«Technische Defekte sind selten, kommen aber vor. Wer weiß, wie alt die Heizung war, ob die regelmäßig gewartet wurde.»

«Ich weiß nicht …»

«Glaubst du immer noch an Milieu?» Sie wirkte wenig überzeugt von dieser Möglichkeit.

«Blumenthal war Anwalt. Wer weiß, wen der vertreten hat.»

Franka schaute überrascht von ihrem Döner auf. «Räumst du jemanden mit einem gezielten Kopfschuss nicht viel leichter aus dem Weg? Ich meine, was soll das für eine Aktion sein, jemanden im Studio einer Domina in die Luft zu jagen?» Sie pickte mit den Fingern einen Zwiebelring vom Teller und steckte ihn sich in den Mund.

«Glaubst du eigentlich, dass Blumenthal regelmäßig so ein

Studio aufgesucht hat?» Alpay tippte sich aufs Kinn, um Franka auf das kleine Stück Salat aufmerksam zu machen, das ihr dort klebte.

«Gut möglich», sagte sie und benutzte die Servierte erneut. «Das können wir Frau Mölling fragen, wenn sie vernehmungsfähig ist. Warum fragst du?»

«Na ja … kriegst du das als Partner nicht mit? Keine Ahnung, ich bin Single. Aber … hat man da nicht zumindest so eine Ahnung, wenn man die sexuellen Bedürfnisse seines Partners nicht erfüllen kann? Wie lange waren die Blumenthals verheiratet? Dreißig, fünfunddreißig Jahre? Nach so einer langen Zeit kennst du deinen Partner doch in- und auswendig.»

«Du meinst, Elisabeth Blumenthal hat vom Doppelleben ihres Mannes gewusst?»

«Könnte doch sein.»

«Und deswegen lässt sie ihren Mann mit einer Gasexplosion aus dem Weg räumen?» Franka schüttelte ungläubig den Kopf. «Wenn das, wie du eben gesagt hast, vielleicht kein technischer Defekt gewesen ist, kann das Ganze aber auch Frau Mölling gegolten haben. Vielleicht ist sie jemandem in der Nachbarschaft auf die Füße getreten. Dummerweise hat es dann aber ihren Kunden erwischt.» Franka nippte an ihrem Tee. «Wir spielen das in Ruhe durch, wenn die Gutachten vorliegen. Sollte die Gastherme tatsächlich einen technischen Defekt gehabt haben, sind sämtliche Überlegungen in Richtung Brandstiftung oder gezielter Tötung sowieso umsonst.»

Franka hatte recht. Heute Abend konnten sie nicht mehr tun, als die persönlichen Gegenstände von Christopher Blumenthal noch ins Labor zu geben. Auch die Kollegen der Spurensicherung arbeiteten wie die Polizei am Wochenende im Dreischichtsystem. Alpay konnte kaum glauben, dass er morgen und übermorgen keinen Dienst haben sollte. Das letzte komplett freie Wochenende war schon einige Monate her.

«Hast du Bereitschaft?», wollte er von Franka wissen. Sie verneinte und griff zum Handy.

«Ich bringe schnell die Kollegen wegen der Sache in der Herbertstraße auf Stand. Nur, falls was sein sollte.»

Während Franka mit Sybille im Präsidium telefonierte, sah Alpay seinen Cousin Selim auf der Straße aus seinem Auto steigen, der überrascht auf ihn zukam.

«Mensch. Das glaube ich ja wohl nicht. Alpay. Gibt's dich auch noch?», fragte er und nahm ihn herzlich in den Arm, bevor er seine Angestellten hinter dem Tresen begrüßte. «Dich habe ich ja ewig nicht gesehen. Meine Mutter sagt, seit du bei der Polizei bist, kriegt man dich gar nicht mehr zu Gesicht. Ich hab gehört, deine Chefin soll so ein alter Besen sein.» Er lachte.

Alpay hielt kurz die Luft an. Als Franka das Gespräch mit Sybille beendet hatte, stellte er ihr Selim vor. «Franka, das ist der älteste Sohn meiner Tante Ceyda.»

Franka reichte ihm die Hand zur Begrüßung. «Kompliment. Das war der beste Döner, den ich je gegessen habe. Ich bin übrigens der alte Besen.»

Sie lachte, und wieder klebte ihr ein Stück Salat am Kinn.

13 Samstag, 14. Oktober

Schon zum zweiten Mal musste er in der Dunkelheit tatenlos an dem grünen Holztor vorbeilaufen, über dem die halbe Karosserie eines englischen Oldtimers montiert war. Nicht, weil er an seinem Plan zweifelte, mitten in der Nacht das Schloss zum Hof der Kfz-Werkstatt zu knacken. Die Frage nach Richtig oder Falsch hatte er sich längst beantwortet. Beim ersten Versuch war eine Frau vorbeigekommen, die ihren Hund ausführte. Beim zweiten Mal war plötzlich ein Mann auf einem Fahrrad aufgetaucht. Es gab kaum noch ein beleuchtetes Wohnungsfenster. Um 4.00 Uhr schliefen nicht nur Lisbeth und Konrad zu Hause in ihren Betten, sondern auch die meisten Bewohner in Hamburg-Eilbek.

Wo er nun an dieser Kreuzung stand, erwartungsvoll seine Finger in den schwarzen Nylonhandschuhen spreizte und sich noch einmal umschaute. Niemand war mehr unterwegs. Zügig ging er zurück zur Hofeinfahrt, zog den festen Draht aus der Tasche, den er an beiden Enden abgebogen hatte, und steckte ihn auf Höhe des Türschlosses durch die Dichtung. Langsam schob er ihn auf und ab, darauf bedacht, keine Spuren am Holz zu hinterlassen. Vielleicht würde der Polizei nach diesem Inferno klar werden, dass sich jemand durch die Stadt brannte. Aber ob sie wohl auch das System dahinter erkannten? Bis er das große Finale gezündet hatte, musste er vorsichtig sein. Sie würden ihn nicht kriegen, das war er den Kindern schuldig.

Das Schloss klackte. Endlich. Ohne sich noch einmal umzudrehen, drückte er das Tor auf, schlüpfte hindurch und schob es leise hinter sich zu. Kurz wartete er ab. Seinen ansteigenden Puls drückte er durch kontrolliertes Atmen wieder hinunter, wie er es beim Schwimmen tat, wenn er sein Herz bis hinauf in den Hals klopfen spürte. Wieder lauschte er. Nur ein leises Brummen war von irgendwoher zu hören. Vielleicht eine Belüftung oder eine Pumpe aus einem der Wohnhäuser drumherum? Schnell durchschritt er den etwa zehn Meter langen Durchgang. Als er den Innenhof der Kfz-Werkstatt erreichte, erkannte er im milchigen Licht der Nacht neben den sechs englischen Oldtimern, die immer noch eng nebeneinander vor einem L-förmigen Garagenkomplex geparkt waren, auch den schwarzen Sprinter. Seit seinem ersten Besuch vor einigen Wochen, bei dem er sich als Interessent für englische Autos ausgegeben und heimlich Fotos von der Werkstatt gemacht hatte, war der Sprinter repariert worden.

Er wusste, dass wohlhabende Besitzer über den Winter ihre alten Schätze hier einlagerten. Aber er interessierte sich nicht für die MG und Zweisitzer der Marke Triumph, sondern für eine der beiden verglasten faltbaren Eingangstüren zur Werkstatthalle, die sich in mehreren Elementen zusammenschieben ließen, damit man die Wagen zur Reparatur in die Halle fahren konnte. Im Gegensatz zum Hoftor waren diese Schlösser nicht einfach mit einem Draht zu öffnen. Doch statt mitten in der Nacht einen Metallbohrer anzusetzen, öffnete er seinen Rucksack und zog den Saugglasschneider hervor. Geschickt setzte er ihn auf die Scheibe des rechten

Eingangs, den niemand mehr benutzte, weil der Raum dahinter als Werkzeuglager diente und nur durch die Montagehalle betreten wurde.

Mit der Flügelschraube drehte er die Luft aus der Gummiglocke, die sich mit jeder Umdrehung fester an die Scheibe saugte. Zwei-, dreimal schnitt er um die Glocke herum. Er stellte sich eng mit seinem Körper davor, um das leise Kratzen zu dämpfen. Kurz hielt er inne, lauschte, schaute in alle Richtungen. Die Fenster im Hof blieben dunkel. Noch eine Umdrehung mit der Schneide. Geschafft. Als er einen untertassengroßen Kreis aus dem Glas herausgetrennt hatte, gab die Saugglocke nach.

Er setzte das Gerät wieder ab, nahm die Dose mit dem Sprühfett zur Hand und schob sie vorsichtig durch das Loch in der Scheibe. Dann benetzte er die Verriegelungshaken und bewegte sie vorsichtig. Fast geräuschlos rutschten die Metallzapfen aus ihren Versenkungen. Er schlüpfte in das Lager und verriegelte die Tür von innen. Wenn sein Plan funktionierte, würde er das Gebäude anschließend durch die Tür in der Montagehalle verlassen.

Das wenige Mondlicht, das durch die Scheibe hereinfiel, ließ ihn hier drinnen lediglich die Umrisse der Industrieregale und die gestapelten Autoreifen erkennen, die direkt hinter der Tür lagerten. Die Deckenleuchten anzuschalten, war keine Option. Allein schon der Kegel einer Taschenlampe würde ihn verraten, wenn einer der Nachbarn von oben in den Innenhof schaute. Er musste jederzeit damit rechnen, dass jemand wach wurde.

Aber er hatte an alles gedacht. Und so nahm er das Nachtsichtgerät aus seinem Rucksack, das er damals bei der Bundeswehr hatte mitgehen lassen. Er zog sich den Kopfring über und klappte die daran montierten Okulare vor die Augen. Schnell gewöhnte sich der Blick an das Grün des optischen Systems und half ihm, sich in der Dunkelheit mit dem wenigen Restlicht zu orientieren. Auf der gegenüberliegenden Seite des Lagers erkannte er den Durchgang zur Werkstatthalle und ging hinüber.

Er schaute sich um. Ein Oldtimer ohne Hinterachse schwebte in knapp drei Metern Höhe auf der Hebebühne. Rollbare Werkzeugschränke, noch mehr gestapelte Reifen, eine Pumpe, die Altöl und Benzin aus Motoren und Tanks saugte, und allerlei Karosserieteile standen herum. Der Geruch von Gummi und Maschinenöl stieg ihm in die Nase. Ein Tropfen von dem Zeug genügte, um sechshundert Liter Trinkwasser zu vernichten.

Er straffte sich, klappte die Okulare nach oben und kontrollierte die Leuchtanzeige seiner Uhr. 4.20 Uhr. Ihm blieben noch drei Stunden, bis seine Falle hoffentlich zuschnappte. Er wusste, dass er sich weder eine Generalprobe noch einen Fehler erlauben durfte.

Neben dem Pfeiler, der den Eisenträger der Dachkonstruktion stützte, war der Motor für die elektrische Winde angebracht, die von der Decke herabhing und durch deren Laufrad eine Kette mit einem Haken führte. Mit dieser Konstruktion hoben die Monteure schwere Motorblöcke aus den Autos.

Er kniete sich neben seinen Rucksack und nahm das aufgewickelte Seil heraus, in dessen eines Ende er bereits eine Zugschlaufe geknotet hatte – wie bei einem Galgen. Doch plötzlich horchte er auf. War das Musik? Da wummerte doch irgendwo ein Bass. Feierte jemand in der Nachbarschaft etwa eine Party? Was hatte er übersehen? Ihm schoss es heiß den Rücken hinunter. Vorsichtig schaute er wieder durch das Nachtsichtgerät nach draußen, scannte dabei nicht nur den Hof, sondern auch die Fassaden. Sein Puls beschleunigte. Doch zu seiner Erleichterung waren die Fenster mit direktem Blick in den Werkstatthof immer noch dunkel. Als der Bass langsam wieder verhallte, zwang er sich zur Ruhe. Vermutlich war ein Auto mit Subwoofer draußen auf der Straße vorbeigefahren. Die Nerven behalten, ermahnte er sich, während er zwei dünne Drähte von einer Spule zog und geschickt über den Boden verlegte, damit sie einem nicht sofort ins Auge sprangen, wenn man das Licht anschaltete. Für ein besseres Feingefühl zog er die Nylonhandschuhe aus. Er musste die beiden dünnen Enden mit dem Motor der Zugwinde auf der einen und mit dem elektrischen Fußtaster auf der anderen Seite verbinden, wie man ihn in jedem herkömmlichen Baumarkt kaufen konnte und mit dem man in der Gastronomie Türen mit dem Fuß öffnete. 4.30 Uhr war es, als er die kleinen Schrauben am Motor der Seilwinde endlich befestigt hatte. Dann zog er die Handschuhe wieder an.

Vorsichtig wickelte er nun die Kette ab, die oben an der Decke über die Winde lief. Er knotete das Seil mit der Schlinge an die unteren Kettenglieder und zog die gesamte Fußangel bis hinunter zum Betonboden, wo er sie vorsichtig um den automatischen Fußtaster legte. Dann erst nahm er die verschieden großen Schraubenschlüssel aus dem kleinen Beistellwagen und verteilte sie leise drum herum.

Zufrieden trat er zurück und betrachtete sein Werk. Unordnung mit System. Ein geplantes Chaos, das anlockte, weil es neugierig machte. Einen kurzen Moment legte er den Kopf in den Nacken und genoss die aufkeimende Vorfreude. Er dachte an die Farbe und den Pinsel in seiner Tasche. Doch bevor er Oelsner eine Botschaft hinterließ, wurde es Zeit, das abgesaugte Altöl mit den Spritresten zu vermengen.

Das Warten war schlimm. Seit knapp einer Stunde saß er nun hinten in der Ecke auf dem Betonboden der Werkzeughalle und spürte längst die Kälte, die seine Gelenke steif machte, seinen Verstand aber wachhielt.

Das Nachtsichtgerät hatte er wieder in seinem Rucksack verstaut, auch alles Werkzeug, das er für den Bau seiner Konstruktion benötigt hatte, und die Farbe für den kleinen Gruß, den er Oelsner von innen auf den Falttüren hinterlassen hatte.

Um 7.15 Uhr nahm das Vogelgezwitscher in gleichem Maße zu wie das Tageslicht.

Jetzt konnte es nicht mehr lange dauern. Er lauschte. Endlich. Ein Schlüsselbund klapperte. Das Tor zum Durchgang in den Hof wurde geöffnet und wieder geschlossen. Ingo Oelsners Schritte schlurften durch den Hof. Der Mechaniker hustete und spuckte aus.

Er selbst saß immer noch zusammengekauert in der hintersten Ecke der Werkstatt. Sein Körper war bis zum Zerreißen angespannt.

Draußen kamen die Schritte des Mechanikers immer näher, bis er schließlich hinter der Scheibe auftauchte. Ein Schlüsselbund kratzte am Schließblech der Werkstatthalle, die Türangeln quietschten. Die frische Morgenluft strömte herein und verdünnte sofort den Öl- und Benzingestank, der ihn während des Wartens etwas benommen gemacht hatte.

Hätte sich noch der leiseste Zweifel in ihm gemeldet, jetzt war es zu spät. Strafe, wem Strafe gebührt. Der Mann hatte nicht hören wollen, also musste er fühlen.

Ingo Oelsner betrat die Halle und schaltete das Licht an. Die Leuchtstoffröhren surrten.

«Was ist denn das für eine Scheiße?», hörte er ihn fragen, als er das Chaos aus Werkzeugen auf dem Boden entdeckte. «Alter, das glaube ich jetzt nicht.»

Oelsner bückte sich und sammelte die Sachen auf, die um den Fußtaster herum verteilt lagen. Doch immer wieder trat er wenige Zentimeter neben den Auslöser – und immer weniger Schraubenschlüssel lenkten von dem Fußtaster ab. Oelsner zog sein Handy hervor. Verdammt, wen rief er denn jetzt an? Es war 7.30 Uhr an einem Samstagmorgen.

«Ingo hier. Was habt ihr mir denn gestern Abend für eine Sauerei hinterlassen? Wie oft hab ich euch gesagt, dass ihr euren Scheiß zum Feierabend wegräumen sollt. Schönes Wochenende. Wir sehen uns Dienstag.»

Hatte er einem seiner Jungs auf die Mailbox gesprochen? Oelsner steckte das Handy wieder ein und motzte weiter vor sich hin, während er sich nach weiterem Werkzeug bückte. Dann endlich. *Klack.* Der Fußtaster reagierte. Der Motor sprang an, die Winde surrte. Auf Stufe 5 wickelte sich die Kette schneller über die Spule, als Ingo Oelsner reagieren konnte. Die Schlinge zog sich um sein Sprunggelenk zusammen. Oelsner lachte kurz auf, doch schon im nächsten Moment verlor der Mann das Gleichgewicht.

Noch bevor der Mechaniker nach Hilfe rufen konnte, schoss er wie der Blitz aus seinem Versteck hervor, klebte Oelsner auf seiner Fahrt an die Decke einen Streifen Industrieklebeband über den Mund und griff sofort nach den um sich schlagenden Händen, die er mit einem Kabelbinder auf dem Rücken des Mannes fixierte. Dann schloss er die Tür zum Hof. Der hilflose Körper zappelte kopfüber in vier Metern Höhe.

Nur Oelsners dumpfes Fiepen drang durch das Klebeband hindurch, während er die Luft in kräftigen Stößen durch die Nasenlöcher schnaubte. Plötzlich hielt der Mann inne. Und als er die Botschaft entzifferte, die mit Leuchtfarbe kopfüber auf die Tür geschrieben stand, riss er panisch die Augen auf.

Du warst es!

Noch einmal geriet sein Körper in Bewegung und versuchte sich aus dieser aussichtslosen Lage zu befreien.

Doch schnell gab er wieder auf und fing an zu weinen. Im selben Moment färbte sich der Schritt seiner Hose dunkel, und auch das Oberteil seines Overalls sog den Urin auf. Seine Angst kam zu spät. Weder beeindruckte sie, noch wendete sie sein Schicksal. Die Entscheidung war gefallen.

Bevor das viele Blut in seinem Kopf dafür sorgte, dass der Mann ohnmächtig werden würde, sollte er bei wachem Verstand erleben, wie verbranntes Fleisch roch. Sein eigenes.

14 Samstag, 14. Oktober

Probier doch wenigstens mal», sagte Susanne und hielt
Franka auf dem Wochenmarkt in Eimsbüttel ein Stück
frisch gewürfelte Ananas auf einem Holzspießchen entgegen.
Wie der Name auf der Markise über der Auslage verriet, hatte
Frankas Schwester sich vor Joachims Obst- und Gemüsekis-
te angestellt, wo frisch aufgeschnittenes Obst zum Verkosten
angeboten wurde.

Franka zierte sich.

«Komm schon. Mach den Mund auf. Die ist bio.»

«Ist jetzt gerade schlecht.» Als Entschuldigung präsentierte Franka das Kaugummi zwischen den Schneidezähnen, auf
dem sie seit Beginn des Marktbesuches herumkaute.

«Rauchst du eigentlich immer noch heimlich?» Susanne
steckte sich das Stück Ananas selbst in den Mund.

«Wie jetzt?»

«Um mich zu foolen, musst du schon früher aufstehen.»
Susanne schmunzelte und wurde vom Verkäufer begrüßt, mit
dem sie Trauben und Birnen aussuchte.

«Aber ich rauche viel weniger.» Franka versuchte gar nicht
erst zu leugnen.

«Man merkt es aber trotzdem. Du riechst zwar nicht mehr
wie ein Aschenbecher, wenn man neben dir läuft, und im Gesicht siehst du auch viel rosiger aus, aber ich hab dich zur Be-

grüßung in den Arm genommen. Bist du Polizistin, oder bist du Polizistin?» Susanne streckte sich über die Auslage und reichte dem Verkäufer noch einige Äpfel. Mit Mitte sechzig war sie immer noch schlank und sportlich. Angeblich wirkte sie jünger als Franka, das hatte sie Dieter, Susannes Mann, einmal hinter vorgehaltener Hand sagen hören.

«Und im Präsidium glauben die immer noch, du bist clean?»

«Vermutlich schon», sagte Franka und war insgeheim froh, dass sie dort von niemandem in den Arm genommen wurde. Sie musste aber aufpassen, da hatte Susanne recht.

«Im Grunde geht's mich ja auch nichts an, Franka. Und mit neunundfünfzig Jahren bist du alt genug, um zu wissen, was du tust.»

Susanne legte eine halbe Ananas in Frankas Einkaufskorb. «Die wirken entzündungshemmend. Aber bitte iss die auch.»

«Ja, Frau Oberstudienrätin.» Nun war es Franka, die schmunzelte. «Ich stell mich drüben schon mal an.» Sie ging zu einem in den italienischen Nationalfarben lackierten Kleintransporter und freute sich über die schön dekorierte Auslage mit Spezialitäten.

An einem Samstagmorgen um 9.00 Uhr konnte man seine Einkäufe auf dem Markt noch einigermaßen entspannt erledigen, ohne dabei über Kinderwagen und angeleinte Hunde zu stolpern. Viel zu selten machte Franka hier Besorgungen, was auch dem Umstand geschuldet war, dass man überall in einer neuen Schlange warten musste. Für jemanden, der so ungeduldig war wie Franka, eine Bewährungsprobe.

«Dieter hat heute Morgen noch getippt», sagte Susanne, als sie nach dem Bezahlen vom Gemüsemann herüberkam, «dass du unsere Verabredung doch noch absagst. Wie läuft's denn im Dienst?»

Franka schaute Susanne verwundert an. «Willst du das wirklich wissen? Meistens hebst du sofort abwehrend die Hände und verziehst das Gesicht, wenn ich erzähle.» Sie richtete den Blick zurück auf die vielen Olivensorten. «Unsere Welt ist eben nicht nur bunt.»

«Ich lebe nicht hinter dem Mond, Franka. Und natürlich interessiert mich deine Arbeit», wehrte Susanne sich. «Aber manchmal will ich's einfach lieber nicht so genau wissen … Sonst sorge ich mich noch mehr um dich, wenn ich tagelang nichts von dir höre, weil du ja auch nie zurückrufst, wenn man dir auf die Mailbox quakt.»

Franka lächelte. Sie würde nicht zugeben, dass sie die Sorge ihrer großen Schwester irgendwie rührte. «Glaub mir, du bist die Erste, die erfahren wird, wenn mir was passiert. In meinen Notfallkontakten im Handy stehst du ganz oben.»

«Jetzt bleib doch mal ernst, Franka. Ehrlich, mir dreht sich heute noch der Magen um, wenn ich daran denke, wie du damals beim Einsatz mit Armin angeschossen wurdest. Da lebten Mama und Papa ja noch.»

«Und Armin auch», sagte Franka trocken und begrüßte die Verkäuferin, als sie an die Reihe kam. «Ich nehme so einen kleinen Topf von dem Frischkäse mit Bärlauch und ein Ciabatta mit getrockneten Tomaten, bitte.» Sie kratzte sich durch die Jacke am Schlüsselbein. Kaum an den glatten Durchschuss vor zwanzig Jahren erinnert, juckte die Narbe unter dem Träger ihres Tanktops, wie sie es auch bei Wetterumschwüngen manchmal tat. «Von den eingelegten Oliven in Knoblauch auch einen kleinen Topf.»

«Wie lange willst du das eigentlich noch machen?», hakte Susanne nach. «Hast du nicht mal überlegt, dich früher aus dem Zirkus zu verabschieden?»

Wieder schaute Franka Susanne überrascht an. «Sagte die Frau, die bis zu ihrer Pensionierung im Schuldienst durchgehalten hat? Du hast doch auch nie einen Gedanken an den Vorruhestand verschwendet.» Franka nahm die Papiertüte mit dem Ciabatta von der Verkäuferin entgegen. «Warum sollte ich mich dann also früher aus diesem *Zirkus* verabschieden, wie du das LKA immer nennst. Und dein Job als Lehrerin war weitaus gefährlicher als meiner. Immerhin musstest du unbewaffnet vor deine Schüler treten.»

Sie schauten sich beide ernst an. Dann knuffte Susanne Franka in die Seite. «Wir sollten das öfter machen.»

«Was? Zusammen auf den Markt gehen?»

«Auch. Wir sehen uns viel zu selten.»

«Aber doch nicht, weil mein Dienst so gefährlich ist.»

«Du hast nie Zeit.»

«Darf's noch etwas Schönes sein?», fragte die Verkäuferin und reichte Franka den Frischkäse und die Oliven. Sie verneinte und bezahlte, während sich Susanne auf dem Markt umschaute. Franka musste zugeben, ihre Schwester wirkte seit ihrer Pensionierung gelöst, und schon jetzt hatte Franka ein schlechtes Gewissen, weil sie bereits drei Verabredungen hatte absagen müssen.

«Schau mal.» Begeistert zeigte Susanne auf einen Stand mit Fischbrötchen. «Komm. Ich lade dich ein.»

Bereitwillig ließ Franka sich mitziehen. Sie genoss den unbeschwerten Morgen, der sich fast wie ein Kurztrip anfühlte. Wie ein sehr kurzer Kurztrip, dachte Franka, als aus ihrer Umhängetasche der Science-Fiction-Ton ihres Handys ertönte, den sie Sybille zugeordnet hatte. Grundlos rief niemand aus dem Präsidium an Frankas freiem Tag an. Sie zog das Smartphone aus der Tasche. «Sybille, was gibt's?»

«Tut mir leid, wenn ich dich störe, Franka. Aber gestern Abend hast du gesagt, ich soll mich melden, wenn es Neuigkeiten gibt.»

«Hat die Brandursachenermittlung doch schon Ergebnisse?»

«Wegen der Explosion in der Herbertstraße? Nein. Sorry», sagte Sybille, und Franka schaute zu Susanne hinüber, die zwei Fischbrötchen am Stand bestellte und lächelnd herüberwinkte. Franka winkte zurück, obwohl sie bereits ahnte, dass sie auch diese Verabredung mit ihrer Schwester gleich würde knicken müssen.

«Franka, ich stehe mit den Kollegen in einer Kfz-Werkstatt in Eilbek», sagte Sybille und klang dabei ziemlich angefasst. «Sorry, aber … ich bin der Meinung, du solltest dir das mal anschauen.»

Keine zwanzig Minuten später wurde Franka von Sybille begrüßt, die zwischen zwei Falttüren eines Werkstatthofs unweit der U-Bahn-Station Ritterstraße stand.

«Ich warne dich, Franka, das wird ziemlich heftig.» Dann gab die Kollegin den Blick in eine ausgebrannte Kfz-Halle frei. Franka traute ihren Augen nicht. Noch nie in ihrer gesamten Laufbahn hatte sie etwas derart Schreckliches gesehen. Zwar war das nicht der erste verbrannte Körper, den sie in all den Jahren bei der Polizei zu Gesicht bekam. Es war aber der erste, der wie ein Stück Vieh kopfüber von einer Werkstattdecke hing, nur am Fuß von einer Art Flaschenzug gehalten. Auf den ersten Blick ließ sich nicht erkennen, ob es verbrannte Kleidung war, die sich großflächig vom Körper der Gestalt schälte, oder Haut. Die Arme des Toten – seine Größe ließ darauf schließen, dass es sich um eine männliche Leiche handelte – waren auf dem Rücken fixiert. Das linke Bein stand in der Hüfte angewinkelt vom Körper ab, und der Anblick des glatzköpfigen schwarzen Schädels war der blanke Horror. Doch bevor die Kollegen von Spurensuche und Rechtsmedizin den verkohlten Körper aus seiner Fußfessel befreien und abhängen konnten, musste zunächst die Tonne darunter abkühlen, um sie zur Seite zu räumen. Laut dem Einsatzleiter der Feuerwehr hatte darin eine Flüssigkeit mehr gequalmt als gebrannt, wie Sybille Franka nun berichtete. Trotzdem hatte die Hitze ausgereicht, um dem Mann schwerste Verbrennungen zuzufügen. Ein seltsames Déjà-vu zu gestern Abend in der Herbertstraße, dachte Franka.

Die Feuerwehr hatte mit Chemie gelöscht. Daher rührte also der beißende Gestank. Er übertünchte den Geruch von versengtem Fleisch.

«Vorsicht, bitte mal», sagte ein Mann im weißen Schutzanzug, der mit einem Kollegen zusammen einen Überführungssarg der Rechtsmedizin vorbeitrug.

«Weiß man, wer da hängt?» Franka hatte ihren Schock noch nicht so ganz überwunden.

«Ingo Oelsner. Kfz-Meister. Neunundvierzig Jahre alt, Spezialist für englische Oldtimer. Er hat zwei Mechaniker bei sich beschäftigt. Einen der Männer haben wir erreicht. Der ist auf dem Weg.»

Franka schaute sich auf dem Hof um. Neben ehemals teuren Sportwagen standen ein verrußtes Herrenfahrrad und ein Sprinter ohne Nummernschild. Dann blickte sie wieder hinüber zu dem Toten in der Halle.

«Heftig. Wer macht denn so was? Kommt einer Hinrichtung gleich.» Sybille trat einen Schritt zur Seite und machte zwei Feuerwehrleuten Platz, die einen aufgerollten Schlauch aus dem Hof trugen.

«Das ist wirklich ein Statement», war sich Franka sicher. «Da geht es jemandem nicht nur darum, einen Menschen zu töten. Der oder die Täter präsentieren das Opfer regelrecht. Solche Taten haben meist einen tiefen psychologischen Hintergrund. Kein Affekt, kein Mal-eben-geplant. Das da», Franka nickte in Richtung des Tatorts, «ist eine Aussage, und ich hoffe, die entschlüsseln wir.»

Unwillkürlich dachte sie an Christopher Blumenthal, den Anwalt, der gestern Abend in der Herbertstraße ums Leben gekommen war.

«Auch wenn das Feuer auf dem Kiez durch eine Gasexplosion ausgelöst worden ist, von der wir noch nicht wissen, ob es sich um einen technischen Defekt oder Manipulation handelt ...», Franka sprach beim Denken, «... aber da stirbt ein Mann angeschnallt in einem Käfig, und zwölf Stunden später hängt jemand wie ein verbrannter Engel kopfüber von der Decke einer Werkstatt. Nur Zufall?»

«Deswegen habe ich dich angerufen, Franka. Mit eigenen Augen sieht man besser, als sich nur auf die Fotos der KTU zu verlassen.»

«Okay. Leg los, Sybille.»

«Wie? Ich wollte dir das nur zeigen, bevor ich an Kurt und Ina übergebe und du wieder nach Hause ...»

«Fang an», unterbrach Franka die Kollegin. «Ob die Taten von gestern und heute in Zusammenhang stehen oder nicht, ganz offensichtlich handelt es sich zumindest hier in Eilbek um einen Täter, der nicht ganz gesund in der Birne zu sein scheint, um das mal vorsichtig auszudrücken.» Franka tippte sich an die Stirn.

Sybille zog ohne weiteren Widerspruch ihre Kladde aus der Hosentasche. «Also gut. Um 7.40 Uhr ging der erste Notruf eines Nachbarn bei der Feuerwehr ein. Um 7.42 und 7.46 Uhr haben weitere Anwohner dort Alarm geschlagen. Nach Zeugenaussagen drang dichter, schwarzer Qualm aus der Werkstatt. Als die Löschzüge neun Minuten später eintrafen, waren bereits die Scheiben der Werkstatttüren geborsten.»

«Hat niemand den Mann vorher schreien hören?» Franka schaute die Fassaden im Hof empor.

«Dem Opfer klebte Industrietape über dem Mund. Die Kollegen befragen gerade noch die Nachbarn. Ingo Oelsner hat wie jeden Samstag um 7.30 Uhr mit der Arbeit begonnen. Wie gesagt, zehn Minuten später wurde die Feuerwehr alarmiert, die weitere zehn Minuten später am Einsatzort eingetroffen ist.»

«Wieso hat der Mann heute überhaupt gearbeitet? Meine Nissan-Werkstatt hat am Wochenende zu.»

«Oelsners Frau ist Friseurin und hat montags frei. Um den Wochenanfang mit ihr zu verbringen, schraubt er immer den halben Samstag. Seine beiden angestellten Mechaniker sind aber montags bis freitags am Start.»

Franka dachte kurz nach. «Also war diese Hinrichtung tatsächlich für den Chef bestimmt. Der Täter kannte sich aus.»

«Anzunehmen.»

«Was ist mit Oelsners Frau?»

«Die Kriseninterventio kümmert sich.»

Franka beobachtete, wie Rechtsmediziner und Spurentechniker den verbrannten Körper von der Decke lösten und sich dabei gegenseitig ermahnten, vorsichtig zu sein.

«Moin, Franka.»

«Poppy», sagte sie überrascht, als sich Bruhns die Kapuze vom Kopf zog. «Hast du seit gestern Abend in dem Teil geschlafen? Deine Frau sieht dich auch nicht mehr, was?»

Er verzog keine Miene. «Katrin und ich haben uns letzten Monat getrennt.»

«Oh, Scheiße. Poppy … Mensch, das tut mir leid. Wirklich.» Franka dachte an die hohe Scheidungsrate bei der Polizei. Immer wieder verloren Lebenspartner über die Jahre das Verständnis für die langen Arbeitstage, insbesondere für den Schichtdienst.

Aber das war jetzt nicht das Thema. Sie ging zur Tagesordnung über. «Was wisst ihr bisher?»

«Der oder die Täter sind dort rein.» Er zeigte auf den rechten Eingang der beiden Werkstatttüren. «In der Glastür zum Materiallager klafft ein rundes Loch. Glasschneider. Der Türmechanismus wurde mit Öl eingesprüht.»

«Hat der Mann noch gelebt, als er da hochgezogen wurde?»

«Ich bin kein Rechtsmediziner, aber wenn, dann dürfte er durch den Qualm aus der Tonne ziemlich schnell das Bewusstsein verloren haben, bevor er erstickt ist. Laut den Kollegen von der Brandursachenermittlung loderte in der Tonne ein Gemisch aus Altöl und Spritresten.»

«Ist Frau Lutze auch vor Ort?»

Poppy schüttelte den Kopf. «Die untersucht in der KTU die Gastherme von gestern Abend. Aber zwei Kollegen von ihr sind hier. Also, unser Opfer trägt einen Strick um das Fußgelenk. Ähnlich wie bei einem Galgen hat sich das Seil zugezogen, als der Körper mittels einer Seilwinde ratzfatz an die Decke befördert wurde. Der Motor stand auf höchster Stufe. Mehr kann ich im Moment nicht sagen. Vor Montag kannst du wohl nur spekulieren, Franka. Ich rate dir also, geh wieder nach Hause und genieße deine freie Zeit mit Familie und Freunden. Solange du sie noch hast.»

Er hob die Hand zum Gruß, setzte sich die Kapuze wieder auf und ging zurück zu den Kollegen, die für die Spurensuche in der Kfz-Halle geborstene Glasscheiben einsammelten.

«Du hast Poppy gehört, Franka», sagte Sybille. «Ergebnisse gibt's nicht vor übermorgen, und bis dahin haben die Kollegen das Umfeld von Ingo Oelsner abgeklappert. Sein Handy haben wir auch. Komm, fahr zurück zu deiner Schwester.»

«Auf keinen Fall», sagte Franka entschlossen. «Hast du eben gesagt, du wartest auf einen der angestellten Kfz-Mechaniker?»

Sybille nickte.

«Gut. Pass auf. Wir haben zwei Männer, die innerhalb weniger Stunden auf spektakuläre Weise irgendwie durch Feuer ums Leben gekommen sind. Ich will wissen, ob die sich kannten. Gibt es eine Verbindung zwischen dem Anwalt von gestern Abend und dem Kfz-Meister? Frag den Mechaniker, ob ihm der Name Christopher Blumenthal bekannt ist. Schaut euch die Kundenkartei an.» Franka zog ihr Handy aus der Tasche.

«Was hast du vor?», fragte Sybille.

«Ganz sicher lege ich mich jetzt nicht mit Ciabatta und Oliven aufs Sofa.»

«Aber für die Bildung einer Soko ist es zu früh, Franka. Poppys Leute sind noch dabei, die Halle zu untersuchen, und die Rechtsmedizin weiß noch nicht mal, was ihnen heute bevorsteht.»

«Hör zu, Sybille. Ihr krempelt bitte das Leben von diesem Kfz-Mechaniker auf links, Ingo Oelsner, ich kümmere mich um die Vita von Christopher Blumenthal. Dann sehen wir weiter.»

«Okay», sagte Sybille und winkte Ina Reitzenbach zu sich, die von der Befragung der Nachbarn zurückkehrte.

Eilig verließ Franka den Hof und ging zurück zu ihrem Auto. Wie sollte sie bitte abschalten, wenn da draußen jemand herumlief, der einen Menschen auf so grauenvolle Weise getötet hatte? Oder zwei? Diese Art des Mordens wirkte wie eine Bestrafung. Aber wofür? Und wenn diese Tat tatsächlich mit der Explosion auf dem Kiez in Zusammenhang stand, was war dann das verbindende Element?

Franka öffnete ihren Wagen. Der Korb mit den leckeren Einkäufen stand auf dem Rücksitz.

Noch einmal drehte sie sich nach dem Tor mit dem halben Oldtimer an der Fassade um. Spielte sich in Hamburg jemand zum Richter auf? Wenn sie recht behielt, dann würde ein weiteres Opfer nicht lange auf sich warten lassen, da war sie sicher.

Entschlossen drückte Franka eine der Schnellwahltasten

ihres Handys. Schon nach dem zweiten Klingelton wurde das Gespräch entgegengenommen.

«Du hast also Sehnsucht nach mir?»

«Manchmal geht mir dein Humor ziemlich auf die Nerven, Alpay.»

15   Samstag, 14. Oktober

Alpay lehnte vor seinem Haus in der Turnerstraße an einem Verteilerkasten und wartete auf Franka, als ihr blauer Nissan aus der Mathildenstraße einbog. Natürlich hatte sie ihm am Telefon freigestellt, seinen Samstagvormittag wie geplant mit seinem besten Kumpel beim Sport zu verbringen. Mehrmals hatte sie beteuert, seinen Einsatz nicht zu erwarten, aber sie wollte sich eben am Montag auch keine Vorwürfe anhören müssen, weil sie ihn nicht informiert hatte.

Er kannte Franka mittlerweile gut genug, um die maximale Besorgnis in ihrer Stimme zu erkennen.

Der Nissan hielt neben ihm, und Franka öffnete das Fenster. «Du stehst da wie 'ne Bordsteinschwalbe.»

«Und du kennst so zopfige Worte.» Er schmunzelte. «Bordsteinschwalbe. Muss ich mir merken.» Er stieg ein und schnallte sich an. «Hast du Elisabeth Blumenthal mittlerweile erreicht? Nicht, dass wir da gleich vor verschlossener Tür stehen.»

«Ich habe mit ihrer Tochter gesprochen. Die erwarten uns.»

«Du glaubst also, diese krasse Sache in Eilbek könnte in irgendeinem Zusammenhang mit dem Tod von Christopher Blumenthal stehen?»

Sie schwieg einen Moment. «Ich weiß es nicht, aber ... Ich

habe das dumpfe Gefühl, dass wir uns kein komplettes Wochenende leisten können.»

Langsam rollte Franka durch die enge Turnerstraße und bog nach rechts ab.

«Wir haben zwei Tote, die auf grauenvolle Weise umgekommen sind», legte sie nach. «Feuer spielt eine entscheidende Rolle. Wenn ich mit meiner Vermutung richtig liege, ist doch die Frage, ob sich die beiden Opfer kannten? Sybille kümmert sich um den Background von Ingo Oelsner, wir nehmen uns Blumenthals vor.»

«Findest du meinen Gedanken von wegen Milieu denn immer noch abwegig?», fragte Alpay. «Ich meine, ein Opfer fliegt in die Luft, das andere wird mit dem Kopf nach unten über einer Tonne verbrannt. Würde für mich ins Bild passen.»

Franka trommelte mit den Fingern auf dem Knüppel der Gangschaltung. «Ich weiß nicht … Die Reeperbahn ist doch keine Mafia-Hochburg. Das fragen wir am besten Kurt. Der weiß, was auf dem Kiez gerade abgeht. Im Moment ist nur eins sicher: Wer in der Lage ist, eine solche Falle wie in Eilbek zu bauen, bringt vielleicht auch das technische Verständnis mit, um eine Gastherme zu manipulieren. Außerdem glaube ich, dass unser Täter ein ziemliches Mitteilungsbedürfnis hat. Das sind Inszenierungen, bei denen wir hinschauen sollen.»

Alpay blickte erstaunt zu Franka. «Und was versucht er uns zu sagen?»

Sie bog auf die Max-Brauer-Allee ein und ließ einen Bus der Hamburger Verkehrsbetriebe aus einer Haltestelle zurück auf die Straße einscheren. «Keine verdammte Ahnung, Alpay. Aber sei dir sicher, wir lernen seine Sprache, bis wir den Mann verstehen.»

Es hätte ein relaxter Samstag für Alpay werden können. Aber Frankas Anspannung hatte sich auf ihn übertragen.

#

Zwanzig Minuten später parkte Franka auf dem Grundstück der Blumenthals zwischen einem dunkelgrünen Range Rover und einem verrosteten Polo. Als Alpay ihr zur Villa folgte, wurde ihnen die Tür bereits geöffnet.

«Guten Tag. So schnell sieht man sich wieder.» Deike Blumenthal lächelte bemüht und bat die beiden herein. Gestern Abend, als sich die junge Frau um ihre geschockte Mutter kümmerte, hatte Alpay sie auf Anfang dreißig geschätzt. Nun, im Tageslicht, ließen ihre verweinten Augen sie um einiges älter erscheinen.

«Ich kann es immer noch nicht fassen», sagte Deike, die ihrer Mutter zum Verwechseln ähnlich sah. Sie trug die gleichen Perlenohrringe, die man in den Elbvororten als klares Statement seiner Herkunft trug. Auch zu Jeans und Hoodie. Vielleicht ein Vorurteil, aber wer war schon frei davon.

«Wie geht es Ihrer Mutter?», eröffnete Franka das Gespräch und schaute genau wie Alpay irritiert die Treppe hinauf, weil von oben ein heftiger Streit zu hören war.

«Sie müsste jeden Moment herunterkommen.» Deike ignorierte den Lärm, was Franka befremdlich fand. Dann folgten sie ihr in die Bibliothek.

«Bitte, nehmen Sie doch Platz.» Bevor Deike Blumenthal die Tür schließen konnte, wurde im ersten Stock eine aufgerissen. Elisabeths Stimme tönte nun laut und deutlich durch die Halle. «Du bleibst jetzt hier, verdammt noch mal.»

Hunde kläfften.

«Friedrich!»

Die beiden Rauhaardackel schossen die Treppe hinunter und überholten einen jungen Mann in Jeansjacke. Auf dem Kopf trug er eine gelbe Mütze, das konnte Franka gerade noch von ihrem Platz aus erkennen, bevor Deike die Tür ins Schloss schob. Auch Alpay hatte den jungen Mann offensichtlich zur Kenntnis genommen.

«Mein Bruder ... Der Tod seines Vaters ... Uns allen geht sein schreckliches Ableben sehr nah.»

«Leck mich», knallte der Sohn seiner Mutter so laut an den Kopf, dass es auch durch die geschlossene Tür noch deutlich zu verstehen war. Das angespannte Verhältnis zwischen Mutter und Sohn war, trotz der offensichtlichen Trauer im Haus, nicht zu überhören.

Aber hatte Deike eben *seines* Vaters gesagt? War der junge Mann also ihr Halbbruder?

«So redest du nicht mit mir!» Elisabeths Stimme war scharf und drang nun aus dem Vorgarten durch das große Sprossenfenster in die Bibliothek. Franka beobachtete, wie die Frau ihrem Sohn zu dem verrosteten Polo hinterherlief.

«Friedrich!»

Unbeirrt setzte er sich in seinen Wagen und fuhr los.

Franka fragte sich, wo sie diesen jungen Mann schon einmal gesehen hatte. Eigentlich war sie gut darin, Gesichter einzuordnen, denen sie schon einmal begegnet war.

Als Elisabeth Blumenthal wenige Minuten später mit den beiden Dackeln die Bibliothek betrat, hatte sie sich wieder im Griff. Sie wirkte sogar erstaunlich ruhig, als sie ihnen Tee anbot und sich entschuldigte, weil sie die Polizei hatte warten lassen. Kein Wort zu dem Eklat mit ihrem Sohn, von dem die Frau doch wissen musste, dass Franka und Alpay ihn mit angehört hatten. Franka begriff, dass man in diesem Haus die Risse in der perfekten Fassade anscheinend mit der Frage nach einer Tasse Earl Grey überspielte. Sie lehnte freundlich ab, und bat stattdessen um ein Glas Wasser, das Elisabeth ihr mit zitternder Hand aus einer Karaffe eingoss.

«Ich nehme an, Sie sind gekommen, weil die DNA-Ergebnisse meines Mannes vorliegen?» Elisabeth schenkte sich nun selbst ein. Dann drückte sie eine Tablette aus einem halb leeren Blister. Vermutlich ein Beruhigungsmittel.

Franka verneinte. «Ich möchte Ihnen die Einzelheiten der DNA-Analyse ersparen, aber … im Falle Ihres Mannes werden wir mehrere Tage benötigen.»

«Dann wissen Sie jetzt, wie es zu der Explosion gekommen ist?» Elisabeth setzte sich zu ihrer Tochter auf das Sofa.

Auch diese Frage verneinte Franka mit dem Hinweis auf die kriminaltechnischen Untersuchungen des Unglücks, das noch keine vierundzwanzig Stunden zurücklag.

«Und warum sind Sie dann hier?», hakte die Tochter verwundert nach.

«Wissen Sie, wir haben natürlich noch viele offene Fragen.»

Mutter und Tochter sahen sich verunsichert an.

Franka wusste, dass eine Befragung der Polizei jeden Hinterbliebenen zusätzlich belastete, erst recht, wenn der Ehemann beziehungsweise Vater im Hinterzimmer einer Prostituierten gestorben war. Sie ging behutsam vor. «Frau Blumenthal, sagt Ihnen der Name Ingo Oelsner etwas?»

«Nein. Wer soll das sein?»

«Herr Oelsner betreibt eine Kfz-Werkstatt für Oldtimer in Eilbek.»

«Verstehe. Mein Mann fährt im Sommer immer seinen alten Triumph.» Elisabeth war sich der ab jetzt gültigen Vergangenheitsform offensichtlich noch nicht bewusst. Doch Franka war sich sicher, dass sie einen entscheidenden Treffer gelandet hatten.

«Wo Ihr Mann seinen Wagen hat warten lassen, wissen Sie aber nicht ...?»

Auch wenn Elisabeth mit den Schultern zuckte, Franka wusste, Blumenthals Oldtimer war die Verbindung zwischen den beiden Männern! Lutzes Brandgutachten zur Explosion von gestern Abend stand zwar noch aus, aber diese beiden Fälle gehörten zusammen. An Alpays Blick erkannte Franka, dass darüber auch für ihn kein Zweifel mehr bestand.

«Meine Fragen, Frau Blumenthal, werden nun sehr privat.»

Elisabeth griff nach der Hand ihrer Tochter. «Ich habe keine Geheimnisse vor Deike.»

Franka nickte. «Prima. Frau Blumenthal, wie lange waren Sie und Ihr Mann eigentlich verheiratet?»

«Vierunddreißig Jahre.»

«Das ist ja wirklich eine sehr lange Zeit.» Franka versuchte, weiter Vertrauen aufzubauen. «Schon bewundernswert heutzutage.»

Elisabeth verspannte. Sie war eine intelligente Frau und ahnte wahrscheinlich, worauf Franka abzielte.

«Gestatten Sie mir die Frage, aber ... von den sexuellen Präferenzen Ihres Mannes ... haben Sie davon gewusst?»

«Nein.» Elisabeths Antwort kam schnell. Auch Franka war nicht hundertprozentig in der Lage, eine Lüge zu erkennen, aber jetzt war sie davon überzeugt, dass die Frau die Unwahrheit sagte.

«Ich dachte immer, dass man die persönlichen Interessen seines Partners nach einer so langen Zeit kennt», nahm Franka Alpays gestern geäußerten Verdacht auf und schaute kurz zu ihm hinüber. Dann wandte sie sich wieder an Elisabeth. «Kunst, gutes Essen, Einstellungen zu gesellschaftlichen Themen, Politik. Man verbringt sein halbes Leben miteinander, teilt Intimes ...»

«Meine Mutter sagte doch, dass sie keine Ahnung von Christophers ... *Interessen* hatte.» Für Frankas Geschmack verteidigte Deike ihre Mutter eine Spur zu vehement. «Ihre Fragen sind vielleicht ein bisschen zu intim, finden Sie nicht?»

«Wissen Sie», Franka blieb verständnisvoll, «mein Kollege und ich klären den Tod eines Menschen auf. Da gibt es keine Frage, die *zu* intim ist. Ich kann verstehen, dass Sie beide aufgewühlt sind, aber ...»

«Wie gesagt, ich hatte keine Ahnung von diesen Besuchen meines Mannes», sagte Elisabeth und vermittelte den Eindruck, als betrachte sie dieses Thema damit als erledigt.

Franka ließ es gut sein. «Hatte Ihr Mann beziehungsweise Ihr Vater irgendwelche Feinde? Gab es Personen in seinem näheren oder erweiterten Umfeld, mit denen er im Streit lag?»

In Elisabeths sediertem Blick spiegelte sich Unverständnis. «Christopher war überall beliebt. Er war Rotarier, spielte Golf.»

Und ließ sich gerne nackt in einen Käfig sperren, dachte Franka. Das konnte Elisabeth als seine Frau doch nicht einfach ignoriert haben.

«Mein Stiefvater war überall ein gern gesehener ...» Deike brach ab und stutzte. Sie schien zu überlegen. «Mama, die Sache mit Rietmüllers nebenan? Weißt du noch, wie Dieter Christopher gewünscht hat, dass er sich mit seinem Porsche zerlegen soll? So jemand wie du, hat ihn angeschrien, gehört aus dem Verkehr gezogen.» Deike wandte sich an Franka und Alpay. «Eigentlich waren Rietmüllers Freunde meiner Eltern, aber als deren Retriever gestorben ist ...»

Franka verstand kein Wort.

«Mein Stiefvater hat die Gärtner angewiesen ... na ja. Also, die sollten das Unkraut nicht zupfen, wenn Sie verstehen, was ich meine.»

«Er hat Gift spritzen lassen?» Langsam verstand Franka den Streit, den die Tochter des Hauses andeutete.

Deike nickte. «Der Hund von nebenan ist immer durch die Rhododendronbüsche zu uns rüber. Irgendwann hat er wohl was in unserem Garten gefressen, haben die Nachbarn behauptet. Als das Tier tot war, sind die ziemlich ausgerastet.»

«Und Ihre beiden Dackel?» Wie aufs Stichwort legte sich einer der Hunde zu Frankas Füßen.

«Die Gärtner haben nur gesprüht, wenn meine Mutter mit den beiden auf Sylt war. Jedenfalls haben die Rietmüllers Christopher angezeigt.»

«Wann war das?»

«Vor knapp drei Monaten», sagte Deike.

Franka schaute zu Alpay hinüber, der auf dem Sofa saß und sich Notizen machte. Im Laufe ihrer Dienstjahre hatte Franka schon viele unterschiedliche Mordmotive wie Habgier, Heimtücke oder Befriedigung des Geschlechtstriebs erlebt. Aber tötete man wirklich jemanden, weil aus Versehen ein Hund vergiftet worden war?

«Niemand, aber auch wirklich niemand darf das erfahren», flüsterte Elisabeth. «In der Herbertstraße …» Sie vergrub das Gesicht in ihren Händen und schüttelte fassungslos den Kopf.

Franka gab der Frau einen Moment, um sich zu sammeln. «Wir wissen, dass Ihr Mann Jurist war», fuhr sie schließlich fort. «Was für eine Art von Anwalt war er eigentlich? Ich meine, was für eine Fachrichtung?» Beim Blick durch die beeindruckende Bibliothek war Franka klar, dass sich Blumenthal ganz sicher nicht mit juristischen Bagatellen beschäftigt hatte.

«Planstellungsverfahren, Projektentwicklungen für Industrieanlagen.»

«Industrieanlagen?»

«Chemie. So was halt.» Elisabeth zuckte mit den Schultern. Anscheinend schien sie seinem Beruf keine große Bedeutung im Zusammenhang mit seinem Tod beizumessen.

«Ich würde aber so weit gehen zu behaupten», schaltete Deike sich ein, «dass der ewige Streit mit seinem Sohn heftiger war als jeder Ärger mit einer gegnerischen Partei.»

«Deike», sagte Elisabeth scharf.

«Sie verdächtigen jetzt aber nicht Ihren Halbbruder, oder wie war die Anspielung zu verstehen?», fragte Franka irritiert und beobachtete den Blick, den Mutter und Tochter wechselten.

«Natürlich verdächtige ich Friedrich nicht», gab Deike schließlich zurück, und Franka erinnerte sich an den lautstarken Abgang des Bruders.

Sie wandte sich an Elisabeth. «Frau Blumenthal, der Streit zwischen Ihrem Sohn und Ihnen war nicht zu überhören. Das waren harsche Worte, die er da von sich gegeben hat. Darf ich fragen, worum es bei der Auseinandersetzung ging?»

Mit hastigen Schlucken leerte Elisabeth ihr Glas, und Franka hatte fast das Gefühl, als benötige sie die Zeit für die Vorbereitung einer Ausrede.

«Wir … haben uns über die Planung der … Es gibt vor der Beerdigung noch viel für die Familie zu regeln, Frau Erdmann.»

Franka nickte, glaubte der Frau aber kein Wort. Vielleicht rächte niemand sein vergiftetes Haustier, indem er ein Dachgeschoss in die Luft sprengte. Zumal Franka sich fragte, wie in eine solche Version ein kopfüber getöteter Kfz-Mechaniker passte. Und auch wenn sie wusste, dass Verletzungen des Selbstwertgefühls und jahrelange Demütigungen in der Ehe eines der häufigsten Mordmotive darstellten, passte auch dann der verbrannte Mann in Eilbek nicht ins Bild. Diese Taten gehörten zusammen, da war sich Franka sicher, und Blumenthals Oldtimer war eine erste wirkliche Spur. Aber warum hatte jemand ausgerechnet Feuer als Mordwerkzeug gewählt?

16 Sonntag, 15. Oktober

Wie gerädert saß Franka um 6.30 Uhr an ihrem Küchentisch und trank einen Schluck Kaffee. Mehrere Stunden hatte sie in der Nacht wach gelegen und sich den Kopf darüber zermartert, warum die beiden Männer ins Visier des Täters geraten waren. Vermutlich hatte sie nicht ihre gemeinsame Leidenschaft für alte Autos zu Opfern werden lassen. Blumenthal war Jurist für Genehmigungsverfahren in der Industrie, wie seine Witwe gesagt hatte. Daher schied wahrscheinlich der Gedanke aus, dass der Anwalt ausgerechnet einen Kfz-Mechaniker vor Gericht vertreten hatte und sich nun jemand rächte, der den Prozess verloren hatte.

Nach dem Besuch bei Elisabeth Blumenthal waren Franka und Alpay gestern ins Präsidium gefahren und hatten gemeinsam das Gesprächsprotokoll verfasst, während die Kollegen um Sybille noch in Eilbek ermittelten. Auch wenn für Franka nun feststand, dass die beiden Taten vom Wochenende irgendwie zusammengehörten, fieberte sie immer noch Lutzes Gutachten zum Dachstuhlbrand in der Herbertstraße entgegen. Sie hoffte, mit den Ergebnissen ihren Verdacht unterfüttern zu können. Insgeheim spekulierte sie sogar darauf, dass ihr die Brandursachenermittlung Beweise lieferte, die sich später mit den Untersuchungsergebnissen aus Eilbek deckten. So erhielten sie vielleicht Hinweise zum Täterkreis.

Wer in aller Welt tötete einen Mann durch eine Gasexplosion oder hängte einen Menschen kopfüber an einen Balken und entzündete ein Feuer darunter? Bei Mord überschritten Täter und Täterinnen immer rote Linien, aber in Eilbek und auf dem Kiez lagen Tötungsdelikte vor, die weit über das erforderliche Maß hinausgingen. Frankas Meinung nach zeigte sich darin eine gefühllose und unbarmherzige Gesinnung und das Anliegen, eine Botschaft zu hinterlassen. *Seht her!* Sie nahm noch einen großen Schluck Kaffee. Ganz sicher würde sie jetzt nicht wieder zurück ins Bett gehen, auch wenn Sonntag war und sie eigentlich freihatte. Franka konnte nicht anders, sie musste ins Präsidium. Sie war gespannt auf den Bericht aus Eilbek, den die Kollegen gestern Abend noch verfasst hatten.

Eine halbe Stunde später hatte sie geduscht und sich angezogen. Sie nahm ihre Lederjacke von der Garderobe, hängte sich ihre Tasche über die Schulter und zog ihr Handy vom Ladekabel. Wieso war der Akku nur zu fünfzehn Prozent aufgeladen? Dann entdeckte sie das gebrochene Kabel am Stecker. Schon wieder? Sie hatte das Gefühl, als verkürze sich die Halbwertzeit dieser Ladeverbindungen auch immer schneller. Dann würde sie ihr Handy eben auf der Fahrt ins Präsidium an die Buchse für den Zigarettenanzünder anschließen.

Nur wenige Minuten später öffnete Franka die Fahrertür ihres alten Nissan, den sie gestern zwei Straßen von ihrem Wohnhaus im Hellkamp entfernt geparkt hatte. Aber noch bevor sie die Zündung betätigte, hatte sie das Gefühl, dass etwas nicht stimmte. Sie stieg wieder aus, ging um ihren Wagen herum und traute ihren Augen nicht: Der Nissan stand auf allen vier Felgen. Auf das hintere Nummernschild hatte jemand eine 1,5 in leuchtendem Gelb gemalt. Was war das denn für eine Scheiße? Sie hatte gerade erst die teuren Winterreifen aufziehen lassen, die sie im letzten November gekauft hatte.

Sie schritt die Reihe geparkter Fahrzeuge ab. Soweit sie das überblickte, hatte man vier Pkw die Reifen aufgestochen und die Nummernschilder beschmiert. Die Auswahl der Modelle schien ihr völlig beliebig. Einen teuren SUV hatte es ebenso erwischt wie zwei Mittelklassewagen und eben Frankas Nissan.

Sie versuchte, sich nicht aufzuregen. Aber bei blinder Zerstörungswut hörte es bei ihr auf. Vandalismus ging meistens auf das Konto einzelner Jugendlicher oder kleiner Gruppen, und eine Anzeige gegen unbekannt verlief in solchen Fällen meist im Sande.

Dann blieb ihr wohl nichts anderes übrig, als die Öffentlichen zu benutzen. Um das Abschleppen des Nissan würde sie sich dann am Abend kümmern. Auf dem Fußweg zur U-Bahn-Station Osterstraße rief Franka mit den verbliebenen fünf Prozent ihres Handy-Akkus in ihrer Werkstatt an und hinterließ eine Rückrufbitte auf dem AB.

Sie ging die Treppen zum U-Bahnhof hinunter und kaufte sich ein Ticket am Automaten. Bei den wenigen Malen, die Franka gezwungen war, die Öffentlichen zu benutzen, stellte sie hinterher meistens fest, dass man damit im Hamburger Stadtgebiet schneller von A nach B kam als mit dem Auto. Und trotzdem griff sie täglich zum Autoschlüssel. Vielleicht die Macht der Gewohnheit? Auf alle Fälle fühlte sie sich mit dem Auto unabhängiger. Sie konnte los, wann sie wollte. Bei Regen ersparte es ihr den Fußweg zur U-Bahn-Station. Und nichts war schlimmer für einen ungeduldigen Menschen als die elende Warterei auf zugigen Bahnsteigen. Insgeheim wusste Franka, dass sie sich ihre Bequemlichkeit ziemlich schönredete.

Die U2 fuhr ein, und sie stieg in einen Wagen, in dem sie am Sonntagmorgen freie Sitzplatzwahl hatte. Auf den von der Decke hängenden Bildschirmen informierte das Fahrgastfernsehen der Hamburger Verkehrsbetriebe über die Neuigkeiten in der Hansestadt. Bei der nächsten Meldung stutzte Franka. *Explosion in der Herbertstraße. Wieder Bandenkrieg auf dem Kiez?* Unter der Schlagzeile lief eine Slideshow mit Fotos, die die Arbeit der Rettungskräfte nach dem Unglück am Freitagabend zeigte. Trotz gerastertem Gesicht erkannte Franka Dörte Mölling auf einem Motiv, wie sie eingehüllt in eine Aludecke im offenen Krankenwagen saß.

Irgendwer musste diese Aufnahmen gemacht haben. War Alpay am Freitag also einem professionellen Fotografen hinterhergerannt? Sie wusste, dass Bildagenturen von freien Fotografen Fotomaterial kauften, das sie unter anderem an Nachrichtenportale lizenzierten. Konnten sie diese Spur also vergessen? In ihrer Jackentasche klingelte das Handy, und als Franka es hervorgezogen hatte, erkannte sie die Kennung der Brandursachenermittlung. Franka spürte ihren Puls beschleunigen.

«Erdmann.»

«Guten Morgen, Annelie Lutze. Ich habe Ihnen zwar gesagt, dass ich nix versprechen kann, aber ...»

Stille.

«Frau Lutze?»

Stille.

«Hallo?»

Entsetzt starrte Franka auf den Bildschirm ihres Telefons. Er war schwarz.

Als Franka um 8.15 Uhr ihr Büro betrat, warf sie hektisch ihre Tasche auf den Schreibtisch und griff sofort zum Festnetztelefon, um Annelie Lutze zurückzurufen. Gleichzeitig fuhr sie ihren Computer hoch, weil sie davon ausging, dass Lutze ihr das Gutachten gemailt hatte. Besetzt. Franka legte wieder auf und starrte ungeduldig auf ihren Bildschirm. Warum dauerte das denn so lange? Gefühlt brauchte die alte Möhre eine Ewigkeit, bis die Festplatte initialisiert war. Sie steckte ihr Handy ans Ladekabel auf ihrem Schreibtisch, und um sich von der Warterei auf ihren Computer abzulenken, warf sie einen kurzen Blick nach nebenan ins Großraumbüro. Zwei Kollegen der Bereitschaft, einer von ihnen war Marcel Reuter, standen vor einer Straßenkarte und befestigten daran Magnete. Marcel hatte sich einen Telefonhörer unter das Kinn geklemmt und schien irgendwelche Straßennamen zu erhalten, die er an den Kollegen weitergab.

Als Frankas Computer seine Einsatzbereitschaft mit einer kurzen Melodie vermeldete, setzte sie sich zurück an ihren Schreibtisch. Annelie Lutze hatte einen gut bei ihr, denn sie hatte das Gutachten der Explosion in der Herbertstraße tatsächlich fertiggestellt. Doch die Ernüchterung folgte auf dem Fuße. Denn durch die Heftigkeit der Detonation konnte die Technikerin nicht mit abschließender Sicherheit sagen, ob die Gastherme aufgrund eines technischen Defekts oder durch Manipulation in die Luft geflogen war. Zu groß waren die Zerstörungen des Brenners.

Franka legte den Kopf in den Nacken und stöhnte auf. Sie hatte so gehofft, dass sich das Unglück von vorgestern auch offiziell als Mord einstufen ließ.

«Da bist du ja.»

Sie zuckte kurz zusammen, weil Alpay plötzlich im Türrahmen zum Großraumbüro stand. «Lutze hat bei mir angerufen», sagte er. «Hast du Probleme mit deinem Handy?»

Sie tippte auf das Gerät, das am Ladekabel hing.

«Verstehe.» Er deutete auf ihren Computer. «Bist du jetzt sehr frustriert?»

«Du hast den Bericht also auch gelesen», stellte sie ernüchtert fest. Erst jetzt bemerkte sie sein verschwitztes Gesicht. Alpay trug nicht nur eine Funktionsjacke, sondern auch eine lange Laufhose, über die er zusätzlich die Shorts eines Hamburger Fußballclubs gezogen hatte.

«Nee, ich habe noch keinen Blick reinwerfen können», sagte er. «Keine Ahnung, warum, aber ich empfange im Moment keine Mails aus dem Dienst. Deswegen bin ich hier.» Er wischte sich mit dem Ärmel durchs Gesicht. «Lutze hat bei mir angerufen, weil du nicht mehr zu erreichen warst. Dabei hat sie erwähnt, dass die Anlage so im Arsch ist, dass die Technik nix Konkretes sagen kann.»

Franka gab ihren Platz für Alpay frei, der sich setzte, die Datei überflog und daraus vorlas. «... mit hoher Wahrscheinlichkeit lag hier der Primärbrand nach der Gasexplosion. An den zwei Verblendklappen aus pulverbeschichtetem Aluminium, die im oberen Teil des Käfigs montiert gewesen waren ...» Plötzlich stutzte er. Franka sah, wie er die Augen zusammenkniff.

«Soll ich dir meine Lesebrille leihen?»

«Was ist denn das hier? Schau mal. Das Blech von diesen Käfigklappen hat sich nicht nur in der Hitze verbogen, das ist auch schwarz vor Ruß.»

Sie trat hinter ihn und blickte über seine Schulter, während er das Foto auf dem Bildschirm vergrößerte. «Im Original sind die Klappen oliv. Aber hier schimmert gelbe Farbe durch.» Mit einem Kugelschreiber tippte er auf die entsprechenden Stellen. «Siehst du das?»

Er öffnete ein weiteres Foto, auf dem Franka nun auch etwas Gelbes, Grelles durchscheinen sah.

«Vielleicht ist das die Spiegelung vom Fotoblitz?»

Er öffnete weitere Fotos der Klappen, vergrößerte sie und schob die Aufnahmen nebeneinander. Nur in den Vergrößerungen sah man tatsächlich kleine Farbpartikel durch den Ruß schimmern.

Alpay schaute zu Franka auf. «Irgendwie sieht das so aus, als gehöre das da nicht hin. Oder was sagst du?»

Sie überlegte nur einen kurzen Moment. Dann griff sie entschlossen nach ihrer Lederjacke. «Komm. Wir fahren in die KTU.»

Auf dem Weg nach draußen folgte sie Alpay noch kurz ins Großraumbüro, wo er in der Kaffeeecke zwei riesige Gläser Leitungswasser trank, um seinen Flüssigkeitshaushalt nach der Lauferei wieder aufzufüllen. Währenddessen beobachtete sie die Kollegen der Bereitschaft, die nun an ihren Computern Schreibarbeiten erledigten.

«Und bei euch?», wandte sie sich an Marcel Reuter und deutete auf die vielen Magnete auf der Straßenkarte.

«Im gesamten Stadtgebiet ist es zu einer Aktion gegen Pkw gekommen», sagte er, und Franka horchte überrascht auf. Ihr eigener Fall hatte sie die Attacke auf ihren Nissan fast vergessen lassen.

«Aus den Bezirken Eimsbüttel, Eppendorf und aus der Schanze sind den ganzen Morgen über aufgestochene Reifen gemeldet worden», fuhr Marcel fort. «Den Autos hat man zusätzlich die Nummernschilder ...»

«... mit einer 1,5 beschmiert», beendete Franka seinen Satz.

«Nicht wahr. Dein Nissan?» Alpay war schlau, das mochte Franka. Sie nickte und stellte sich vor die Straßenkarte.

«Bis eben hätte ich an Vandalismus geglaubt. Aber das sieht eher nach einer konzertierten Aktion aus. Wisst ihr schon, wer dahintersteckt?»

Marcel zuckte mit den Schultern. «Sportwagen sind genauso betroffen wie Mittelklasse- und Kleinwagen. Da verwischt irgendwie die Grenze zwischen Vandalismus und politisch motivierter Tat. Bei dem Zeug auf den Nummernschildern handelt es sich wohl um Leuchtfarbe.»

Obwohl es auch um ihr eigenes Auto ging, brannte Franka der eigene Fall viel zu sehr unter den Nägeln, als dass sie noch weiter nachgefragt hätte. Sie verließ zusammen mit Alpay das Büro.

17 Sonntag, 15. Oktober

Eine halbe Stunde später wurden Alpay und Franka in den Untersuchungsräumen der Brandursachenermittlung verwundert von Annelie Lutze in Empfang genommen.

«Ich hoffe jetzt nicht, dass Sie das Gutachten aus Eilbek genauso schnell erwarten wie das aus der Herbertstraße.»

In Schutzanzügen und Handschuhen folgten sie der Kollegin vorbei an einem langen Alutisch, an dem eine Handvoll Techniker verkohlte Gegenstände aus der Kfz-Werkstatt in Eilbek untersuchten.

«Wir sind nämlich noch lange nicht so weit», sagte Lutze und deutete auf den Motor der Seilwinde, den man ebenso hierhergebracht hatte wie die Fußangel, die neben einer schweren Kette lag. «Vor morgen kann ich Ihnen dazu nichts sagen. Ganz schön perverse Nummer jedenfalls.»

Wie Annelie Lutze weiter erklärte, hatte es in der Hansestadt im letzten Jahr fast sechstausend Brände gegeben. Die ungeklärten Fälle landeten bei ihr und ihrem Team.

«Wir sind gekommen», sagte Alpay, «um noch einmal einen Blick auf die Käfigklappen aus St. Pauli zu werfen.»

«Aha.» Annelie Lutze schaute erstaunt von Alpay zu Franka und wieder zu ihm zurück. «Tut mir ja nun leid, dass ich Ihnen bezüglich der Gastherme nicht weiterhelfen kann. Aber sehen Sie selbst …»

Auf Tisch 4 präsentierte sie die schwarz verkohlten Trümmerteile. Wie Lutze erklärte, würden die Gegenstände nun entweder eingelagert werden, wenn Polizei und Staatsanwaltschaft ermittelten, oder kämen eben zur Entsorgung, sollten die Behörden einen Haken an die Sache machen.

«Sie vermuten einen Zusammenhang zwischen den Bränden, richtig?»

«Und Sie?», antwortete Alpay mit einer Gegenfrage.

«Ihnen darauf eine Antwort zu geben», sagte Lutze, «wäre einfacher, wenn unser Gutachten zu der Therme eindeutig ausgefallen wäre. So muss ich mich an Fakten halten, Herr Eloğlu.»

Weder das Ausdehnungsgefäß noch eins der Klappenventile, das quasi als Sicherheitsvorrichtung davor montiert gewesen war, hatten dem Druck der Explosion unbeschädigt standgehalten, wie sie erläuterte. «Und auf diesem Stutzen sitzt normalerweise eine Kappe, die mit einer Plombe versehen ist.» Sie zeigte auf ein völlig deformiertes Stück Metall.

«Damit da nicht jeder rankann, nehme ich an?» Franka schaute sich interessiert in den Resten der zerstörten Anlage um.

Lutze nickte. «Kappe und Plombe sollen verhindern, dass die Verbindung unbemerkt geschlossen wird. Dafür bräuchten Sie zudem einen besonderen Schlüssel. Haben fast nur Monteure.»

Alpay schaute angespannt zu Franka. Sie hatte doch die Vermutung geäußert, dass der Täter in Eilbek über technisches Wissen verfügte. Suchten sie vielleicht sogar jemanden, der sich im weitesten Sinne mit Heizungstechnik auskannte?

Lutze drehte den Korpus des Brenners einmal um seine eigene Achse. «Das hier ist ein altes Fabrikat. Vor 2005 hergestellt. Bis Ende dieses Jahres ist die Umrüstung auf ein neueres Modell noch zulässig. Bei schlechter Wartung kann es passieren, dass die Flamme ausgeht, wenn es zu Druckschwankungen bei der Gasversorgung kommt.»

«Gibt es für solche Fälle nicht so was wie einen automatischen Abschaltmechanismus?»

«Richtig, Frau Erdmann. Eigentlich schon.»

«Und uneigentlich?» Alpay deutete auf den verbogenen Klumpen aus Metall.

«Uneigentlich hat zum Glück der Abschaltmechanismus zur Straße funktioniert», sagte Lutze. «Nicht auszudenken, was da hätte passieren können.»

Alpay hatte die beiden verbeulten Metallklappen entdeckt, die im oberen Teil des Käfigs montiert gewesen waren, je zwanzig mal zehn Zentimeter.

Vorhin, beim Betrachten der Fotos auf Frankas Computer, war sein Puls ähnlich angestiegen wie jetzt, da er tatsächlich an einigen Stellen ganz leicht gelbliche Farbe durch den Ruß schimmern sah. «Haben Sie Handschuhe für mich?»

«Okay, Herr Eloğlu. Ich bin ja nicht doof», sagte Lutze. «Sie suchen doch was Bestimmtes.» Sie reichte ihm kommentarlos einen Karton, aus dem er sich bediente und Franka anschließend wie zum Beweis eine der Klappen entgegenhielt. Nachdem sie das Blech durch ihre Lesebrille betrachtet hatte, nickte sie ihm bestätigend zu.

Dann wandte er sich wieder an Lutze. «Ich brauche bitte auch noch eins von Ihren Reinigungstüchern.»

«Wollen Sie bei mir anfangen?»

Unter normalen Umständen hätte er vermutlich mit ihr zu flirten begonnen. Er mochte sie. Aber in seiner Ungeduld nahm er kommentarlos das feuchte, fusselarme und chemisch neutrale Präzisionstuch entgegen und entfernte vorsichtig die Rußschicht auf der Innenseite einer der beiden Klapptüren. Darunter kam langsam eine gelblich stumpfe Farbe zum Vorschein. Er hatte sich also nicht getäuscht!

«Seht ihr das?» Zentimeter um Zentimeter entfernte Alpay vorsichtig den schmierigen schwarzen Film von der Klappe. Und obwohl sich das Metall in der Hitze verbogen hatte und ein Teil der Originalfarbe abgeplatzt war, tauchte unter dem Dreck langsam das gelbe Fragment eines Buchstabens auf.

Franka schob ihre Lesebrille zurück ins Haar. «Sieht aus wie ein B.»

«Haben Sie das auf den Fotos gesehen?», fragte Lutze entgeistert.

«Nur auf den vergrößerten Aufnahmen schimmert da was durch. Man sieht es kaum», schob er als Erklärung hinterher.

Lutze hatte sich nun auch Handschuhe angezogen und holte eine Sprühflasche mit einem professionellen Rauchharzentferner unter dem Untersuchungstisch hervor. «Damit geht's schneller. Aber danke für Ihre Vorsicht, Herr Eloğlu.» Sie besprühte die Fläche und reinigte die zweite Klappe. Auch hier erschienen gelbe Farbreste unter dem schmierigen Ruß. Alpay und Lutze schoben die beiden notdürftig gereinigten Klappen nebeneinander, um die Reste der Buchstaben auf dem verbogenen Blech zu entziffern.

«BV, BU ... oder ist das ein D?», versuchte Franka es.

«Ich glaube, das ist zumindest keine Lackfarbe», sagte Lutze und kratzte mit einem kleinen Schaber über die Fläche, «dafür ist das Zeug zu stumpf. Das Gelb sieht fast aus wie … Neon. Auf mich wirkt das Zeug eher wie Leuchtfarbe. Moment.»

Sie schaltete das Deckenlicht aus, und als die Lampen über dem Tisch erloschen, traute Alpay seinen Augen kaum. Tatsächlich leuchteten die Fragmente der Buchstaben neongelb. Nur schwach, weil sie sich nicht lang genug mit Energie hatten aufladen können, erklärte Lutze. Trotzdem setzten sich die Reste der Farbe zu einem Ganzen zusammen:

Du Sau!

Alpay hörte, wie Franka durch die Zähne pfiff. «Ist das der schräge Humor von Dörte Mölling? Eine unflätige Beschimpfung für ihre Kunden? Oder …» Franka brach mitten im Satz ab und begann, nervös auf und ab zu gehen. «Scheiße. Oder hat unser Täter seinem Opfer etwa eine Botschaft hinterlassen?» Franka schaute Alpay eindringlich an, und plötzlich begriff auch er die Dimension dieser Entdeckung.

Franka rief im Präsidium an. «Herr Reuter, bitte setzen Sie sich sofort mit Poppy Bruhns in Verbindung. Die KTU soll noch mal nach Eilbek fahren und in der Werkstatt von Ingo Oelsner nach Leuchtfarbe suchen. Unter dem Ruß. Die sollen den Dreck vorsichtig von den Wänden wischen. Wir haben die Vermutung, dass der Täter seinen Opfern vielleicht Botschaften hinterlässt. Die beiden toten Männer kannten sich.»

Franka hatte den Lautsprecher ihres Handys nicht eingeschaltet, daher blieb Alpay nichts anderes übrig, als sie angespannt zu beobachten. Mehrmals biss sie sich auf die Lippe. Sagte *Scheiße* und *Ja* und *Nein* und bat Marcel zu Alpays

Überraschung, so schnell wie möglich auch eins der Nummernschilder von der Pkw-Aktion ins Labor zu schicken. Hatte Marcel nicht vorhin auch die Vermutung geäußert, dass es sich dabei um Leuchtfarbe handelte? Franka wollte den Hersteller der Farbe wissen, mit der man die 1,5 auf die Kennzeichen gemalt hatte. Sie bedankte sich und beendete das Gespräch.

«Habe ich eigentlich irgendeinen Trend verpasst? Anscheinend benutzt jetzt jeder Leuchtfarbe.»

Während Frankas Telefonat hatte Alpay ein merkwürdiges Gefühl beschlichen. Wie ein schlechtes Gewissen, das sich plötzlich in ihm breitgemacht hatte. Dann schoss es ihm kalt den Rücken hinunter. Er wandte sich an Annelie Lutze. «Wie lange werden Asservate eigentlich aufgehoben?»

«Nur bis die betreffenden Straf- oder Bußgeldverfahren abgeschlossen sind. Wieso?»

Er stützte die Hände in die Hüften und sah zu seinen Laufschuhen hinunter. Dann kratzte er sich im Nacken. Er mochte den Verdacht, der ihm gekommen war, kaum aussprechen. Sein Blick wanderte von Annelie Lutze zu Franka.

«Erinnert ihr euch noch an den Fall in Billstedt?»

Lutze überlegte nicht lange. «Anfang September. Die tote Frau in dem Müllkeller.»

«Jörg und ich haben den Fall eingestellt, weil wir dachten, die Frau hat sich selbst in Brand gesteckt.» Alpays Mund wurde trocken. «Ich bekomme das irgendwie nicht mehr ganz auf die Kette, aber …» Er sah zu Lutze. «In Ihrem Gutachten stand, dass sich an den untersuchten Putzproben von der Decke Leuchtfarbe befunden hat.»

Erneut pfiff Franka durch die Zähne.

«Haben Sie die Asservate noch?», fragte Alpay. Er fürchtete, dass Jörg und er eine fatale Fehlentscheidung getroffen hatten.

«Die sind bereits vernichtet, Herr Eloğlu. Sie selbst haben ja einen Haken an die Sache gemacht. Aber ich suche Ihnen gerne den Bericht und das Asservatenbuch noch mal raus.» Sie ging zu ihrem Industrieschreibtisch und weckte ihren Bildschirm aus dem Stand-by-Modus.

Mit weichen Knien wandte Alpay sich an Franka. «Wir haben die Hinweise zu der Farbe in dem Keller für Schmierereien gehalten, weil überall in den Gängen Graffitis und so Zeugs war.» Er schüttelte ungläubig den Kopf. Im Hintergrund klapperte Lutze auf ihrer Tastatur.

«Christopher Blumenthal liegt am Freitagabend auf dem Rücken festgeschnallt in einem Käfig», fuhr er fort. «Das heißt also, er starrt von unten auf diese Klappe hier mit der Botschaft **Du Sau!** Vorgestern verbrennt Ingo Oelsner in seiner Werkstatt. Vielleicht hat der Täter auch für ihn eine Nachricht hinterlassen. Ein paar Wochen zuvor kommt eine Frau durch ein heftiges Feuer in einem Müllkeller in Billstedt ums Leben. Laut Gutachten, das wir vermutlich nicht richtig gedeutet haben, hat sich dort vielleicht Leuchtfarbe an der Decke befunden. Was spielt diese verkackte Leuchtfarbe immer wieder für eine Rolle? Hat die Frau vielleicht auch eine Botschaft erhalten?»

Franka schwieg einen Moment und tippte sich mit dem Finger ans Kinn. Dann atmete sie durch. «Als wir diese Frau Dr. Sellin festgesetzt haben», sagte sie schließlich, «da sind die Kollegen anschließend noch einmal ins Museum und haben ihren Spind geöffnet. Neben einem Lippenpflegestift haben wir eine Quittung in ihrer Jacke gefunden – über zehn Liter Leuchtfarbe.»

Nun war es Alpay, der Franka verblüfft anschaute. «Nicht wahr.»

Franka wandte sich an Lutze. «Das Verfahren gegen die Umweltgruppe Artikel-1, wegen der Attacke auf das Gemälde, wissen Sie, ob das noch bei der Staatsanwaltschaft anhängig ist?»

«Keine Ahnung, Frau Erdmann. Worauf wollen Sie hinaus?»

«Ich möchte, dass das bei dem Vorfall sichergestellte Transparent ins Labor geschickt wird, wenn es noch in der Asservatenkammer liegt. Dann bitte auch die beiden Käfigklappen ins Labor. Ich will eine Farbanalyse. Wir müssen wissen, ob es sich bei allen Proben um denselben Hersteller handelt. Leuchtfarbe hat Strahlkraft», ergänzte sie und begann wieder, an dem langen Untersuchungstisch auf und ab zu wandern. «Blumenthal war Anwalt für Genehmigungsverfahren in der Chemieindustrie. Aller Wahrscheinlichkeit nach kannte er den Kfz-Mechaniker.»

«Und die Frau in Billstedt hat Müll im Keller entsorgt, der eigentlich auf den Recyclinghof gehört», ergänzte Alpay und schaute Franka verunsichert an. «Könnte es sein, dass die alle Opfer einer Umweltgruppe geworden sind? In dem Fall von Artikel-1?»

Franka dachte einen Moment nach. «Keine Ahnung, Alpay. Auch wenn im Moment die Indizien dafürsprechen, dass die Gruppe in irgendeiner Weise in diese Tötungen verwickelt sein *könnte*, stellt sich dann aber immer noch die Frage, wie viele Mitglieder daran beteiligt sind. Besitzen die beiden

Vorsitzenden genug technisches Verständnis, ihre Opfer in eine Falle zu locken? Oder haben sie die Taten vielleicht nur geplant und koordiniert? Ausgeführt wurden sie dann aber von jemand anderem aus deren Umfeld. Und auch was die beschädigten Pkw im Stadtgebiet angeht, können Sellin und Alverut kaum alleine gehandelt haben.»

«Offensichtlich suchen wir mal wieder die sprichwörtliche Nadel im Heuhaufen», sagte Alpay. Dann nahm er entschlossen die Sprühflasche mit dem professionellen Rauchharzentferner vom Untersuchungstisch. «Kann ich mir die ausleihen?»

18   Sonntag, 15. Oktober

Als Alpay mit Franka vor dem Hochhaus in Billstedt aus dem Wagen stieg, war es 14.00 Uhr. Er registrierte die extra eingerichtete Halteverbotszone und den Schuttcontainer, der bis oben voll war mit alten Fensterrahmen und verbrannten Baustoffen. Daneben stand eine leere Holzpalette, die durch die Aufschrift *Vorsicht Glas* auf den Transport von Scheiben deuten ließ. Wahrscheinlich für die geborstenen Kellerfenster?

«Ich hab's geahnt», sagte Alpay mit mulmigem Gefühl. «Die sind hier längst am Renovieren.» Trotzdem nahm er entschlossen die Reinigungsflüssigkeit von der Rückbank, die ihm Annelie Lutze überlassen hatte.

Je näher sie dem Gebäude kamen, desto deutlicher erkannte Alpay, wie weit die Instandsetzungsarbeiten bereits fortgeschritten waren. Einige der geborstenen Kellerfenster oberhalb der Rasenkante hatte man schon ersetzt, kaum ein Rahmen war noch mit einer Sperrholzplatte vernagelt. Seine Hoffnung, dort unten im Keller Spuren zu finden, löste sich mit jedem weiteren Schritt Richtung Hauseingang mehr in Luft auf. Warum hatte er vor sechs Wochen nicht einen Moment länger auf das Gutachten geschaut, es noch einmal weggelegt und dann wieder zur Hand genommen? Er konnte einfach nicht aufhören, sich Selbstvorwürfe zu machen.

«Ach, guck mal einer an», sagte eine schrille Frauenstimme, als er mit Franka kaum fünfzig Meter vom Eingang des Hochhauses entfernt war. Er drehte sich nach einer Kaugummi kauenden Frau in grüner Bomberjacke um. Auf der Brust glitzerte ein Peace-Zeichen aus Strasssteinen. Fast hätte er sie nicht wiedererkannt. Ihre Haare waren nicht mehr braun, sondern blond, ihr Outfit sportlich, nur der leicht spöttische Ton war geblieben – und ihr hässlicher Hund, der gegen die herbstlichen Temperaturen ein kleines Mäntelchen in Tarnfleckoptik trug und sich sofort unter den nächsten Busch krümmte. Den Namen der Frau hatte Alpay vergessen.

«Ich kenn Sie doch», sagte sie und ließ eine pinke Kaugummiblase vor ihrem Gesicht zerplatzen. «Sie sind der Polizist.» Dann schaute sie an ihm herunter. Alpay trug immer noch sein Lauf-Outfit. Sie deutete auf seine Waden und schmunzelte. «Flotte Keulen haben Sie.»

«Und Sie sind?» Franka lächelte freundlich.

«Baumann, Farinaz.» Sie schaute von Franka zu Alpay. «Ihre Mutter?»

«Die Hundekacke sammeln Sie aber wieder auf, oder?» Franka ließ sich nicht provozieren. Trotzdem ließ ihr Ton keinen Zweifel daran aufkommen, dass es Konsequenzen für Farinaz Baumann haben würde, wenn die Hinterlassenschaften des Hundes liegen blieben.

Baumann setzte ein falsches Lächeln auf und zog eine Hundetüte aus ihrer Jackentasche.

«Ist das jetzt der provisorische Müllplatz?» Alpay deutete auf einen Verschlag aus vier Holzwänden, den man auf die Wiese gestellt hatte. Auch wenn er in den Keller wollte, die

Gelegenheit für eine kurze Befragung dieser Frau würde er nutzen.

«Schöne Scheiße, was?», sagte Farinaz und griff mit dem Hundebeutel die Hinterlassenschaften ihres kleinen Lieblings auf. «Das ist doch eine Zumutung. Die Verwaltung kam ewig nicht in die Pötte. Und die Maler da unten ...» Sie winkte angewidert ab, was vielleicht auch an dem Knoten lag, den sie umständlich in die Hundetüte zu drehen versuchte.

«Frau Baumann, erinnern Sie sich noch an den Morgen des Feuers?»

«Natürlich.»

«Ist Ihnen vorher irgendetwas Ungewöhnliches hier aufgefallen? Manche Beobachtungen ergeben erst im Nachhinein Sinn. Vielleicht hat hier in der Siedlung jemand rumgelungert, der hier nicht hergehörte.»

«Wie die da?», sagte Farinaz und schaute zu einer Gruppe junger Männer, die an der Bushaltestelle am Havighorster Redder saßen und rauchten. Einer flippte eine brennende Kippe über den Bürgersteig, die der Wind vor sich her trudeln ließ.

«Hier rennen so viele Knallis rum», fuhr sie überheblich fort, «da kann man sich nicht jeden merken.»

«Haben Sie einen Kellerschlüssel?»

«Na klar. Aber wir dürfen da nicht runter, bis die Renovierungsarbeiten fertig sind, sagt die Verwaltung. Samstags und sonntags wird da unten nicht gearbeitet.» Baumann ließ erneut eine Kaugummiblase vor ihrem Gesicht zerplatzen.

Schließlich begleitete sie Alpay und Franka zum Hauseingang und öffnete die Haustür.

«Aparte junge Frau», flüsterte Franka Alpay auf dem Weg

hinunter in den Keller zu. Die Wände waren bereits gestrichen worden, doch die Ausdünstungen frischer Farbe überlagerten den Brandgeruch nicht vollständig.

«Aber auf Ihre Verantwortung», sagte Farinaz, als sie die Tür in den labyrinthartigen Keller aufschloss. «Nicht, dass ich noch von der Hausverwaltung abgemahnt werde.» Sie deutete auf das Schild an der Tür: *Keller betreten verboten.*

Alpay hörte ihr gar nicht mehr zu und ließ sie einfach stehen. Denn je weiter sein Blick in die Gänge eintauchte, desto verrußter waren die Wände dort noch. An einigen wenigen Stellen sah man Graffitis durch den Ruß schimmern. Ein Funken Hoffnung keimte in ihm auf. Vielleicht ließen sich doch noch Beweismittel finden, mit denen man diesen Kellerbrand in Verbindung zu den Feuern von vorgestern und gestern bringen konnte. Doch der Raum, in dem der Brand ausgebrochen war, hatte bereits eine neue Tür erhalten. Enttäuscht riss Alpay sie auf und schaltete sofort die Bauscheinwerfer ein. Anders als er vermutet hatte, war der Raum jedoch noch ein schwarzes Loch aus vier verkohlten Wänden. Auch wenn das gegenüberliegende Rolltor bereits ersetzt worden war, der Raum selbst war noch nicht wieder instand gesetzt.

Alpay spürte seinen Puls bis hoch in die Schläfen. Sein Blick suchte Wände und Decke ab. Es sah so aus, als hätte der Elektriker die Mauern für die Verlegung neuer Kabel bis nach oben geschlitzt. Man konnte sehen, dass die betreffenden Stellen gerade erst frisch verputzt worden waren. Zugespachtelte helle Risse zogen sich bis zu den Halterungen der neuen Deckenlampe über die ansonsten noch verrußte Decke.

Ohne zu zögern, richtete Alpay den Sprühkopf des Rauchharzentferners in die Mitte der Kellerdecke und nebelte sie mehrmals in einer so satten Wolke ein, dass ihm die Flüssigkeit über die Hand lief und er das bittere Zeug auf seinen Lippen schmeckte. Aber das war ihm egal. Er entdeckte einen Schrubber in der Ecke, der neben einer fast vollen PET-Flasche Wasser stand. Mit der Bürste löste er nun vorsichtig den Ruß von der eingesprühten Decke, wobei ihm immer mehr von der dreckigen schwarzen Brühe des Rauchharzentferners auf die Klamotten spritzte.

«Geh mal zur Seite», sagte Franka schließlich, nahm entschlossen die Wasserflasche zur Hand und drückte den weichen Kunststoff direkt unter der Decke zusammen. Ein Schwall klares Wasser schoss daraus nach oben hervor und schwemmte den bereits gelösten Ruß aus dem Putz.

Die Suppe pladderte hinunter auf den Fußboden, und an der schlierigen Decke schimmerten gelbe Farbpartikel. Fassungslos starrte Alpay darauf. Scheiße. Der Kellerbrand war also tatsächlich der Beginn einer Tötungsserie? Schlagartig wurde ihm bewusst, dass es dann wahrscheinlich schon bald ein weiteres Opfer geben würde.

19 Montag, 16. Oktober

Am Montagmorgen um 8.00 Uhr lag Friederike Minkner noch gut in der Zeit. Die Bushaltestelle am Bramfelder Dorfplatz war nur wenige Gehminuten von ihrer gemütlichen Drei-Zimmer-Wohnung im Fahrenkrön entfernt. Seit fast zehn Jahren lebte sie in diesem Rotklinkerbau einer Wohnungsgenossenschaft. Hier war der nachbarschaftliche Zusammenhalt noch groß, und die kleinen Gärten der Erdgeschosswohnungen wurden von den Anwohnern liebevoll gepflegt.

Vor einem Jahr war Otto bei Rike eingezogen. Bisher hatte sie immer alleine gewohnt, darum war ihr die Entscheidung, sich mit einundsechzig Jahren zu binden, auch nicht ganz leichtgefallen. Aber bis jetzt hatte sie diesen Schritt noch keinen Moment bereut, besonders, wenn Otto sich wie heute Morgen im Bett an sie kuschelte. Seine Kastrationsnarbe war endlich verheilt. Zusammen mit der Impfung gegen Katzenschnupfen hatte Rike dafür fast achtzig Euro beim Tierarzt bezahlt.

Nachdem sie dem Kater sein Fressen in die Küche gestellt und die Katzentoilette gesäubert hatte, griff sie nach Mantel und Mütze, schaltete überall das Licht aus und verließ die Wohnung im zweiten Stock. Nur kurz ärgerte sie sich, weil die Haustür unten offen stand und der Wind den Dreck von draußen ins Treppenhaus wehte. Eine Kabeltrommel und ein Werkzeugkasten standen unter der Briefkastenanlage.

Sie schaute die Kellertreppe hinunter. «Hallo? Ist da jemand? Ich würde nämlich sonst jetzt die Haustür schließen.»

Doch sie erhielt keine Antwort. Mit dem Fuß schob sie etwas Herbstlaub nach draußen und erschrak. Wie aus dem Nichts stand plötzlich eine Gestalt in Arbeitskluft vor ihr.

«Moin», sagte die Frau in der Latzhose unfreundlich, schnappte sich die Kabeltrommel und verschwand nach unten in den Keller. Vielleicht lächelte sie dort, dachte Rike.

Vom Bramfelder Dorfplatz würde sie mit der Linie 18 bis zur Mundsburger Brücke fahren, um dort noch einmal in Richtung Winterhude umzusteigen.

«Echt ein Schietwetter», sagte Angie Brinkmann, als Rike das Wartehäuschen zeitgleich mit dem Bus erreichte. Die Endfünfzigerin saß bereits auf der schmalen Bank. «Die Karten habe ich übrigens schon online bestellt», sagte sie und stieg zuerst in den Bus ein.

«Was für Karten?»

«Sag mal. Kino. Heute Abend. Du und ich. Am Dammtor.»

Rike überspielte, dass sie die Verabredung glatt vergessen hatte. Sonst hätte sie dem Kater das Licht angelassen, vielleicht auch das Radio.

Sie bot Angie den Fensterplatz am mittleren Einstieg des Busses an.

«Nee. Heute bist du wieder dran», insistierte Angie, allerdings nur halbherzig.

Rike wusste, wie gerne die Freundin am Fenster saß. «Jetzt mach schon, rutsch rein.»

Angie setzte sich ans Fenster und grinste. «Du bist echt zu

gut für diese Welt, Rike. Irgendwann poliere ich dir den Hei-ligenschein», sagte sie und wischte mit dem Ärmel über die beschlagene Fensterscheibe.

Fünfzehn Minuten später stand Rike wieder von ihrem Platz auf und hielt sich zum Aussteigen bereit.

«Denk dran. Kino beginnt um 20.00 Uhr», sagte Angie, die sitzen blieb, weil sie weiter Richtung Rathausmarkt fuhr, wo sie in der Hauptfiliale der Hamburger Sparkasse arbeitete.

Rike winkte zum Abschied. Was hatte sie heute Morgen ei-gentlich alles zu erledigen? Auf dem Weg zum Haus der Bert-rams, wo sie als Haushälterin arbeitete, würde sie die Blusen ihrer Arbeitgeberin aus der Reinigung holen. Draußen fing es wieder an zu nieseln, als sie in die Linie 17 umstieg. Das hatte Rike gerade noch gefehlt. Die Blusen wollte sie mög-lichst unfallfrei nach Hause transportieren. Sie schmunzelte bei dem Gedanken, dass sie immer *Zuhause* sagte, wenn es um die Villa in der Bellevue ging. Juliane Bertram war Mutter zweier Mädchen und eines Jungen, die längst erwachsen wa-ren und selbst Kinder hatten. Seit fast dreißig Jahren war Rike bei Juliane beschäftigt, und in dieser Zeit waren die Mädchen selbstbewusste Frauen geworden. Von den drei Kindern war nur Felix vor zehn Jahren in Julianes Unternehmen eingestie-gen.

Aber es hatte auch dunkle Zeiten im Haus der Bertrams ge-geben. Rike erinnerte sich an den Moment größter Verzweif-lung. Sie war erst wenige Jahre bei der Familie beschäftigt ge-wesen, als Jonas Bertram überraschend mit neununddreißig Jahren an einem Herzinfarkt verstorben war. Von einem Tag auf den anderen hatte Juliane mit ihren drei kleinen Kindern alleine dagestanden. Rike hatte ihre Chefin dafür bewundert, wie sie sich gegen die Zerschlagung von Jonas' Firma gewehrt und sich für den Erhalt der damals knapp siebzig Arbeitsplätze eingesetzt hatte. Mittlerweile gehörte die Wilhelm Chemie GmbH, die modifizierte chemische Bindemittel zur Herstellung von Farben und Bautenlacken herstellte, zu den führenden Produzenten von Chemikalien in Deutschland und beschäftigte fast dreihundert Angestellte.

Aber damals, in einem Moment tiefster Verzweiflung, hatte Juliane Rike einmal gestanden, dass Rike für die Familie so etwas wie der Fels in der Brandung war. Und das Gefühl, gebraucht zu werden, gab wiederum Rike Halt, und das war auch ein Grund, warum sie ihr Leben seit kurzer Zeit mit einem Kater teilte.

An der Station Hans-Henny-Jahnn-Weg suchte sie den Abholzettel für die Blusen in ihrer Handtasche. «16. Oktober», stand darauf. Beim nächsten Halt musste sie aussteigen. Rike überlegte. Lag heute nicht noch etwas an? Musste sie in Julianes Namen vielleicht wieder ein Geschenk besorgen und verschicken? Sie öffnete den Kalender auf ihrem Smartphone. Das war's! Sie hatte den Termin für den Wartungsdienst der Fernwärme eingetragen. Zwischen 9.30 Uhr und 13.30 Uhr würde ein Monteur vorbeikommen. Die Benachrichtigungskarte hatte am Freitag in der Post gelegen. Ziemlich kurzfristig, hatte Rike noch gedacht. Sie musste sich mit ihren Erledigungen also beeilen, um dem Mann die Tür zu öffnen.

20 Montag, 16. Oktober

Als Franka um kurz vor 9.00 Uhr das Aquarium zur
Teamsitzung betrat, stand Martin Suttmann bereits vor
den Dokumentationswänden und ließ sich von Sybille über
die Ereignisse vom Wochenende auf Stand bringen. Für die
im September verbrannte Margarete Birgner hatte die Kollegin eine dritte Tafel mit Tatortfotos und Informationen zum
Unglück bestückt. Nach Alpays gestrigem Fund der Leuchtfarbe an der Kellerdecke mussten sie davon ausgehen, dass
der Tod dieser Frau der Auftakt einer grauenvollen Tötungsserie gewesen war.

Als Alpay den Konferenzraum betrat, blieb er kurz unschlüssig in der Tür stehen, bevor er direkt auf Martin zusteuerte und sich zerknirscht entschuldigte, weil er den Fall
in Billstedt zu den Akten gelegt hatte. Franka wusste, dass insbesondere junge Kollegen mit Fehleinschätzungen und Rück-
schlägen zu kämpfen hatten, was zum Teil an der mangelnden
Berufserfahrung lag, Studium hin oder her. Alpays Frust und
Verärgerung waren vielleicht der Erkenntnis geschuldet, dass
Theorie und Praxis oft weit auseinanderlagen, dachte sie. Da
hatte Martin schon eher Grund, Jörg zu fragen, warum ein
erfahrener Kollege wie er das Gutachten der Brandursachenermittlung nicht noch einmal genauer auf den Prüfstand gestellt hatte. Auch wenn Franka noch nie zu Jörgs Fanclub ge-

hört hatte, würde sie objektiv bleiben: Sie alle machten Fehler. Niemand aus der Abteilung war vor Irrtümern gefeit. Und mit dem Kenntnisstand von damals hätte vermutlich auch sie den Fall eingestellt. Alpay schien erleichtert, dass der Chef die neusten Entwicklungen lediglich mit einem Nicken quittierte. Auch er wusste, dass trotz der hohen Aufklärungsrate selbst in der Abteilung 4 Fehler passierten. Es war nicht seine Art nachzutreten. Franka wusste, dass Martin die Courage, die Alpay gerade mit seiner Offenheit bewiesen hatte, anerkannte.

«Moin», begrüßte Alpay schließlich die Runde und deutete auf das Smartphone in Frankas Hand. «Nachricht aus der KTU?»

«Noch nichts Konkretes. Aber Bruhns hat getextet, dass er zur Teamsitzung kommt.»

«Verstehe.» Alpay setzte sich neben Franka. Sie wussten alle, dass Bernhard Bruhns immer dann persönlich erschien, wenn er wichtige Neuigkeiten zu verkünden hatte. Noch gestern Nachmittag hatte er mit seinem Team sowohl die Kfz-Werkstatt in Eilbek nach Spuren von Leuchtfarbe durchsucht als auch am frühen Abend die Kellerdecke in Billstedt gereinigt. Franka war fest davon überzeugt, dass der Täter seinen Opfern auch in Eilbek und Billstedt Nachrichten hinterlassen hatte, bevor er sie mit Feuer tötete. Dementsprechend fieberte sie nun den neusten Ergebnissen der Spurensicherung entgegen.

Suttmann drehte sich zu Franka. «Sybille sagt, du hast beschmierte Nummernschilder und ein Transparent von dieser Umweltgruppe ins Labor geschickt?»

Franka nickte.

«Dann hältst du eine Verbindung zu Artikel-1 für möglich?»

«Ich warte noch auf das Ergebnis der Farbanalyse. Das ist ein ziemlich aufwendiges Verfahren.»

«Aber du glaubst, das hängt alles miteinander zusammen?»

«Was ich glaube, spielt wie immer keine Rolle, Martin. Wenn die Untersuchung der Farbe zeigen sollte, dass die bei den Tötungen verwendete Leuchtfarbe dieselbe ist wie bei den Aktionen von Artikel-1, stellen wir deren Büroräume auf den Kopf. Vorher bekomme ich auch gar keinen Beschluss bei der Staatsanwaltschaft.»

Martin nickte.

«Sag mal, wer leitet eigentlich diese Soko?» Franka schaute in die Runde.

«Immer die, die fragt», gab Martin zurück und klatschte ungeduldig in die Hände. «Okay, Leute, fangen wir bitte an.» Die Dynamik, die dieser Fall angenommen hatte, setzte auch ihn sichtlich unter Druck. Es war anzunehmen, dass ihm entweder Staatsanwaltschaft oder Presse im Nacken saßen, oder im schlimmsten Fall beide.

«Was wisst ihr über den Toten aus Eilbek?» Martin umrandete einzelne Kästchen auf seinem Karoblock und führte sie zu einem großen Ganzen zusammen. Aus eigener Erfahrung wusste Franka, wie einen so ein Gekritzel beruhigte.

«Oelsner und Blumenthal kannten sich aller Wahrscheinlichkeit nach», sagte sie und wandte sich an Sybille. «Habt ihr Oelsners Kundenkartei gecheckt?»

Sybille nickte. «Wir haben mit einem seiner Angestellten gesprochen. Du hattest recht, Franka. Blumenthal hat seinen Oldtimer dort schrauben lassen. Es kommt aber noch besser.

Ich habe Ingo Oelsner durch unser System laufen lassen. Der Mann war ein alter Bekannter von uns.»

Franka schaute überrascht auf. Während ein Raunen durch die Runde ging, fuhr Sybille fort. «Der Kfz-Meister war nicht nur Spezialist für englische Oldtimer, sondern vor seiner Resozialisierung auch Fachmann für», sie las von einem Ausdruck ab, «räuberische Erpressung, schwere Körperverletzung, Nötigung und Handel mit verschreibungspflichtigen Medikamenten und Drogen.»

«Der hat ja kaum was ausgelassen», sagte Franka.

«Als er seine Frau vor zehn Jahren kennengelernt hat, bekam Oelsner dann die Kurve. Hat seinen Meisterbrief gemacht.»

«Das nenne ich eine geglückte Resozialisierung.» Jörg schaute Beifall heischend in die Runde.

«Nicht so ganz, Jörg.» Sybille verzog ebenso wie Franka und die meisten anderen Kollegen keine Miene. «Oelsner hat eine Anzeige am Hals wegen Umweltverschmutzung auf seinem Werkstatthof. Altöl. Ein Nachbar hat ihn angezeigt.»

Franka horchte auf. «Moment. Hat Blumenthal Oelsner etwa in der Sache vertreten?»

«Das prüfen wir gerade», sagte Sybille. «Bei der Sache ging es um drei Zweihundert-Liter-Fässer mit abgepumptem Altöl, Schmierstoffen und Benzin. Vor dem Eingang zum Lager steht so ein abschließbarer Metallkasten, in dem das Zeug lagert. Sind die Fässer voll, wird ein Entsorger gerufen. Bevor der den Dreck aber mitnimmt, werden vor Ort Proben gezogen und untersucht. Man will ausschließen, dass Flüssigkeiten gemischt werden. Altöl ist in seiner Entsorgung günstiger als Spritreste.»

«Der Mann wird doch nicht das Zeug in den Hof gekippt haben?», sagte Martin, und Franka fragte sich dasselbe.

«Nicht direkt, aber die Fässer waren marode. Oelsner ist mehrmals aufgefordert worden, sich zu kümmern. Die Untersuchungen wurden gegen Bußgeldzahlungen eingestellt.»

«Habt ihr den Namen des Nachbarn, der ihn angezeigt hat?»

Sybille tippte auf die Dokumentationswand. «Darius Michalke. Hat früher mit seiner Frau und zwei Kindern in einer der Parallelstraßen gewohnt, deren hintere Zimmer zum Hof rausgehen. Laut Meldeadresse ist die Familie aber vor einem Monat nach Wandsbek umgezogen.»

Franka trommelte nervös mit den Fingern auf der Tischplatte. «Okay. Von vorn. Blumenthal stand in Verbindung mit der Chemieindustrie, Oelsner hatte eine Anzeige wegen Umweltverschmutzung an der Backe, und diese Frau Birgner in Billstedt entsorgt Terpentinöl in ihrem Hausmüll ...» Franka schaute in die Runde.

«Klingt fast so, als würde sich da jemand an Umweltsündern rächen», sagte Sybille. «Vielleicht radikalisiert sich da ein ökologisches Gewissen.»

«Vom Aktivismus zum Terrorismus», legte Alpay nach. «Also doch Artikel-1.»

Franka erging sich nicht in Mutmaßungen. Sie trat stattdessen an die Dokumentationswand und konzentrierte sich noch einmal auf die Fotos aus Eilbek.

«Was interessant ist», sagte Sybille, die sich zu Franka stellte und auf eine Aufnahme des Motors zeigte, «das ist der Antrieb der Seilwinde. Das Ding in dem Kasten hebt für gewöhnlich Motorblöcke an. Schau mal. Die Markierungen der SpuSi zeigen, dass hier zwei kleine Schrauben ein Stück herausgedreht wurden. Der ganze Kasten ist über die Jahre ziemlich eingedreckt, aber die beiden Schraubschlitze glänzen. Die Technik vermutet, dass ein Schraubenzieher den Dreck im Kopf der Schrauben entfernt haben könnte. Oelsners Mechaniker hat übrigens am Samstagmorgen um 7.30 Uhr von seinem Chef eine Nachricht auf der Mailbox erhalten, weil überall auf dem Fußboden Werkzeug verteilt lag. Aber der Mechaniker hat angegeben, dass er am Abend zuvor alles picobello aufgeräumt hatte.»

«Vielleicht hat der Täter die Unordnung mit Absicht angerichtet, damit das Opfer die Fußangel nicht entdeckt», sagte Franka und schaute erneut ungeduldig auf die Uhr. Wo blieb Bruhns?

«Auf alle Fälle kannte sich jemand aus», stellte sie nüchtern fest. «Es ist anzunehmen, dass Oelsner vorher gut durchleuchtet wurde.» Sie setzte ihre Lesebrille auf und betrachtete das Foto mit den vergrößerten Schrauben im Motor der Winde. «Was mag Oelsner gewogen haben? Achtzig, neunzig Kilo? Der Mann war groß und kräftig. Wird der Täter einen Kampf riskieren, um seinem Opfer die Fußfessel anzulegen? Unwahrscheinlich.»

«Vielleicht haben wir es doch mit mehr als nur einem Täter zu tun», sagte Alpay.

«Möglich.» Langsam ging Franka im Raum auf und ab. «Aber vielleicht bringt unser Mann auch genug technisches Verständnis mit, um alleine zu agieren.»

Alpay stand von seinem Platz auf. «Ich frage mich gerade, ob jemand, der so ein Ding wie diese Falle bauen kann, sich auch mit anderen technischen Dingen auskennt. Wäre so jemand vielleicht sogar in der Lage, eine Gastherme zu manipulieren?»

«Könnte doch möglich sein», warf Kurt in die Runde, «dass der Täter sogar einem technischen Beruf nachgeht. Vielleicht ist er Anlagentechniker oder Heizungsmonteur oder so was.»

Alpay nickte bestätigend.

«Okay, Leute», sagte Franka. «Solange wir noch auf die Analyse zur Leuchtfarbe warten, will ich als Erstes diesem Nachbarn auf den Zahn fühlen, der Oelsner angezeigt hat. Wann wird Dörte Mölling eigentlich aus dem Krankenhaus entlassen? Bitte feststellen, ob die Frau mittlerweile vernehmungsfähig ist. Wie gut kannte sie ihren Kunden?»

Franka klemmte die Porträtfotos von Margarete Birgner, Christopher Blumenthal und Ingo Oelsner nebeneinander, die Sybille alle aus der Ausweiskartei gezogen hatte. Dann umkreiste sie jedes der Fotos mit einem Marker und tippte auf die Stelle, an der sich die drei Kreise überlagerten.

«Wie gehört Margarete Birgner in die Schnittmenge? Diese Überschneidung führt uns zum Täter.»

«Oder zum nächsten Opfer», sagte Alpay nüchtern, und Franka musste wohl oder übel zugeben, dass er recht hatte.

21 Montag, 16. Oktober

Rike Minkner stellte die Vase mit den frischen weißen Rosen auf den großen Couchtisch aus grünem Marmor, der farblich auf die eleganten Sitzmöbel des Wohnzimmers abgestimmt war. Sie hörte, wie Juliane durch die Halle ging und ihre Assistentin in der Firma am Telefon darum bat, ihr irgendwelche Frachtpapiere zu mailen. Rike verstand nichts vom internationalen Handel mit Chemikalien. Umso beeindruckender fand sie es, wie Juliane die Firma nach dem Tod ihres Mannes mit Fleiß, Ehrgeiz und sozialer Kompetenz übernommen und in einer Geschäftswelt voller grauer Anzugträger zum Erfolg geführt hatte.

Rike begann mit dem Staubwischen auf der Fensterbank und schaute dabei durch das große Wohnzimmerfenster. Aus dem Hochparterre hatte man einen traumhaften Blick über die Straße und das Wasser bis hinüber zum gegenüberliegenden Alsterufer in Harvestehude. Sie stutzte. Auf der Parkbank unten am Wasser saß ein Mann und las Zeitung. Sie konnte sich nicht helfen, aber schon seit geraumer Zeit hatte sie das Gefühl, als würde immer derselbe Typ da unten sitzen und Zeitung lesen. Oder Enten füttern. Oder telefonieren. Oder so tun, als würde er sich nach dem Laufen dehnen. Vielleicht irrte sie sich auch, versuchte sie sich dann zu beruhigen. Immerhin konnte sie auf die knapp zweihundert Meter sein Gesicht nicht erkennen. Vor einigen Wochen hatte sie sogar einen Typen dabei beobachtet, wie er Fotos vom Haus gemacht hatte. Als er sie am Wohnzimmerfenster stehend entdeckte, war er langsam weitergezogen und hatte auch die Nachbarhäuser fotografiert. Aber Rike hatte das unwohle Gefühl gehabt, dass er das nur zur Ablenkung getan hatte. Juliane hatte sie anschließend beruhigt, weil viele Spaziergänger in der Bellevue Fotos machten. Und halb im Spaß hatte sie noch gesagt, dass das Haus ja über eine gut funktionierende Alarmanlage verfügte.

Nachdem Rike das Fensterbrett abgestaubt und die Dekorationsgegenstände wieder an ihren Platz geschoben hatte, schaute sie ein weiteres Mal nach draußen. Zwei Enten watschelten unter der Bank hindurch. Der Mann darauf war verschwunden.

Einer der Sightseeing-Busse der Hamburg Touristik überquerte die Krugkoppelbrücke, unter der Julianes Jolle in der Saison am Bootssteg eines Segelclubs lag. Um 10.00 Uhr war es immer noch so grau und trübe draußen, dass Rike den Leuchter einschaltete, der von der Stuckdecke herabhing. Sie wollte gerade den flauschigen Teppich mit den langen Fransen saugen, da hörte sie Juliane Bertrams Stimme aus ihrem privaten Arbeitszimmer, das nur durch eine geschlossene Schiebetür vom Wohnzimmer getrennt war. Dann machte sie jetzt besser keinen Krach, sondern wischte weiter Staub.

Bald darauf bedankte Juliane sich bei ihrer Assistentin und beendete das Telefonat.

«Rike?», rief sie von nebenan. Im Arbeitszimmer klingelte es. Nie wusste man, ob es sich dabei um Julianes Telefon, das Tablet oder ihren Laptop handelte. «Videocall mit Susan

Fulbe in Banjul. Machst du mir bitte, bitte eine Kanne Tee? Guten Morgen, Susan», begrüßte Juliane schon im nächsten Moment die Leiterin ihrer Stiftung im westafrikanischen Gambia, die sich überschwänglich bedankte. Mit mehreren Tonnen Chemikalien, die durch die Wilhelm Chemie GmbH Richtung Afrika verschifft worden waren, hatte Juliane eine Beiladung Lernmaterial für ihre Stiftung nach Banjul geschickt, wo sie vor vielen Jahren eine Schule mit aufgebaut hatte, die sie noch heute tatkräftig unterstützte.

Schon immer hatte Rike Juliane Bertram für deren soziales Engagement bewundert, das weit über das Spendensammeln hinausging.

Es klingelte an der Haustür.

Rike fiel der Techniker wieder ein, der seinen Besuch zur Wartung der Fernwärmeanlage angekündigt hatte. Sie verließ das Wohnzimmer. Durch die geätzten Scheiben der schweren Haustür erkannte sie die Umrisse eines Mannes und öffnete die Tür.

«Felix», sagte sie überrascht und wurde von Juliane Bertrams Sohn zur Begrüßung herzlich umarmt. Der siebenjährige Theo rief kurz «Hallo, Rike!» und stürmte an ihr vorbei in die Küche.

«Hat Mama dir nichts gesagt?» Felix schloss die schwere Haustür.

«Doch, doch, hat sie», sagte Rike schnell. Schwindeln war nicht ihre Stärke. Felix durchschaute sie seit seiner Kindheit. «Deine Mutter ist im Videocall mit Frau Fulbe.» Aus dem Arbeitszimmer drang Julianes Stimme in den Flur, während Felix Rike in die Küche folgte.

«Zahlt dir meine Mutter eigentlich was extra, wenn du sie

in Schutz nimmst?», fragte er genervt und setzte sich zu seinem Sohn an den Tisch.

«Du weißt doch, wie viel Juliane arbeitet.» Rike stellte den Wasserkocher für den Tee an.

«Ich würde Theo hier nicht parken, wenn wir eine Alternative hätten. Wir verreisen erst in der zweiten Ferienwoche. Theo, lass bitte die Finger davon!», ermahnte Felix den Siebenjährigen, der aufgestanden war und versuchte, an das Aufbewahrungsglas mit Rikes selbst gebackenen Keksen auf dem Küchentresen zu gelangen.

«Du warst damals genauso», erinnerte Rike ihn, «und hast sogar mal eine komplette Ladung meiner Kekse in der Schule verkauft.»

Felix lachte. «Das hast du jetzt nicht gehört, Theo. Oma war, um es vorsichtig auszudrücken, ziemlich sauer auf mich.»

«Du weißt, wie sehr sie damals unter Beschuss stand, Felix.» Rike behielt für sich, dass er zu dieser Zeit noch weit schlimmere Dinge getan hatte, als Kekse zu klauen, während Juliane versuchte, die Firma ihres verstorbenen Mannes zu retten. Der Junge hatte damals am meisten unter dem Tod seines Vaters gelitten, daran hatte auch Rike nichts ändern können.

Während sie nun den Tee aufgoss, teilten sich Vater und Sohn einen Keks und alberten herum. Sie wusste, wie sehr Felix versuchte, seinem Sohn ein guter Vater zu sein. Ein Vater, den er selbst nicht gehabt hatte.

Das war wieder einer dieser Momente, in denen ihre Tätigkeit bei den Bertrams mehr war als eine reine Arbeitsstelle. Rike lächelte warm. Das Haus in der Bellevue *war* ihr Zuhause.

22 Montag, 16. Oktober

Im Konferenzraum moderierte Jörg den aktuellsten Fall der aufgestochenen Reifen im Stadtgebiet zügig dem Ende entgegen. Noch wurde dieser Fall gesondert untersucht, auch wenn Franka immer stärker das Gefühl bekam, dass es einen Zusammenhang zur Tötungsserie geben könnte. Die Sachbeschädigung der Autos wirkte im Vergleich zu den zwei toten Männern und der verbrannten Frau in Billstedt wie eine Bagatelle, auch wenn das so natürlich niemand aussprach. Nach neusten Erkenntnissen hatte sich die Anzahl beschädigter Pkw im Stadtgebiet mittlerweile auf dreißig summiert. Jörg hatte einige Fotos beschmierter Nummernschilder präsentiert.

Alle waren sich darüber einig, dass eine solche Aktion einer genauen Planung und einem Netzwerk aus Unterstützern bedurfte.

Franka fragte sich, wer die Verantwortung für eine Tat übernehmen würde, die nicht nur eine gewaltige Schadenersatzforderung nach sich zog, sondern darüber hinaus auch eine Freiheitsstrafe von bis zu fünf Jahren bedeutete. Sie hörte aber nur mit halbem Ohr zu, wie der Chef Pit und Jörg auf die Sache ansetzte. Denn sie selbst versuchte immer noch, die losen Enden in Bezug auf die verbrannten Opfer in ihrem Kopf zu verbinden.

«Das ist doch ganz sicher auch so eine Umweltaktion. Was meinst du, Franka?» Kurts Frage riss sie aus ihrem eigenen Film. «Passt das nicht ins Bild der Klimaproteste der letzten Jahre?»

«Deswegen vielleicht auch die 1,5 auf den Nummernschildern?», sprach Franka den Gedanken aus, der ihr spontan in den Sinn gekommen war.

«Weswegen?» Offensichtlich verstand Martin nicht, worauf sie anspielte, im Gegensatz zu Sybille.

«Du meinst das Klimaziel von Paris?»

Franka nickte. «Ich steche euch die Reifen auf, und damit ihr genauer hinseht, pinsele ich euch die Antwort auf die Frage nach dem *Warum* gleich auf eure Nummernschilder.»

«Dann verstehe ich nicht, wieso man auf Autos von Privatpersonen losgeht, wenn die Politik versagt?» Ina Reitzenbach schaute skeptisch in die Runde, doch bevor eine Umweltdiskussion unter den Kollegen losbrechen konnte, die keinem der Fälle weiterhalf, betrat Bernhard Bruhns den Konferenzraum. Sein Timing hätte kaum besser sein können, dachte Franka.

«Sorry, ging nicht schneller. Der Drucker und ich sind keine guten Freunde», sagte er und zog einen Stapel Fotos aus einem Papphefter. Dann kam er direkt zum Punkt.

«War ein langer Tag gestern für das Team und mich. Aber: Treffer in Eilbek», sagte Poppy, und Franka spürte ihren beschleunigten Puls. «Auf der Innenseite der Falttür unter dem Ruß.» Poppy präsentierte aktuelle Tatortfotos. «Der Täter hat die Nachricht über Kopf geschrieben, also so, dass Oelsner sie von der Decke hängend lesen konnte. Perverse Nummer.

Du warst es! Sieht wie Leuchtfarbe aus. Hat Sophie die Proben schon auf den Hersteller untersucht?» Franka verneinte, und auch Poppy erklärte noch einmal, wie aufwendig diese Art der Laboranalysen war. «Wer auch immer da draußen rumläuft und diese grauenvollen Feuer entzündet», fuhr er fort, «auch die Frau in Billstedt gehört zu dieser Serie.» Er wandte sich an Franka und Alpay. «Ihr hattet recht. Denn auch Margarete Birgner hat eine Botschaft über sich gelesen, bevor sie gestorben ist. Durch den Brand und die Renovierungsarbeiten waren die Buchstaben an der Decke nicht mehr vollständig erhalten. Trotzdem konnten wir Sophie etwas alten Putz mit einer Farbprobe ins Labor schicken.»

Poppy breitete die Fotos auf dem Konferenztisch aus. «Durch Berechnen der Buchstabenfragmente und deren digitale Rekonstruktion am Computer ist eine virtuelle Wiederherstellung möglich. Die Technik hat uns eine Animation davon angefertigt. Wir wissen jetzt, was Margarete Birgner über sich gelesen hat, bevor sie umgekommen ist.»

Ein Raunen ging durch Frankas Team. Poppy präsentierte zwei weitere Aufnahmen.

Ich sehe was du tust!

Franka ballte die Faust. Irgendjemand sagte «Ach du Scheiße», und der Chef klatschte in die Hände. Ina Reitzenbach fragte, ob in dem Satz nicht ein Komma fehlen würde, und Marcel Reuter schüttelte angewidert den Kopf. «Ist da draußen jetzt ein Irrer unterwegs, der Menschen für ihre Umweltsünden verbrennt, oder was?»

«Leute, bitte», bremste Franka die Kollegen ein. «Hier verfolgt jemand eine Agenda, das ist doch kaum zu übersehen. Bei der Auswahl der Opfer spielt offensichtlich deren ökologisches Verhalten eine entscheidende Rolle. Ein Anwalt, der sich um Genehmigungsverfahren für die Chemieindustrie kümmert, ein Mechaniker mit einer Anzeige wegen Umweltverschmutzung am Hals und eine Frau, die es mit der Mülltrennung nicht so genau nimmt.»

«Nee, Franka», unterbrach Poppy sie. «Ich glaube, anders als die toten Männer war die Frau ein Zufallsopfer. Neben dem verbrannten Körper standen eine verkohlte Waschmaschine und die Spiralfedern einer verbrannten Matratze. Sieht so aus, als würde es das ganze Mietshaus nicht so genau mit der Mülltrennung nehmen. Die Türklinke vom Müllraum war manipuliert, da bin ich sicher. Und so hätte jeder Mieter in diese Falle laufen können.»

Dieser Punkt irritierte Franka genauso wie die zeitlichen Abstände. Ihre Theorie klapperte also noch, das spürte sie sehr deutlich. Nach dem Tod von Margarete Birgner hatte es fast sechs Wochen gedauert, bis vor drei Tagen ein Mann in seinem Käfig verbrannt und ein weiteres Opfer mithilfe einer Fußangel gefangen worden war. Sie stutzte. Natürlich. Das war's!

«Neben Feuer als Tatwaffe», fuhr sie schließlich fort «ist ein weiteres Muster unseres Täters, dass er seine Opfer zunächst in eine Falle lockt, bevor er sie verbrennt.»

«Du gehst wie selbstverständlich von einem Mann aus?», fragte Martin.

«Ja. Aber frag mich nicht, warum. Vielleicht durch die ungehemmte Brutalität?» Sie zuckte mit den Schultern. Einer Frau traute sie diese Taten einfach nicht zu. «Der Anwalt im Käfig, der Mechaniker kopfüber in einer Fußschlinge hängend, die Frau in Billstedt im Keller eingesperrt. Aber passt

Margarete Birgner *wirklich* ins Muster, wenn wir eigentlich davon ausgehen, dass sie nur durch Zufall zum Opfer wurde?»

23 Montag, 16. Oktober

Findest du nicht, dass Theo verdächtig leise ist?» Felix Bertram stand vom Küchentisch auf, zog sich seinen Mantel an und schaute aus dem Fenster in den Garten hinaus, als Rike mit einem Korb frischer Wäsche zurück in die Küche kam. «Am Koiteich spielt er jedenfalls nicht.»

Rike setzte Kartoffeln für das Mittagessen auf. «Er liegt im Wohnzimmer auf dem Sofa, Felix. Und liest in deinen alten Comicheften.» Dann machte sie sich daran, die Ladung gewaschener Handtücher zusammenzulegen. «Komm, ich weiß, wie beschäftigt du bist. Ich bin ja hier.»

Felix nahm seinen Autoschlüssel vom Tisch und umarmte Rike zum Abschied. «Was würden wir nur ohne dich machen? Danke, Rike.»

Sie spürte seine Bartstoppeln an ihrer Wange und dachte daran, wie er ihr vor dreißig Jahren gerade knapp über die Hüfte gereicht hatte. Wo war die Zeit geblieben? Nun roch er nach einem teuren Parfüm und Erdnussbutter und arbeitete als Prokurist in der Firma seiner Mutter.

«Felix.» Juliane stand plötzlich in der Küchentür und zog scharf die Luft ein. Offensichtlich erinnerte sie sich in diesem Moment, dass sie vergessen hatte, Rike über Theos Betreuung zu informieren.

«Ich weiß, Mama», sagte ihr Sohn angespannt, «du hast

viel zu tun, der Ärger in der Firma, der Stress in Gambia, und vermutlich hat ein Reiher mal wieder einen deiner Kois gefressen. Rike kümmert sich um Theo.»

«Auch heute Abend? Ich habe ein wichtiges Geschäftsessen. Ich kann natürlich versuchen, das zu verschieben.»

«Nein, Juliane», sagte Rike entschieden. «Ich schlafe heute Abend hier.»

«Wolltest du nicht ins Kino?»

«Ich werde Angie bitten, den Kater zu versorgen. Sie hat ja einen Schlüssel. Situation analysiert, Lösung gefunden.» Genau für solche Fälle hatte Rike immer frische Wäsche und Toilettenartikel in einem der Dachzimmer. Sie faltete die Handtücher aus dem Wäschekorb zusammen. «Los, Felix. Du kannst jetzt fahren.»

Die persönlichen Differenzen zwischen Mutter und Sohn wurden in solchen Momenten offensichtlich, dachte Rike. Sie reichten weit zurück. Ja, vielleicht hatte Juliane die Betreuung ihres Enkels vergessen, aber davon ging die Welt nicht unter. Felix wusste doch, wie viel Verantwortung seine Mutter noch in einem Alter trug, in dem manch erfolgreicher Mann auf dicke Hose machte und sein Leben in vollen Zügen genoss. Juliane arbeitete stattdessen diszipliniert in einer 60-Stunden-Woche, wozu sie meist auch den halben Samstag am Schreibtisch saß.

Julianes Handy klingelte. «Das ist die Kanzlei», sagte sie mit einem Blick auf das Display. «Vielleicht wegen der Aktion bei uns am Werkstor?»

Rike wusste um den aktuellen Ärger der Wilhelm Chemie GmbH. Eine Gruppe Aktivisten hatte sich vor einigen Wochen an die Zufahrt gekettet, um den Abtransport mehrerer

Tonnen irgendeiner Chemikalie zur Verladung in den Hamburger Hafen zu blockieren.

«Bertram?» Juliane schaltete den Lautsprecher ihres Smartphones ein.

«Guten Tag, Frau Bertram. Dr. Weiss hier.» Rike bemerkte den überraschten Blick, den Juliane und Felix miteinander wechselten. Normalerweise hatte sie nicht mit ihm zu tun, sondern mit seinem Partner Christopher Blumenthal.

«Ich weiß gar nicht, wie ich anfangen soll», sagte Dr. Weiss und räusperte sich. «In der Kanzlei stehen wir alle noch unter Schock.»

«Jetzt sagen Sie schon, was ist denn passiert?» Felix reagierte ungewöhnlich harsch, wie Rike auffiel, während sie die gefalteten Handtücher in den Wäschekorb zurücklegte.

«Es tut mir leid, wenn ich Ihnen gleich zum Wochenanfang eine schreckliche Mitteilung machen muss», klang es aus dem Handy, «aber … Ihr Anwalt, Christopher Blumenthal, ist am Freitagabend tödlich verunglückt.»

Sowohl Juliane als auch Felix reagierten geschockt. Rike kannte die Momente, wenn Mutter und Sohn durch unvorhergesehene berufliche Ereignisse gezwungen waren, ihre gesamte Tagesplanung über den Haufen zu werfen. Juliane bat Felix, noch einen Moment zu warten, dann könnte er sie gleich mit in die Firma nehmen. Dr. Weiss hatte vorgeschlagen, sich dort gemeinsam zu beraten, wer die aktuellen juristischen Verfahren der Wilhelm Chemie GmbH übernehmen könnte.

In Windeseile suchte Juliane ihre Sachen zusammen und erweckte dabei den Eindruck, als sei sie durch die Todesnachricht besonders nervös. Auch Felix erschien Rike ziemlich aufgeschreckt. Aber als in dem Moment die Kartoffeln überkochten, verabschiedeten sich die Bertrams und verließen eilig das Haus durch den Hinterausgang neben der Küche.

Nachdem Rike die Sauerei vom Herd gewischt und die Kartoffeln angepikt und für gar befunden hatte, ging sie nach vorne in die Halle und rief nach Theo.

«Ich komme gleich!», hörte sie ihn von oben.

«Und unterstehe dich, das Treppengeländer runterzurutschen!» Sie hatte jedes Mal Angst, dass er dabei hinunterfallen könnte.

Rike war schon fast wieder zurück in der Küche, als es an der Haustür klingelte.

Wieder erkannte sie die Silhouette eines Mannes durch die Scheiben der schweren Eingangstür. Ausgerechnet zur Mittagszeit, dachte sie. Zügig ging sie zur Haustür und öffnete einem Mann in Arbeitsklamotten.

«Moin. Frau Bertram?»

«Ich bin Frau Minkner. Bitte.» Sie bat den Mann in die Halle. Dass Juliane und Felix ungeplant zusammen in die Firma gefahren waren, ging den Monteur ja nun nichts an.

«Ich komme von der Hanse GmbH.»

«Wegen der Fernwärme, ich weiß.»

«Die Übergabestation in Ihrem Keller. Da würde ich gerne mal einen Blick darauf werfen.» Unschlüssig stand er vor ihr. Seine Augen schienen sich im Eingangsbereich des Hauses genau umzuschauen.

Rike deutete in Richtung Küche, von wo es hinunter in den Keller ging. «Da geht's lang.»

«Ich bin zum ersten Mal hier.» Er lächelte entschuldigend, wobei sich zwei feine Grübchen um seinen Mund bildeten. Rike fand ihn sympathisch. Sie schätzte ihn auf unter vierzig.

«Kommen Sie», winkte sie den Mann hinter sich her, der ihr mit einem Alukoffer in der Hand folgte, in dem er wohl sein Werkzeug transportierte.

In der Küche hatte sie zwar den Topf von der Cerankochplatte gezogen, aber in all der Hektik vergessen, sie wieder auszuschalten. Der Ring leuchtete glutrot. Schnell stellte Rike die Platte aus.

«Sehen Sie die Tür neben dem Geschirrschrank? Da geht es runter.»

Wie paralysiert stand der Mann dicht neben ihr und starrte auf die rot glühende Kochplatte. Erst als sie ihn an die Kellertür erinnerte, lächelte er unsicher.

«Möchten Sie vielleicht ein Glas Wasser?»

«Danke, nein. Ich mache mich wohl besser an die Arbeit.»

Er ging zur Tür, öffnete und starrte in das Dunkel hinunter.

#

Sein Herz raste, als er den Lichtschalter suchte. Noch immer spürte er die Temperatur der Herdplatte im Gesicht. So rot glühend, dass er fast geblendet in den Keller hinabschaute. Ihm zitterten sogar die Knie. Er fand den Lichtschalter an der Wand, riss sich zusammen und ging langsam die enge Treppe hinunter. Jede Stufe unter seinen Füßen erschien ihm wie eine weitere Stufe seines Plans. Säuberlich hatte er eine Reihenfolge sortiert, auch wenn das Strafmaß für alle gleich war. Wer solche Sauereien zu verantworten hatte, der verdiente keine Bewährung.

Oben klapperte die Haushälterin mit Töpfen und Pfannen. Natürlich hatte er gewusst, dass sie nicht Juliane Bertram war, als sie ihm die Haustür geöffnet hatte. Die beiden Frauen hatte er öfter beobachtet als den Anwalt oder den Kfz-Mechaniker. Er wusste, wann Juliane das Haus verließ und auf welchem Weg sie mit dem Auto ins Industriegebiet nach Billbrook fuhr, sogar, dass Friederike Minkner fünfunddreißig Minuten mit dem Bus zum Bramfelder Dorfplatz benötigte. Seit dem Sommer kannte er den Rhythmus seiner Opfer so gut wie den Herzschlag seiner Kinder.

Doch noch nie war er Friederike Minkner so nah gekommen wie heute Morgen. Er hatte sogar ihr Parfüm gerochen. Für ihr Alter schien ihre Haut sehr glatt zu sein. Aber er würde dafür sorgen, dass sich das änderte. Der Rest Feuchtigkeit darin sollte verdampfen und sich in Falten legen, wie es Muskel- und Nervengewebe tat, wenn es verbrannte. Wie bei dem Kfz-Mechaniker, den er in der Nacht zu vorgestern bestraft hatte. Sie alle hatten sich versündigt. Sie alle bekamen ihre gerechte Strafe für den Dreck, den sie zu verantworten hatten. Und er war ihr Richter, dem seine unendliche Wut mittlerweile die Kehle zuschnürte. Nur durch sein entschiedenes Handeln, davon war er fest überzeugt, erstickte er nicht. Seine grenzenlose Wut half ihm, den Mut aufzubringen, eine Welt zu korrigieren, die auch Juliane Bertram mit der nicht enden wollenden Produktion von Ammoniumsalzen und Acrylad aus dem Gleichgewicht gebracht hatte.

Ein leicht modriger Geruch schlug ihm hier unten entgegen, allerlei Krempel lagerte in dem Kellerraum unter der Küche. Ein Regal war mit Winterschuhen und anderem Krimskrams vollgestellt. Oben lag die Finne einer Jolle. Eine afrikanische Gesichtsmaske hing daneben an der Wand. Sogar ein Kühlschrank stand hier unten.

Die Übergabestation, die das Haus mit dem Fernwärmenetz der Hansestadt verband, hatte er schnell gefunden. Aber anders als die Gastherme auf dem Kiez interessierte ihn dieser Heizungsanschluss einen Scheißdreck. Er hatte gelogen.

In Wirklichkeit suchte er die Zentrale der Alarmanlage. Anhand der roten Warnleuchte, die an der Fassade der Villa angebracht worden war, und den Warnschildern, die zur Abschreckung darauf aufmerksam machten, dass dieses Haus überwacht wurde, hatte er die Sicherheitsfirma ausfindig gemacht. Ein wenig Recherche, zwei Telefonate, bei denen er sich als vermeintlicher Kunde ausgegeben hatte, und schon hatte er gewusst, dass die Firma ihre zentrale Technik in solchen Objekten meist im Keller verbaute.

Von oben aus der Küche hörte er Geschirrklappern und die Stimme von Friederike Minkner, verstand aber nicht, was sie sagte, denn sie hatte die Tür hinter ihm ins Schloss geschoben. Ihm wurde heiß. Lange konnte er nicht vorgeben, dass er lediglich für eine Wartung gekommen war. Wo hatte man diese verdammte Alarmanlage montiert?

Schon 13.00 Uhr! Ihm lief die Zeit davon. Wenn er nicht auffliegen wollte, musste er sich beeilen. Zumindest entdeckte er jetzt das WLAN-Kabel, das hier unten im Haus ankam, von wo es durch die Kellerdecke in die oberen Stockwerke zum Router führte.

Er stutzte. Durch die hohlen Augen der afrikanischen Maske blitzte es metallisch. Vorsichtig spähte er durch die Schlitze und erkannte eine Metallabdeckung dahinter. Als er das geschnitzte Gesicht vorsichtig vom Haken nahm und die Zentrale der Alarmanlage vor ihm an der Wand hing, kaum größer als ein Schuhkarton, da spürte er so etwas wie Genugtuung in sich aufsteigen. Seit seiner Zeit bei der Bundeswehr wusste er, wie man Netzwerke und Telefonanlagen reparierte – oder wie man sie so manipulierte, dass sie im Notfall keine Meldung mehr machten.

Tränen stiegen ihm in die Augen. Ihm blieb keine andere Wahl. Er hatte es ihr versprochen.

24 Montag, 16. Oktober

Franka saß neben Alpay im Dienstwagen und checkte ihr Handy. Immer noch keine Nachricht von Sophie, die mit der von Poppy Bruhns ins Labor geschickten Farbprobe aus Billstedt insgesamt fünf chemische Untersuchungen zu Farbe und Hersteller durchzuführen hatte. Franka wusste, wie sehr die Kollegen der SpuSi es hassten, wenn sie sich unter Druck gesetzt fühlten.

Alpay setzte den Blinker. «Nur mal angenommen, die drei Brandleichen sind wirklich Opfer irgendeiner sich radikalisierenden Umweltgruppe», sagte er, während er links vom Friedrich-Ebert-Damm in den Tegeler Weg abbog. Sie waren auf dem Weg zu Darius Michalke, dem Nachbarn, der Ingo Oelsner wegen seiner Umweltverschmutzung angezeigt hatte.

«Wäre das dann wirklich so was wie der Kipppunkt? Vom Aktivismus zum Terrorismus? Eine grüne RAF. Wird uns schon seit Jahren prophezeit.»

«Ich halte es durchaus für möglich, dass Leute ihre Art des Protests noch weiter verschärfen», sagte Franka, «aber der Ausdruck grüne RAF geht mir einfach zu weit. Eine Formulierung, die einige Konservative benutzen, um Angst davor zu schüren, dass man seinen Sportwagen nicht mehr ausfahren darf.»

«Aber es gibt doch längst genug Aktivisten, die selbst eine

Radikalisierung in der Szene, in ihren eigenen Reihen prophezeien.» Alpay ordnete sich auf der Spur Richtung Wandsbek ein.

Franka schüttelte den Kopf. «Das sind dann eher Einzelne. Das mag sicher möglich sein. Wir sehen ja schon, wie aufgeladen die Stimmung auf beiden Seiten ist. Aber die Rote Armee Fraktion ist eine ganz andere Nummer gewesen. Das war 'ne linksextremistische Gruppe, die sich selbst als so eine Art antiimperialistische Stadtguerilla gesehen hat. Da sollten wir in der Umweltdiskussion mal die Kirche im Dorf lassen. Ich erinnere mich noch an den Deutschen Herbst 77, da haben deine Eltern vermutlich noch nicht einmal an dich gedacht, Alpay. Damals gab es mehrere Generationen von Terroristen. Ich glaube, die erste Gruppe hat sich mit Banküberfällen und Bombenanschlägen gegen den Kapitalismus aufgelehnt, die wollten so was wie die Zerstörung des staatlichen Herrschaftsapparates. Hochkomplex, ich bin da auch keine Fachfrau, war aber zumindest schon alt genug, um mitzukriegen, wie die Bundesrepublik in Aufruhr geriet. Die nachfolgende Generation von Terroristen hat dann versucht, mit Bombenanschlägen und Entführungen von Politikern ihre Leute aus dem Knast freizupressen.» Franka schüttelte wieder den Kopf. «Nein. Je länger ich darüber nachdenke, desto unpassender finde ich diesen Begriff grüne RAF. Das ist Quatsch. Außerdem haben die sich im Gegensatz zu unserem Täter zu ihren Taten bekannt.»

«Vielleicht ist da auch einfach ein fehlgeleiteter Irrer unterwegs, der aus einer ganz anderen Ecke kommt. Und das mit der Leuchtfarbe ist reiner Zufall.» Alpay hielt am Straßenrand und schaute aus dem Fenster. «Hier muss es sein», sagte er und deutete auf ein offensichtlich gerade erst renoviertes Einfamilienhaus aus den Dreißigerjahren mit grünen Fensterläden. Im Vorgarten war ein Spielgerüst für Kinder aufgestellt. Die Pforte eines Jägerzauns stand offen, ebenso wie das Tor vor dem leeren Carport. Zwei große Laubhaufen waren frisch zusammengeharkt worden.

Franka folgte Alpay zur Haustür der Michalkes.

Auf der Fußmatte standen zwei Paar Kindergummistiefel, und an der Tür hing ein tellergroßes Schild an einer roten Schleife, Franka tippte auf Salzteig. *Hier wohnen wir,* stand darauf. Vier bunt bemalte Knetgesichter, ein Mann, eine Frau und zwei Kinder, lächelten jedem Besucher freundlich entgegen. Er klingelte. Sie warteten. Niemand öffnete.

«Ich weiß, dass du bei Befragungen das Überraschungsmoment bevorzugst, aber … wir hätten vorher anrufen sollen.» Alpay schaute sich im Vorgarten um.

«Guten Tag», sagte eine Frau mit freundlich roten Apfelbäckchen, die mit einer Harke in der Hand von hinten um das Haus herumgekommen war. «Wollen Sie zu uns?» Verwunderung schwang in ihrer Stimme mit.

«Erdmann, LKA Hamburg.» Franka deutete zu Alpay. «Mein Kollege, Herr Eloğlu. Frau Michalke?»

Sie nickte. «Julia Michalke.»

«Wir würden gerne mit Ihrem Mann sprechen.»

Verunsichert zog die Frau ihre Gartenhandschuhe aus. «Der dürfte erst in einer halben Stunde von der Arbeit zu Hause sein. Ist was passiert?» Sie nahm die Mütze vom Kopf, unter der ein geflochtener blonder Zopf zum Vorschein kam. Franka schätzte die junge Frau auf höchstens Mitte dreißig. «Worum geht es denn?»

«Sie sind mit Ihrer Familie erst vor einigen Wochen aus Eilbek hierhergezogen?»

«Das ist hoffentlich kein Verbrechen.» Sie lächelte freundlich. «Wenn Sie Kinder haben, ist so ein Haus mit Garten ein anderer Schnack als eine beengte Stadtwohnung.»

«Es geht um eine Anzeige, die Ihr Mann gegen den Betreiber einer Kfz-Werkstatt erstattet hat.»

«Ingo Oelsner?» Julia Michalke lehnte die Harke gegen die Wand und bat Franka und Alpay ins Haus. Wie Franka es hasste, wenn man sie bat, die Schuhe auszuziehen. Einen kurzen Moment später stand sie auf Socken neben Alpay in einer gemütlichen Küche, in der es nach frisch gebackenem Kuchen duftete. Frühstücksbrettchen mit Comicfiguren und zwei Sitzerhöhungen auf den Stühlen machten deutlich, dass hier Kinder zu Hause waren.

«Eine unfassbare Sauerei war das da auf dem Hof.» Julia Michalke goss sich ein Glas gefiltertes Leitungswasser ein. Franka und Alpay hatten abgelehnt. «Ich möchte nicht wissen, wie lange diese Fässer im Hof schon rott waren.» In hastigen Schlucken leerte sie das Glas. «Ein lächerliches Bußgeld, und die Sache war abgehakt. Das müssen Sie sich mal vorstellen. Wo leben wir denn? Da versaut jemand die Umwelt, und dann kommt der mit weniger als einem blauen Auge davon?»

«Ich nehme mal an», sagte Franka, «da wird es ein Bodengutachten seitens der Umweltbehörde gegeben haben.»

«Pff...» Die Frau winkte ab. «Bodengutachten. Dass ich nicht lache. Weil alle Böden in städtischen Gebieten ausgeprägte Spuren aus dem Industriezeitalter aufweisen, haben die umweltchemischen Untersuchungen angeblich keine nennenswerte Belastung durch Altöl ergeben. Statt eines anständigen Verfahrens nur eine lächerliche Geldstrafe von eintausend Euro, weil Herr Oelsner die maroden Fässer nicht innerhalb einer bestimmten Frist ausgetauscht hatte. Ich sag Ihnen mal was: Typen wie dieser Oelsner gehören aus dem Verkehr gezogen. Die kümmern sich einen Scheiß um die Umwelt. Ich könnte kotzen, echt jetzt.» Sie bemerkte anscheinend, wie sie sich hochgespult hatte, und lächelte unsicher, wobei Franka nicht durchschaute, ob sie das nur aus Berechnung tat. Andererseits: Hätte sie, wenn sie oder ihr Mann schuldig waren, ihre Abneigung gegen Oelsner so deutlich gezeigt?

«Wissen Sie», fuhr die Frau etwas moderater fort, «das ist wie mit dem Emissionshandel. Jedes Land, das seine Treibhausgase, ungehindert festgeschriebener Grenzwerte, in die Luft ballert, erwirbt irgendwelche Zertifikate und kauft sich damit frei. Haben Sie Kinder?» Sie schaute von Franka zu Alpay. «Wissen Sie, meine sind jetzt alt genug, um Fragen zu stellen. Da kommen Sie als Eltern ganz schön an Ihre Grenzen, das kann ich Ihnen aber sagen. Wenn Ihr kleiner Sohn plötzlich vor Ihnen steht und wissen will, wann die Erde explodiert, und Ihre Tochter sich Pinguine im Garten wünscht, weil das Eis ja sowieso schmilzt.»

Ein Wagen fuhr auf das Grundstück und parkte unter dem Carport, was Franka durch das Küchenfenster beobachtete. Kurz darauf stand Darius Michalke in Filzpuschen in der Küche und wusch sich nach der Begrüßung die Hände.

Darius Michalke war etwas größer als Alpay und ebenso von sportlicher Statur. Er lächelte freundlich.

«Hat Oelsner sein Bußgeld nicht bezahlt, oder warum erkundigen Sie sich nach meiner Anzeige?» Er trocknete sich die Hände ab. «Wissen Sie, der Typ hat ganz genau gewusst, dass seine Fässer auf dem Hof undicht waren. Riesensauerei, das Ganze.»

Er legte einen Arm um seine Frau und unterstrich damit die Einigkeit der beiden in Umweltfragen.

«Herr Michalke, Sie haben bis eben gearbeitet, sagte Ihre Frau. Was machen Sie beruflich, wenn ich fragen darf?»

«Ich bin Systemplaner für Versorgungs- und Ausrüstungstechnik bei einer Firma hier in Wandsbek.»

«Und da machen Sie was genau?»

Franka entging der kurze Blick nicht, den der Mann mit seiner Frau wechselte.

«Ich berechne Kühl- und Heizlasten.»

«Heizlasten?» Franka musste Alpay nicht erst anschauen, um den leisen Ruck zu bemerken, mit dem er sich gerade machte.

«Jedes Gebäude muss in der Lage sein, eine bestimmte Temperatur zu halten», erklärte Michalke bereitwillig. «Ingenieure wie ich berechnen, wie hoch die Leistung einer Heizungsanlage sein muss, um diese Voraussetzung zu erfüllen.»

«Vielleicht verraten Sie uns langsam mal», sagte Julia Michalke ungeduldig, «warum Sie überhaupt hier sind?»

«Darf ich Sie beide fragen, wo Sie von Freitagnachmittag bis Samstagmorgen waren?»

25 Montag, 16. Oktober

Draußen war es längst dunkel geworden. Um 19.30 Uhr ging Franka nervös in ihrem Büro auf und ab. Sie fragte sich, ob es ein gutes oder schlechtes Zeichen war, dass Sophie sich immer noch nicht gemeldet hatte. Sie schaute nach nebenan ins Großraumbüro, wo die Kollegen der Soko Brand Recherchearbeiten nachgingen. Alpay schrieb das Gesprächsprotokoll der Michalkes nieder, Sybille telefonierte, und Ina Reitzenbach kehrte gerade zusammen mit Kurt von einem Gespräch mit einem Dr. Weiss zurück, dem Sozietätspartner von Christopher Blumenthal.

Sybille beendete ihr Telefonat und trat zu Franka. «Also, es geht um die Alibis von Darius und Julia Michalke.» Sie schaute auf ihre Kladde. «Die Frau hat am Freitagnachmittag mit ihren Kindern tatsächlich eine Ferienspaßaktion der Stadt Hamburg besucht. Da gab's Zeugen. Die Angaben ihres Mannes sind schwammiger. Er war zwar mit seinen Kumpels unterwegs, runder Geburtstag. Aber die Herrenrunde war wohl ziemlich knülle. Keine übereinstimmenden Uhrzeiten. Nur daran, dass Darius Michalke dabei gewesen ist, können sich seine Kumpels erinnern.»

«Die Schanze ist nur einen Katzensprung entfernt vom Kiez», sagte Franka nachdenklich. «Reicht vielleicht für eine unbeobachtete Stunde. Was meinst du?»

Sybille nickte. «Gut möglich, ja. Und nicht außer Acht zu lassen ist die Tatsache, dass Darius Michalke durch seinen Job das technische Know-how besitzt, das wir unserem Täter zuschreiben.»

«Habt ihr schon die Bewegungsdaten der Mobiltelefone von beiden Michalkes?»

«Läuft, dauert aber», sagte Sybille.

«Die Familie hat fünf Jahre in unmittelbarer Nachbarschaft zu Herrn Oelsner gewohnt.» Franka kaute auf dem Bügel ihrer Lesebrille. «Die beiden kannten sich auf dem Werkstatthof vermutlich bestens aus. Bin gespannt, ob vielleicht eins ihrer Handys in einer Funkzelle in der Nähe unterwegs gewesen ist.»

«Da ist noch was, Franka. Darius Michalke und seine Frau engagieren sich bei Waldkinder. Das ist eine Organisation hier in Hamburg, die Lütten im Alter zwischen sechs und zwölf Jahren das heimische Ökosystem näherbringt. Bisher ist die Gruppe aber nicht durch irgendwelche Aktionen aufgefallen.»

«Danke, Sybille.»

Ina Reitzenbach trat dazu. «Wie Sie wollten, Frau Erdmann, habe ich Ihnen jetzt erst mal handschriftlich eine Liste mit Gerichtsverfahren zusammengestellt, die Christopher Blumenthals Kanzlei in den letzten zwei Jahren in Hamburg geführt hat. Ich tipp das gleich noch ab. Also, darunter sind mehrere Planfeststellungsverfahren für den Bau und Ausbau von Industrieanlagen im Bereich der Süderelbe, wovon das Naturschutzgebiet Heuckenlock betroffen war. Die Kanzlei hat sich zum Beispiel um die Vergrößerung des Betriebsgeländes eines hanseatischen Logistikers gekümmert oder auch einen Hamburger Chemiehersteller bei einem Werksunfall vor Gericht vertreten.» Ina schaute von ihren Notizen auf. «Daran kann ich mich ganz dunkel erinnern. Ich glaube, da ist im letzten Jahr sogar jemand ums Leben gekommen. Außerdem hat Blumenthal vor einigen Monaten für eine Hamburger Raffinerie eine einstweilige Verfügung gegen die Umweltgruppe Artikel-1 erwirkt. Bei einer Aktion Anfang des Jahres haben Aktivisten ein Pumpwerk besetzt und eine Erdölleitung im Hamburger Hafen abgedreht. Die haben die Aktion gefilmt und das Material für ihre Öffentlichkeitsarbeit auf ihren Social-Media-Kanälen hochgeladen. Sie mussten das löschen. Bei Verstoß wurden 250 000 Euro Strafe angedroht. Also, beliebt kann die Kanzlei unter Umweltfreundinnen und -freunden nicht sein.»

«Danke, Frau Reitzenbach.»

Franka ging zurück in ihr Büro. Sollte sie nicht doch bei Sophie nachhaken, wann so ungefähr mit Ergebnissen zu rechnen war? Es hing einfach so viel davon ab. Nein, sie hasste es ja selber, wenn sie von Martin oder der Staatsanwaltschaft unter Druck gesetzt wurde. Also versuchte sie, sich zu konzentrieren.

Am 5. September, also vor ziemlich genau sechs Wochen, werden die Kollegen Scharnke und Eloğlu nach Billstedt gerufen. Eine Frau ist in einem Keller verbrannt, mit ihr mehrere tausend Liter Pappe und Papier, als Brandbeschleuniger diente Terpentinöl. Laut SpuSi war die Frau dort unten gefangen, weil sich die Klinke von der Tür gelöst hatte. Die Kollegen gingen erst mal davon aus, dass Frau Birgner fahrlässigerweise eine Zigarette geraucht hatte, vielleicht um sich die Warterei zu vertreiben, und dabei der Raum in Flammen geriet. Vor drei Tagen sterben auf grausamste Art innerhalb weniger Stunden zwei Männer, die sich kannten. Allen Opfern hinterlässt der Täter Nachrichten mit Leuchtfarbe.

Franka hielt es einfach nicht mehr aus. Sie griff zum Telefon und rief Sophie van Ackern an. Gleichzeitig mit dem Freizeichen klingelte ein Handy im Großraumbüro.

«'n Abend, Frau Erdmann», wurde sie von der Spurentechnikerin begrüßt, die im selben Moment im Türrahmen auftauchte und ihr klingelndes Handy wieder einsteckte. «Rezepturanalysen und Spektroskopie sind einfach verdammt zeitaufwendig. Dazu von fünf verschiedenen Proben. Ich hab mich seit gestern echt rangehalten. Aber alleine die Partikelpigmentuntersuchungen dauern mehrere Stunden pro Probe.»

«Bitte», sagte Franka und folgte ihr zurück ins Großraumbüro, wo die Kollegen der Soko gespannt von ihren Schreibtischen aufblickten.

Sophie zog einen Stapel Unterlagen aus ihrer Aktentasche. Innerhalb weniger Jahre hatte sich die junge Frau zu einer der besten Technikerinnen in Poppys Team entwickelt.

«Bei allen der von mir untersuchten Farbproben», begann sie ohne Umschweife, «und ich quäle jetzt niemanden mit den Aktenzeichen aus der Asservatenkammer, handelt es sich um sogenannte Nachleuchtfarbe. Ohne t. Besser bekannt als *phosphoreszierende* Farbe. Die speichert einfallendes Licht und wandelt sie in Form von sogenannter Anregungsenergie um. Gibt's als Pulver zum Anrühren, fertig als Tiegel oder in Dosen. Die Farbe ist *nicht* wasserlöslich. Sowohl bei den Käfigklappen als auch bei den Farbproben aus der Werkstatt in Eilbek handelt es sich um dasselbe Produkt. Für Mümmelmannsberg war das ganz schön kniffelig. Aber auch da wurde dasselbe Zeug verwendet. Und gestern Morgen für die Nummernschilder bei der Pkw-Aktion ebenfalls.»

«Ich hab's gewusst.» Franka ballte die Faust. Wenn es jetzt auch eine Übereinstimmung mit der Farbe auf dem Transparent aus der Kunsthalle gab, dann hatten sie es fast geschafft. Dann kamen sie dem Täter oder den Tätern immer näher.

«Die Farbe wurde in allen von mir untersuchten Proben mit einem Spalterpinsel aufgetragen. Die Pinselbreite ließ sich mit fünfundsiebzig Millimetern gerade noch so rekonstruieren. Und jetzt kommt's: Ich habe die gleiche Art von Borsten nicht nur auf zwei Nummernschildern gefunden, sondern auch auf dem Transparent von Artikel-1, das am 5. September in der Kunsthalle beschlagnahmt wurde. Auch hierfür wurde dieselbe Farbe verwendet.»

Alpay klatschte sich mit Sybille ab, und Franka wäre am liebsten in lauten Jubel ausgebrochen. Sie konnte es kaum abwarten, die Staatsanwaltschaft um einen Beschluss zur Durchsuchung der Büroräume von Anja Sellin und Joscha Alverut und ihrer Gruppe Artikel-1 zu bitten. Endlich hatten sie die nötigen Beweise.

Sophie van Ackern klemmte das Foto eines Kanisters an die Magnettafel. «Das hier ist die verwendete Farbe. Bezeichnenderweise heißt sie Yellow Attack und kommt von der Firma Lumentus.»

«Sind Darius Michalke und seine Frau damit raus?», fragte Alpay, der neben Franka getreten war.

Sie zuckte mit den Schultern. «Noch nicht ganz. Vielleicht engagieren sich die Michalkes ja nicht nur bei den Waldkindern, sondern auch bei Anja Sellin und Joscha Alverut. Das werden wir hoffentlich herausfinden, wenn wir das Büro von Artikel-1 morgen durchsuchen. Ich rufe jetzt den Untersuchungsrichter im Bereitschaftsdienst an.»

Franka ging sofort in ihr Büro und schaute durch das Fenster in den Nebel hinaus, während sie zum Hörer griff. Da draußen lief also eine Gruppe herum, die zündelte und ihren Opfern Nachrichten hinterließ, weil sie sich an der Umwelt vergangen hatten. Gingen die Mitglieder von Artikel-1 etwa davon aus, dass ihre Warnungen im Feuer bis zur Unkenntlichkeit verbrannten, so wie ihre Opfer? Oder rechneten sie damit, dass man ihre Botschaften entschlüsselte und ihnen so auf die Spur kam? Wollten sie genau das? Die maximale Aufmerksamkeit.

26 Montag, 16. Oktober

Als er in der Dunkelheit in dem kleinen Wartehäuschen am Fähranleger Krugkoppelbrücke stand und hinüber zum Ufer der Bellevue schaute, waren durch den aufziehenden Nebel nur noch vereinzelte Lichter in der Bertram-Villa zu erkennen. Der Verkehr auf der Brücke über ihm und das monotone Grundrauschen der Stadt schienen durch die Schwaden wie durch Watte gedämpft. In dem kleinen Rucksack auf seinem Rücken hatte er neben einem Spaltpinsel auch eine Teleskopstange verstaut. Er ignorierte das Hinweisschild, dass das Betreten der Bootsstege nur Liegeplatzinhabern gestattet war. Das Wasser gluckste. Es umspülte die letzten noch hier liegenden Jollen der Saison, die an den wie Finger einer gespreizten Hand angeordneten Bootsstegen vertäut lagen. Von hier trennten ihn vielleicht noch zweihundert, dreihundert Meter über das Wasser von der Villa der Bertrams.

Das Licht der Laterne hinter ihm zeichnete seine Silhouette gegen das Dunkel des Wassers wie eine glühende Aura. Der Wind kräuselte die Oberfläche und verwandelte das Licht um ihn herum in züngelnde Flammen. Er schloss die Lider und roch verbranntes Fleisch.

Als er die Augen wieder öffnete, wirkte es, als würden die Schwaden das Haus der Bertrams verschlucken.

Ein Schwan dümpelte vorbei, obwohl auf dieser Alsterseite

weit und breit kein Schilf zu sehen war, in dem sich das Tier zur Nacht hätte verkriechen können. Mitte Oktober blieb den Hamburger Alsterschwänen nicht mehr viel Zeit, bis sie für ihren Umzug ins Winterquartier eingesammelt wurden. So wie die Jollen, die hinter ihm am Steg vertäut lagen. Wanten und Kauschen an Aluminiummasten klapperten im Wind.

Die *Jule III* war ein Sportboot, wie es viele segelten, die auf der Alster und in den Straßen der Viertel drumherum zu Hause waren. Juliane Bertram, die persönlich haftende Gesellschafterin der Wilhelm Chemie GmbH, war eine begeisterte Seglerin. Sie liebte es, *sich den Kopf auf der Alster freipusten zu lassen*, wie sie einer Hamburger Tageszeitung in einem Interview verraten hatte, nachdem sie völlig überraschend im letzten Sommer den Helga-Cup mit einer ihrer beiden erwachsenen Töchter und Rike Minkner an Bord gewonnen hatte. Seglerinnen aus ganz Europa reisten nach Hamburg, um den Sport, die Freude auf dem Wasser und das Netzwerken zu verbinden. Und wenn Juliane Bertram von etwas wirklich richtig viel Ahnung hatte, dann vom Netzwerken. Und davon, wie sie diese Verbindungen missbrauchen konnte. Davon war er felsenfest überzeugt. Seiner Meinung nach wurde es Zeit, dass ihr mal wieder richtig der Kopf durchgepustet wurde. Und zwar zum letzten Mal. Doch vorher sollte sie am eigenen Leib erfahren, wie es sich anfühlte, wenn man benutzt, wenn man getrieben und vorgeführt wurde.

Noch einmal schaute er zum Haus in der Bellevue hinüber. Durch die großen Scheiben des Wohnzimmers erkannte er selbst durch den Nebel das Flimmern eines Fernsehbilds, das sich mit dem Licht des flackernden Kaminfeuers an den Wänden des Wohnzimmers mischte. Er roch den Rauch. Als hätte jemand einen Schalter bedient, zog ihm wieder ein leichter Schmerz hinter das rechte Auge, wie bei einer Migräne.

Manches Feuer bahnte sich seinen Weg ganz langsam, dachte er. Manches fraß sich in Windeseile unaufhörlich zum Ziel. In jedem Fall brauchte es dabei Luft und Brennstoff. Für beides wollte er sorgen. Die Gastherme am Freitagabend und die Motorwinde am Samstag in der Früh waren nur der Anfang gewesen. Er selbst hatte nichts mehr zu verlieren.

#

Um 21.30 Uhr stand Rike Minkner in der Küche und legte vorsichtig die abgekühlten Kekse, die sie mit Julianes Enkel am Nachmittag gebacken hatte, in das Schraubglas. Sie warf das benutzte Backpapier in den Müll und schob das Blech wieder in den Ofen. Dann ging sie zurück ins Wohnzimmer, um nach dem Jungen zu schauen. Theo lag auf dem Sofa und war vor laufendem Fernseher eingeschlafen. Gemeinsam hatten sie einen Animationsfilm geschaut. Durch die große Panoramascheibe erkannte Rike den Nebel, der langsam vom Wasser über die Straße bis in den Vorgarten zog.

Sie stellte den Fernseher aus und warf einen prüfenden Blick in den Kamin. Sie würde das Feuer ab jetzt einfach herunterbrennen lassen. Leise trug sie das benutzte Geschirr in die Küche, räumte es in die Spülmaschine und schaute sich ein letztes Mal um. Alles war wieder blitzeblank, wie sie es liebte.

Eigentlich wäre es längst an der Zeit, Theo ins Bett zu bringen. Sie selbst war hundemüde und würde nicht mehr auf Juliane warten, die nach dem Termin mit dem Partner ihres verunglückten Rechtsanwalts noch an einem Geschäftsessen teilnehmen musste.

Wie immer bei solchen Abendterminen würde Juliane spät nach Hause kommen. Die wirklich wichtigen Deals wurden nach dem Essen an der Bar gemacht, wie Rike über die Jahre gelernt hatte. Doch im Gegensatz zu ihren männlichen Mitbewerbern blieb Juliane dabei nüchtern. Vielleicht war sie deswegen so erfolgreich. Unter ihrem Management hatte die Wilhelm Chemie GmbH in den letzten zehn Jahren expandiert und sich zu einem der größten Exporteure für chemische Rohstoffe in Hamburg entwickelt.

«Rike?», rief Theo aus dem Wohnzimmer. «Ich hab Durst. Kann ich Limo?»

Er war aufgewacht. Gut. «Wenn du schnell nach oben huschst und deinen Schlafi anziehst, bringe ich dir was rauf.» Sie schmunzelte. Pädagogisch war das natürlich eine Bankrotterklärung. Aber sie war weder seine Mutter noch seine Oma. Und wenn sie den Jungen damit ohne Genöle ins Bett bekam, sollte ihr ein Glas recht sein.

«Deal», rief er, und Rike fragte sich, ob er das Wort in der ersten Klasse aufgeschnappt hatte oder bei einem Geschäftstelefonat seiner Oma.

Als sie hörte, wie Theo durch die Halle nach oben ging, öffnete sie den Kühlschrank. Fehlanzeige. Keine Limo. Zusätzliche Getränke lagerten im Keller.

Rike kannte wirklich niemanden, dachte sie, als die Holzstufen unter ihren Schritten knarzten, der am Abend gerne in einen muffigen Keller hinunterstieg.

#

Er kniete in der Jolle und schaute kurz über das Wasser zum Haus hinüber. Der Nebel hatte zugenommen, aber er sah, dass im Mansardenzimmer das Licht eingeschaltet worden war. Seine zunehmende Aufregung versuchte er mit kontrolliertem Atmen zu beruhigen und knüpfte die Persenning weiter auf, um das Segel darunter hervorzuziehen. Dann kletterte er zurück auf den Steg, zog sich Sneaker und Socken aus, schlüpfte aus seinem schwarzen Hoodie und stieg aus der Jogginghose, bis er nur noch in seiner knappen Speedo im kühlen Wind, der über die Alster wehte, stand. Unter seinen nackten Füßen spürte er die in die Holzplanken gefrästen Rillen. Fünf Grad Celsius. Aber auch die Kälte der Nacht brachte ihm keine Beruhigung. Weder kühlte sie die Hitze in seinem Kopf noch den Zorn in seiner Brust. Eine Autohupe holte ihn zurück ins Jetzt und in seine unendliche Wut. Juliane Bertram, die er seit dem Sommer ausspioniert hatte und die dort drüben in diesem riesigen Haus wohnte, gehörte zu denen, die nicht hören wollten – und nun fühlen mussten.

Ein Lachen drang durch den Nebel und kam langsam näher. Er kniff die Augen zusammen und schaute alarmiert den Bootssteg entlang. Und obwohl er niemanden sehen konnte, spürte er doch sehr deutlich die Vibrationen von Schritten auf dem Steg. Dann tauchten zwei Männer aus der Dunkelheit auf, vielleicht dreißig, vierzig Meter von ihm entfernt.

Scheiße. Niemand segelte um diese Zeit über die Alster. Wo kamen denn diese Typen plötzlich her? Fast nackt kletterte er mit seinen Klamotten unter dem Arm hastig zurück in die Jolle und kauerte sich in den Rumpf. Warum hörte der Schmerz in seinem Kopf nicht auf? Aus seinem Versteck heraus beobachtete er, wie die beiden Männer neben dem Kanu-Regal unterhalb einer Laterne stehen blieben. Er verstand nicht, was sie sagten, aber er sah, wie sie sich küssten. Ihre Zuneigung füreinander traf ihn mitten ins Herz.

Er umklammerte seinen Rucksack, wie man einen Menschen hält, den man liebt, als die Bilder in seinem Kopf auch schon zu tanzen begannen, wie sie es immer taten, wenn ihn etwas triggerte. Er hörte die Stimme seiner Frau, und er erinnerte sich an ihren Geruch, wenn er in ihren Armen einschlief. Die Nase an ihrem Schlüsselbein, roch er die Mischung aus frischem Schweiß und ihrem blumigen Parfüm.

Vom Mast der Jolle tropfte ihm etwas kondensierte Feuchtigkeit ins Gesicht, und als er sich mit der flachen Hand über die Stirn wischte, fiel aus dem geöffneten Rucksack plötzlich die Dose Leuchtfarbe heraus. Sie rollte über den Kunststoffboden der Jolle, stieß mehrmals an den Seitenwänden an, wie eine Flipperkugel, bevor sie endlich umfiel und liegen blieb.

Er hielt die Luft an.

«Hallo?», hörte er einen der Männer fragen.

«Mensch, lass uns gehen.»

«Nee. Da ist doch wer.»

«Das war bestimmt nur irgend so ein Haken. Das klappert doch schon die ganze Zeit.»

Schritte kamen näher.

«Bitte. Lass uns hier weg», klang es eindringlich.

Wieder Schritte – sie entfernten sich. Er schluckte.

Wenige Augenblicke später hörte er die beiden Männer oben auf der Brücke lachen.

Endlich. Langsam tauchte er aus seinem Versteck wieder auf. Ihm war scheißkalt, so fast nackt, und er fing an zu zittern. Jeden Muskel seines trainierten Körpers bis aufs Äußerste gespannt, hielt er den Tiegel Yellow Attack fest in seiner Hand. Er schaut zum Haus hinüber. Er musste sich beeilen.

#

Rike nahm eine Flasche Limonade aus dem Kühlschrank und drückte die Tür wieder zu. Hier unten im Keller fühlte sie sich jedes Mal unwohl. Immer hatte sie irgendwie das Gefühl, als würde sie heimlich beobachtet werden. Argwöhnisch drehte sie sich nach der afrikanischen Maske aus Seseholz um, die hinten an der Wand über der Alarmanlage hing. Juliane hatte sie zu ihrem sechzigsten Geburtstag von Susan Fulbe geschenkt bekommen. Mit der weiß aufgemalten Brille erinnerte das hölzerne spitze Gesicht an eine böse Eule. Die Gucklöcher für die Augen waren herausgestochen. Auch die hellen langen Basthaare ließen ihr Antlitz nicht freundlicher erscheinen. Irgendwann hatte Juliane ein Nachsehen gehabt. Weil niemand aus der Familie der handgeschnitzten Maske etwas hatte abgewinnen können, war sie in den Keller umgezogen. Vielleicht war das starre Holzgesicht, das als Symbol für Gesundheit und ein langes Leben galt, über der Zentrale einer Alarmanlage ein gutes Omen.

Rike war mit der Flasche Limonade in der Hand schon auf dem Weg zur Treppe, als es plötzlich einen leisen Knall an der Decke gab. Das Licht über ihr ging aus. Weil oben mal wieder die Tür ins Schloss gefallen war, schien kein Licht die Treppe herunter.

Rike wusste nicht, ob sie lachen oder vor Schreck laut rufen sollte. In der Dunkelheit hörte sie das Abwasser durch das Fallrohr rauschen, das aus den oberen Stockwerken nach unten führte. Offensichtlich hatte Theo oben die Toilette benutzt. Zumindest wusste Rike, dass sie sich genau unterhalb des Wohnzimmers befand. Dazu hätte sie gar nicht mehr das Knarzen des Parketts über sich gebraucht, das ihr nur allzu vertraut erschien. Sie stutzte. Hatte sie nicht eben deutlich die Spülung von oben gehört? War Theo etwa wieder heruntergekommen? Das metallische Kratzen der Kaminschaufel über den gusseisernen Feuerrost drang unvermittelt durch die Decke. Um Himmels willen. Schaufelte der Junge Glut im Kamin? Er wusste, dass ihm das alle streng verboten hatten, ebenso wie das Kokeln mit Papier, wobei Rike ihn einmal erwischt hatte. Wieder rauschte Wasser von oben durch die Leitungen. Rike stellten sich die Nackenhaare auf. Wenn der Junge oben das Badezimmer benutzte, wer machte sich dann im Wohnzimmer am Kamin zu schaffen? Wieder hörte sie die Schaufel über den schweren Rost schaben. Jemand war im Haus!

Sie sah die blaue Temperaturanzeige des Kühlschranks leuchten, tastete sich in der Dunkelheit dorthin vor, wobei sie sich den Kopf am Kanu stieß, das von der Decke hing, und riss die Tür des Geräts auf, dass die Weißweinflaschen im Getränkefach klirrten. Warum war sie nicht gleich auf die Idee gekommen? Im Schein der Innenbeleuchtung sah sie nun endlich die Treppe hinter sich. Gerade hatte Rike das Geländer zu fassen bekommen, da gellten Theos Schreie durch das Haus. Sie rannte nach oben. Durchquerte den Flur, dann die Halle. Sie warf einen Blick ins Wohnzimmer. Es war leer. Sie hetzte zum ersten Stockwerk hinauf. Erst jetzt meldete sich ihr Verstand. In ihrer Angst hatte sie den Panikknopf im Wohnzimmer vergessen. Ein einfacher Taster, der unauffällig neben der Hausbar installiert worden war und den mancher Besucher für einen Lichtschalter hielt. Wie oft war versehentlich auf Partys der Sicherheitsdienst gerufen worden. Aber Rike setzte ihren Weg nach oben fort. Theos Angst schien größer als ihre Furcht.

Außer Atem erreichte sie die zweite Etage. Noch eine Treppe. Endlich oben angekommen, riss sie die Tür zum Mansardenzimmer auf. Mit zerzausten Haaren saß der Junge völlig aufgelöst in seinem Bett, das ängstliche Gesicht schwach vom Schein der Nachttischlampe erleuchtet, und zeigte zitternd in die Ecke des Zimmers. Rike drehte sich um und erschrak.

In der schwachen Beleuchtung hob Juliane entschuldigend die Hände. «Ich kriege ihn überhaupt nicht wieder eingefangen.» Sie wandte sich einfühlsam an ihren Enkel. «Theo. Ich wollte dich doch nicht erschrecken.»

Langsam kam der Junge zur Ruhe, kroch auf seine Oma zu und nahm Juliane fest in den Arm. Sie küsste ihn auf die Stirn.

«Ich habe gedacht, es wäre sonst was passiert», sagte Rike und musste sich ein Lachen verkneifen. «Ich war unten im Keller.» Gefangen im eigenen Kopfkino, war sie nicht in der Lage gewesen, den Horrorfilm einfach abzustellen. Wer sonst hätte hier auch sonst durchs Haus schleichen sollen, wenn nicht Juliane?

«Ich muss noch mal aufs Klo, Oma.» Theo kletterte aus dem Bett und verließ den Raum. Seine Schlafanzughose hing auf halb acht.

Julianes betont unbekümmerte Art, die sie ganz offensichtlich für Theo zur Schau gestellt hatte, wich einem erschöpften

Seufzer. «Was für ein Tag, Rike.» Sie ließ sich erschöpft auf die Bettdecke sinken. «Ich bin völlig k. o. Je älter ich werde, desto weniger bin ich gewillt, diese Testosteron-Runden zu ertragen. Zum Glück war es schneller vorbei als gedacht.»

«Und wie war's heute Nachmittag?» Rike sammelte Theos Comichefte von der Matratze.

«Die Krisensitzung wegen Christopher Blumenthal hat knappe drei Stunden gedauert.» Juliane setzte sich wieder auf. «Zusammen mit Dr. Weiss haben wir überlegt, wer unsere aktuellen Verfahren übernehmen kann. Du weißt ja selber, wie gut Blumenthal die Firma fast zwanzig Jahre durch die ganzen Anzeigen, Prozesse und was weiß ich durchgelotst hat. Ohne ihn hätten wir vermutlich beim letzten Werksunfall ganz schön im Regen gestanden. Gott, wenn ich daran denke.» Juliane winkte ab. «Im nächsten Leben eröffne ich einen Blumenladen. Theo! Bist du in die Toilette gefallen?!», rief sie Richtung Badezimmer.

«Hier ist kein Klopapier mehr», rief er zurück, und Juliane verließ das Zimmer, um ihm welches zu bringen.

Rike schüttelte das Bett neu auf und erinnerte sich an den furchtbaren Brand im Werk, bei dem zu Beginn des Jahres eine Person ums Leben gekommen war. Rike selbst war damals von Christopher Blumenthal gebeten worden, im Prozess als Zeugin aufzutreten.

Sie spürte den Schweiß auf der Stirn. Die Lauferei ins Dach und der Schreck hatten ihr ordentlich eingeheizt. Rike ging zum Fenster hinüber und stieß die beiden kleinen Flügel auf. Die feuchte kühle Herbstluft tat gut. Wie suppig es geworden war, der Nebel schien tatsächlich die Alster vor dem Haus geschluckt zu haben. Selbst die Laternen auf der Krugkoppelbrücke richteten kaum noch etwas aus, und der Bootssteg darunter war gänzlich verschwunden.

Obwohl die afrikanische Maske im Keller hing, stieg in Rike plötzlich dasselbe unangenehme Gefühl auf wie eben.

So, als würde sie aus dem Nebel heraus beobachtet werden.

27 Dienstag, 17. Oktober

Bis wann hast du denn gestern Abend im Präsidium ge-hockt?», fragte Susanne, als Franka ihrer Schwester am Morgen um 7.30 Uhr die Autoschlüssel des Nissan in die Hand drückte. Es war frisch geworden, und der Nebel hielt sich hartnäckig. «Wann immer ich einen Fall leite, versuche ich, nicht auf die Uhr zu schauen», sagte sie bemüht normal, obwohl sie die neusten Entwicklungen der Soko Brand mächtig unter Druck setzten. Franka fieberte der heutigen Durchsuchung der Büroräume von Artikel-1 regelrecht entgegen und hatte eigentlich nicht mal den Nerv, sich um ihren Wagen zu kümmern. Aber nachdem sie schon gestern mit den Öffentlichen in den Dienst gefahren war, wollte sie endlich ihren Nissan zurück. Heute sollten die bestellten Reifen in der Werkstatt ankommen.

«Danke, dass du dich kümmerst», sagte sie zu Susanne, die den Wagen dorthin transportieren lassen und ihn am Nachmittag wieder abholen wollte.

«Das ist ja wirklich eine Sauerei.» Ihre Schwester wickelte sich den pinken Strickschal um den Hals und deutete auf das Nummernschild. «Wer macht denn so was?»

«Keine Ahnung», schwindelte Franka, obwohl sie mittlerweile zu wissen glaubte, welche Hamburger Umweltgruppe dahintersteckte. Aber selbst Freunden und Familienmitgliedern gegenüber hielt sie sich mit ermittlungsrelevanten Informationen stets zurück.

«Sag mal, diese Zeitungsmeldung hat aber hoffentlich nichts mit deinem aktuellen Fall zu tun. Oder?» Susanne präsentierte ein druckfrisches Exemplar. *Hinrichtung in Eilbek!*

«Nein», log Franka schon wieder, diesmal allerdings, weil sie wusste, wie sehr Susanne sich immer um sie sorgte.

«Wenn mich nicht alles täuscht», Susanne legte die Zeitung zurück in ihren Fahrradkorb, «bist du doch am Samstag vom Wochenmarkt nach Eilbek gerufen worden. Oh nee. Franka. Untersuchst du jetzt etwa diesen grauenvollen Mord? Das gefällt mir gar nicht.»

Franka schaute die Straße entlang und hoffte, dass Alpay mit dem Dienstwagen um die Ecke biegen würde. Doch er parkte zu ihrer Überraschung bereits mit ausgestelltem Motor auf der gegenüberliegenden Straßenseite und winkte ihr durch die Scheibe zu. Wie lange hatte er dort schon gestanden?

«Stell mir den Nissan heute Abend irgendwo hier in die Straße», sagte Franka und verabschiedete sich von Susanne. «Und schmeiß den Schlüssel einfach in den Briefkasten.»

Dann gab sie ihrer Schwester noch einen Klaps auf den Po und lief über die Straße.

«Guten Morgen», wurde Franka gut gelaunt von Alpay begrüßt, als sie die Beifahrertür öffnete. Wahrscheinlich war er schon um die Alster gerannt. Im Wagen duftete es nach frischem Kaffee.

«Der ist für dich», sagte er und deutete auf den Becher, der im Cupholder klemmte.

«Danke. Hast du die Beschlüsse?» Franka schnallte sich

an, und Alpay reichte ihr die Dokumente des Untersuchungsrichters. Dann startete er den Wagen und fuhr los.

«Wie lange stehst du eigentlich schon hier?»

«Sieht nett aus, die Frau», sagte er und fädelte nach rechts
auf die Osterstraße ein. «Deine Freundin?»

«Meine Schwester.»

«Die mit dem Doppelnamen?»

Franka schaute Alpay perplex an.

«Im Sommer habe ich ihre Kennung mal kurz in der Freisprechanlage gesehen.»

Insgeheim war Franka wieder einmal von Alpays Erinne-
rungsvermögen beeindruckt.

Zwanzig Minuten später stiegen Franka und Alpay in Winterhude aus dem Auto. Sie begrüßte den Einsatzleiter des
Durchsuchungsteams, der mit seinen Kollegen in einem neutralen Einsatzfahrzeug der Polizei in der Forsmannstraße saß
und bereits von Sybille über den anstehenden Einsatz in den
Büroräumen von Artikel-1 instruiert worden war. Seit einer
Stunde hatte Sybille mit der Kollegin Reitzenbach den Büro-
eingang observiert. Ina gab Auskunft, dass sich um 8.30 Uhr
bereits sechs Personen in den Räumen der Gruppe aufhielten.
Darunter auch Anja Sellin und Joscha Alverut.

«Alles wartet bitte auf mein Zeichen», sagte Franka. Auf
dem Weg zum Hauseingang bat sie Alpay, darauf zu achten,
dass weder Sellin noch Alverut ihre Computer benutzten, falls
sie doch etwas von der anstehenden Durchsuchung ahnten.

«Frau Erdmann», sagte Anja Sellin erstaunt, als Franka
wenige Minuten später ihren Dienstausweis wieder einsteckte.

«Mein Kollege Herr Eloğlu», stellte Franka Alpay vor.

Irgendwo in den Büroräumen klingelte ein Telefon. Ein Mann nahm das Gespräch entgegen. Hinter Sellin sprang ein Kopiergerät im Flur an.

«Dürfen wir?», fragte Franka freundlich und trat, ohne die Antwort abzuwarten, über die Schwelle. Aus einem der hinteren Räume tauchte eine Frau auf. Sie telefonierte.

«Moment, ich frage mal nach», sagte die Frau, schaltete das Gespräch auf stumm und informierte Sellin über eine weitere Presseanfrage in Bezug auf die Autoattacke. Wollte Artikel-1 dazu Stellung nehmen?

«Was wollen die denn heute alle von uns?» An Franka und Alpay gewandt winkte Sellin ab. «Als hätten wir was mit dieser Aktion zu tun.» Dann erklärte sie ihrer Kollegin, wie mit weiteren Presseanfragen zu verfahren sei: kein Kommentar. Man wisse nichts. Die Aktion würde von Artikel-1 nicht bewertet werden. Taktik, dachte Franka. Und clever. Die Gruppe hatte die Aufmerksamkeit der Öffentlichkeit erreicht, da musste man sich nicht mehr zu der Aktion bekennen.

«Sie haben mir immer noch nicht verraten, was wir für Sie tun können, Frau Erdmann.» Wenn Sellin lächelte, hatte sie etwas durchaus Gewinnendes, dachte Franka.

«Vielleicht überlege ich, Mitglied bei Ihnen zu werden.»

«Da hätten Sie nicht extra vorbeikommen müssen», sagte Sellin. «Den Antrag können Sie auf unserer Seite im Netz runterladen. Möchten Sie vielleicht einen Tee?»

Franka lehnte ab. «Wie viele Mitglieder engagieren sich eigentlich bei Ihnen?» Sie schaute sich um. Abgerissene Raufasertapete wurde an einigen Stellen von darübergeleimten Plakaten zusammengehalten, die auf vergangene Veranstaltungen der Umweltgruppe hinwiesen. In allen Zimmern, die Franka vom Flur aus einsehen konnte, hatte man Schreibtische aus einfachen Tischböcken und Holzplatten aufgestellt.

«Bei uns engagieren sich über eintausendfünfhundert Hamburger und Hamburgerinnen, und auch aus dem Umland verzeichnen wir Zuwachs.» Sellin führte Franka und Alpay in ihr Büro, das sie sich mit Joscha Alverut teilte. Der saß lässig auf dem Fensterbrett, und wie Franka mitbekam, koordinierte er am Telefon die Betreuung seiner Kinder.

«Sie können uns entweder mit Spenden unterstützen», fuhr Sellin fort, «oder eben mit einem regelmäßigen Mitgliedsbeitrag.»

Ein junger Mann kam aus einem der hinteren Räume und legte im Drucker im Flur Kopierpapier nach. Eine Frau, Franka schätzte sie auf Anfang vierzig, grüßte freundlich mit einem Becher in der Hand und verschwand in einem der Büros. Eintausendfünfhundert Mitglieder? Vor Frankas geistigem Auge sah sie die Kollegen der Soko unendliche Namenslisten durchackern.

«Sie haben in Meeresbiologie promoviert, richtig?»

«Steht in meinen Akten, nehme ich an.» Sellin schien dieser Umstand nichts auszumachen.

Alpay lehnte mit verschränkten Armen im Türrahmen. Auch er passte auf, da war Franka sich sicher, dass weder Sellin noch Alverut ihre Computer anfassten.

Natürlich wusste Franka mittlerweile, dass Anja Sellin vor einigen Jahren ihren Doktor in Meeresbiologie an der Universität in Rostock gemacht hatte. Dass sie eine Wissenschaftlerin mit exzellenten Berufschancen war. Oder gewesen war. Ihre Bereitschaft, sich für die gute Sache strafbar zu machen, war vielleicht weniger von Vorteil. Zumindest für den Universitätsbetrieb. Sellin verfügte nicht nur über Daten, Zahlen und Fakten zum Klimawandel, sondern, wie Franka erfahren hatte, auch über einen guten Anwalt, der sie regelmäßig aus der Untersuchungshaft herausboxte.

«Diese Büroräume hier», Franka schaute zur Decke, als vermutete sie daran eine Botschaft aus Leuchtfarbe, «wovon bezahlen Sie die eigentlich?»

«Wir finanzieren uns durch Spenden», klinkte Alverut sich ein, der sein Telefonat beendet hatte.

«Und davon werden auch Ihre Gehälter bezahlt?»

«Frau Erdmann.» Sellin lächelte ungläubig ob Frankas Frage, die sie natürlich nur gestellt hatte, um Sellin aus der Reserve zu locken. «Wir arbeiten hier alle pro bono. Ich zum Beispiel habe ein Sabbatical eingelegt. Wie Joscha arbeite ich ohne Gehalt. Viele unsere Unterstützerinnen und Unterstützer sind irgendwann an den Punkt gekommen, wo ihnen Geld egal war. Wir stecken jeden Cent in unsere Aktionen.»

«Und in Leuchtfarbe?» Es wurde Zeit, das Tempo anzuziehen.

«Hören Sie», sagte Alverut sichtlich angespannt, «die Sache mit den Autos, damit haben wir nichts zu tun. Deswegen sind Sie doch hier.» Er hielt den Blick, lauerte, wartete ab, das spürte Franka sehr deutlich. «Natürlich haben wir die Sache mitbekommen. Steht ja heute auch überall im Netz und in jeder Zeitung.»

«Darf ich Sie beide fragen, wo Sie gestern in der Zeit zwischen 4.00 und 6.30 Uhr morgens waren?»

«Na endlich. Ich dachte schon, Sie fragen uns das nie.» Anja Sellin stellte sich hinter ihren Kollegen.

«Im Bett», sagte Alverut.

«Und Sie, Frau Sellin?»

«Auch.»

Franka hatte mit keiner anderen Antwort gerechnet. Unbeirrt fuhr sie fort. «Frau Sellin. Wir haben vor sechs Wochen einen Kassenbon in Ihrem Anorak gefunden, über den Kauf von zehn Litern Nachleuchtfarbe. Unsere technischen Untersuchungen haben nun ergeben, dass Yellow Attack von der Firma Lumentus sowohl für das Transparent in der Kunsthalle als auch bei der gestrigen Pkw-Aktion benutzt wurde. Außerdem haben wir an zwei Tatorten die gleichen Borsten eines Pinsels gesichert.»

Schweigen.

«Des Weiteren steht diese Farbe im Zusammenhang mit drei Tötungsdelikten, bei denen die Opfer im weitesten Sinne mit Umweltvergehen in Verbindung stehen.»

Alverut schaute Franka an, als hätte er sie nicht richtig verstanden. Dann drehte er sich zu Sellin um. «Ist ein Witz, oder?»

«Leider nein», sagte Alpay.

«Und jetzt glauben Sie, das waren wir?»

«Eines der Opfer ist ein Hamburger Anwalt, der im Frühjahr eine einstweilige Verfügung gegen Ihre Gruppe erwirkt hat, Herr Alverut. Bei einer Zuwiderhandlung hätte Artikel-1 eine Viertelmillion Euro Strafe gezahlt.»

Alverut stand abrupt auf. «Daher weht der Wind? Weil wir der Meinung sind, dass unsere Gesellschaft nur noch der laute Ungehorsam zur Einsicht bringt, denken Sie, wir töten Menschen? So weit ist es also schon gekommen. Dass man uns *radikal* nennt, geschenkt, dass Sie uns aber Morde im

Namen der Umwelt zutrauen ...» Er schlug mit der flachen Hand auf den Schreibtisch.

Alveruts Lunte war kurz, dachte Franka. Kurz genug, um für seine Überzeugung Menschen zu töten?

«Ich würde diese Diskussion tatsächlich irgendwann gerne einmal fortsetzen, Herr Alverut», sagte sie und zog nun das vom Untersuchungsrichter unterschriebene Dokument aus der Tasche, «aber vorher schauen wir uns in Ihren Büroräumen mal etwas genauer um.»

Dann ging alles ganz schnell. Alpay öffnete die Tür zum Treppenhaus, und bevor Joscha Alverut sich erneut aufregen konnte, betraten Kollegen und Kolleginnen des LKA das Büro. Darunter auch Sybille und Ina Reitzenbach.

«Den lassen Sie bitte stecken, Herr Alverut», sagte Franka scharf, als er die Situation prompt nutzen wollte, um unbemerkt einen USB-Stick aus seinem Rechner zu entfernen. Hielt der Mann sie für blöd? «Ihre Speichermedien nehmen wir selbstverständlich auch mit.» Franka winkte Ina Reitzenbach heran, die sich nicht nur des Sticks annahm, sondern gleich seinen gesamten Computer abbaute.

«Was soll denn der Scheiß?» Sellin musste fassungslos dabei zusehen, wie sich die insgesamt zehn Beamten nach kurzer Absprache in den Büroräumen verteilten. Die Aktivistinnen und Aktivisten protestierten lautstark, als Alpay ihre Personalien aufnehmen wollte.

«Auf welcher rechtlichen Grundlage rennen Sie uns hier eigentlich die Bude ein?» Anja Sellin war die Einzige, die ruhig blieb.

Franka reichte ihr eine Kopie des Beschlusses. «Die Ausführung des Untersuchungsrichters können Sie Ihrem Anwalt übergeben. Uns liegen Erkenntnisse vor, die uns zu der Annahme berechtigen, dass in Ihren Räumen Beweismittel lagern, die in Verbindung mit schweren Straftatbeständen stehen.»

«Verhaften Sie uns?» Sellin überflog den Beschluss.

«Frau Erdmann?»

Franka drehte sich zu Ina Reitzenbach um, die in der Tür zum Flur stand. In der einen Hand präsentierte sie einen fast leeren 5-Liter-Kanister Yellow Attack von der Firma Lumentus, und in der anderen Hand einen Eimer mit Pinseln.

«Die sind noch feucht. Haben wir im Keller gefunden.»

«Ich rufe unseren Juristen an», sagte Alverut und zog sein Handy hervor, weil ihm ein Polizist in diesem Moment auch das Festnetztelefon inklusive Mailbox vom Schreibtisch zog.

«Den werden Sie auch brauchen», sagte Franka. Dann präsentierte sie ein weiteres Dokument.

«Herr Alverut, Frau Sellin, hiermit nehme ich Sie nach § 127b StPO vorläufig fest. Als Vorsitzende des Vereins Artikel-1 stehen Sie und oder Mitglieder Ihrer Gruppe in dringendem Tatverdacht, an drei Tötungsdelikten beteiligt gewesen zu sein. Es besteht des Weiteren Grund zur Annahme, dass die Beschuldigten Beweismittel vernichten oder verändern könnten, außerdem ist davon auszugehen, dass die Beschuldigten während des Ermittlungsverfahrens weitere Straftaten begehen. Sie können sich zu den gegen Sie erhobenen Vorwürfen äußern, oder …»

«Sparen Sie sich Ihre Belehrungen, Frau Erdmann.» Alverut ließ sich ebenso wie Anja Sellin von uniformierten Beamten die Hände auf dem Rücken fixieren.

«Ach du Scheiße. Was ist denn hier los?»

Neben dem Kopierer war plötzlich ein junger Mann aus dem Hausflur aufgetaucht. Franka schätzte ihn auf höchstens Mitte zwanzig.

«Dürfen die das?», fragte er Anja Sellin, als er kapierte, was hier vor sich ging. Irgendwie kam Franka sein Gesicht bekannt vor. Zur gefütterten Jeansjacke mit Teddyfellkragen trug er eine gelbe Mütze, unter der einige schwarze Locken hervorstanden. Wo hatte sie das Gesicht schon einmal gesehen? Auch Sybille, die einen Laptop aus einem der hinteren Räume durch den Flur trug, blieb abrupt stehen und musterte ihn.

Während man Sellin und Alverut abführte, um sie ins Untersuchungsgefängnis in der Holstenglacis zu bringen, machte es bei Franka plötzlich klick. War der junge Mann nicht der Typ, der vor sechs Wochen die Aktion in der Kunsthalle gegen das Gemälde von Caspar David Friedrich gefilmt hatte? Sybille hatte sein Gesicht auf den Aufnahmen der Überwachungskameras rangezoomt. Die Fahndung nach ihm über die Social-Media-Kanäle der Polizei war jedoch erfolglos geblieben.

«Erdmann, Kriminalpolizei.» Sie zeigte ihm ihren Dienstausweis. «Und Sie sind?»

«Ein Nachbar.» Er lächelte freundlich.

«Dann würde ich gerne Ihre Papiere sehen.»

«Sorry.» Er hob entschuldigend die Schultern.

«Wir können Sie auch zur Feststellung Ihrer Personalien aufs Präsidium bringen lassen.»

«Ist ja schon gut.» Er griff in die Brusttasche seiner Jeansjacke und machte gleichzeitig auf dem Absatz kehrt. Von so viel Dreistigkeit überrascht, reagierte Franka zu spät. Aber kaum war er um die Ecke zurück ins Treppenhaus gelaufen, schepperte es. Tumult. Er brüllte, dass man ihn loslassen solle. Als Franka aus der Tür um die Ecke schaute, kullerte der Blecheimer, den die Bewohner für die Entsorgung von unerwünschter Werbung aufgestellt hatten, durch den Hausflur. Der junge Mann lag bäuchlings auf dem Fliesenboden. Seine Mütze war ihm bei der Aktion vom Kopf gerutscht. Zwei Beamte, denen er anscheinend direkt in die Arme gelaufen war, halfen ihm zurück auf die Füße, hielten seine Handgelenke aber auf dem Rücken fest.

«Fuck. Ey, Sie tun mir weh.» Kommentarlos öffnete Franka die Brusttasche seiner Jacke, zog ein kleines Kartenmäppchen daraus hervor und fand, wonach sie gesucht hatte. Entgeistert starrte sie auf seinen Personalausweis, bevor sie ihn unkommentiert an Alpay weiterreichte. Während der junge Mann noch einen müden Versuch unternahm, sich aus dem Griff der Polizeibeamten zu befreien, pfiff Alpay durch die Zähne.

Denn bei dem Jungen handelte es sich nicht nur um den seit September gesuchten mutmaßlichen Kameramann aus der Kunsthalle, sondern auch um den dreiundzwanzig Jahre alten Sohn des Juristen, der vor drei Tagen in einem Käfig auf St. Pauli verbrannt war.

Vor ihnen stand Friedrich-Alexander Blumenthal, gemeldet im Albertiweg 125 in Hamburg-Othmarschen.

28   Dienstag, 17. Oktober

Wo ist Theo?», fragte Rike, als sie die Küche durch die Hintertür betrat, nachdem sie den Müll draußen in der Tonne entsorgt hatte.

«Den habe ich nach oben geschickt. Seine Sachen packen.» Juliane schenkte sich Tee nach. Sie wirkte angespannt. «Denkst du an Kröppelshagen, Rike?» In Julianes Arbeitszimmer klingelte irgendein Gerät. «Du kannst mein Auto nehmen, ich fahre zusammen mit Felix in die Firma», sagte sie und eilte bereits zurück an ihren Schreibtisch.

Rike schaute auf die Uhr am Herd. 10.00 Uhr. Die Fahrt vor die Tore Hamburgs hatte sie für den Mittag geplant. Sie sollte beim Züchter einen neuen Karpfen für den Koiteich abholen. Wieder einmal hatte ein Reiher einen der bunten japanischen Zierkarpfen aus dem Gartenteich erlegt. Vorher würde sie sich aber noch mit Herrn Jansen in der Bootshalle in Eppendorf treffen. Wie jedes Jahr zum Ende der Saison holte er die *Jule III* aus dem Wasser und transportierte sie anschließend zum Überwintern nach Eppendorf. Was war das für ein Spaß gewesen, dachte Rike, als sie im Sommer überraschend den Helga-Cup gewonnen hatten. Während Juliane als Steuerfrau das Boot auf Kurs gehalten hatte, hatte ihre älteste Tochter im Trapez dafür gesorgt, dass sie beim Gegensteuern im Wind nicht gekentert waren. Auch Rike hatte die meiste Zeit damit verbracht, das Boot beim Krängen im Wasser zu halten. Sie liebte es, wenn Juliane sie mit auf die Alster nahm. Auch das waren Momente, in denen sie sich wie ein richtiges Familienmitglied fühlte.

Ihr Handy unterbrach ihre Gedanken. Sie erkannte die Kennung von Kalle Jansen.

«Guten Morgen, Herr Jansen. Wir sind doch erst in einer Stunde in Eppendorf verabredet, richtig?»

«Moin, Frau Minkner.» Im Hintergrund hörte sie Kauschen und Karabiner im Wind gegen die Masten schlagen. Offensichtlich stand Jansen noch auf dem Bootssteg.

«Wäre gut, wenn Sie mal schnell rüberkommen könnten. Und vielleicht bringen Sie Frau Bertram mit.» Jansen hamburgerte, als würde er Werbung für Fischstäbchen machen, dabei stammte er gebürtig aus Freiburg.

«Worum geht's denn?» Rike lauschte Richtung Arbeitszimmer. Juliane führte ein Gespräch auf Englisch. Ganz sicher würde Rike sie jetzt nicht stören.

«Tja, das ist schwer zu sagen», druckste Jansen herum. «Aber … vielleicht sollten wir die Polizei verständigen.»

Eine Möwe schrie durch den Hörer.

Keine drei Minuten später verließ Rike in Windeseile das Haus. So wirklich rausgerückt war Jansen mit der Sprache nicht. Er hatte nur darauf bestanden, dass sie sich die *Sauerei* mal anschaute. Vereinzelte Jogger kamen ihr im nasskalten Nebel entgegen. Bis auf einen Mann mit Baseballmütze, der am Geländer der Brücke lehnte, war hier nicht viel los. Verstaute er ein Fernglas in seinem Rucksack? Bei dem Wetter konnte man doch keine zweihundert Meter über die Alster schauen, da konnte man sich das Ding wirklich sparen.

Sie erreichte das verzweigte Stegsystem und sah Jansen und seine beiden Gehilfen vor der Box stehen, in der die Jolle lag. Jansen war drahtig und noch keine fünfzig Jahre alt.

«Was ist denn passiert?» Sie begrüßten sich mit Handschlag, und Rike ahnte nun, warum er sie hergebeten hatte. Das Hauptsegel war aus der Persenning gerissen worden und lag achtlos zusammengestopft im Rumpf. In der Talje hing noch ein Seil, und überhaupt wirkte die *Jule III* wie nach einer Kaperung.

Sie schaute Jansen überrascht an. «War das Boot draußen?»

«Ich denke nicht. Als wir hier angekommen sind, war das Segel zwar völlig dilettantisch gesetzt, aber …»

«Vielleicht hat sich jemand einen schlechten Scherz erlaubt», unterbrach sie ihn und schaute sich um. Aber keins der anderen Boote schien betroffen zu sein. Sie verstand nicht, warum Jansen sie deswegen extra herbeordert hatte. «Herr Jansen, Segel einpacken, die Jolle aus dem Wasser und nach Eppendorf zum Überwintern damit. Das wird nichts weiter sein als ein Dummejungenstreich.»

Mit einer knappen Geste gab er seinen Helfern zu verstehen, das Segel zu hissen. Langsam entfaltete sich das Tuch aus Polyester und rutschte surrend den Mast hinauf.

Rike traute ihren Augen nicht.

Das eigentlich weiße Segel war fast über die gesamte Fläche gelborange bemalt worden. Auf der leuchtenden Grundierung prangten mit schwarzer Farbe die Umrisse einer Flamme. Daneben war ein großes F gemalt. Rike wusste, was da müde vor ihr im Wind flatterte: Es war das Piktogramm für entzündliche Stoffe. Sie war lange genug bei Juliane beschäftigt, um das Zeichen zu erkennen, das zum richtigen Umgang mit Chemikalien mahnte.

«Das ist leider noch nicht alles, Frau Minkner.» Jansen zog die Backbordseite der Jolle zum Steg. Über der Wasserkante stand eine weitere Schmiererei in Leuchtfarbe geschrieben.

«Was auch immer das für Hieroglyphen sind», sagte er und wischte sich die tropfende Nase an seinem Jackenärmel ab, «um das da dran zu malen, müssen Sie schon ins Wasser steigen.»

H226, H228, H242, H252. Rike war keine Chemikerin, aber in Kombination mit dem Piktogramm auf dem Segel war sie sich sicher, dass es sich um Abkürzungen für chemische Stoffe handelte. Sie zog ihr Handy aus der Tasche und fotografierte die Sauerei für Juliane. Dabei sah sie, dass der Mann mit dem Fernglas immer noch auf der Krugkoppelbrücke stand. Beobachtete er sie etwa?

«Das sind die Formeln für entzündbare Feststoffe und pyrophore Flüssigkeiten», sagte Juliane eine Viertelstunde später und setzte sich zurück an ihren Schreibtisch. Sie machte auf Rike den Anschein, als würde sie die beschmierte Jolle verärgern. Aber sonderlich beunruhigt wirkte sie nicht.

«Das Piktogramm auf dem Segel steht für besonders hochentzündliche und sehr leicht entflammbare Stoffe wie Ethin oder Diethylether», fuhr Juliane fort. «Diese Stoffe stellen für uns in der chemischen Industrie die wichtigsten Lösungsmittel dar.»

Waren diese Chemikalien, deren Namen Rike kaum aussprechen konnte, nicht das Zeug, das sich bei der Herstellung im letzten Jahr entzündet hatte? Die ausgebrannte Werkshalle in Billbrook war noch immer nicht wiederhergestellt worden. Felix hatte die Produktion in ein Gewerbegebiet auf der Veddel verlegen lassen.

«Wegen dieser Schmierereien werde ich jedenfalls keine Anzeige gegen Unbekannt erstatten», sagte Juliane und atmete genervt durch. «Kann nicht einmal ein Quartal vergehen, in dem es keinen Stress gibt, weil Aktivisten ein Transparent vom Dach des Produktionsgebäudes hängen, Studenten sich ans Werkstor ketten oder jetzt die Jolle der Geschäftsführerin beschmiert wird?» Juliane schien erschöpft. «Ich will das einfach nicht schon wieder so hoch hängen. Andauernd gibt's irgendein Drama.»

«Ich weiß nicht», sagte Rike, «diese Sache mit der Jolle, das geht ja nicht gegen die Firma, auch wenn da diese Chemiezeichen benutzt werden. Zum ersten Mal scheint sich ein Protest gegen dich zu richten. Also persönlich. So kommt mir das jedenfalls vor.»

Juliane stand von ihrem Bürostuhl auf und trat ans Fenster.

«Du musst wenigstens mit Felix sprechen», legte Rike nach. Auch wenn Juliane aufgerieben und müde klang, Rike hatte ein mulmiges Gefühl, das sich noch verstärkte, als sie sich an den Typen erinnerte, der eben auf der Brücke gestanden und sie von dort auf dem Steg beobachtet hatte. Noch einmal scrollte sie die Fotos auf ihrem Handy durch. Tatsächlich. Auf einem der Motive erkannte sie im Hintergrund verschwommen den Mann, wie er durch ein Fernglas schaute.

«Der Typ hier hat mich beobachtet. Da bin ich mir sicher.»

«Rike. Wer auch immer dahintersteckt, ich werde diesen Leuten keine Plattform bieten und das in irgendeiner Form melden. Hast du in der Presse von dieser Pkw-Aktion gelesen? Vielleicht hat das damit zu tun. Ich kann jedenfalls getrost auf einen Bericht über mich verzichten. Aber ja, ich werde zumindest mit Felix sprechen. Schick mir mal bitte die Fotos.»

Rike schaute auf ihr Smartphone und stutzte. Der Fächer auf ihrem Mobilgerät suchte die Internetverbindung im Haus, während sich Juliane genervt durch ihren Laptop klickte.

«Ich habe schon wieder kein WLAN. Den ganzen Morgen ist das Netz on and off.»

Das Klingeln des Telefons beendete die Diskussion.

«Entschuldige, Rike, da muss ich rangehen. Aber noch eine Sache. Bevor du nach Kröppelshagen fährst, musst du tanken. Die Reserveleuchte in meinem Wagen brennt bereits.»

29 Dienstag, 17. Oktober

Um 12.00 Uhr schaute Franka kurz durch die geschlossene Glastür ins Großraumbüro hinüber, wo die Kollegen mit der Durchsicht der ersten beschlagnahmten Aktenordner von Artikel-1 beschäftigt waren. Zudem kümmerte Sybille sich um die Überprüfung von Friedrich-Alexander Blumenthals Alibi für das gesamte Wochenende und den Montagmorgen.

Der junge Mann saß auf dem Besucherstuhl vor Frankas Schreibtisch und schaute sie abwartend an. Er wirkte recht selbstsicher, wie sie fand. Zu selbstsicher?

Nun drehte sie abrupt ihren Computerbildschirm zu ihm herum, auf dem ihn ein Foto bei der Aktion in der Kunsthalle zeigte.

«Sie begreifen die Situation nicht ganz, Herr Blumenthal. Mir geht es nicht um Ihr Talent als Kameramann. Darum wird sich die Staatsanwaltschaft kümmern. Mir geht es um etwas anderes.» Sie ging um ihren Schreibtisch herum und setzte sich vor dem jungen Mann auf ihre Tischplatte.

«Ehrlich gesagt finde ich es sehr merkwürdig, dass der Sohn eines getöteten Anwalts für Umweltrecht sich bei einem Aktionsbündnis für Klimaschutz engagiert, das im Zusammenhang mit dem Mord an seinem Vater steht. Kann das Zufall sein?»

Franka goss Friedrich ein Glas Wasser ein, während er sich Hilfe suchend zu Alpay umdrehte, der hinter ihm am Fensterbrett lehnte. «Ist das Ihr Ernst?»

Franka nickt Alpay zu. Sie wollte, dass er in die Befragung mit einstieg. Der Pingpong-Effekt sollte für zusätzlichen Druck sorgen.

«Wie war das Verhältnis zwischen Ihnen und Ihrem Vater?» Alpay verzog keine Miene.

«Schwierig. Da muss ich Ihnen ja wohl keinen vom Pferd erzählen.»

«Seit wann engagieren Sie sich eigentlich bei Artikel-1?» Franka setzte sich zurück auf ihren Bürostuhl.

«Seit zwei Jahren.»

«Gab es einen besonderen Anlass dafür?»

«Wie jetzt ...?»

«Herr Blumenthal», übernahm Alpay erneut. «Steht Ihr Engagement bei Artikel-1 in irgendeinem Zusammenhang mit den juristischen Tätigkeiten Ihres Vaters?»

«Sagen wir mal so: Wir sind ... wir waren», korrigierte er sich, «in Umweltfragen ziemlich weit auseinander. Mein Vater kämpfte für die falsche Seite.»

«Gab es deswegen oft Streit?»

Der junge Mann schnaubte verächtlich.

Merkwürdig, dachte Franka, wie wenig betroffen Friedrich wirkte. Sein Vater war erst vor wenigen Tagen getötet worden, und er zeigte sich auf eiskalte Art unversöhnlich. Sie nahm die Liste aus ihrer Ablage, die Ina Reitzenbach gestern über die anwaltlichen Tätigkeiten von Blumenthal senior zusammengestellt hatte. Dann schaute sie Friedrich über den Rand ihrer Lesebrille hinweg an. «Haben Sie sich mit Ihrem Vater vielleicht auch über ein Planfeststellungsverfahren an der Süderelbe in die Wolle bekommen? Immerhin war davon das Naturschutzgebiet Heuckenlock betroffen. Oder gab es Zoff zwischen Ihnen, weil Ihr Vater die Wilhelm Chemie GmbH nach einem Werksunfall gegen eine leitende Ingenieurin vertreten hat? Unseres Wissens nach hat er vor wenigen Monaten sogar eine einstweilige Verfügung gegen Artikel-1 durchgesetzt, weil Mitglieder der Gruppe ein Pumpwerk besetzt haben. Bei Zuwiderhandlung hätte Ihr Verein eine Strafe zahlen müssen, für die die monatlichen Mitgliedsbeiträge wohl kaum gereicht hätten.»

«Zu dem Thema sollten Sie vielleicht Anja und Joscha befragen.»

Franka atmete angestrengt durch. Laut ihrem Anwalt verweigerten die beiden die Aussage, und noch war die Soko mit der Auswertung der Durchsuchung beschäftigt. IT-Profi Matze hatte seinen Computer auf dem freien Tisch im Großraumbüro aufgebaut, wie er es immer tat, wenn seine Arbeit den sofortigen Austausch mit den Kollegen erforderte. Er war dabei, die passwortgeschützten Datenträger zu knacken.

«Herr Blumenthal, worum ging es bei dem Streit am Samstagmorgen mit Ihrer Mutter?»

Nun schaute Friedrich perplex zu Alpay. «Wie jetzt?»

«Wir haben in der Bibliothek im Albertiweg gewartet. Der Zoff zwischen Ihnen und Ihrer Mutter war nicht zu überhören. Ihr Vater war noch nicht einmal einen Tag tot, aber bevor Sie das Haus verließen, haben Sie Ihrer Mutter ein *Leck mich!* an den Kopf geknallt. Worum ging es?»

Er knibbelte an seinen Fingernägeln. Wurde er nervös? «Meine Mutter ist im Ausnahmezustand. Ist ja klar. Samstagmorgen hat sie mir wieder vom Besuch meines Vaters in der Herbertstraße die Ohren vollgeheult.»

«Moment. Was heißt *wieder*?», hakte Alpay nach.

Friedrich lächelte bitter. «Mein Vater besorgte sich seit Jahren auf dem Kiez das, was meine Mutter ihm nicht geben konnte. Das war ein offenes Geheimnis. Ich habe nie verstanden, warum sie bei ihm geblieben ist.»

Franka nickte bestätigend zu Alpay hinüber. Er hatte mit seiner Vermutung also recht gehabt.

«Aber das war nicht der Grund für Ihren Ausbruch am Samstag, nehme ich an.» Franka begann leicht auf ihrem Bürostuhl zu wippen. Sie wurde ungeduldig.

«Ach, was soll's», sagte Friedrich, atmete durch und deutete auf sein Bild auf Frankas Computer. «Irgendjemand hat meiner Mutter gesteckt, dass die Polizei über ihre Social-Media-Kanäle nach mir sucht, wegen dieser Sache in der Kunsthalle. Sie hat mir in den Ohren gelegen, dass ich mit einem Bein im Knast stehe und so. Meine Karriere, bla, bla. Mein Vater ist explodiert, als er das mitbekommen hat. Ich studiere Jura. Aber anders als mein Vater, um mich für eine gerechtere Welt einzusetzen. Verstehen Sie? Meine Eltern haben ihren halben Bekanntenkreis bekniet, mich nicht zu melden.»

Franka betrachtete den jungen Mann für einen Moment von ihrem Stuhl aus. Als Jurastudent hatte er vermutlich keine Ahnung, wie man eine Gasheizung manipulierte, dachte sie. Aber Sellin hatte heute Morgen auf die fast eintausendfünfhundert Mitglieder der Gruppe hingewiesen. Gab es darunter vielleicht jemanden, der wusste, wie so eine Anlage funktionierte oder wie man eine Fußfalle in einer Kfz-Werkstatt installierte?

«Herr Blumenthal. Sagen Ihnen die Namen Julia und Darius Michalke etwas?»

Er überlegte kurz. «Wer soll das sein?»

«Vielleicht Mitglieder Ihrer Gruppe?»

Friedrich überlegte noch einmal und zuckte mit den Schultern. «Wissen Sie, bei uns engagieren sich Typen, die kenne ich nur beim Vornamen. Es gibt Leute, die lassen sich den monatlichen Newsletter an DaisyDuck@grim.com schicken. Auf Einsatzlisten für Aktionen stehen manchmal nur Initialen. Ich weiß noch, dass weder Anja noch Joscha meine Identität überprüft haben, als ich mich bei denen vorgestellt habe.»

«Aber der Name Ingo Oelsner ist Ihnen ein Begriff, nehme ich an.»

«Ist das der Typ, der den alten Triumph meines Vaters schraubt?»

Franka nickte.

«Das ist ein Ex-Knacki, glaube ich. Ich hab mitbekommen, wie mein Vater sich dafür eingesetzt hat, dass Oelsner auf Bewährung entlassen wurde.»

Franka bemerkte, wie Alpay überrascht von seinen Notizen aufschaute.

«Herr Oelsner ist einen halben Tag nach Ihrem Vater getötet worden», fuhr sie fort. «Der Mann wurde in seiner Werkstatt regelrecht hingerichtet.» Sie wusste, dass sie hier ansetzen mussten. Wenn sie die Verbindung der Männer zueinander entschlüsselten, kamen sie dem Täter einen entscheidenden Schritt näher. «Herr Blumenthal, irgendjemand aus Ihrer Gruppe geht durch die Stadt und bestraft Menschen, die sich seiner Meinung nach an der Umwelt versündigen. Bevor er seine Opfer tötet, hinterlässt er ihnen Botschaften mit Leuchtfarbe. Mit demselben Zeug, das Ihre Gruppe benutzt. Wir benötigen dringend einen Überblick über Ihre Mitglieder. Vielleicht gibt es darunter jemanden, der unserem Profil entspricht.» Franka zeigte durch die Glastür nach nebenan. «Unsere Techniker werden früher oder später ohnehin die Datenträger Ihrer Gruppe knacken. Aber wenn Sie sich kooperativer zeigten als Frau Sellin und Herr Alverut, würde uns das eine Menge Zeit ersparen – und vermutlich auch den nächsten Mord verhindern.»

Frankas Vehemenz hatte den jungen Mann erreicht, das spürte sie sehr deutlich. Er griff nach seinem Glas und leerte es in einem hastigen Zug.

«Hören Sie, Frau Erdmann. Ich habe keine Ahnung, wer bei uns alles Mitglied ist. Die Fluktuation ist hoch in solchen Gruppen. Ich zum Beispiel engagiere mich, weil ich in meiner Verzweiflung Halt bei Gleichgesinnten finde und ich gemeinsam mit denen etwas verändern will, verstehen Sie? Ich kann mein Studium zeitlich gut mit der Gruppenarbeit bei Artikel-1 verbinden. Ich habe aber auch Leute erlebt, die sind zu uns gekommen und waren schnell wieder weg. Ob Sie es glauben oder nicht, manchen sind wir nicht radikal genug. Wir machen solchen Leuten immer deutlich, dass unserer Aktionsformen bestimmte Grenzen nicht überschreiten. Gewalt gehört dazu.» Franka horchte auf, unterbrach Friedrich jedoch nicht. «Dann gibt es, wie wir sie nennen, die *Bedürftigen*. Das sind Leute, die haben panische Angst vor einer Klimakatastrophe und suchen Beschäftigung. Sind aber selbst für die Planung von Aktionen zu labil, sofort überfordert und dann auch schnell wieder weg. Der harte, aktiv mitarbeitende

Kern hier in Hamburg besteht aus knapp zweihundert Personen, würde ich tippen. Aber ich habe mit dieser Sache nichts zu tun.»

«Sie sagten, es gibt Leute, denen sind Ihre Aktionen nicht radikal genug.» Franka verkniff sich zu sagen, dass sie die Pkw-Attacke von gestern für ziemlich radikal hielt. «Gab es in letzter Zeit mal jemanden, der die Gruppe zum Einsatz von härteren Mitteln aufforderte? Dem Farbe, Sekundenkleber und Transparente auf Fabrikschornsteinen nicht mehr reichten?»

«Solche Stimmen gibt es vereinzelt immer mal wieder. Aber jemanden, der uns zum Töten auffordert …» Er zuckte mit den Schultern. «Also, ich wüsste jedenfalls niemanden. Mit solchen Leuten wollen wir auch nichts zu tun haben.»

Franka schenkte Friedrich noch ein Wasser nach. Er lächelte unsicher. «Ich weiß, dass sich unser Bild in der Öffentlichkeit zum Negativen verändert hat, viele Leute sind genervt von unserem Protest, aber … wir töten keine Menschen für das Klima.»

Bluffte er? Franka konnte Friedrich noch nicht einschätzen. Selbst wenn er nicht an der Tötung seines Vaters beteiligt gewesen wäre, dachte sie, hätte er zumindest den Täter mit Informationen zu dessen Leben und Gewohnheiten versorgen können. Wäre er so weit gegangen, als Sohn?

Sybille klopfte und öffnete im selben Moment die Glastür. «Franka, kommst du bitte mal.»

Sie folgte der Kollegin nach nebenan und zog die Tür hinter sich ins Schloss. Sybille reichte ihr einen Computerausdruck. «Das sind die Bewegungsdaten seines Handys.» Sybille schaute durch die Glastür zu Friedrich Blumenthal hinüber.

«Er war an der Pkw-Aktion beteiligt, Franka. Da sind wir sicher. Sein Telefon hat sich am Montagmorgen zwischen 3.30 Uhr und 6.00 Uhr durch Funkzellen bewegt, in deren Radius die betroffenen Autos geparkt waren.»

Franka war nicht überrascht. Davon war sie fast ausgegangen.

«Viel krasser», Sybille reichte Franka ein weiteres Blatt, «sind die Daten von Freitag, als sein Vater starb. Friedrich Blumenthal war zwar mit Freunden unterwegs, wie er sagt. Aber nicht nur in Eimsbüttel. Sein Handy war auch in einer Funkzelle zwischen Nobistor und Bismarckdenkmal eingeloggt. In diesem Gebiet liegt die Reeperbahn mit der Herbertstraße. Er lügt, Franka.»

30   Dienstag, 17. Oktober

Der Rückstoß der Zapfpistole zeigte Rike an, dass der Tank bis oben hin voll war. Laut Anzeige hatte Julianes Limousine über sechzig Liter Superbenzin gefasst. Rike war wirklich mit dem letzten Tropfen auf die Tankstelle gefahren. Sie ging zur Kasse, suchte sich noch einen Knusperriegel aus und bezahlte mit der exklusiven Kreditkarte, die sie für die Ausgaben des Bertram'schen Haushalts zur Verfügung gestellt bekam.

«Krasse Karre», sagte der Kassierer, als Rike die PIN der Kreditkarte um 13.00 Uhr in das Kartenlesegerät eintippte. Selten klärte sie jemanden auf, wenn sie für die Besitzerin der Limousine gehalten wurde.

Auch wenn sich ihr schlechtes Gewissen meldete, weil sie sich mit fremden Federn schmückte, genoss sie doch den kurzen Moment der besonderen Aufmerksamkeit. Manchmal war sie eben auch nicht frei von einem winzigen Hauch Angeberei. Ja, sie fühlte sich oft wie ein Teil der Bertram'schen Familie. Aber in Wirklichkeit war sie die, die für andere putzte, einkaufen ging und nicht immer das sagte, was sie dachte. Natürlich war Rike dankbar für diese besondere Anstellung, weil sie nicht wie viele aus ihrem Ausbildungsjahr in einem landwirtschaftlichen Betrieb in Schleswig-Holstein gelandet war oder in Einrichtungen für alte Menschen Küchenpläne schrieb und zerkochte Kartoffeln servierte. Aber auch sie bediente immer andere.

Nun schaute sie noch einmal in den Schminkspiegel der Sonnenblende und startete den Motor. Sie schmunzelte. Ja, irgendwie stand ihr Julianes Limousine doch recht gut.

#

Aus gebührender Entfernung beobachtete er, wie Friederike Minkner die Sonnenblende wieder hochklappte. Der einsetzende Regen half zusätzlich, dass sie ihn in seinem alten Wagen am Straßenrand nicht entdeckte. Langsam begann es wieder in ihm zu brodeln, wie heute Morgen, als sie auf der Brücke an ihm vorbeigehetzt war.

Kurz hatte ihn das Gefühl beschlichen, die Frau habe ihn erkannt. Immerhin hatte sie ihm am Tag zuvor die Haustür geöffnet. Aber er hatte sich schnell weggedreht. Ob ihre Arbeitgeberin schon ahnte, wer ihr nun diese Nachricht hatte zukommen lassen, die Rike Minkner fotografiert hatte? Ob Juliane Bertram das Piktogramm und die chemischen Formeln auf dem Rumpf durchschaute?

Für ihn war es ein Leichtes gewesen, den Termin zu erfahren, an dem ihre Jolle aus dem Wasser geholt werden sollte. Bei Kaffee und Kuchen hatte er auf der Restaurantterrasse des Pontons unverfänglich das Gespräch mit Seglern gesucht. Er war charmant, wenn er die Kraft dafür aufbrachte. Nun umklammerten seine Hände fest das Lenkrad, bis die feinen Adern auf den Handrücken bläulich durch die Haut schimmerten.

«Es juckt, Papi», hörte er seinen Sohn plötzlich sagen.

«Das kann es nicht.»

«Papi, es juckt.»

«Hör auf zu kratzen, Konrad. Ich muss mich konzentrieren.»

Seine Hände umklammerten das Lenkrad noch eine Spur fester. Dann folgte er Friederike. Als sie langsam im Auto ihrer Chefin von der Tankstelle rollte, beobachtete er genau, wie sie sich in den Verkehr einfädelte, der sich zur Mittagszeit zäh über zwei Spuren bewegte. Irgendwo ging jemand in die Eisen. Es wurde gehupt. Plötzlich wechselte Minkner die Spur. Er folgte.

«Papi?»

«Was?»

«Nix.»

Sein Sohn hauchte gegen die Fensterscheibe, begann zu summen und malte mit seinem kleinen Finger durch den feuchten Atem. Er hingegen versuchte sich an der Vorfreude auf sein Finale hochzuziehen. Er wusste, dass die Polizei längst Himmel und Hölle in Bewegung setzte, um ihn zu finden. Zwar schenkten die Medien seinen Bestrafungen die erhoffte Aufmerksamkeit, aber sie hatten bestimmt noch keinen Schimmer, wer dahintersteckte. Und dass er mit seiner Revanche zwei Ziele gleichzeitig verfolgte.

Er rächte sich an seinen Opfern für ein Spiel, bei dem sie seine Familie benutzt und vom Brett geräumt hatten. Gleichzeitig revanchierte er sich bei denen, die ihm nicht hatten helfen wollen.

Ein Lkw rollte auf der Spur neben ihm vorbei. Der Auspuff hing nur unwesentlich unter der Höhe seines Kühlers. Der Gestank drang sofort durch die Lüftungsschlitze des Kleintransporters. Aber komischerweise roch es nicht nach Dieselkraftstoff, sondern nach verbranntem Fleisch. Warum bekam er diesen Geruch einfach nicht aus der Nase?

#

Fünfundzwanzig Minuten später hatte Rike den Stau auf der B 4 hinter sich gelassen und fuhr über die Landstraße 208. Zwischen Aumühle und Kröppelshagen, mitten im tiefsten Sachsenwald, wurde der Regen so stark, dass sie überlegte, die Nebelschlussleuchten einzuschalten. Während die freundliche Dame aus dem Navi in regelmäßigen Abständen über den weiteren Streckenverlauf zum Koizüchter informierte, öffnete Rike vorsichtig die Verpackung ihres Knusperriegels.

«Kannst du die Frau nicht mal abstellen?», fragte Angie, mit der sie über die Freisprechanlage telefonierte, seit sie die Autobahn verlassen hatte. Sie nutzte die Fahrt zu einem ausführlichen Gespräch mit ihrer besten Freundin, die gerade Mittagspause machte. Rike unterbrach die Navigation.

«Hast du dem Kater eigentlich gestern das Radio angestellt?», fragte sie, um sich gleich darauf noch einmal herzlich bei Angie zu bedanken, weil sie sich in Notfällen immer auf ihre beste Freundin verlassen konnte.

«Ich habe heute Morgen sogar sein Katzenklo sauber gemacht.» Angie klang etwas angepisst. «Aber heute Abend schläfst du wieder zu Hause, oder?»

Rike konzentrierte sich auf die schlechten Sichtverhältnisse, während sie Angie von ihrer Sorge um Juliane berichtete. Im Gegensatz zu ihrer Chefin ließ Rike der Vorfall um die beschmierte Jolle nicht los. Angie hingegen nahm an, dass sich bei Juliane durch die ganzen Aktionen und Prozesse der letzten Jahre vielleicht ein gewisser Gewöhnungseffekt eingestellt hatte.

Unvermittelt gab es einen kurzen Ruck von hinten, begleitet von einem dumpfen Geräusch. Vor Schreck schrie Rike kurz auf. Die Limousine schoss ein Stück nach vorne, sodass der Gurt arretierte. Nur er verhinderte, dass Rikes Oberkörper auf das Lenkrad schlug. Sie schrie erneut und lenkte reflexartig gegen. Der Wagen kam zurück in die Spur. Im Rückspiegel blitzten grelle Scheinwerfer auf, und durch die Boxen fragte Angie erschrocken, was passiert sei.

«Ich glaub, mir ist grad jemand reingefahren», sagte Rike mit zitternder Stimme und schaute wieder in den Rückspiegel. Die Scheinwerfer des hinter ihr fahrenden Autos folgten nun in gebührendem Abstand. Aber sie hatte den Ruck doch genau gespürt. Sie meinte, zu dem dumpfen Knall sogar noch ein scharfes metallisches Kratzen gehört zu haben.

«Süße», sagte Angie besorgt. «Konzentrier dich mal lieber auf die Fahrt. Wir sprechen später?»

Rike konnte nichts sagen, ihre Hände wurden feucht, und geschockt starrte sie zum wiederholten Mal in den Rückspiegel, völlig unfähig, irgendetwas zu tun. Denn ein Wagen kam von hinten angerast und blendete sie mit Fernlicht. Oh Gott, sie konnte doch bei diesem Regen nicht noch schneller fahren! Zumal sie ohnehin nicht viel Fahrpraxis hatte. Immer panischer hörte sie Angie rufen, Rike solle doch endlich irgendetwas sagen.

Der Moment erschien ihr wie eine Ewigkeit. Das Licht hinter ihr kam näher. Vielleicht noch vierzig Meter? Dreißig? Waren es noch zwanzig? Ihr stiegen die Tränen in die Augen.

Dann hörte sie wieder das metallische Geräusch am Heck, das wie eine Blechsäge klang. Ein erneuter starker Stoß. Der Wagen schoss wieder nach vorne, stärker als beim Mal zuvor, drehte sich auf der feuchten Fahrbahn und rutschte in den Straßengraben. Angies aufgeregte Stimme schrie durch die Boxen. Rike wusste nicht mehr, wo oben und unten war. Die Airbags explodierten. Dann verlor sie das Bewusstsein.

Als sie benommen wieder zu sich kam, schmeckte Rike Blut. Die Zunge brannte wie Feuer. Eingeklemmt auf ihrem Sitz, konnte sie sich nicht bewegen. Ihre Arme steckten irgendwo fest. Die Ohren fiepten, wahrscheinlich vom Knall der Airbags, die aus den Türen und aus dem Lenkrad hervorgeschossen waren. Ihre Augen brannten vom Talkumpuder. Rike stöhnte vor Schmerz, und sie fror, denn der kalte Schweiß lief ihr den Rücken hinunter.

Aber Gott sei Dank, sie lebte.

«Rike? Rike, hörst du mich?» Fast weinend rief Angie immer noch aufgeregt.

Jemand öffnete die Autotür. Nur schemenhaft erkannte sie eine Gestalt, die sich ins Auto beugte. Zum Glück war Hilfe da! Sie versuchte zu sprechen, ihrem Retter zu sagen, was passiert war, aber ihr Mund brannte vor Schmerz.

«Rike, ich informiere die Polizei», sagte Angie Brinkmann nun betont ruhig. «Kannst du mir ungefähr sagen, wo du jetzt bist? Ich schicke dir …»

Mitten im Satz verstummte Angies Stimme, und Rike hörte nur noch die Geräusche des tropfnassen Waldes. Ein kühler Luftzug wehte durch die geöffnete Beifahrertür herein. Ihr Schädel brummte so entsetzlich, dass ihr schlecht wurde.

Die Gestalt war ein Mann, das bemerkte sie nun. Hielt er ihr Handy in der Hand? Hatte er etwa das Telefonat mit Angie beendet? Aber warum?

«Bitte helfen Sie mir», brachte Rike hustend hervor. Sie spürte, wie ihr dabei das Blut aus dem Mund tropfte. Doch der Mann reagierte nicht. Ungerührt nahm er auf der Beifahrerseite ihre Handtasche aus dem Fußraum.

Plötzlich ahnte Rike, dass er nicht gekommen war, um ihr zu helfen. Eingeklemmt zwischen Airbags und der verbogenen Fahrertür, deren Schloss sie nicht öffnen konnte, gefangen in ihrem Gurt, hörte sie ihren Schlüsselbund klappern. Steckte er ihn ein?

Bitte, bitte. In was für einem Albtraum war sie gefangen? Er warf die Tür wieder zu. Ließ er sie hier drinnen einfach zurück? Hilflos, verletzt? In dieser Einöde. Sie dachte an das metallische Knirschen, als der Wagen von der Straße abgekommen war. Das Aufblitzen der Scheinwerfer im Rückspiegel. Sie hatte sich das nicht eingebildet, auch den Ruck nicht. War das etwa dieser Mann gewesen? Hatte er sie von der Straße geschoben?

Wie gelähmt sah sie mit an, wie er nun auf die Motorhaube stieg und etwas auf die Windschutzscheibe malte – mit Leuchtfarbe. Und plötzlich schrie Rike mit der letzten ihr verbliebenen Kraft. Denn sie begriff, wer da auf der Motorhaube hockte.

Er war der Mann, der Rike heute Morgen von der Brücke aus beobachtet hatte. Der Mann, der vermutlich auch Julianes Boot beschmiert hatte. Das war dieselbe Farbe gewesen. War er verrückt? In ihrem Kopf überschlugen sich die Gedanken. Rike war in Julianes Wagen unterwegs. Verwechselte er sie vielleicht? Hätte es nicht Rike, sondern Juliane treffen sollen? Ihr Brustkorb schmerzte. Immer noch war sie nicht in der Lage, sich zu bewegen.

Als Rike die Nachricht vor sich auf der Windschutzscheibe erkannte, wusste sie, dass der Mann kein Klimaaktivist war. Auf der Scheibe leuchtete **Das 8. Gebot**!

Sie begann zu weinen. Das 8. Gebot, das 8. Gebot. Welches war das 8. Gebot?

Du sollst nicht töten kannte sie. *Du sollst Vater und Mutter ehren* bekam Rike auch noch als 4. Gebot zusammen. Aber was war das 8. Gebot? Ihr Schädel dröhnte. *Du sollst nicht ehebrechen* konnte nicht gemeint sein.

Dann hielt sie die Luft an: *Du sollst nicht falsch Zeugnis ablegen*! In diesem Moment kapierte sie, dass der Mann sie nicht mit Juliane verwechselte. Er meinte sie, Rike. Sie dachte an ihren Kater, dann an Felix und seinen Jungen. Sie hatte die Familie Bertram immer als Zuhause empfunden. Dafür hatte sie dreißig Jahre lang alles getan. Dafür hatte sie sogar im Prozess gelogen, weil Felix und der Anwalt Christopher Blumenthal gesagt hatten, dass es das Beste wäre. Für Felix, für Juliane und für die gesamte Familie.

Als Rike nun im Rückspiegel der Fahrertür erkannte, wie sich der Mann an der Tankklappe der Limousine zu schaffen machte, da meinte sie sich plötzlich zu erinnern, wo sie ihn vor heute Morgen auf der Krugkoppelbrücke schon einmal gesehen hatte: War er etwa auch der Monteur gewesen, der gestern im Keller die Wartung durchgeführt hatte? Oh Gott, war etwa auch Juliane in Gefahr?

Immer noch beobachtete sie ihn durch den Rückspiegel. Oh Gott, was machte er denn da? Stopfte er einen Lappen in den Tank? In den vollgetankten Tank! Bevor sie den Gedanken zu Ende führen konnte, sah sie das Feuerzeug in seiner Hand aufblitzen. Die Flamme sprang auf den Zipfel des Lappens über.

Es war ein gewaltiger Feuerball, den Rike für den Bruchteil eines Moments in ihrem Rücken erkannte. Dann ging es so schnell, dass sie die Hitze nicht einmal mehr spürte.

#

Er war zu seinem Wagen zurückgelaufen, der mit eingeschalteter Warnblinkanlage in gebührendem Abstand zur brennenden Limousine am Straßenrand parkte. Als der Tank explodierte und er die Scheiben bersten hörte, ging er in Deckung. Die Schreie der verbrennenden Frau, die der Wind herüberwehte, waren ihm vertraut. Ihre Haut würde bis auf das Fettgewebe herunterbrennen. Sich zusammenziehen und schuppen, bis sie in der Hitze schwarz wurde und vielleicht an einigen Stellen einen Knochen freilegte.

«Es hat aufgehört zu jucken, Papi», hörte er Konrad flüstern, während die Lügnerin im Auto sich ein letztes Mal aufbäumte, bevor sie einer lebenden Fackel gleich auf die Beifahrerseite kippte. Dann wandte er sich ab.

«Das hatte ich dir doch versprochen, Konrad. Komm, steig wieder ein.» Ruhig startete er den Motor, schaltete die Warnblinkanlage aus und wendete. Die Flammen, die er im Rückspiegel sah, feuerten ihn zum großen Finale an.

31 Dienstag, 17. Oktober

U nd?» Franka setzte sich zu Sybille an den Schreibtisch, die gerade ein Telefonat beendete.

«Sowohl Darius Michalke als auch seine Frau sind raus. Beide Alibis sind wasserdicht.» Sybille stand auf und entfernte die Fotos des Ehepaares, das den Kfz-Mechaniker wegen Umweltverschmutzung angezeigt hatte, von der Magnetwand. «Wir haben die Ortungsdaten der Handys vorliegen.»

«Frau Erdmann?» Ina Reitzenbach, die mit Marcel an ihrem Schreibtisch saß, winkte Franka heran. Die Soko arbeitete auf Hochtouren. «Wir haben jetzt Handydaten und Chatverläufe von Ingo Oelsner und Christopher Blumenthal verglichen. Die Textnachrichten geben nichts her. Aber die beiden Männer haben im Sommer fast jeden dritten Tag miteinander telefoniert. Auffallend ist der 28. August. Da haben sie insgesamt fünf Gespräche geführt. Das letzte gegen 14.00 Uhr, das hat knappe vier Minuten gedauert. Wir haben das mal mit der Kundenkartei der Werkstatt abgeglichen. Es wird sich dabei wohl nicht um den Oldtimer von Blumenthal gehandelt haben, der war in dieser Zeit nicht zur Reparatur.»

«Haben Sie die beiden Mechaniker schon zu dem Kontakt zwischen ihrem Chef und dem Anwalt befragt?»

«Wir haben die Daten erst seit ein paar Minuten», sagte

Reitzenbach, und Franka nickte ihr zu. Die Kollegin wusste, was sie als Nächstes zu tun hatte.

Dann warf Franka noch einmal einen Blick auf die Gesprächsverbindungen und fragte sich, was die beiden so unterschiedlichen Männer miteinander gedealt hatten.

Matze von der IT rief plötzlich «Strike!» und ballte die Faust. «Wir haben die Mitgliederlisten von Artikel-1.»

«Franka?» Alpay kam aus ihrem Büro und hielt noch den Telefonhörer in der Hand. «Der Anwalt von Blumenthal junior versucht, seinen Mandaten aus dem Gewahrsam zu kriegen. Das war eben der Staatsanwalt. Er sagt, Friedrich habe bezüglich seines Aufenthaltsortes von Freitag deshalb seinen Kiezbesuch verschwiegen, weil er Schiss hat, wegen der Tötung seines Vaters verdächtigt zu werden. Seine Beteiligung an der Pkw-Aktion hat er aber zugegeben. Der Staatsanwalt sagt, weil der Junge nicht vorbestraft ist, kann er ihn nicht länger als vierundzwanzig Stunden festhalten. Wenn wir bis dahin also nichts Belastenderes finden …»

«Danke für die Info», sagte Franka, als sich auch schon Marcel an sie wandte.

«Ich habe eben mit dem Krankenhaus gesprochen. Die Prostituierte wird heute Nachmittag entlassen.»

«Marcel», sagte Alpay. «Die Frau hat auch einen Namen.»

Franka drehte sich zu Matze. «Ich nehme mal an, deine Listen irgendwie einzuordnen, dauert noch?»

Er nickte, ohne von seinen Bildschirmen aufzuschauen. «Das sind in der Tat über tausend Kontakte.»

Franka atmete durch. Eine Information kam zur nächsten, die einzelnen Puzzleteile ließen sich langsam zu einem Gesamtbild zusammenlegen, auch wenn ihnen die Zeit davonlief. Wann würde der Täter wieder zuschlagen? Blumenthal und Oelsner waren in kurzem Abstand getötet worden. Franka war sicher, dass der Täter bereits sein nächstes Opfer ins Visier genommen hatte.

Noch einmal stellte sie sich vor die Dokumentationswand und versuchte, Ordnung in ihrem Kopf zu schaffen. Was hatte sie übersehen? Sie schaute sich die Fotos der Nachrichten noch einmal genau an, mit denen der Täter seine Opfer in den Tod geschickt hatte.

Margarete Birgner hatte ein **Ich sehe was du tust!** über sich gelesen. Christopher Blumenthal war mit der Gewissheit verbrannt, dass er als **Du Sau!** beschimpft wurde, und in der Kfz-Werkstatt in Eilbek muss Ingo Oelsner kurz vor seinem Tod klar gewesen sein: **Du warst es!**

All diese Nachrichten waren mit derselben Farbe hinterlassen worden, die Artikel-1 für ihre Aktionen benutzte. Eine Umweltgruppe, deren Vorsitzende den gesellschaftlichen Ungehorsam forderten, die aber zumindest laut Friedrich Blumenthal nur Sachbeschädigung und Hausfriedensbruch in Kauf nahmen, nicht aber Mord.

«Such mir bitte mal die Fotos von dem Transparent aus der Kunsthalle raus», bat Franka Alpay, der nach wenigen Klicks ein Foto öffnete. Zwischen kaputten Eierschalen knieten Sellin und Alverut in roten Warnwesten auf dem Parkett, *WACHT ENDLICH AUF!* war in Großbuchstaben mit Leuchtfarbe auf das Transparent geschrieben. Wieder schaute Franka zu den Nachrichten auf der Magnetwand hinüber. Sie stutzte und klopfte Alpay auf die Schulter. «Und jetzt bitte mal im Netz nach Fotos und Meldungen suchen, bei denen es um Aktionen von Artikel-1 geht. Dieses Ding in den Bäumen im

Stadtpark, oder das besetzte Pumpwerk. Mich interessieren vor allem die Transparente.»

Schnell hatte Alpay diverse Zeitungsartikel und Fotos aus dem Netz aufgerufen. PROBT DEN AUFSTAND!, AUTOFREIE STADT!, WEIL WIR DIE WELT VON UNSEREN KINDERN GELIEHEN HABEN!, STOPPT DEN DRECK! Die Liste der Fotos schien endlos, das Engagement und der Einsatz von Artikel-1 auch.

«Shit!», sagte Franka leise. «Das da», sie zeigte auf die Magnetwand, «waren weder Sellin noch Alverut noch sonst irgendjemand von denen.» Franka raufte sich die Haare. «Das gibt's doch nicht.»

«Ich versteh kein Wort», sagte Alpay, rollte auf seinem Stuhl zurück und schaute Franka ebenso verwirrt an wie der Rest der Kollegen, deren Aufmerksamkeit sie mit ihrer Aussage geweckt hatte.

«Es ist diese verdammte Schrift! Erkennt ihr das nicht? Hier.» Franka tippte auf die Fotos der Tatort-Botschaften. «Die sind alle kleingeschrieben. Bei **Ich sehe was du tust!** fehlt sogar ein Komma. Dagegen das Transparent in der Kunsthalle. Druckbuchstaben. So wie bei allen Slogans, die Artikel-1 auf ihre Transparente malen. Immer Großbuchstaben. Scheiße!»

«Kann das nicht auch Zufall sein?» Marcel Reuter schien noch nicht ganz überzeugt.

«Glaube ich nicht», sagte Franka und machte weiter Druck. «Ich brauche schnellstens ein grafologisches Gutachten.»

Franka hatte das deutliche Gefühl, dass sie die Falschen festgenommen hatten. Sie wandte sich an Alpay. «Was hat Friedrich Blumenthal vorhin gesagt?»

«Was von dem meinst du?» Alpay scrollte durch das von ihm angefertigte Gesprächsprotokoll.

«Na, dass die Fluktuation in solchen Gruppen hoch ist und dass manchen Mitgliedern die Aktionen nicht weit genug gehen. Friedrich Blumenthal hat von labilen oder zu krassen Leuten berichtet, die darum irgendwann nicht mehr auftauchen oder von denen man sich distanziert. Genau so jemanden suchen wir! Der Täter hatte wahrscheinlich Zugang zu den Büroräumen – und der Farbe. Entweder war seine Überforderung umgeschlagen, oder er war der Meinung, dass Sellin und ihre Leute nicht radikal genug vorgehen. Dass sie eine Schippe drauflegen müssen. Nun schlägt er zwei Fliegen mit einer Klappe.»

«Und das heißt was?» Sybille schaute sich in der Runde um. Auch die anderen Kollegen schienen noch nicht zu begreifen, worauf Franka abzielte.

«Unser Mann tötet Menschen, die sich seiner Meinung nach an der Umwelt vergehen. Er benutzt dabei Mittel, die in die falsche Richtung weisen. Nämlich in Richtung Artikel-1. Er rächt sich also nicht nur bei Umweltsündern, sondern will auch die Aktivisten bestrafen, die er für zu feige hält!»

32   Dienstag, 17. Oktober

J a, bitte?»
Alpay öffnete die Tür zum Krankenzimmer von Dörte Mölling.

«Kommen Sie nur», winkte sie ihn und Franka herein. «Sie sind von der Polizei. Richtig?»

Er nickte. «Eloğlu. Moin. Das ist meine Kollegin Frau Erdmann.»

Franka grüßte freundlich, hielt sich ansonsten aber zurück, da sie Alpay die Befragung überlassen hatte.

Eine dunkelhaarige Frau war dabei, Dörte Mölling eine kurzärmelige Bluse zuzuknöpfen. Eine andere kniete zu ihren Füßen und half beim Anziehen der silbernen Sneaker. Die beiden waren vermutlich Freundinnen.

Dörte Mölling trug Brandpflaster im Gesicht, und das angeschmauchte Haar stand von ihrem Kopf ab wie verkohlte Zuckerwatte.

«Wie schön, dass es Ihnen besser geht», sagte Alpay freundlich. Er bemerkte ihre blau gestochene Armbeuge, in der vermutlich der Zugang für das durch den Tropf verabreichte Kortison gesessen hatte, das man ihr gegen das Knalltrauma verabreicht hatte. Wegen der Probleme des Innenohres hatte der Arzt der Frau eine längere Ruhepause verordnet, das hatte er Alpay und Franka auf dem Flur mitgeteilt.

«Frau Mölling. Woran erinnern Sie sich noch vom Freitag? Mögen Sie mal erzählen?»

Die Frau schaute verunsichert zu ihren Freundinnen.

«Frau Mölling, Sie müssen sich keine Sorgen machen. Wir verdächtigen Sie nicht. Meine Kollegin und ich sind nur gekommen, um Sie als Zeugin zu befragen.» Er lächelte aufmunternd, und Dörte Mölling schien tatsächlich etwas erleichtert.

«Wann haben Sie an dem Tag zum Beispiel angefangen zu arbeiten?» Alpay zückte seine Kladde. Stockend begann die Frau zu berichten, wie sie am frühen Nachmittag im strömenden Regen Einkäufe im Drogeriemarkt erledigt hatte, unter anderem dringend benötigte Toilettenartikel. In der Herbertstraße angekommen, habe sie sich an die Reinigung ihres Zimmers und des gegenüberliegenden Studios gemacht. Gerührt berichtete sie von der spontanen Geburtstagsüberraschung ihrer Freundinnen, und Alpay und Franka gratulierten nachträglich.

«Um welche Uhrzeit haben Sie Ihren Betrieb dann aufgenommen?»

«Um 17.00 Uhr. Ich habe einen Stammkunden erwartet.»

«Christopher Blumenthal.»

Sie nickte. «Heißt er so? Mir war natürlich klar, dass er nicht Sebastian heißt.» Sie biss sich auf die Unterlippe. «Das ist alles so furchtbar. Aber ... er wollte immer unbedingt in diesen Käfig. Es tut mir so wahnsinnig ...» Sie schlug sich die Hand vor den Mund. Tränen stiegen ihr in die Augen. «Es ging alles so schnell, ich habe ihn einfach nicht befreien können.» Die Erinnerungen würde Dörte ihr ganzes Leben nicht vergessen, dachte Alpay. Die Frau tat ihm leid.

Sie sammelte sich. «Er kommt seit zwei Jahren ziemlich regelmäßig. Also, er kam seit zwei Jahren regelmäßig», korrigierte sie sich und schnäuzte sich die Nase mit einem Taschentuch, das ihr eine der Freundinnen gereicht hatte.

Die Frau berichtete von den Vorlieben des Juristen und davon, wie höflich und gut erzogen er immer war, beim Bezahlen nie Fisimatenten machte und auch sonst ein Gentleman vom Scheitel bis zur Sohle, die er sich gerne mal mit heißem Kerzenwachs züchtigen ließ. Dann bat Dörte Mölling ihre Freundin, ihr in die Strickjacke zu helfen. Franka schloss unaufgefordert das gekippte Fenster.

«Wie immer war der Mann pünktlich», sagte Dörte. Trotz Jacke zitterte die Frau leicht. Sie musste sich sammeln, bevor sie stockend weitersprach und dabei die Augen zusammenkniff, als versuche sie, eine Erinnerung in ihrem angeschlagenen Kopf zusammenzusetzen. «Ich weiß noch, dass mir Freitag auch kalt wurde. Die Heizung hatte ich sogar schon hochgedreht.» Sie schaute aus dem Fenster und schüttelte angestrengt den Kopf. «Der Handwerker ... Am Nachmittag stand plötzlich dieser ... Monteur vor meiner Tür.»

«Ein Heizungsmonteur?», fragten Alpay und Franka fast zeitgleich, und Dörte schaute sie überrascht an.

«Ja. So ein drahtiger Typ in Overall und Wollmütze.» Alpay wusste, dass er Dörte erst mit Nachfragen unterstützen durfte, wenn ihre Gedanken an den Abend vor fünf Tagen endgültig ins Stocken geraten waren. Aber ihr schienen nun weitere Details einzufallen.

«Der Mann hatte einen Werkzeugkasten in der Hand», sagte sie völlig überzeugt. «Ich hab zuerst gedacht, der steht auf Rollenspiel. Diese Handwerksnummer ist grade bei erfolgreichen Managern total beliebt, glaubt man kaum. Jedenfalls sagt der Typ zu mir, er ist von den Ablesewerken oder so. Wegen der Heizung. Also, dem Gasetagenbrenner.»

«Hatte er sich nicht angemeldet?», hakte Franka nach. «Die schicken doch vorher immer so eine Benachrichtigungskarte.» Tat sich hier plötzlich eine neue Spur auf?

Dörte zuckte mit den Schultern. «Ich hab nix bekommen. Das hab ich dem Mann auch gesagt. Aber er meinte, dass seine Firma ganz sicher so ein Kärtchen geschickt hat. Ich hab ihn jedenfalls reingelassen. Sonst hätte ich womöglich noch 'ne zweite Anfahrt bezahlen müssen.» Sie tippte sich an die Stirn und vergaß dabei die Brandwunden über den Augen. Kurz verzog sie das Gesicht. «Ich hab dem Typen aber gesagt, er soll hinne machen, weil ich einen Kunden erwarte.»

Alpay schaute von seinen Notizen auf. «Haben Sie gesehen, was der Monteur an der Therme gemacht hat?»

«Nee. Ich habe mich für die Arbeit fertig gemacht.»

«Wie lange war der Mann in der Abseite beschäftigt?»

«Halbe Stunde vielleicht. Maximal.»

«Hätte er Zeit gehabt, unbemerkt nach nebenan in Ihr Studio zu gehen?» Alpay ahnte, worauf Frankas Frage abzielte. Hätte er die Nachricht auf die Käfigklappe schreiben können?

«Wieso fragen Sie?» Dörte klang plötzlich besorgt.

«Hätte er?»

«Ja, wäre wohl möglich gewesen.»

«Frau Mölling, ist Ihnen hinterher etwas an Ihrem Käfig aufgefallen? Insbesondere an den beiden oben montierten Metallklappen?», fragte Alpay.

Dörte stutzte. «Was soll mir denn aufgefallen sein?»

«Haben Sie keine Farbe gerochen?»

«Farbe?» Sie schüttelte den Kopf. «Aber ich benutze auch ein ziemliches schweres Parfüm.»

«Haben Sie deshalb auch das Gas nicht gerochen?»

«Doch. Aber erst kurz bevor es geknallt hat.»

Franka zog ihr Handy aus der Tasche, und Alpay sah, wie sie ein Foto von Joscha Alverut auf ihrem Display aufrief und es Dörte Mölling zeigte. «Haben Sie diesen Mann schon mal gesehen?»

Die Frau verneinte.

«Und den hier?» Auch wenn sich Darius Michalkes Alibi bereits bestätigt hatte, Franka wollte wohl wie immer nichts unversucht lassen.

Mölling verneinte erneut. «Der Mann am Freitag hatte feinere Gesichtszüge. Nicht so oval. Auch die Wangenknochen waren höher. Der war höchstens Ende dreißig.»

«Das heißt, Sie könnten ihn beschreiben?»

«Ich glaube schon.»

Franka griff erneut zum Telefon und bat im Präsidium um einen Termin für eine Phantombildzeichnung. Alpay wusste: Wer auch immer der Mann war, den sie jagten, sie kamen ihm immer näher.

33 Dienstag, 17. Oktober

Die Distanz bis zum Beckenrand schätzte er auf keine fünfzehn Meter. Auch wenn bereits eine kleine Menge Chlorwasser vor seinen Augen schwappte, weil die Schwimmbrille auf beiden Seiten undicht geworden war, hielt er den Blick konzentriert auf den gekachelten Boden gerichtet.

Dann rollte er beim Kraulen auf die linke Seite, zog für den wechselseitigen Schwimmzug den rechten Arm am Kopf vorbei und holte tief Luft. Als er den Kopf dabei drehte und sein Ohr für den kurzen Moment aus dem Wasser auftauchte, hörte er in seiner Erinnerung den gewaltigen Knall des Tanks, der sofort wieder verstummte, als er das Ohr zurück ins Wasser tauchte.

Eingeklemmt in ihrem Auto hatte Friederike Minkner die Strafe erhalten, die sie verdiente. Pfeilschnell glitt sein Körper durchs Wasser.

Das 8. Gebot hatte er ihr mit Leuchtfarbe auf der Frontscheibe hinterlassen. Spiegelverkehrt, damit sie vor ihrem Tod kapierte, dass sie vor Gericht besser nicht falsch Zeugnis abgelegt hätte. Wie der Anwalt und der Kfz-Mechaniker sollte auch die Frau vor der Vollstreckung ihrer Strafe Angst bekommen. Er musste zugeben, dass es befriedigend gewesen war, ihr beim Sterben zuzusehen. Ein Augenblick, in dem seine grenzenlose Verzweiflung nicht wehtat. Er wusste natürlich genau, dass sich dadurch weder sein erlittenes Unrecht wiedergut-machen noch die Zeit zurückdrehen ließ. Niemand wurde dadurch wieder lebendig.

Alleine zog er seine Bahnen. Zug um Zug kraulte er auf den Beckenrand zu, über dem er verschwommen den Start-block erkannte. Drei Armschläge, dann zog er seinen Körper für die Rollwende kopfüber zusammen, tauchte, drehte sich zur Seite, stieß sich mit den Füßen von der Beckenwand ab und schoss mit voller Kraft zurück. Er wusste auch, dass es im echten Leben kein Zurück für ihn gab. Erst wenn er das letzte Feuer entzündet hatte, würde er nicht mehr gegen das Ertrin-ken anschwimmen. Dann würde er sich im Wasser ruhig auf den Rücken legen und sehen, wohin die Strömung ihn trieb. Doch bis dahin musste er den Rhythmus seiner Arme und die Schlagzahl seiner Bestrafungen halten. Denn auch Juliane Bertram würde er als Richter den Prozess machen, den sie verdiente. Sie war die alleinige Gesellschafterin der Wilhelm Chemie GmbH und für ihn damit die Hauptverantwortliche. Sie hatte vor Gericht die Rechenschaft auf ihre Angestellten abgewälzt. Nun bereitete er die Wiederaufnahme ihres Ver-fahrens vor. Die Vollstreckung ihres Urteils sollte in der ge-samten Hansestadt zu sehen sein.

Fünfzig Meter Blau. Jede Kachel unter ihm symbolisierte ein Stück seiner Besonnenheit, der Objektivität und der Klar-heit, mit der er diesen Prozess angestrengt hatte. Und erst nach Juliane Bertrams Bestrafung würde er die schmerzvolle Erkenntnis akzeptieren, dass das Blau unter ihm in seinem vorherigen Leben einmal der Himmel über ihm gewesen war.

34 Dienstag, 17. Oktober

Wir kriegen ihn», sagte Franka, als sie und Alpay das Krankenhaus verließen. «Wenn Dörte Mölling wirklich in der Lage sein sollte, ein Phantombild zu erstellen, dann pflastere ich damit die gesamte Stadt, das verspreche ich dir.»

Vor dem Eingangsbereich der Klinik schaute sie sich nach Ina Reitzenbach um. Sie sollte Mölling abholen und ins Präsidium begleiten. Trotz der vom Arzt verordneten Schonfrist wollte sie versuchen, mithilfe eines Technikers der Polizei ihre Erinnerung am Computer zu einem Bild zusammenzusetzen. Die Aufklärungsrate durch Phantombilder lag zwischen vierzig und fünfzig Prozent. Auch Dörte Mölling, die oben im Zimmer ihre Sachen packte, wollte den Mann hinter Gittern sehen. Er hatte nicht nur ihren Kunden getötet, sondern auch ihren Tod billigend in Kauf genommen.

«Wir hatten also recht.» Alpay öffnete aus der Entfernung die Zentralverriegelung des Dienstwagens. «Der Mann ist Heizungsmonteur oder so was in der Art.»

«Ich möchte, dass Kurt sich mit der Verwaltung der Häuser in der Herbertstraße in Verbindung setzt», sagte Franka. «Welche Firma ist für die Wartung der Anlage und deren Reparaturen verantwortlich? Wann war der letzte Wartungstermin der Heizung? Ganz sicher nicht am Freitag, das steht mal fest. Außerdem: Er soll bei der Firma mal fragen, ob vielleicht einer der Mitarbeiter in irgendeiner Form auffällig geworden ist. Könnte doch sein, dass jemand mit seiner Haltung zum Klimaschutz oder zu Aktionen von Artikel-1 angeeckt ist. Kam es dort vielleicht zu irgendwelchen unschönen Kündigungen? Zeitpunkt: ab September, als die Frau im Keller in Billstedt verbrannt ist.»

«Scheiße», sagte Alpay unvermittelt. «Vermutlich hat es auch irgendeinen Wartungstermin in Billstedt gegeben! Vielleicht ist unser Mann auf diese Weise in den Keller gekommen.»

«Gut möglich», erwiderte Franka. «Wenn Frau Mölling tatsächlich ein Phantombild liefern kann, hören wir uns damit in dem Hochhaus noch einmal um. Deine *Freundin* mit dem niedlichen Hund scheint dort ja so was wie die Schaltzentrale zu sein.»

Franka atmete durch. Früher hätte sie in solchen Momenten zur Zigarette gegriffen, nun steckte sie sich ein Kaugummi in den Mund.

«Du kannst übrigens ziemlich stolz auf dich sein, Franka.» Die ehrliche und offene Art, mit der Alpay sie unvermittelt lobte, weckte ihr schlechtes Gewissen. Ein knappes «Danke» war alles, was sie entgegnen konnte. Auch wenn Franka eine erwachsene Frau von neunundfünfzig Jahren war, die zudem das Gerede der meisten Leute nicht wirklich interessierte, bei Alpay war es anders. Zum dritten Mal arbeiteten sie eng zusammen. Sie vertraute ihm, und er – und das war Frankas eigentliches Problem in Bezug auf ihre alberne Heimlichtuerei –, er vertraute ihr. Es war nicht so, dass sie sich keine Blöße geben wollte. Vielmehr wollte sie alles dafür tun, ihn nicht zu enttäuschen. Und das ging ihr tatsächlich erst in dem Moment auf, als er sie nun über das Autodach hinweg lobte.

«Woran denkst du?», hakte er nach, und Franka war froh, dass ihr klingelndes Handy sie vor einer weiteren Lüge bewahrte. Sie fischte das Gerät aus der Umhängetasche. «Sybille, was gibt's?» Sie legte das Telefon auf das Autodach und schaltete den Lautsprecher ein.

«Franka, die Kollegen vom Kommissariat 33 haben uns eben informiert. Bei denen hat sich eine Frau gemeldet, die völlig aufgelöst berichtet hat, wie sie am Telefon Zeugin eines Verkehrsunfalls im Kreis Herzogtum Lauenburg wurde.»

«Der gehört zu Schleswig-Holstein. Warum informieren uns die Kollegen vom Wiesendamm, statt die Frau ans LKA nach Kiel zu verweisen?»

«Als sich der Hamburger Kollege mit Kiel in Verbindung gesetzt hat, liefen bereits die Bergungsarbeiten im Sachsenwald. Ein Lkw-Fahrer hat die zuständige Polizei informiert. Franka, das Unfallopfer ist in seinem Wagen verbrannt. Vielleicht Zufall, aber ...»

Franka spürte, wie es ihr den Magen zuschnürte. Hatten sie hier das nächste Opfer, das sie längst erwartet hatten? Beschränkte sich der Täter etwa nicht mehr auf das Hamburger Stadtgebiet? Oder sahen nun alle Gespenster, und es war «nur» ein Verkehrsunfall, hinter dem nichts weiter steckte als ein Fahrfehler?

«Bei der Toten handelt es sich um eine Friederike Minkner, zweiundsechzig Jahre alt, wohnhaft in Hamburg-Bramfeld. Der Wagen mit Hamburger Kennzeichen ist allerdings auf eine Frau in Winterhude zugelassen.»

«Habt ihr die Halterin schon kontaktiert?»

«Marcel ist dran.»

«Gut. Sybille, bitte die Kollegen aus Kiel mit unseren Ermittlungsergebnissen auf Stand bringen. Deren Spurensicherung soll in dem ausgebrannten Wagen nach Leuchtfarbe suchen.»

«Ich kümmere mich darum.»

Franka bedankte sich und beendete das Gespräch, als Ina Reitzenbach auf den Parkplatz fuhr, um Dörte Mölling abzuholen.

«Fragst du dich, was ich mich frage?» Alpay steckte seine Kladde wieder ein.

«Ob die Frau im Kreis Herzogtum Lauenburg wirklich ins Muster passt?»

Er nickte.

«Vielleicht hat die sich auch in irgendeiner Weise gegen die Umwelt versündigt.» Franka lehnte sich gegen den Wagen und strich sich eine Haarsträhne hinter das Ohr. «Drei Morde seit Freitag. Die kurzen Abstände machen mir Sorgen, Alpay. Wie ein Flächenbrand, der sich jetzt vielleicht auch noch über die Grenzen Hamburgs ausdehnt.»

«Sorry. Der Feierabendverkehr …», sagte Ina Reitzenbach, als sie auf Franka und Alpay zusteuerte. Sie schaute sich um. «Frau Mölling finde ich wo?»

In diesem Moment öffneten sich die Schiebetüren des Krankenhauses, und Dörte Mölling trat in Begleitung ihrer beiden Freundinnen auf den kleinen Vorplatz. Wie verabredet setzten sie sich auf eine der Bänke und warteten darauf, abgeholt zu werden.

«Das gibt's doch nicht!», sagte Alpay leise, der gerade im Begriff gewesen war, in den Dienstwagen zu steigen. «Seht ihr den Typen da hinten?» Er nickte in Richtung der Fahrrad-ständer.

«Der Mann mit den Satteltaschen?» Franka schätzte die Distanz auf knappe einhundert Meter.

«Links vor der Hecke. Der Typ mit dem Motorradhelm auf dem Kopf.»

Franka entdeckte den Mann in grüner Bomberjacke, der aus der Deckung herbstlich verfärbter Büsche heraus Fotos von Dörte Mölling machte.

«Gibt's doch nicht», sagte nun auch Franka und wandte sich an Ina Reitzenbach. «Das ist der Typ, dem wir am Freitag auf dem Kiez hinterhergerannt sind.»

«Und ich vor sechs Wochen in Billstedt. Noch mal ent-kommt der mir jedenfalls nicht.» Betont unaufgeregt ging Alpay zum Eingang der Klinik zurück.

Eine von Möllings Freundinnen machte den Fotografen auf Alpay aufmerksam, indem sie ihm zuwinkte. Offensicht-lich checkte der Mann die Situation und rannte zu seinem Motorroller.

Aber Alpay war schnell. Franka und Ina hetzten hinterher.

«Stehen bleiben. Polizei!», brüllte Alpay, doch der Typ zündete seinen Roller, gab Gas und bretterte über den Bür-gersteig Richtung Ausfahrt des Klinikgeländes, wobei er Pa-tienten und Besucher aus dem Weg hupte. Franka spurtete in Richtung der Parkplatzschranke. Sie wusste, auch für Rol-lerfahrer war das die einzige Möglichkeit, das Klinikgelände zu verlassen. Noch zehn Meter. Noch fünf. Sie blieb stehen und ließ ihre Umhängetasche zweimal um ihr Schultergelenk kreisen, doch als sie den Tragegurt losließ und die Tasche da-vonsauste, verfehlte der Beutel sein Ziel. Stattdessen brauste der Fahrer an Franka vorüber und ließ sie in einer stinkenden Wolke aus verbranntem Zweitakter-Gemisch stehen. Allerdings blieb er mit einer seiner Satteltaschen an der geschlossenen Parkplatzschranke hängen. Er geriet ins Trudeln, versuchte sich zu fangen, verlor schließlich das Gleichgewicht. Der Roller schlitterte über den Bürgersteig, und der Mann fiel zu Boden.

Schwankend rappelte er sich auf, setzte sich aber nach wenigen humpelnden Schritten stöhnend auf den Kantstein. Seine Jeans war über dem rechten Knie gerissen und von Blut dunkel verfärbt.

«Sind Sie verletzt?», fragte Alpay, als er mit Ina angelaufen kam, doch der Mann winkte ab. «Dann mal Ihre Papiere bitte.»

Franka forderte derweil telefonisch eine Streife an. Einen Krankenwagen zu rufen, hielt sie unweit der Notaufnahme eines Krankenhauses für übertrieben.

«Und den Helm bitte abnehmen», sagte Ina. Die Frisur des Mannes klebte eng am Schädel, und immer wieder kniff er das hagere und unrasierte Gesicht vor Schmerz zusammen. Franka schätzte ihn auf Anfang vierzig.

Nur widerwillig reichte er Alpay seine Papiere. «Ich hab Fotos gemacht. Na und? Ist ja nicht verboten. Ich bin freier Fotograf.»

«Grundsätzlich dürfen Sie fotografieren und filmen, wie und was Sie wollen», sagte Franka. Dass er nur so naiv tat, war ihr klar. Dass er vermutlich auch am letzten Samstag in Eilbek herumgelungert und den Tatort fotografiert hatte, auch. «Vielleicht erklären Sie mir aber mal, woher Sie von unseren Einsätzen wissen. Seit der Ende-zu-Ende-Verschlüsselung des Polizeifunks scheidet diese Möglichkeit jedenfalls aus. Vielleicht haben Sie einen Kumpel bei der Feuerwehr?»

«Kein Fotoreporter, kein Journalist wird Ihnen seine Quelle verraten.»

«Dann nehme ich an, Sie werden uns auch nicht die von Ihnen gemachten Aufnahmen vom letzten Wochenende zur Verfügung stellen.»

«Ganz sicher nicht.»

Franka zückte ihr Handy, um Sybille anzurufen.

«Falls Sie vorhaben, einen Beschluss für mein Material zu beantragen, das dürfen Sie gar nicht. Ich habe ein Zeugnisverweigerungsrecht. Meine Arbeit unterliegt dem Beschlagnahmeverbot.»

Da dachte wohl jemand, er kenne sich aus. Franka blieb ruhig, obwohl ihr Klugscheißer-Diskussionen eigentlich zuwider waren. «Hören Sie. Das Recht zur Zeugnisverweigerung entfällt, wenn Ihre Arbeit und oder Ihre Aussage zur Aufklärung eines Verbrechens beitragen können. Diese Brände waren Mordanschläge, und ich werde anhand Ihrer Fotos überprüfen, ob sich außer Ihnen vielleicht noch jemand an den Tatorten aufgehalten hat, der da nichts zu suchen hatte. Haben wir uns verstanden?»

35 Dienstag, 17. Oktober

Um 18.00 Uhr schaute Franka sich angespannt im Großraumbüro um, in dem mittlerweile Hochbetrieb herrschte. Sybille lehnte am Fenster und telefonierte mit einem der
beiden Kfz-Mechaniker, die bei Ingo Oelsner in Eilbek angestellt gewesen waren. Sie recherchierte Hintergrundinfor-
mationen zu dem Verhältnis ihres getöteten Chefs zu dem
ebenfalls ermordeten Anwalt. Alpay saß an seinem Schreibtisch und fertigte das Protokoll über das Gespräch mit Dörte
Mölling an, während Matze die letzten Durchsuchungsergeb-
nisse von Artikel-1 auswertete. Die Pkw-Anschläge von gestern gingen ganz klar auf deren Konto, das hatten die Chat-
protokolle zwischen Sellin, Alverut und Blumenthal junior
ergeben. Wie Alpay vorhin gesagt hatte, hatte der junge Mann
seinen Arsch vor dem Untersuchungsrichter unter anderem
damit gerettet, dass er seine Beteiligung an der Auto-Aktion
bereits vorher gestanden hatte. Weil er nicht vorbestraft war,
hatte man ihn mit einer Anzeige wegen Sachbeschädigung
entlassen. Anders Sellin und Alverut. Sie saßen immer noch
im Untersuchungsgefängnis an der Holstenglacis. Hausfriedensbruch, Nötigung, schwere Sachbeschädigung.

«Für die Morde kommen die allerdings wohl nicht infra-
ge», sagte Kurt und überreichte Franka das Gutachten des
Grafologen. «Du hattest recht, Franka. Die Botschaften, die

der Täter den Brandopfern hinterlassen hat, sind alle von derselben Person verfasst worden, die aber aller Wahrscheinlichkeit nach keinen der Texte auf den grafologisch untersuchten Transparenten von Artikel-1 geschrieben hat.»

Franka bedankte sich knapp. Die ehemals heiße Spur war, wie sie befürchtet hatte, also tatsächlich abgekühlt. Damit stufte sie Sellin und Alverut in der Priorisierung ihrer Soko herunter. Ihre Hoffnung ruhte nun auf Dörte Mölling, die seit wenigen Minuten mit Janis Blum in seinem Büro in der zweiten Etage an einem Computer saß. Dort tauschte Janis spitze Nasen gegen breitere, veränderte Haaransätze und Augenformen und machte mit nur einem Klick aus ovalen Gesichtern Kantköpfe. Je nach Zeuge benötigte er in der Regel zwischen dreißig Minuten und eineinhalb Stunden pro Phantombild.

Als Chefin einer Soko war Franka immer darum bemüht, Ruhe auszustrahlen, während sie die Ermittlungen koordinierte. Und das, obwohl sie, so wie jetzt, selbst gegen ihre zunehmende Anspannung ankämpfte.

«Kommst du voran?» Sie schaute Kurt über die Schulter, der an seinem Bildschirm die Bilder von der beschlagnahmten SD-Karte des Fotografen sichtete.

Er nickte. «Der Typ hat tatsächlich auch Fotos in Eilbek gemacht. Hier.» Kurt öffnete ein Motiv vom Samstag. Es zeigte die Hofeinfahrt zur Kfz-Werkstatt, von der Straße aus fotografiert. Nicht nur Franka und Sybille waren darauf deutlich zu erkennen, sondern auch einige neugierige Passanten.

Sie klopfte Kurt anerkennend auf die Schulter. Wenn sie ein verwertbares Phantombild hatten, konnten sie dieses auch mit den Fotos der Tatorte abgleichen. Vielleicht hatte der Mörder als Augenzeuge seine eigenen Brände genossen? Sie wollte nichts unversucht lassen, diesen Mann aus dem Verkehr zu ziehen.

«Gibt's doch nicht», stöhnte Sybille an ihrem Platz auf. Zum wiederholten Mal hatte sie versucht, diese Angelika Brinkmann zu kontaktieren, die den Unfall ihrer Freundin am Telefon mitangehört hatte, wie sie dem Protokoll der Kollegen aus Kiel entnommen hatten.

«Immer noch die Mailbox?» Franka selbst hatte auf der Fahrt zurück ins Präsidium bereits vergeblich versucht, die Frau zu erreichen. «Ist ja gerade erst nach 18.00 Uhr. Vielleicht hat die nach der Arbeit ihre Nachrichten noch nicht abgehört.»

«Ich bleibe dran.»

«Was ist mit der Fahrzeughalterin?»

«Das musst du Marcel fragen.»

«Die Anschrift bei der Zulassungsstelle lautet Bellevue 79. Das ist in Winterhude», sagte er. «Allerdings ohne Angabe einer Telefonnummer. Unter dieser Adresse gibt's leider keinen Eintrag im öffentlichen Telefonverzeichnis. Gestaltet sich also schwierig.»

«Auch dranbleiben, bitte.»

Franka ging zurück in ihr Büro und kippte das Fenster an. Es roch nach Herbst.

«Seit heute Nachmittag sitze ich an den Mitgliederlisten von Artikel-1», Matze lehnte im Türrahmen, «aber wie Friedrich Blumenthal schon erwähnt hat, sind die wenigsten tatsächlich mit vollem Namen und Adressen aufgelistet. Das ist eine riesige Dunkelziffer aus Kürzeln, Spitznamen und E-Mail-Adressen, die sich nicht ohne Weiteres verifizieren lassen. Berufe werden in dieser Kartei kaum erfasst. Sorry, Franka, aber ... ich glaube, es dauert zu lange, alle Leute herauszufiltern, die sich mit Technik oder speziell mit Heizungstechnik auskennen.»

Sie setzte sich zurück an ihren Schreibtisch und schielte zur Schublade, in der sie früher ihre Energydrinks aufbewahrt hatte. Dann goss sie sich ein Glas Wasser ein. «Ich bin sicher, dass Alverut und Sellin irgendjemandem auf den Schlips getreten sind», sagte sie und nahm einen kräftigen Schluck. Die Flüssigkeit verteilte sich in ihrem Körper wie in einem trockenen Schwamm. «Unser Täter versucht Artikel-1 eins auszuwischen. Aber warum?»

Mit einem leisen Pling verkündete ihr Computer den Eingang einer E-Mail, und während Matze sich zurück nach nebenan verabschiedete, öffnete Franka eine Nachricht vom LKA aus Kiel.

«Alpay!», rief sie durch die geöffnete Tür und überflog dabei weiter den Bericht der Spurensicherung aus Schleswig-Holstein. Als sie von ihrem Bildschirm aufsah, betrat der Kollege das Büro und setzte sich auf den Besucherstuhl vor ihrem Schreibtisch.

«Kiel hat geantwortet.» Franka zog scharf die Luft ein, als sie eins der angehängten Fotos der verbrannten Fahrerin öffnete. «Ich glaube, das erspare ich dir lieber.»

«Hinweise auf die Verwendung von Leuchtfarbe?», fragte er, und Franka scrollte den Bericht weiter nach unten.

«Treffer. Auf den Glassplittern der Frontscheibe.»

«Und welche Botschaft hat der Täter dieses Mal hinterlassen?» Franka setzte ihre Lesebrille wieder auf, suchte die entsprechende Stelle und las sie vor: «Da die Frontscheibe aus

Verbundsicherheitsglas besteht, das bei Bruch in viele kleine und unscharfe Teile zerspringt, ist die Rekonstruktion der Scheibe und somit die Wiederherstellung eines eventuellen Schriftzuges darauf nicht möglich. Glasproben zum Abgleich mit der in Hamburg untersuchten Farbe von Material und Hersteller werden der Spurensicherung der Hansestadt zur Verfügung gestellt.» Franka schob die Lesebrille zurück ins Haar. «Die Frau gehörte also tatsächlich ins Raster unseres Täters.»

Sie richtete den Blick zurück auf die Datei. «Kiel schreibt weiter, dass sie den Tankstutzen der Limousine zwanzig Meter vom ausgebrannten Wagen im Laub gefunden haben. Unversehrt.»

«Tankdeckel hängen doch immer an solchen Kunststoffverbindungen, damit man die an der Zapfsäule nicht vergisst.» Alpay ging zum Fenster hinüber und lehnte sich gegen die Fensterbank.

«Franka!», rief Sybille von nebenan. «Die Zeugin, die mit der toten Fahrerin telefoniert hat, auf Leitung 1.»

Im selben Moment klingelte das Festnetztelefon. Franka riss den Hörer förmlich von der Gabel und schaltete den Lautsprecher ein, während Alpay die Glastür nach nebenan schloss.

«Erdmann. Guten Abend.»

«Angelika Brinkmann», sagte eine Frau am anderen Ende und räusperte sich. «Guten Abend. Entschuldigen Sie, ich bin etwas aufgeregt, wenn das LKA eine Rückrufnachricht auf meiner Mailbox hinterlässt ... Können Sie mir sagen, was mit meiner Freundin passiert ist?»

Fünfundzwanzig Minuten später öffnete eine schlanke Frau die Tür zu Friederike Minkners Wohnung in der zweiten Etage eines Mietshauses aus den Sechzigern. Franka schätzte Angelika Brinkmann auf Ende fünfzig. Sie war schlank und trug einen braunen Rollkragenpullover zu beigefarbener Hose. Auf dem Arm hatte sie eine schwarze Katze. Nicht zu übersehen war, dass die Frau geweint hatte. Sie folgten ihr durch einen schmalen Flur.

«Ist sie schwer verletzt?» Angelika Brinkmann deutete auf das Sofa in einem aufgeräumten Wohnzimmer mit dezenter Schrankwand, hinter deren Glastüren eine indirekte Beleuchtung brannte. Während Alpay sich setzte, blieb Franka stehen. Von jeher versuchte sie, Todesnachrichten persönlich zu überbringen. Daher hatte sie Angelika gegenüber am Telefon auch noch nichts gesagt und nur um ein persönliches Treffen gebeten.

«Wie schon gesagt, Frau Brinkmann, eigentlich darf ich Ihnen das gar nicht mitteilen, aber ...» Franka atmete durch. «Ihre Freundin ist bei dem Unfall ums Leben gekommen. Es tut mir sehr leid.»

Angelika Brinkmann setzte sich langsam in den großen Ohrensessel und schien förmlich in sich zusammenzufallen. Dann schlug sie die Hände vors Gesicht und schüttelte immer wieder fassungslos den Kopf. Sie begann zu weinen. Manchmal versteckte man als Überbringerin einer solchen Nachricht seine eigene Hilflosigkeit hinter Anteilnahme. Aber kein tröstendes Wort dieser Welt machte den Verlust eines geliebten Menschen erträglicher.

Alpay kam mit einem Glas Leitungswasser aus der Küche zurück, das Angelika in hastigen Schlucken hinunterstürzte.

«Frau Minkner lebte alleine?», fragte er.

«Seit Kurzem mit Otto.» Die Frau hob das Tier vom Teppich und setzte es sich auf den Schoß. «Meine Freundin hat noch irgendwo eine entfernte Cousine, aber … eigentlich waren die Bertrams ihre Familie, wie sie immer gesagt hat.»

«Das ist die Familie der Fahrzeughalterin?» Alpay machte sich Notizen.

Angelika nickte und schnäuzte sich. «Rikes Chefin und deren Kinder waren ihre Wahlfamilie. Seit dreißig Jahren hat Rike bei den Bertrams gearbeitet. Für ihre Chefin hat sie wirklich alles getan. Rike war einfach zu gut für diese Welt.»

«Frau Brinkmann, Sie sagten am Telefon, dass Ihre Freundin Besorgungen im Sachsenwald erledigt hat.»

Angelika nickte. «Manchmal nutzte Rike die Zeit auf solchen Fahrten für Telefongespräche. Ich hatte gerade Mittagspause.»

«Wie spät war es da ungefähr?»

«13.15 Uhr. Ich weiß das deswegen so genau, weil ich gerade meinen Lunch bezahlt hatte. Rike und ich haben über alles Mögliche gequatscht, da schrie sie plötzlich panisch auf, gleichzeitig habe ich im Hintergrund so ein metallisches Geräusch gehört. ‹Rike, was ist los?›, hab ich gerufen, und sie hat gesagt, dass ihr jemand hintendrauf gefahren ist. Es hat ja geregnet. Ich hab gedacht, es wäre ein Versehen. Aber dann gab es einen viel lauteren Knall und einen Schrei. Dann war Ruhe.»

Der Kater sprang von Angelikas Schoß.

«Den Schrei werde ich mein Leben nicht vergessen. Danach habe ich ganz leise noch Rikes Stöhnen gehört.» Je grausamer die Situation wurde, die Angelika schilderte, desto leiser wurde ihre Stimme. «Ich habe gefragt: ‹Bist du verletzt, Rike? Wo steckst du?› Damit ich die Polizei verständigen kann. Dann gab es noch ein Geräusch, und der Wind wehte über das Mikrofon der Freisprechanlage. Wahrscheinlich war eine Scheibe zu Bruch gegangen. Plötzlich war das Gespräch einfach weg. So als hätte Rike mittendrin aufgelegt.»

Oder jemand anderes, dachte Franka. Spätestens bei dem Brand wäre die Frontscheibe kaputtgegangen, aber vielleicht hatte nicht der Wind über das Mikrofon gestrichen, sondern der Atem des Täters, der eine Autotür geöffnet und die Verbindung beendet hatte. Doch Franka wollte der Frau nicht noch mehr Angst einjagen und behielt darum auch für sich, dass Friederike Minkner verbrannt war.

Angelika leerte den letzten Schluck aus ihrem Glas und drehte es nervös zwischen ihren Händen hin und her.

«Frau Brinkmann», fuhr Franka fort, «war Ihre Freundin in irgendeiner Weise in Schwierigkeiten, zum Beispiel, weil sie gegen geltendes Umweltrecht verstoßen hatte, oder auf sonst irgendeine Weise ...»

Angelika Brinkmann rutschte das Glas aus der Hand. Es zersplitterte auf dem Couchtisch, und augenblicklich begann die Frau am ganzen Körper zu zittern. Trotzdem versuchte sie hektisch, die Scherben aufzusammeln. Ganz klar eine Übersprungshandlung, dachte Franka. Hatte sie etwa den Nagel auf den Kopf getroffen? Auch Alpay schaute alarmiert auf.

«Frau Brinkmann, bitte!» Franka wusste, wann sie den Ton verschärfen musste, und sofort ließ die Frau von ihrer Aktion ab. Erst stockend, dann immer flüssiger berichtete Angelika, was Friederike Minkner ihr zu Beginn des Telefonats erzählt hatte. Demnach sei es am Morgen zu einem Vorfall an der

Alster gekommen, bei dem die Jolle ihrer Arbeitgeberin beschmiert worden war.

«Was meinen Sie mit *beschmiert*?», erkundigte sich Franka und versuchte, ihre Anspannung nicht auf Angelika zu übertragen.

«Wenn ich mich richtig erinnere, mit so einer Art Signalfarbe.»

Alarmiert schaute Franka kurz zu Alpay. War der Angriff auf das Boot in irgendeiner Weise als Warnung zu verstehen? «Und Ihre Freundin hat sich Sorgen deswegen gemacht?»

Angelika nickte. «Wenn ich mich richtig erinnere, waren Segel und Rumpf angemalt. Außerdem war Rike nervös, weil sie der Meinung war, von der Krugkoppelbrücke aus beobachtet worden zu sein. Aber ihre Chefin schien den Vorfall wohl lockerer zu nehmen. Ich glaube, sie wollte lediglich, dass Rike ihr die Fotos schickt. Bei dem ganzen Ärger ist die Frau vermutlich abgehärtet.»

«Was meinen Sie mit *abgehärtet*?», fragte Alpay irritiert, und Angelika zuckte mit den Schultern.

«Na ja. Erst neulich hatte Frau Bertram doch wieder so 'n Trouble mit einer Gruppe Studenten. Rike hat erzählt, dass die sich ans Werkstor gekettet haben. Stand sogar in der Presse, glaub ich.»

Franka spürte ihren beschleunigten Puls. «Was ist das für ein Werk?»

«Rikes Chefin ist Juliane Bertram. Die Geschäftsführerin der Wilhelm Chemie GmbH.»

36 Dienstag, 17. Oktober

Da geht nicht mal ein AB ran», sagte Franka nervös, als sie mit dem Handy am Ohr zurück zum Dienstwagen gingen. Zwar hatte Angelika Brinkmann ihnen die Festnetznummer von Juliane Bertram gegeben, doch die geheime Mobilnummer der Unternehmerin war ihr nicht bekannt. Schließlich beendete Franka die Verbindung.

«Du glaubst also auch, dass diese Frau Bertram das nächste Opfer sein könnte?», fragte Alpay.

«In Gefahr ist sie auf alle Fälle.» Franka steckte ihr Handy wieder ein und stellte den Kragen ihrer Lederjacke auf. «Ich frage mich allerdings, ob der Anschlag auf Frau Minkner ein Versehen war und in Wirklichkeit ihrer Chefin gegolten hat. Der Täter ist dem Wagen gefolgt, zudem im Regen. Dann schiebt er die Limousine von der Straße, öffnet die Tür und stellt fest, da sitzt die falsche Frau am Steuer. Weil Friederike Minkner sein Gesicht gesehen hat, tötet er sie.»

«Angenommen, die Frau war wirklich ein Versehen, warum schmiert er ihr dann noch die Leuchtfarbe auf die Windschutzscheibe? Auch wenn sich die Botschaft auf dem Glas nicht mehr rekonstruieren lässt, wir wissen, er hat ihr eine Nachricht hinterlassen.»

«Punkt für dich.» Angestrengt atmete Franka durch, legte den Kopf in den Nacken und fragte sich, warum in aller Welt der Täter die Hausangestellte gejagt hatte. Dann zog sie am Griff der Beifahrertür, doch Alpay hatte die Zentralverriegelung noch nicht geöffnet. Stattdessen war er auf dem Bürgersteig stehen geblieben, das Gesicht in der Dunkelheit von seinem leuchtenden Handydisplay erhellt. «Als Frau Brinkmann eben die Wilhelm Chemie GmbH erwähnt hat, bist du da nicht auch hellhörig geworden?» Er schaute auf.

«Na klar. Ist ja ein bekanntes Hamburger Unternehmen. In den letzten Jahren sind die auch im Zusammenhang mit Umweltaktionen immer mal wieder in die Schlagzeilen geraten.»

«Erinnerst du dich», fuhr er fort, «was Ina gestern bei ihrer Recherche über die Kanzlei von Christopher Blumenthal herausgefunden hat?»

«Dass die eine einstweilige Verfügung gegen Artikel-1 erwirkt haben?»

«Auch. Das meine ich aber nicht.» Alpay öffnete endlich die Zentralverriegelung des Wagens. «Laut Inas Recherche hat Christopher Blumenthal das Unternehmen nach einem Werksunfall vor Gericht vertreten. In Netz gibt's einige Berichte. *Die Brandmeisterin von Billbrook* steht hier oder *Ingenieurin tötet Mitarbeiterin.* In diesem Sommer kam es zum Verhandlungsauftakt, genauer gesagt am 21. August. Eine leitende Ingenieurin wurde wegen fahrlässiger Tötung einer Mitarbeiterin angeklagt, die verbrannt ist. Die Wilhelm Chemie GmbH trat dabei anscheinend als Nebenklägerin auf.»

Franka versuchte, Ordnung in ihren Kopf zu bekommen. «Also, wenn wir von so etwas wie Rache ausgehen, dass unser Mörder seine Opfer für irgendetwas bestraft, käme dann einer der Angehörigen der bei dem Unfall verbrannten Mitarbeiterin als Täter in Betracht? Dann ergibt vielleicht auch Feuer als Tatwaffe einen Sinn. Unser Täter bestraft Menschen, die er für den Werksunfall verantwortlich macht oder die damit in Verbindung stehen.»

«Blumenthal als Opfer passt da rein. Was dann aber keinen Sinn ergibt», sagte Alpay und hob entschuldigend die Hände, «sind die Hausangestellte und der Kfz-Mechaniker. Geschweige denn die Frau in dem Müllkeller. Was sollen diese drei Toten mit dem Werksunfall in der Wilhelm Chemie GmbH zu tun haben? Checken sollten wir das aber trotzdem, um das ausschließen zu können.» Er legte sein Smartphone auf das Autodach und schaltete den Lautsprecher ein. Freizeichen.

«Zuerst rufe ich aber im Werk an. Wenn diese Frau Bertram tatsächlich in Gefahr ist, dann müssen wir alles tun, um sie zu warnen.» Freizeichen. Es knackte in der Leitung. Das Gespräch wurde entgegengenommen.

«Guten Tag», wurden sie von einer männlich sonoren Stimme begrüßt. «Sie sind verbunden mit der Wilhelm Chemie GmbH in Hamburg. Ihr zuverlässiger Partner für die Produktion chemischer Rohstoffe und additiver Bindemittel. Leider rufen Sie außerhalb unserer …»

Alpay legte auf. «Zumindest wollte ich es versucht haben, aber um 19.30 Uhr vielleicht auch keine Überraschung. Und jetzt?»

«Wir müssen Juliane Bertram aufsuchen. Zudem prüfen wir eine mögliche Verbindung der anderen Opfer zur Firma. Und dann brauchen wir Einsicht in die Prozessakten und den Namen der Toten aus dem Werk», sagte Franka und zog ihr Telefon wieder hervor. «Sybille soll sich darum kümmern.»

Dann schlug sie entschieden mit der flachen Hand auf das Autodach.

«Komm, steig ein!»

Eine halbe Stunde später bogen sie von der Gellertstraße in die Bellevue. Sie hatten keine Zeit zu verlieren. Nach knapp zweihundert Metern hielt Alpay vor dem Haus am Straßenrand.

«Scheint niemand zu Hause zu sein», sagte er. Zwar wurde die Fassade von Juliane Bertrams Villa angeleuchtet, doch hinter keinem der Fenster brannte Licht.

Vielleicht war der Gedanke absurd, dass Juliane Bertram dort drüben bereits gefesselt in ihrer Villa lag und das Feuer erwartete, mit dem der Täter seine Bestrafungen durchführte, doch Franka stieg sofort aus dem Wagen und überquerte eiligen Schrittes die Straße. Sie öffnete die gusseiserne Gartenpforte, als ihr Handy klingelte.

«Sybille», begrüßte sie die Kollegin knapp und schaltete für Alpay den Lautsprecher ein.

«Folgendes: Der Untersuchungsrichter hat sein Okay für die Abschriften der Prozessakten im Fall der Wilhelm Chemie GmbH gegeben», sagte Sybille. «Und weil Marcel der Tante auf der Geschäftsstelle schöne Augen gemacht hat, sitzen die bereits an den Kopien. Aber keine Ahnung, ob das heute noch was wird. Leider habe ich auch schlechte Nachrichten, Franka. Dörte Mölling hat sich mit dem Phantombild übernommen.»

«Was?»

«Janis hat das abgebrochen. Die Frau hat so ein Fiepen auf dem Ohr bekommen. War wohl zu früh, so direkt nach ihrer

Entlassung. Sie will aber morgen noch mal einen Versuch starten, sollte es ihr besser gehen.»

Franka bedankte sich für die Infos, legte auf und sagte leise: «Scheiße.» Dann merkte sie plötzlich auf. «Hast du das gesehen?»

«Was?»

«Der Lichtkegel.» Franka deutete zu dem großen Fenster der Villa, das vielleicht zehn, zwanzig Meter von der Gartenpforte entfernt war, vor der sie immer noch standen.

«Ich seh nix.»

«An der Decke. Nur ganz kurz.» Franka starrte zum Fenster hinauf, doch es blieb dunkel. Vielleicht war sie auf eine Reflexion in der Scheibe hereingefallen?

Entschlossen betrat sie das Grundstück und ging die Stufen zur Haustür hinauf. Sie zeigte zur roten Warnlampe der Alarmanlage, die sie unter dem Giebel entdeckt hatte. «Wer so ein Teil montiert, muss gegen Einbrecher vermutlich weder das Licht noch das Radio anlassen.»

Sie klingelte. Das Schloss der Haustür war unversehrt. Franka entdeckte die Erschütterungsmelder an den Fenstern. Ganz offensichtlich hatte sich Juliane Bertram mit mehr geschützt als der Basisausstattung einer Hamburger Sicherheitsfirma. Niemand öffnete. Franka klingelte erneut, wartete und lauschte. Nichts passierte, außer dass ihr langsam heiß wurde bei dem Gedanken, vielleicht zu spät zu kommen. Alpay war unten vor der Treppe stehen geblieben, und Franka erkannte durch seinen offenen Parka die Dienstwaffe in seinem Schulterholster. Hatte sie ihn mit ihrer Nervosität angesteckt?

«Frau Bertram?!» Sie schlug gegen die Haustür.

«Die Frau ist offensichtlich nicht zu Hause», sagte Alpay,

und Franka war unschlüssig, ob sie die Tür aufbrechen lassen sollte. Dass Juliane Bertram in Gefahr schwebte, darüber waren sie sich einig. Franka ging die Treppe wieder hinunter und begann, auf und ab zu wandern. Manchmal ließen sich auf diese Weise die Gedanken besser sortieren.

«Freitagabend verbrennt ein Rechtsanwalt, der eine Hamburger Fabrikantin für Chemiegüter vor Gericht vertritt, weil im letzten Jahr eine ihrer Produktionshallen abgefackelt ist. Dabei kommt eine Mitarbeiterin ums Leben.» Franka ließ das große Fenster in der Villa nicht aus den Augen. «Samstagmorgen stirbt ein Kfz-Mechaniker in Eilbek, der sich immer um den Oldtimer des toten Anwalts gekümmert hat. Drei Tage danach verbrennt eine Hausangestellte der Fabrikantin bei einem Verkehrsunfall. Alpay, unser Täter hat seine Hausaufgaben gemacht. Im Gegensatz zu uns kennt der die Zusammenhänge zwischen den Opfern, ihre Gewohnheiten, ihre Vorlieben. Und vermutlich startete diese grauenvolle Serie bereits im September mit der Toten im Müllkeller. Da gibt es einen Zusammenhang. Ich weiß nur noch nicht, welchen. Scheiße.»

Zwei kleine Autoscheinwerfer näherten sich langsam dem Haus. Anhand des Auspuffgeräuschs tippte Franka auf einen Oldtimer, und einen Moment später tauchte im Schein der Straßenbeleuchtung tatsächlich ein dunkelblauer Zweisitzer mit geschlossenem Verdeck vor dem Haus auf. Nur kurz schoss ihr die Frage durch den Kopf, ob Susanne wohl Frankas Nissan aus der Werkstatt abgeholt hatte.

Ein alter Triumph mit Speichenfelgen hielt auf dem Bürgersteig. Es stieg ein Mann aus, der um das Auto herumging und einer grauhaarigen Frau vom Beifahrersitz half. Sie trug

einen eleganten Wollmantel und hielt eine schmale Aktentasche in der Hand. «Jetzt habe ich ihr das x-te Mal auf die
Mailbox gesprochen, Felix. Sie meldet sich einfach nicht.»

Frankas Sorge um die Unternehmerin löste sich zu ihrer
Erleichterung in Luft auf.

«Mama, jetzt mach doch nicht gleich so eine Welle. Vielleicht hat Rike ihre Verabredung zum Kino nachgeholt.»

«Und wer bitte sind Sie?» Juliane Bertram hatte Franka
und Alpay im Vorgarten entdeckt und betrat ihr Grundstück.

«Erdmann, LKA Hamburg. Mein Kollege Herr Eloğlu.
Frau Bertram?» Franka kramte in ihrer Lederjacke vergebens
nach ihrem Dienstausweis. Stattdessen präsentierte sie der
Frau im Halbdunkel ihre Krankenkassenkarte.

«Ist was passiert?» Die Unternehmerin klang alarmiert
und deutete zu dem Mann an ihrer Seite. «Mein Sohn Felix
hat mich nach Hause gefahren.»

Er nickte ihnen knapp zu. Auch er wirkte aufgrund des
späten Besuchs der Polizei besorgt. Wahrscheinlich würde
er sich für seinen alten Triumph eine neue Werkstatt suchen
müssen, dachte Franka. Denn plötzlich war sie sich sicher,
dass Felix Bertram, genau wie Christopher Blumenthal, seinen Oldtimer von Ingo Oelsner warten ließ.

«Wie kann ich Ihnen helfen?» Juliane Bertrams Hände zitterten leicht, als sie den Transponder an ihrem Schlüsselbund
vor das Bedienteil der Alarmanlage hielt. *Alarmanlage aus*,
tönte eine elektronische Stimme aus dem Gerät.

«Ist etwas mit Friederike Minkner passiert?»

37 Dienstag, 17. Oktober

Die Nachricht über den Tod ihrer Hausangestellten hatte Juliane Bertram schwer getroffen. Immer wieder schüttelte sie fassungslos den Kopf und weinte. Riss sich wieder zusammen, um kurz danach erneut die Tränen nicht zurückhalten zu können. Ihr Sohn saß in einem Clubsessel vor dem Kamin, auch er wirkte geschockt und wischte sich mit dem Handrücken die Tränen aus dem Gesicht.

«Ich habe den ganzen Tag Termine gehabt», sagte Juliane und schaute kurz zu ihrem Sohn hinüber, «deswegen habe ich erst vor einer knappen halben Stunde versucht, unsere Rike, also Frau Minkner, zu erreichen. Nichts Ungewöhnliches, dass wir tagsüber nichts voneinander hören.» Sie schnäuzte sich die Nase mit einem Taschentuch.

Seit Franka und Alpay die Todesnachricht überbracht hatten, versuchte Franka, die Blicke zwischen Mutter und Sohn einzuordnen. Ob Juliane nach dem Anschlag auf ihre Jolle in Betracht zog, dass der Tod ihrer Hausangestellten kein herkömmlicher Unfall gewesen sein könnte? Über die Details waren die beiden noch nicht unterrichtet.

Als Juliane sich an der kleinen Hausbar einen Cognac einschenkte, entdeckte Franka daneben an der Wand den Panikknopf, den ein ungeübtes Auge für einen Lichtschalter halten konnte.

«War das schlechte Wetter schuld?», fragte Juliane angespannt. «Anders kann ich mir den Unfall überhaupt nicht erklären.»

«Es waren weder die Sichtverhältnisse noch ein Fahrfehler, Frau Bertram. Wir gehen davon aus, dass jemand Ihrer Haushälterin absichtlich mit ordentlich Schwung aufs Heck gefahren ist.»

Franka nickte Alpay zu, der sofort in die Befragung mit einstieg. «Frau Minkner hat die Kontrolle über das Steuer verloren und ist im Straßengraben gelandet. Als der Wagen Feuer fing, war sie auf ihrem Sitz eingeklemmt. Laut den polizeitechnischen Untersuchungen müssen wir zum jetzigen Zeitpunkt davon ausgehen, dass der Tank von jemand Drittem in Brand gesteckt worden ist.»

«Oh Gott», sagte Felix Bertram sichtlich erschüttert, «wer macht denn so was?»

Franka strich sich eine Haarsträhne hinter das Ohr und wandte sich an Juliane. «Bevor der Täter Feuer gelegt hat, hat er Frau Minkner eine Botschaft auf die Frontscheibe gepinselt. Mit Leuchtfarbe.»

Sie beobachtete Mutter und Sohn genau. Und auch Alpay schien intuitiv abzuwarten. Aber außer einem «Oh Gott, wie schrecklich» von Juliane und der nervösen Frage von Felix, um was für eine Botschaft es sich dabei gehandelt hatte, blieb eine weitere Reaktion aus.

Dabei hätte Franka spätestens jetzt erwartet, dass man ihr und Alpay die Geschichte von Julianes beschmierter Jolle erzählte. Aber immer noch verlor niemand ein Wort über den Vorfall. Beunruhigte die Bertrams der Farbanschlag wirklich nicht, wie Angelika Brinkmann vermutet hatte?

«Frau Bertram, gibt es eigentlich einen Grund, warum Sie uns die Attacke auf Ihr Segelboot heute Morgen verschweigen? Unseres Wissens nach wurde dabei auch Leuchtfarbe verwendet.»

Julianes überraschtes Gesicht schien zu fragen, woher Franka davon wusste. «Ach, die Jolle. Natürlich. Ich meine, natürlich nicht. Warum sollte ich das verschweigen?» Fahrig schaute sie zu ihrem Sohn. Hatte Franka die Unternehmerin kalt erwischt? «Hören Sie, Frau Erdmann, Sie haben mir gerade die Todesnachricht unserer Rike überbracht. Das mit der *Jule III* … das habe ich doch in so einer Situation überhaupt nicht mehr präsent.»

«Ich würde gerne die Fotos von heute Morgen sehen», fuhr Franka unbeirrt fort und wurde das Gefühl nicht los, als zögere Juliane Bertram. «Unseres Wissens hat Frau Minkner Ihnen Aufnahmen des Bootes geschickt.»

Kommentarlos suchte Juliane die Fotos auf ihrem Handy heraus und reichte Franka das Gerät. Die erste Aufnahme auf dem Display zeigte ein Segel mit dem Piktogramm einer Flamme. Franka fühlte sich an den Schulunterricht zurückerinnert.

«Die Kürzel auf dem Rumpf sind chemische Formeln, nehme ich an?»

Juliane nickte knapp.

«Und die bedeuten was?»

«Gemeinsam mit dem Piktogramm steht das alles für hochentzündliche Stoffe.»

Nachdem auch Alpay einen Blick auf die Fotos geworfen hatte, nickte er Franka zu. Ihm schien also auch bewusst zu sein, dass hier keine Umweltgruppe am Werk gewesen war.

Der Verfasser, der bereits vier Menschen getötet hatte, warnte nun auch die Unternehmerin.

«Die Jolle, wo ist die jetzt?» Franka ließ keinen Zweifel daran, dass sie der Sache weitaus mehr Bedeutung schenkte als Familie Bertram.

«In einer Halle in Eppendorf.»

«Frau Bertram, wir müssen diesen Vorfall ernst nehmen. Ihre Hausangestellte wurde getötet und die dabei sichergestellte Leuchtfarbe lässt die Vermutung zu, dass die Aktion auf Ihrer Jolle damit in Zusammenhang steht. Unsere Techniker werden das Boot untersuchen.»

Juliane Bertram diktierte Alpay die Telefonnummer eines Herrn Jansen, reichte ihm ihre eigene Visitenkarte und wandte sich wieder an Franka. «Ich verstehe die Aufregung nicht, Frau Erdmann. Wirklich. Wir bekommen ständig Beschimpfungen und Drohungen zugeschickt. Wenn ich jedes Mal die Polizei rufen würde, wenn wir mal wieder ein Pamphlet gegen die chemische Industrie in der Werkspost finden ... Ich nehme so etwas nicht ernst. Das sind Spinner.»

Dass die Frau die Gefahr immer noch herunterspielte, in der sie schwebte, irritierte Franka zunehmend. Anscheinend musste sie deutlicher werden.

«Herr Bertram, ein schönes Auto fahren Sie. Ein Triumph?»

Er schaute sie überrascht an. «Sie interessieren sich für Oldtimer?»

«In erster Linie dafür, wer Ihren Wagen so schön in Schuss hält.»

Es war dieser winzige Moment, in dem seine Augen in Richtung seiner Mutter zuckten, nur ganz leicht. Franka spürte genau, dass sie sich gerade an etwas herantastete, das ihre beiden Gesprächspartner vielleicht lieber unangetastet wissen wollten.

«Eine kleine Werkstatt in Eilbek kümmert sich um meinen Triumph. Warum fragen Sie?» Felix Bertram überspielte seine Verunsicherung nur mit Coolness, davon war Franka überzeugt.

«Sie wissen, dass Ihr verstorbener Anwalt seinen Oldtimer auch nach Eilbek zur Reparatur gebracht hat?»

«Sicher», antwortete die Mutter anstatt des Sohnes, «er hat Felix die Werkstatt damals ja empfohlen. Aber ich verstehe nicht … was hat das jetzt alles mit dem Unfall unserer Rike zu tun?»

Franka ignorierte die Frage. «Dann nehme ich an, dass Sie beide auch über den Tod des Kfz-Meisters Bescheid wissen. Zum Brand vom Samstag in seiner Werkstatt gab es sogar eine Zeitungsmeldung.»

«Was?» Juliane Bertram fasste sich an den Hals. «Das ist ja furchtbar.» Sie ging zurück an die Bar und schenkte sich einen Cognac nach.

«Ich hatte auch keine Ahnung», sagte Felix, und in diesem Fall glaubte Franka ihm sogar.

«Herrn Oelsner wurde eine Falle gestellt. Wie ein Stück Vieh hat man ihn kopfüber in seiner Werkstatt an die Decke gezogen. Anschließend wurde unter ihm ein Fass mit Altöl und Spritresten entzündet. Auch dort haben wir eine Nachricht aus Leuchtfarbe in der Halle gefunden. Ebenso im Zusammenhang mit dem Tod Ihres Anwalts Christopher Blumenthal. Begreifen Sie langsam die Tragweite?»

«Oh Gott, bitte. Was erzählen Sie denn da für Horrorgeschichten?» Juliane Bertram nippte an ihren Cognac. War sie wirklich so unbeeindruckt, wie sie tat? Die Gefahr war real, so wie die Möglichkeit, Juliane Bertram unter Polizeischutz zu stellen. Ganz sicher würde Franka kein Risiko eingehen.

Aufgeregt begann Felix Bertram auf und ab zu wandern. Seine Absätze klangen auf dem Parkett wie Exerzierschritte. «Wollen Sie damit etwa sagen, dass da draußen jemand herumläuft, der Menschen in unserem Umfeld eine Botschaft hinterlässt, bevor er sie tötet?»

#

Er stand im Keller auf einer Getränkekiste. Weil er das Ohr fest gegen die Decke presste, hörte er dumpf ihre aufgeregten Stimmen und die hektischen Schritte über sich. Was im Wohnzimmer gesagt wurde, verstand er nur bruchstückhaft und auch nur dann, wenn die Person direkt über ihm zu stehen schien.

Sein Herz raste, und er spürte, wie sich der Schweiß ganz langsam auf seinem Rücken ausbreitete. Seit er sich hier unten versteckte, hatten sich seine Augen mithilfe des Nachtsichtgeräts an die Dunkelheit gewöhnt.

Heute Nachmittag im Sachsenwald hatte er innerlich jubiliert, als ihm Friederike Minkners Hausschlüssel mit dem Transponder für die Alarmanlage in die Hände gefallen war. Spontan hatte er die Gelegenheit genutzt, sich in der Villa einmal genau umzusehen, wobei er aus Versehen auf den Schalter einer Stehlampe getreten war. Auch wenn er geahnt hatte, dass er hier nichts Belastbares gegen Juliane Bertram finden würde. Nur seinen Puls hatte er gehört, als er an ihrem

Schreibtisch gesessen hatte – und die Schritte der Polizisten auf der Treppe hinauf zur Haustür.

Als es geklingelt hatte, war ihm fast das Herz stehen geblieben. Durch den Spion hatte er das Pistolenhalfter des Beamten erkannt. Sofort war er leise ins Arbeitszimmer zurückgeschlichen, hatte alle Ordner rasch wieder an ihren Platz geräumt und sich hier im Keller versteckt, bevor die Hausherrin kurz darauf die Tür mit ihrem Transponder geöffnet hatte. Zum Glück hatte er die Alarmanlage gleich wieder scharf geschaltet, nachdem er hereingekommen war.

Natürlich hatte er damit gerechnet, dass die Polizei irgendwann seine Fährte aufnehmen würde, aber ob sie auch die Zusammenhänge schon kannten? Ruhig bleiben, ermahnte er sich immer wieder.

Nun presste er sein Ohr erneut an die Decke. Erkundigte die Polizistin sich wieder nach der Jolle? Die Frau musste direkt über ihm stehen. Dumpf klang es zu ihm hinunter, und er meinte zu verstehen, dass die Polizei sich wunderte, warum Juliane Bertram die Polizei nach dem Angriff auf die *Jule III* nicht verständigt hatte.

Er fasste sich an die Schläfe, wo er seinen Puls durch die dünne Haut schlagen spürte. Die Polizei war ihm also dichter auf den Fersen, als es den Beamten vielleicht bewusst war. Doch das würde Juliane Bertram nicht vor ihrer Anklage bewahren. Der Gerichtssaal war für sie vorbereitet, und nichts würde ihn davon abhalten, ihr den Prozess zu machen.

#

«Aber, Frau Erdmann», sagte Juliane, «wenn wir bei jeder Schmiererei die Polizei rufen würden, kämen wir überhaupt nicht mehr zum Arbeiten. Wie schon gesagt, die Wilhelm Chemie GmbH ist dauernd Ziel irgendwelcher Aktionen von Aktivisten. Dabei halten wir alle Umweltstandards ein.» Juliane Bertram schien die Gefahr immer noch nicht wahrhaben zu wollen, in der sie schwebte, dachte Franka. Oder spielte sie sie vielleicht sogar herunter?

«Frau Bertram. Im letzten Jahr gab es einen Unfall in Ihrem Werk. Was ist da genau passiert?»

Man hätte eine Stecknadel fallen hören können. Nach Frankas Empfinden dauerte es eine Sekunde zu lang, bis jemand reagierte.

«Warum fragen Sie?», hakte Felix schließlich nervös nach. «Sehen Sie da irgendeinen Zusammenhang zum Tod unserer Rike?»

«Felix, jetzt fang du bitte nicht auch noch an, mir Angst zu machen.» Juliane trat ans Fenster und schaute in die Dunkelheit hinaus. «Das war der schlimmste Unfall unserer Werksgeschichte.»

Julianes Zusammenfassung der Geschehnisse im letzten Jahr klang wie eine Presseerklärung. Demnach war es bei der Herstellung von Diethylether aus Ethanol und konzentrierter Schwefelsäure zu einer Verpuffung mit anschließendem Brand in einer Produktionshalle gekommen, die sich knapp drei Kilometer entfernt vom Werksgelände in Billbrook befand. Das Backsteingebäude war dabei zu großen Teilen zerstört worden. Eine der drei schwer verletzten Personen erlag wenige Tage später ihren Verbrennungen. Die verantwortliche Chemieingenieurin sei daraufhin fristlos entlassen und in diesem Sommer wegen fahrlässiger Tötung angeklagt worden. Ohne Weisungsbefugnis hatte sie die Produktionsmenge in ihrer Schicht gesteigert. Daher sei die Firma im Prozess auch als Nebenklägerin aufgetreten. Laut Gutachten der technischen Sachverständigen hatte die Verantwortliche dabei außer Acht gelassen, dass die bei der Herstellung entstehenden Peroxide unter Einwirkung von Licht und Sauerstoff explosionsartig zerfallen. Die Anlagen waren für eine solche Produktionsmenge nicht ausgelegt.

Juliane Bertram hatte ihre Hausaufgaben gemacht, klang aber zunehmend ungeduldig.

«Aber was hat das jetzt alles mit dem Tod unserer Hauswirtschafterin zu tun?»

«Das versuchen wir herauszufinden.» Alpay blieb freundlich. «Aber wir glauben, dass es einen Zusammenhang gibt zwischen dem Werksunfall im letzten Jahr und den seit Freitag getöteten Personen. Und wenn meine Kollegin und ich recht behalten, dann könnte der Täter auch Sie ins Visier nehmen beziehungsweise längst genommen haben.»

«Mich?» Die Unternehmerin schüttelte den Kopf. «Das ist doch absurd. Wegen einer beschmierten Jolle? Ich bitte Sie. Da bin ich ganz anderes gewohnt.» Juliane Bertram schaute auf die Uhr. Offensichtlich wollte sie die Polizei loswerden, was Franka irritierte. Ihre Haushälterin war gerade getötet worden, Julianes eigenes Leben schien in Gefahr, und trotzdem erweckte die Unternehmerin den Anschein, als habe sie wenig Interesse an der Aufklärung des Unfalls. Hatten Juliane und Felix Bertram etwas zu verbergen?

«Mein Zuhause ist gesichert wie Fort Knox», legte Juliane nach. «Sie haben ja gesehen, dass ich die Alarmanlage erst unscharf stellen musste, bevor ich die Haustür überhaupt öffnen konnte. Im gesamten Haus gibt es Bewegungsmelder, Erschütterungssensoren an den Fenstern und Panikknöpfe.»

«Und seit wann ist Ihr Haus so extrem gesichert?»

Bertram zögerte. «Seit letztem Jahr.»

«Stehen diese Sicherheitsvorkehrungen in irgendeinem Zusammenhang mit dem Werksunfall?»

Juliane hielt den Blick. «Nein. Ich bin Unternehmerin. Es wurde längst Zeit, das Haus technisch nachzurüsten. Wenn mir also wirklich jemand etwas will, kommt der hier überhaupt nicht rein. Abgesehen davon halte ich Ihre Theorie für ziemlich weit hergeholt, Frau Erdmann. Entschuldigen Sie.» Juliane atmete durch und schlug nun einen besänftigenden Ton an. «Die letzten Tage waren sehr belastend. Erst der Tod von Christopher Blumenthal, nun unsere Rike ... Danke für Ihr Verständnis.»

Die Unternehmerin unterstrich ihren Rausschmiss mit einer unmissverständlichen Geste zur Tür.

#

Schritte, Stimmen, Geräusche über ihm, die sich in Richtung der Eingangshalle verlagerten. Mit dem Nachtsichtgerät auf dem Kopf stand er noch immer auf der Getränkekiste im dunklen Keller. Nun hörte er dumpf, wie jemand «Auf Wiedersehen» sagte. Dann folgte ein sattes Geräusch, weil die schwere Haustür von der Angel ins Schloss geschoben wurde. Die Polizei war also gegangen. Auch Julianes Sohn? Wieder lauschte er. War er nun alleine mit ihr? Konnte er sie endlich zu Gericht begleiten?

Wieder Schritte, allerdings liefen sie über ihm bis nach hinten zur Küche durch, von wo die Treppe hinunter in den Keller führte. Hinunter zu ihm.

«Mama, irgendjemand rennt da draußen rum», hörte er Felix' aufgeregte Stimme, «ganz offensichtlich zieht der alle aus dem Verkehr, die an dem Prozess beteiligt waren. Blumenthal, Oelsner … Scheiße. Das ist doch kein Zufall. Die Polizei glaubt das und ich auch.»

«Bitte, Felix. Jetzt reiß dich zusammen», herrschte sie ihn an.

Flaschen klirrten. «Ist noch Limo unten im Kühlschrank?»

Schon im nächsten Moment öffnete sich oben die Tür, Licht fiel aus der Küche die Treppe hinunter. Sein Herz raste, dann hörte er das Klack des Lichtschalters – doch im Keller blieb es dunkel. Der Schweiß lief ihm den Rücken hinunter.

«Unten ist die Röhre kaputt», hörte er Felix Bertram sagen.

«Mensch, mach doch die Augen auf.» Julianes Stimme hatte etwas Schneidendes. Wurde sie nervös? Wieder klapperten Flaschen. «Hier liegt doch noch eine.»

Die Kellertür wurde wieder geschlossen, und die Treppe leuchtete grün durch die Okulare vor seinen Augen.

«Was hätte ich der Polizei denn sagen sollen? Oder Rike? Natürlich habe ich die Warnung heute Morgen vor ihr heruntergespielt. Aber ich hätte doch nie im Leben gedacht …» Er hörte, wie Juliane sich schnäuzte. Offensichtlich trauerte sie um die Frau, die ihr vor Gericht den Arsch gerettet hatte – und die er heute im Sachsenwald genau dafür bestraft hatte. Ob Julianes Angst, die Polizei könnte sich näher mit dem Prozess beschäftigen, größer war als ihre Sorge darüber, dass sie selbst in Gefahr schwebte?

«Felix, bitte. Wir müssen jetzt die Nerven behalten. Rike hat damals unter Eid ausgesagt. Schuld an dem Werksunfall war also Frau Dr. Grundmann. Und jetzt krieg dich mal wieder ein. Uns kann nichts passieren.»

Am Fuße der Kellertreppe versuchte er, seinen Schmerz mit einem Gegenschmerz zu betäuben. Er ballte die Fäuste so sehr, dass sich die Fingernägel in seine Handflächen bohrten, bis er das Blut spürte.

38 Dienstag, 17. Oktober

Danke, dass du meinetwegen durch die halbe Stadt ge-
gurkt bist», sagte Franka, als sie um 22.00 Uhr vor der
Apostelkirche aus dem Dienstwagen stieg. «Wenn meine
Schwester meinen Wagen aus der Reparatur geholt hat, bin
ich morgen wieder mobil.» Bevor Franka die Tür ins Schloss
warf, steckte sie noch einmal den Kopf zurück ins Auto. «Ich
komme einfach nicht über die Reaktion von Juliane Bertram
hinweg», fing sie von Neuem an. Schon auf der Fahrt hatte
Alpay sich gefragt, wo Franka nach fast vierzehn Stunden
im Dienst noch diese Energie hernahm. «Wie kann die Frau
die Attacke auf ihr Segelboot so abtun, obwohl wir von einem berechtigten Zusammenhang zwischen dem Tod ihrer
Hausangestellten und ihres Juristen ausgehen und sie selbst
als potenzielles Opfer sehen?» Franka setzte sich zurück ins
Auto. «Verbirgt die was? Das war ein eiskalter Rausschmiss
eben.»

«Ich fand ihre Reaktion auch strange. Aber was soll die
Frau verbergen?»

Franka zuckte mit den Schultern.

«Hast du die Bertrams deswegen nicht darüber aufgeklärt,
dass du ihnen Personenschutz vor die Tür stellst?», fragte Alpay, verkniff sich ein Gähnen und öffnete sein Fenster.

«Ich will nichts riskieren, Alpay. Das Haus in der Bellevue

ist zwar gesichert, aber ich schlafe besser, wenn ich weiß, dass eine zivile Streife vor der Tür steht.»

«Franka?» Aus der Dunkelheit unterbrach eine Frauenstimme das Gespräch. Franka tauchte aus dem Wagen nach oben. «Sag mal, machst du etwa jetzt erst Feierabend?», fuhr die Stimme fort. «Ich habe eben bei dir geklingelt, weil ich dachte, du bist längst zu Hause. Den Autoschlüssel habe ich dir jetzt in den Briefkasten geworfen.»

Eine freundlich aussehende Dame mit wachen blauen Augen beugte sich zu Alpay ins Auto. Auch wenn sie sich im Gegensatz zu Franka dezent schminkte und die Haare in einer sportlichen Frisur kurz geschnitten trug, war die Ähnlichkeit verblüffend. Am Morgen hatte er sie nur aus der Entfernung gesehen.

«Sie müssen Alpay sein. Freut mich. Ich bin Susanne Erdmann-Frömme. Die Schwester.» Kaum hatte sie ihm die Hand geschüttelt, zog Susanne Franka freundlich, aber bestimmt aus dem Auto. Alpay schmunzelte. Die Situation entbehrte nicht einer gewissen Komik. Ausgerechnet Franka, die Privatleben und Dienst strikt trennte, hatte nicht verhindern können, dass Susanne sich ihm vorgestellt hatte. Franka warf die Tür ins Schloss, hatte anscheinend aber vergessen, dass Alpay sein Fenster heruntergefahren hatte und sie hören konnte.

«Musste das jetzt sein?»

«Du hast ja keine Anstalten gemacht, mich vorzustellen.» Susanne gab Franka einen freundschaftlichen Knuff in die Seite. «Und du hast mir nie gesagt, wie sympathisch dein neuer Partner wirkt.»

Alpay hörte Franka lachen. «Reicht doch, wenn ich erzähle, was für ein guter Polizist er ist.»

Die beiden Frauen verschwanden in der Dunkelheit.

Hatte Alpay sich eben verhört? Franka hatte ihm indirekt ein Kompliment gemacht, oder? Er lächelte in sich hinein. Dann fuhr er das Fenster wieder hoch und erinnerte sich daran, wie seine Mutter Franka als *Besen* bezeichnet hatte. Doch je länger er mit seiner Vorgesetzten zusammenarbeitete, desto öfter kam Alpay der Gedanke, vielleicht mal privat ein Bier mit ihr trinken zu gehen.

Fünfzehn Minuten später verriegelte er den Dienstwagen. Allerdings nicht bei sich zu Hause vor der Tür, sondern auf dem Stellplatz des Präsidiums, wo er auf sein Fahrrad umstieg. Um diese Uhrzeit im Karoviertel einen Parkplatz zu ergattern, kam einem Sechser im Lotto gleich. Einen Fünfer-BMW in der Nähe zur Feldstraße mit ihrer alternativen Szene abzustellen, einer Kamikazeaktion.

Die frische Luft tat ihm gut.

Was für ein heftiger Fall, dachte er, als er seinen Helm vom Gepäckträger nahm. Tagelang hatten sie geglaubt, dass sich eine Hamburger Umweltgruppe radikalisierte. Vielleicht hatten sie sich dabei auch von der zunehmenden Stimmungsmache in der Bevölkerung anstecken lassen, die allzu radikale Umweltaktionen ablehnte. Viele waren mittlerweile der Meinung, mit dieser Form des Aktivismus der gesamten Klimabewegung einen Bärendienst zu erweisen. Heute nun war plötzlich die Havarie eines Hamburger Chemieunternehmens in den Fokus gerückt, die im letzten Jahr ein Todesopfer gefordert hatte.

Er schaute zur dritten Etage des Präsidiums hinauf, wo um 22.30 Uhr in den meisten Fluren nur noch die Notausgangsschilder brannten. Ob der erste Schwung der von Sybille angekündigten Prozessakten schon in Frankas Büro lag? Oder doch erst morgen?

Er setzte sich auf sein Fahrrad und trat in die Pedale. Doch bereits nach fünfzig Metern hielt er wieder an. Sollte er vielleicht doch mal schnell ins Büro hochfahren? Nur einen kurzen Blick in die Abschriften und Kopien werfen? Zu sehr beschäftigte ihn dieser Fall. Aber eigentlich hatte er sich einmal geschworen, sich von der Arbeit nie so krass vereinnahmen zu lassen wie Franka.

Als er kurz darauf in ihrem Büro tatsächlich vor den Prozessakten stand, fragte er sich, wo er anfangen sollte. Wie verschaffte man sich einen ersten Überblick über Beweissicherungsverfahren, Zeugenaussagen, technische Gutachten, Berichte von Feuerwehr und Polizei? Es waren vier Ordner. Alpay lächelte schief, als er Frankas Klappbett hinter der Tür entdeckte.

So weit kommt's noch, dachte er. Nie würde er im Büro pennen, so wie Franka es in der Vergangenheit getan hatte, wenn der Dienst einfach kein Ende nahm. Er drehte sich zur Tür und erschrak.

«Meine Schwester macht wirklich einen hervorragenden Kartoffelsalat», sagte Franka, die wie selbstverständlich mit einer Frischhaltebox in der Hand im Türrahmen lehnte.

Und während Alpay sich kurz darauf um Teller und Besteck kümmerte, traf Franka eine Vorauswahl der Prozessakten.

«Warum sind das denn nur vier Stück? Kommt da noch was?», hörte er sie fragen, während er im Großraumbüro den Kartoffelsalat auf Teller füllte.

«Ich nehme an, bei Gericht ist die Geschäftsstelle heute Abend nicht mit dem Kopieren fertig geworden.»

Mit den Tellern in der Hand ging er zurück in Frankas Büro, wo sie einen der vier Ordner durchblätterte. «Die Priorisierung nehme ich anhand der Anklageschrift vor», sagte sie. «Dazu suche ich mir die Stellungnahmen der verklagten Partei heraus und lege das erste Beweissicherungsverfahren dagegen. Außerdem sollten wir uns einen Überblick über die Verletzten des Werksunfalls, das Opfer und deren Angehörige verschaffen und uns mal die wegen fahrlässiger Tötung angeklagte Ingenieurin Dr. Christine Grundmann genauer …» Plötzlich stutzte Franka, blätterte suchend durch die Akte, griff sich den nächsten Ordner und überflog auch diesen. Schließlich schaute sie Alpay überrascht an. «Deswegen sind das nur vier Stück.» Sie öffnete die Tippklemme der Akte. «Der Prozess ist im August eingestellt worden.»

«Was?»

Franka reichte ihm das Dokument, und Alpay begriff, dass die Ingenieurin überhaupt nicht verurteilt worden war. «Mit dem Tod von Frau Dr. Christine Grundmann», las er vor, «ist ein Verfahrenshindernis eingetreten und somit das Verfahren nach § 206a Abs. 1 StPO einzustellen. Sowohl die Verfahrenskosten als auch die nötigen Auslagen fallen der Staatskasse zur Last.»

39 Mittwoch, 18. Oktober

Vorsichtig schaute er noch einmal aus der großen Panoramascheibe hinunter auf die Straße. Er hatte sich also doch nicht geirrt. Immer noch parkte in einiger Entfernung ein Wagen, in dem zwei Männer saßen. Wurde das Haus bewacht? Die Polizei nahm die Gefahr anscheinend ernst, in der Juliane Bertram schwebte. Um 0.05 Uhr lag sie seit einer knappen Stunde oben im Bett. Ob sie eine Ahnung davon hatte, wer da draußen aufpasste, dass sie keinen ungebetenen Besuch bekam?

Er tauchte wieder zurück in das nur vom Kaminfeuer schwach beleuchtete Wohnzimmer. Ganz sicher würde er sich von dem Personenschutz da unten nicht von seinem Plan abbringen lassen. Die Polizei schüchterte ihn nicht ein. Im Gegenteil. Sie motivierte ihn auf seltsame Weise, seinen Plan bis zum Finale durchzuziehen. Ein Aberwitz, dachte er. Während die Männer dort unten aufpassten, dass hier niemand reinkam, zog er betont langsam die Vorhänge zu. Dann griff er sich die Schaufel des Kaminbestecks und klopfte damit dreimal schnell gegen den Rost, auf dem er zuvor einige Holzscheite in Brand gesteckt hatte. Er wartete eine Sekunde, bevor er wieder dreimal gegen das Metall schlug, langsamer diesmal, um nach einer weiteren Sekunde erneut dreimal schnell zu klopfen.

Sein SOS würde die Seglerin bald wecken.

Er wiederholte seinen Notruf.

«Felix?», hörte er sie verschlafen von oben fragen.

Er schlug Metall auf Metall.

«Felix», rief sie erneut, und ihre Stimme näherte sich über die Treppe. «Ist was passiert?» In ihrer Frage schwang kein Funken Misstrauen oder Angst mit. Anscheinend fühlte sie sich in dieser Festung absolut sicher.

Er beantwortete ihre Frage: dreimal kurz, dreimal lang, dreimal kurz. SOS!

Ein Flügel der Wohnzimmertür öffnete sich, und das Licht aus der Halle fiel bis zu dem weichen Teppich mit den langen Fransen. Durch die Okulare seines Nachtsichtgeräts schimmerte die Frau in einer grünen Aura.

Der leise Schrei, den sie ausstieß, als sie die Stehlampe einschaltete und ihn in dem Ledersessel vor dem brennenden Kamin entdeckte, befeuerte seine Vorfreude noch mehr. Doch er blieb sitzen, denn er ahnte ihren nächsten Schritt und genoss die Panik in ihrem Blick, als sie tatsächlich zur Bar hinüberlief. Dass sie dabei mitten im Raum stürzte, weil sich ihre nackten Zehen in den Teppichfransen verfingen, erschien ihm wie eine Bestätigung seines Plans. Auf allen vieren krabbelte sie zur Bar, zog sich daran hoch und schlug auf den Panikknopf an der Wand, der nicht nur die Sirene und die rote Lampe draußen an der Fassade aktivieren sollte, sondern auch den Notruf, der über WLAN an die Sicherheitsfirma weitergeleitet wurde.

Eigentlich.

Doch das Geheul der Sirene blieb aus. Das WLAN sendete nicht. Verzweifelt schlug die Frau wieder und wieder mit der flachen Hand auf den Knopf. Nichts passierte. Voller Angst schaute sie zur Tür, während er sich aus dem Sessel erhob, ihr den Weg zurück in die Halle versperrte und die Stehlampe wieder ausschaltete. Langsam schien Juliane zu kapieren, dass sie in der Falle saß. In seiner Falle.

«Bitte nicht», sagte sie mit zitternder Stimme. «Wenn Sie wegen des Feuers im Werk hier sind … Hören Sie, ich habe damit nichts zu tun. Wirklich. Das … das war ein tragisches Unglück.»

Dass man ihr in keiner Weise trauen durfte, wusste er spätestens seit dem Prozess. Und dass sie nur ängstlich tat, obwohl sie anscheinend die Nerven behielt, erkannte er in dem geschliffenen Spiegel an der Wand. Hinter ihrem Rücken griff Juliane sich eine der schweren Kristallkaraffen von der Bar.

«Wer sind Sie?»

Langsam klappte er die Okulare vor seinen Augen nach oben, löste den Riemen über seinen Haaren und zog das Nachtsichtgerät vom Kopf.

«Guten Abend, Frau Bertram.»

Sie stutzte und kniff die Augen zusammen. Im Gegenlicht, das durch die geöffnete Tür ins Wohnzimmer fiel, versuchte sie anscheinend, sein Gesicht einzuordnen.

Dann erkannte sie ihn. «Ich habe es fast geahnt», sagte sie mit brüchiger Stimme. «Sie müssen mir glauben, ich habe damit wirklich …»

Bevor sie den Satz beendet hatte, zog er der Lügnerin die Kaminschaufel über den Schädel.

40 Mittwoch, 18. Oktober

Und die Todesursache der Ingenieurin ist in der Prozessakte nicht vermerkt?», fragte Alpay und setzte sich auf das Fensterbrett in Frankas Büro.

Franka, die an ihrem Schreibtisch saß, verneinte.

«Vielleicht hat sie dem Druck nicht standgehalten?»

«Suizid?» Franka zuckte mit den Schultern. «Wenn sich Christine Grundmann das Leben genommen hat, werten das viele bestimmt als Schuldeingeständnis. Die Todesursache bekommen wir nur übers Standesamt heraus, aber um Mitternacht ist keine Geschäftszeit.» Sie stand auf und streckte sich. «Laut Anklage soll Frau Dr. Grundmann verantwortlich für den Werksunfall bei der Wilhelm Chemie GmbH im letzten Jahr sein, weil sie die Produktionsmenge eigenmächtig erhöht hat. Mehrere Arbeiter werden schwer verletzt, achtundvierzig Stunden später erliegt eine Laborantin ihren schweren Verletzungen. Das Opfer war vierundfünfzig Jahre alt und Mutter zweier erwachsener Kinder.»

Alpay trug die benutzten Teller nach nebenan. «Wir befragen morgen den Ehemann des Opfers. Ich halte es nicht für unwahrscheinlich, dass sich jemand für den Verlust eines geliebten Menschen rächt.» Er kam zurück, stellte Franka einen Kaffee auf den Schreibtisch und setzte sich auf den Besucherstuhl davor.

«Das ergibt aber alles noch keinen Sinn, Alpay.» Franka ging zum Fenster und riss es weit auf. Die Luft war kühl und frisch und roch nach nassem Laub. «Warum sollte jemand den Anwalt des Chemiewerks töten? Zumal man die Firma ja gar nicht angeklagt hatte, sondern die verantwortliche Frau Dr. Grundmann, die nun tot ist. Außerdem liegt der Chemieunfall über ein Jahr zurück, Christopher Blumenthal wurde aber erst vor fünf Tagen getötet.»

Franka schloss das Fenster wieder. «Wieso erhöht eine verantwortliche Schichtleiterin ungefragt eine Produktionsmenge, frage ich mich. Was hat die davon? Ingenieure arbeiteten doch nicht auf Provisionsbasis.»

Franka nahm wieder den Ordner mit der Vernehmung von Frau Dr. Grundmann zur Hand. «Hör mal», sagte sie und las vor. «Am ersten Prozesstag bestritt die Zeugin vor Gericht erneut, am Unglückstag gegen 18.45 Uhr die Produktionsmenge von vier Tonnen Diethylether eigenmächtig auf das Eineinhalbfache erhöht zu haben. Vielmehr habe sie vor der Produktionssteigerung gewarnt, da sich die Abluftautomatik in der Halle um weitere 0,5 Grad Celsius erwärmen könnte. Bei der Gewinnung von besonders flüchtigen und hochentzündlichen Stoffen aus der Familie der Ethoxyethane hielt Frau Dr. Grundmann das Risiko einer Verpuffung für möglich, wenn auch nur für gering. Sie habe mehrfach darauf hingewiesen.» Franka verschränkte die Arme vor der Brust und klemmte sich den Ordner unter den Arm.

«Heißt übersetzt, die Frau hat es trotzdem getan», sagte Alpay nüchtern.

«Wenn die Gefahr minimal gewesen ist, wird sie vielleicht gehofft haben, dass das schon gut geht. Wer weiß, womöglich hat man sie unter Druck gesetzt, mit Kündigung gedroht, keine Ahnung.»

«Wer hat der Ingenieurin überhaupt diese Weisung erteilt? Gab es da noch so was wie einen direkten Vorgesetzten?»

Franka öffnete die Akte erneut, blätterte einige Seiten weiter und stutzte. «Halt dich fest. Die Anordnung will sie direkt von Juliane Bertram erhalten haben.»

«What?»

«Laut der Ingenieurin sei die Unternehmerin kurz vor Feierabend in dem kleinen Büro in der Werkshalle erschienen und habe der Schichtleiterin die Erhöhung der Produktion mitgeteilt.»

«Boah, das stinkt doch zum Himmel. Ich verstehe nicht, wieso aufgrund einer solchen Aussage keine Beweisaufnahme gegen Juliane Bertram erfolgt ist. Oder haben wir da was übersehen? Ist zum Beispiel damals mal nachgeprüft worden, ob die Firma vielleicht kurz zuvor einen Großauftrag erhalten hat, der die Produktionssteigerung nötig gemacht hat? Ich meine, wieso wurde die Ingenieurin so schnell angeklagt?»

«Deshalb.» Franka reichte Alpay die Akte und tippte auf die entsprechende Passage in der Abschrift.

«Weil Frau Dr. Grundmann gelogen hat?» Fassungslos schaute er auf und schien nicht sonderlich von dem überzeugt zu sein, was er gelesen hatte.

«Zumindest sieht es auf den ersten Blick so aus. Denn außer der Chemieingenieurin will niemand sonst Juliane Bertram zu angegebener Zeit gesehen haben, weder in der Halle noch im Produktionsbüro noch drüben im Hauptwerk. Zwar stand ihr Auto auf dem Parkplatz, wie mehrere Mitarbeiter angegeben haben, doch nur, weil Frau Bertram bereits um 17.45 Uhr aus dem Werk abgeholt worden war. Fünfundvierzig Minuten bevor Frau Dr. Grundmann die Weisung ihrer Chefin erhalten haben will. Also hat die verantwortliche Mitarbeiterin gelogen. In der Akte kannst du auf der nächsten Seite übrigens lesen, von *wem* Juliane Bertrams Alibi stammt.»

Alpay blätterte um. «Von Friederike Minkner?» Er überflog die Aktennotiz. «Die Haushälterin hat ihre Aussage an Eides statt erklärt. Das gibt's doch nicht. Dann ist Juliane Bertrams Alibi also wasserdicht. Christine Grundmann hat gelogen. Oder ...»

«Oder Frau Minkner hat einen Meineid geleistet», beendete Franka seinen Satz. «Zumindest läuft irgendjemand da draußen herum, der davon überzeugt zu sein scheint. Ich will morgen den Ehemann der toten Laborantin sprechen. Hier im Präsidium. Das wäre ein Grund, nicht nur Friederike Minkner zu töten, sondern auch Juliane Bertram.» Franka zog ein Zopfgummi aus der Tasche und knotete sich provisorisch die Haare im Nacken zusammen. «Erinnerst du dich noch, was Angelika Brinkmann über ihre Freundin gesagt hat?»

Alpay schaute sie fragend an und leerte dabei seinen Becher Kaffee.

«Frau Minkner hatte wohl nur noch eine Cousine, zu der sie anscheinend keinen großen Kontakt pflegte», fuhr Franka fort. «Sie war alleinstehend, hatte keine Kinder. Dreißig Jahre war die Frau bei Juliane Bertram in Diensten. Eine verdammt lange Zeit. Minkner hat Julianes Kinder also nicht nur aufwachsen sehen, ich nehme an, dass sie in so einer verantwortungsvollen Position vielleicht sogar an der Erziehung von Felix Bertram beteiligt gewesen ist. Anscheinend fuhr Minkner selbstverständlich den Wagen ihrer Chefin, manchmal vielleicht auch mit der Familie in den Urlaub? Laut Angelika Brinkmann waren die Bertrams so was wie Frau Minkners Familie, für die hat sie *alles gemacht,* so hat ihre beste Freundin das Verhältnis beschrieben. Und Angelika Brinkmann hat auch gesagt, dass Frau Minkner zu gut war für diese Welt.»

Langsam kapierte Alpay, worauf Franka hinauswollte. «Also wollte jemand so Hilfsbereites wie Friederike Minkner, die sich für andere aufgeopfert hat, ihre *Familie* beschützen.»

«Ich bin immer mehr davon überzeugt», sagte Franka, «dass der Auslöser dieser Tötungsserie ein Meineid war.»

41   Mittwoch, 18. Oktober

Wie konnte eine so zierliche Person nur so schwer sein, fragte er sich, als er den schmutzigen Teppich aus dem Auto zog und sich über die Schulter hievte. Einige Fransen klebten ihm auf der verschwitzten Stirn, und er schmeckte Wolle. Sein Blick scannte das Gelände im Billbrooker Industriegebiet, das seit dem Werksunfall im letzten Jahr brachlag. Das Haus in der Bellevue hatte er im Dunkeln durch den Hintereingang in der Küche verlassen. Vorbei am Koiteich, hatte er die in den Teppich eingerollte bewusstlose Frau über Zäune gehoben, durch Hecken gezogen und durch einige Gärten transportiert. Fast eine halbe Stunde war er so durch das Gelände geschlichen, wobei er immer darauf bedacht gewesen war, dass die Fabrikantin nicht wieder zu Bewusstsein kam und vielleicht um Hilfe schrie. Die Anstrengung steigerte seine Wut auf diese Frau noch mehr. Wegen der Schlepperei hatte er sich den Hals verrenkt. Unbemerkt von der schlafenden Nachbarschaft und der Zivilstreife der Polizei hatte er die Angeklagte Juliane Bertram bis zu seinem Auto in der Scheffelstraße über der Schulter geschleppt. Eine ungeplante Herausforderung, die jedoch seine Vorfreude auf das Finale fast bis ins Unerträgliche befeuert hatte.

Das Kopfsteinpflaster vor der ausgebrannten Produktionshalle glänzte feucht. Die Beleuchtung auf diesem Areal wurde längst nicht mehr gewartet. Irgendwo fuhr ein Lkw durch das unwirkliche Gebiet, das sich von Rothenburgsort bis über Teile von Hamburg-Horn erstreckte. Auf ihn hatte dieser Teil von Hamburg eigentlich immer wie ein vergessenes Stück der Stadt gewirkt. Schon als Christine kurz nach ihrer Promotion vor zehn Jahren hier angefangen hatte zu arbeiten, hatte dieser Bezirk für ihn etwas Trostloses gehabt.

Er versuchte, Juliane Bertrams Gewicht auf seiner Schulter auszutarieren, besonders als ihr Körper sich schwach zu bewegen begann. Natürlich hatte er ihr die Kaminschaufel nicht mit voller Wucht auf den Kopf geschlagen. Er hatte sich ja nicht um das große Finale bringen wollen, das er so akribisch vorbereitet hatte. Es blieb ihm nicht mehr viel Zeit, bevor sie wieder zu sich kam, da war er sicher. Nun warf er die Türen seines Kastenwagens ins Schloss und trug die Frau die wenigen Meter zu dem verlassenen Backsteingebäude hinüber. Auf porösen Mauervorsprüngen wuchsen bereits die ersten zarten Birken, auf dem Kopfsteinpflaster dünne Flechten. Die meisten Scheiben des Gebäudes waren durch das verheerende Feuer im letzten Jahr zerstört worden, nur die gusseisernen Sprossenrahmen hatten der Explosion und der Hitze getrotzt.

Niemand hatte sich mehr große Mühe gegeben, die Metalltür des Seiteneingangs zu sichern.

Er trat in die ehemalige Werkshalle, die sich über dreißig Meter in der Länge und fünfzehn in der Breite erstreckte. Über der nördlichen Giebelseite fehlte ein Teil des Daches, und irgendwo über ihm bewegte sich im Wind knarzend ein Stück Wellblech. Die zerstörten Kesselanlagen hatte man bereits im letzten Jahr, nur wenige Wochen nach dem Unfall, aus der großen Halle geborgen und entsorgt. In knapp sieben Metern Höhe ließ sich anhand des verbliebenen Rohrsystems noch gut erahnen, dass hier einmal hochkomplexe Prozesse zur Herstellung von Chemiegütern stattgefunden hatten. Drüben an der Wand schimmerte ein Gefahrgutzeichen im Halbdunkel, und der aufgeplatzte Bodenbelag knirschte splittrig unter jedem seiner Schritte. Trotz der natürlichen Belüftung durch das kaputte Dach stank es hier drinnen nach Benzin.

Von der Mitte der Halle schaute er zur südlichen Giebelseite hinüber, an deren Backsteinwand eine große Metalltreppe hinauf in das kleine Büro führte, in dem Christine gesessen hatte, als es passiert war. Außen am Gebäude gab es noch eine zweite Treppe zum Büro hinauf. Aber weil die Stufen verrostet und stark renovierungsbedürftig waren, war sie kaum benutzt worden.

Kurz erschrak er, als irgendwo im Dach ein Schwarm Tauben aufschreckte, durch die Halle flog und dank der kaputten Decke in die Nacht entkam. Die Wolkendecke war schon auf der Fahrt aus Winterhude immer durchlässiger geworden, sodass der Mond auch hier in Billbrook bis hinunter auf den Boden fiel.

Ein Spotlight für die Hauptangeklagte, das gefiel ihm. In den letzten Tagen hatte er die leeren Fässer zusammengetragen, die nie jemand abgeholt hatte. In ihnen hatte er Holz und alles Brennbare geschichtet, das er gefunden hatte. Dazu das Benzin, das er seit einer Woche an verschiedenen Tankstellen im Hamburger Stadtgebiet mit Reservekanistern zusammengekauft hatte und mit dem er diesen Prozess gebührend beschleunigen wollte.

Die Frau, die über seiner Schulter hing wie ein nasser Sack, stöhnte wieder leise. Dabei musste sie sich doch wie zu Hause fühlen, eingewickelt in ihren eigenen Wohnzimmerteppich. Ob sie schon ahnte, wo er sie hingebracht hatte?

Dann ließ er den Teppich fallen.

42 Mittwoch, 18. Oktober

Mittlerweile war es 0.45 Uhr. Aber trotz seiner Müdigkeit spürte Alpay das Adrenalin, das ihn durch die Nacht trug. Und auch Franka wurde offensichtlich von ihrem Jagdtrieb wachgehalten. Die Meineid-Theorie ließ die Tötungsserie noch einmal in einem völlig neuen Licht erscheinen.

Und so stand Alpay gemeinsam mit Franka im Großraumbüro vor den Magnetwänden, an denen alle wichtigen Informationen zu den mittlerweile vier Brandopfern dokumentiert worden waren. Gestern Nachmittag war der Fall Friederike Minkner dazugekommen. Zu den Tatortfotos aus dem Sachsenwald hatten die Kollegen auf Post-its die wichtigsten Informationen für den schnellen Überblick notiert. Dazu zählte die Länge des Telefonats von Friederike Minkner mit ihrer besten Freundin und eine Liste der Dinge, die in dem verbrannten Wagen sichergestellt worden waren, wie das verschmorte Handy und die Reste einer Handtasche, in der nur ein Brillenetui aus Blech und etwas Münzgeld der Hitze getrotzt hatten.

Mittlerweile waren auch die Ergebnisse der von Annelie Lutze untersuchten Glassplitter aus der Bertram-Limousine dazugekommen. Die Leuchtfarbe war identisch mit der, die man an den Hamburger Tatorten sichergestellt hatte. Keine große Überraschung, weder für Alpay noch für Franka.

«Auch wenn wir nicht wissen, was der Täter Frau Minkner für eine Botschaft hinterlassen hat», sagte Franka schließlich, «passt die Frau doch in das Raster. Sie war in den Gerichtsprozess der Wilhelm Chemie GmbH verwickelt. Wenn wir also davon ausgehen, dass der Mann seine Opfer bestraft, ist das doch ein Indiz für einen Meineid. Oder etwa nicht?»

«Auf den ersten Blick schon», sagte Alpay.

«Mal in die Tonne gesprochen», führte Franka ihre Theorie weiter aus. «Juliane Bertram bekommt einen richtig dicken Großauftrag für diese Chemikalie, was vielleicht eine minimale Gefahr darstellt, wenn man die gewohnte Produktionsmenge überschreitet. Die zuständige Mitarbeiterin warnt. Trotzdem gibt Bertram das Go im Glauben, das geht gut. Vielleicht hält sie die Warnungen auch für übertrieben und fällt einfach eine falsche unternehmerische Entscheidung. Kommt vor. Kaum anzunehmen, dass sie ihre Fabrikhalle absichtlich riskiert. Dann tritt das Worst-Case-Szenario ein. Es kommt zum Brand. Und was macht Juliane Bertram? Die verlässt das sinkende Schiff. Um nicht auf dem Weg zum Parkplatz gesehen zu werden, nimmt sie vielleicht eine Hintertür aus dem Gebäude und lässt sich irgendwo von ihrer treuen Seele aufgabeln. Die bezeugt später unter Eid eine Uhrzeit, die ihre Chefin entlastet und die Ingenieurin als Lügnerin hinstellt.»

Alpay kratzte sich den Dreitagebart. «Das klappert, Franka. Auch wenn deine Theorie auf den ersten Blick Sinn ergibt, wie passt die Leuchtfarbe dazu, die wir überall sichergestellt haben? Zuerst halten wir es für möglich, dass Mitglieder von Artikel-1 Umweltsünder bestrafen. Dann, dass jemand Menschen mit Feuer tötet und der Organisation die Taten in die Schuhe schiebt. Bei deiner Theorie wäre außerdem zu klären, wie Margarete Birgner ins Bild passt, die ja schon am 5. September in ihrem Müllkeller in Billstedt verbrannt ist, also vor über sechs Wochen, und …» Mitten im Satz brach Alpay ab.

Dann ging er zügig in Frankas Büro hinüber und suchte auf ihrem Schreibtisch nach dem Beschluss zur Einstellung des Verfahrens gegen Frau Dr. Christine Grundmann.

«Das gibt's doch nicht!», sagte er und drehte sich mit dem Dokument in der Hand zu Franka um, die nun im Türrahmen lehnte. «Der 5. September. Scheiße, Franka. Natürlich.»

Er reichte ihr den Schriftsatz. «Das ist nicht nur der Tag, an dem Margarete Birgner bei dem Feuer in ihrem Müllkeller gestorben ist, das ist auch der Todestag der Chemieingenieurin Dr. Christine Grundmann.»

43 Mittwoch, 18. Oktober

Er schaute noch einmal die Giebelwand der Halle empor, dorthin, wo ein Teil des Dachs fehlte. Das Feuer, das er in vier Fässern entzündet hatte, warf einen tanzenden Schatten auf die Backsteinwand, in dem Juliane Bertram überlebensgroß und bedrohlich auf der Anklagebank saß, an Händen und Füßen mit Kabelbindern fixiert. Ihr Kopf hing vornübergekippt auf ihrer Brust. Sie stöhnte immer regelmäßiger und erlangte anscheinend mehr und mehr das Bewusstsein zurück.

Die Frau so ausgeliefert zu sehen, gleichzeitig das brennende Holz aus den Tonnen zu riechen, dabei die Hitze zu spüren und zu wissen, dass er Tines Chefin alles zurückzahlen würde, was sie seiner Frau, den Kindern und ihm angetan hatte, das erfüllte ihn tatsächlich mit Befriedigung. Er hoffte, seine unendliche Leere könnte sich danach vielleicht wieder mit etwas Leben füllen.

Er schloss die Augen und erhob sich vom Richterpult, an dem er in seiner Vorstellung Platz genommen hatte. «In der Sache Dr. Christine Grundmann gegen Juliane Bertram eröffne ich hiermit die Verhandlung.» Seine Stimme hallte laut durch das riesige Backsteingebäude, während ein starker Windzug gleichzeitig dem Feuer neuen Zunder verpasste.

«Für das Protokoll: Anwesend ist die Angeklagte. Sie haben auf einen Anwalt verzichtet, ist das richtig?»

Juliane Bertram stöhnte leise auf.

«Ich kann Sie nicht verstehen, Frau Bertram, deute das aber als ein Ja.»

Langsam hob sie den Kopf und blinzelte im Schein des Feuers. Sie hustete, als ihr der Wind den Qualm ins Gesicht und in die Lunge drückte. Dabei versuchte sie vergeblich, die Hand vor den Mund zu halten. Dann kapierte sie, dass er sie auf einem alten Bürostuhl fixiert hatte.

«Zu Ihren Personalien», fuhr er unbeirrt fort und ignorierte dabei das Klopfen in seinen Schläfen, das ihn langsam wahnsinnig machte, weil es sich immer dann meldete, wenn er einen klaren Kopf benötigte. Sein Puls beschleunigte im selben Takt. Die Menge an Endorphinen, die durch seinen Körper schossen, war vergleichbar mit dem Antrieb, den er spürte, wenn er die letzten Bahnen durch das Wasser zog. Fünfzig Meter Blau. Jede Kachel unter ihm symbolisierte ein Stück seiner Besonnenheit, der Objektivität und der Klarheit, mit der er ihr endlich den Prozess machte.

Dann riss er sich wieder zusammen und wandte sich an die Angeklagte. «Sie heißen Juliane Felicitas Bertram, geborene Hagenburg. Sie sind einundsechzig Jahre alt, verwitwet, Mutter dreier erwachsener Kinder. Sind diese Angaben korrekt?»

Die Frau flüsterte irgendetwas, das er aus sechs Metern Entfernung nicht verstand. Er ging zu ihr hinüber und beugte sich zu ihrem Stuhl hinunter, wobei er das getrocknete Blut auf ihrem grauen Schopf entdeckte. «Sie müssen schon deutlicher sprechen, Frau Bertram.»

«Ich war es nicht», flüsterte sie rau.

«Frau Bertram, Sie sollen vor Gericht doch nicht lügen. Sie sehen ja, in welche Lage Sie sich damit manövriert haben.»

Das Klopfen in seinem Kopf wuchs sich langsam, aber stetig zu einem Dröhnen aus.

Wieder räusperte sich die Frau. «Sie sind Christines Mann, richtig?» Dann hustete Juliane. «Ich glaube, Sie heißen Luca.»

Immer noch war sie kaum zu verstehen. Speichel tropfte ihr vom Kinn, und sie zitterte vor Angst. Vielleicht aber auch, weil ihr Nachthemd zu dünn war für die kalte Halle. Bald würde ihr warm werden, das war gewiss. Immer wieder wehte der Wind durch die kaputte Decke, und Luca war überzeugt, dass Julianes Adrenalin noch schneller durch ihren Körper pumpte als seins. Nun schaute sie ihm das erste Mal direkt in die Augen. Ihr Blick traf ihn unvermittelt.

«Ich habe Sie einige Male im Werk getroffen, Herr Grundmann. Wenn Sie Christine abgeholt haben. Und bei Gericht ...»

Wie beim Schwimmen musste Luca aufpassen, nicht aus dem Rhythmus zu geraten. «Also weiter im Text.» Er ging zurück zu seinem Richterpult und massierte sich die Schläfen. Vergeblich wehrte er sich gegen den Geruch von verbranntem Fleisch, der ihm langsam wieder in die Nase zog. «Zeit für die Anklageschrift. Bitte, Herr Staatsanwalt.»

Im Gegenlicht der brennenden Tonnen erschien Konrad im Gerichtssaal, der seinem Vater aus der Entfernung zuwinkte. Da wurde es Luca plötzlich schwer ums Herz, so, als wäre er der einzige Mensch, der nach der Apokalypse übrig geblieben war. Für die einen stand der Weltuntergang durch den Klimawandel bevor, für Luca durch die Erkenntnis, dass er gegen eine Lüge vor Gericht nichts hatte ausrichten können.

Den Beweis, dass Juliane Bertram gemeinsam mit ihrem

Anwalt dafür gesorgt hatte, dass Christines Wagen am 28. August von der Autobahn geschoben worden war, hatte Luca sechs Tage nach ihrem qualvollen Tod auf dem Hof einer Kfz-Werkstatt in Eilbek entdeckt.

Er erinnerte sich, wie er Christopher Blumenthal gefolgt war, der ihn mit seinem Oldtimer direkt zu dem schwarzen Sprinter mit dem kaputten Kotflügel geführt hatte. Christine hatte den Wagen noch beschreiben können, kurz bevor sie mit dem Rettungshubschrauber ins Zentrum für Brandverletzte nach Hamburg geflogen worden war.

Luca wusste, welches Spiel die Wilhelm Chemie GmbH getrieben hatte. Wie oft hatte seine Frau beim Leben von Lisbeth und Konrad geschworen, dass sie in Julianes Auftrag gehandelt hatte und wie diese sie dabei manipulativ unter Druck gesetzt hatte.

«Papi, kann ich jetzt endlich?»

Luca zuckte zusammen, als er Konrads helle Stimme hörte. Ungeduldig saß er auf seinem Stuhl, wippte mit den Füßen und kratzte sich an den Armen, im Gesicht und am wunden Hals. Die juckende Haut des Jungen spannte immer dann, wenn sie nicht mit dem Wuchs seiner Knochen mithalten konnte.

«Frau Bertram», sagte Konrad streng. «Ihnen wird zur Last gelegt, im vergangenen Jahr durch fahrlässiges Handeln für den Tod einer Mitarbeiterin der Wilhelm Chemie GmbH verantwortlich zu sein. Indem Sie als Weisungsbefugte der Produktionsleiterin Frau Dr. Christine Grundmann ein Hochfahren der Produktion einer Chemikalie anordneten, obwohl Sie von Frau Dr. Grundmann ausdrücklich darauf hingewiesen worden waren, dass hierdurch die Möglichkeit einer Verpuffung besteht.» Das war sein Junge! Klar, kompromisslos und gut vorbereitet.

«Sie sind doch irre!», schrie Juliane Luca an. «Sie sind absolut verrückt!» Dabei bäumte sie sich auf und riss an ihren Fesseln. War sie blöd? Nie im Leben kam sie von diesem Stuhl herunter, dachte er. Jedenfalls nicht lebend. Die Frau hörte einfach nicht auf, hysterisch zu schreien.

«Mäßigen Sie sich, Frau Bertram. Sie haben nicht das Wort!», brüllte er sie an und wandte sich wieder an Konrad. «Entschuldigen Sie, Herr Staatsanwalt. Bitte, fahren Sie fort.» Lucas Schädel dröhnte immer lauter, seine Atmung beschleunigte. Er spürte, wie sein trainierter Körper in der Erinnerung durch das Wasser glitt. Das Element, vor dem sich viele ängstigten, hatte ihm die Besonnenheit für sein Handeln gegeben.

Konrad rutschte nun von seinem Stuhl und tänzelte um eine der brennenden Tonnen herum. Dabei entzündete er ein Stück Papier und hielt es Juliane dicht vors Gesicht. Sie schrie wie am Spieß. Dabei waren es doch nur die ersten Haare, die der Junge versengte, vielleicht noch die Augenbrauen, aber Konrad war vorsichtig und hielt genügend Abstand zur feinen Gesichtshaut, die sich als Erstes zusammenzog, wenn die Feuchtigkeit und das Fett daraus verdampften.

Luca roch etwas frisch verbranntes Haar und zuckte zusammen, weil das brennende Papier in seiner Hand bis zu seinen Fingerkuppen heruntergebrannt war. Er stand direkt vor Juliane, die wimmernd um Gnade bat. Er schloss die Augen und floh zurück aus der Realität.

«Frau Bertram», hörte er Konrad unbeirrt fortfahren. «Sie haben sich über die Warnung von Frau Dr. Grundmann hinweggesetzt. Tatsächlich kam es nach der angeordneten

Produktionssteigerung zu einer Havarie, in deren Folge das Gebäude Feuer fing und Ihre Mitarbeiterin so schwer verbrannte, dass sie kurz darauf verstarb.»

Juliane begann wieder zu schreien. In ihrer Hilflosigkeit ruckelte sie so sehr am Stuhl, dass sie Zentimeter um Zentimeter auf ihm zurückrutschte. Luca war stolz auf Konrad, der sich von ihrer Hysterie nicht beirren ließ.

«Weiterhin wird Ihnen zur Last gelegt, durch Nötigung einer in einem Abhängigkeitsverhältnis zu Ihnen stehenden Person für einen Meineid verantwortlich zu sein, um Ihren eigenen Tatbeitrag an dem Werksunfall zu vertuschen. Möchten Sie sich zu den Vorwürfen äußern?»

Ihr Wimmern wertete Luca als Schuldeingeständnis. Dann schaute er zu seinem Jungen hinüber, der sich im Licht des Feuers an den Armen kratzte.

«Papi, da kommt wieder Wasser aus meiner Haut.»

Luca schloss die Augen. Er wusste, dass er den Geruch des verbrannten Fleisches seines toten Jungen nie vergessen würde.

44 Mittwoch, 18. Oktober

Treffer», sagte Franka und ballte die Faust. Weil sie mitten in der Nacht keinen Auszug beim Standesamt zur eingetragenen Todesursache von Dr. Christine Grundmann anfordern konnten, durchsuchten sie nicht nur das Internet nach Informationen, sondern auch die Datenbanken der Polizei. «Hör dir das an», sagte sie und spürte das Adrenalin in ihrem Körper. «Laut unserem zentralen Unfallregister verunglückte Christine Grundmann am 28. August auf der A 1 Richtung Hamburg, kurz hinter der Auffahrt Buchholzer Dreieck. Die Unfallzeit ist hier mit 13.00 Uhr angegeben.» Franka rieb sich die Augen.

«Komm, lass mich mal», sagte Alpay, und ohne Widerspruch räumte sie ihren Bürostuhl.

«Der Mini Cooper der Unfallverursacherin überschlug sich und fing sofort Feuer», sagte Alpay und stutzte. «Hier existiert die Zeugenaussage eines Autofahrers, der gesehen haben will, wie der Frau zuvor ein schwarzer Sprinter hintendrauf gefahren ist. Also dieselbe Unfallursache wie bei Frau Minkner gestern Nachmittag im Sachsenwald? Das ist ja wohl kein Zufall, nehme ich an.»

«Hat man den Sprinter ausfindig gemacht?»

«Nein. Fahrerflucht. Der trug hinten kein Nummernschild, steht hier. Der Mini Cooper hat übrigens …»

«Moment», unterbrach Franka. «Als Ingo Oelsner vor vier Tagen in seiner Kfz-Werkstatt getötet wurde und Sybille mich morgens nach Eilbek gerufen hat, da stand so ein vollgerußter Sprinter auf dem Hof. Der Angestellte von Oelsner sagte, der Wagen gehöre seinem Chef. Der Typ hatte einige Wochen zuvor den rechten Kotflügel repariert. Wenn mich nicht alles täuscht, trug der Sprinter hinten kein Nummernschild.»

«Scheiße, Franka. Das ist die Verbindung, die wir die ganze Zeit gesucht haben!», sagte Alpay und stand von Frankas Stuhl auf, um sich gleich darauf wieder zu setzen. «Das gibt's doch nicht. Meinst du, Christopher Blumenthal hat seinen Schrauber angeheuert, um diese Ingenieurin aus dem Weg zu räumen? Aber warum?»

Einen kurzen Moment dachte Franka nach, bevor sie antwortete. «Das war ein Riesenprozess. Den zu verlieren ... vielleicht wollte Blumenthal den Imageschaden für seine Kanzlei verhindern. Vielleicht fühlte er sich auch seiner jahrelangen Mandantin Juliane Bertram gegenüber verpflichtet. Blumenthal kannte Ingo Oelsner schon vor dessen Resozialisierung, wusste also, dass er eine ganze Reihe schwerer Straftaten begangen hatte. Vielleicht war Oelsners Hemmschwelle immer noch gering, vielleicht gab es ein ordentliches Extra.» Franka schaute auf ihr Handy. Es war 0.59 Uhr.

«Aber warum töten die Frau Dr. Grundmann, wenn der Meineid von Frau Minkner die Unternehmerin schützt?» Alpays Frage war berechtigt, fand Franka.

«Ich war beim Prozess nicht dabei, Alpay. Aber vielleicht hat die Angeklagte immer und immer wieder insistiert. Hätte Friederike Minkner einer weiteren Befragung nervlich standgehalten? Keine Ahnung. Aber ganz sicher wollte die Wilhelm Chemie GmbH endgültig sicherstellen, dass dieser Meineid nicht auffliegt. Tote Angeklagte, kein Prozess. Wir werden das alles überprüfen, wenn wir den Täter geschnappt haben.»

Alpay scrollte sich wieder durch das Unfallprotokoll auf dem Server der Hamburger Polizei, zog scharf die Luft ein und schaute entsetzt wieder auf. «Frau Dr. Grundmann hatte ihre beiden Kinder mit im Auto.»

«Nicht wahr ...» Alleine die Vorstellung, dass bei diesem furchtbaren Unfall auch Kinder verletzt worden waren, setzte Franka zu.

«Die vierjährige Tochter ist aus dem Auto auf die Fahrbahn geschleudert worden und war sofort tot», sagte Alpay. «Der zwei Jahre ältere Junge war zwischen Rückbank und Vordersitz eingeklemmt, als der Wagen in Flammen aufging. Autofahrer haben angehalten und mit Feuerlöschern versucht, das Schlimmste zu verhindern. Der Junge wurde zusammen mit seiner Mutter ins Zentrum für Brandverletzte nach Hamburg geflogen. Wegen Gaffens und Behinderung von Rettungskräften sind an der Unfallstelle übrigens mehrere Autofahrer zu hohen Strafen verteilt worden.»

«Der Junge konnte also gerettet werden?»

«Ja, mit schwersten Verbrennungen am ganzen Körper. Gestorben ist er aber trotzdem, und zwar bei einer Hauttransplantation ... am 13. Oktober?» Alpay schaute geschockt vom Monitor auf.

Franka zählte rückwärts. «Also am Freitag. Das ist der Tag, an dem Christopher Blumenthal in seinem Käfig verbrannt ist.»

«Dann ist also der Tod des Jungen vor fünf Tagen so was

wie die Initialzündung für diese Tötungsserie gewesen?» Alpay stand das Entsetzen ins Gesicht geschrieben.

«Mit dem Werksunfall im letzten Jahr gerät das Leben der Familie Stück für Stück aus den Fugen», sagte Franka. «Dann kommen Frau und Tochter im Sommer bei einem provozierten Verkehrsunfall ums Leben, und als dann auch noch der Sohn stirbt, implodiert das Leben ihres Mannes gänzlich.»

«Was ist das bitte für eine abartige Geschichte. Ganz offensichtlich wurde durch den Unfall von Christine Grundmann eine ganze Familie ausgelöscht.»

Plötzlich war Franka hellwach.

«Eine ganze Familie – bis auf den Vater.»

Auch wenn Franka und Alpay in dieser Nacht ganz alleine in ihrer Abteilung saßen – ohne die hervorragende Arbeit der gesamten Soko, darüber waren sich beide einig, wären sie nicht in der Lage gewesen, die vielen Puzzleteile zusammenzuschieben.

«Hier. Das ist unser Mann. Dieselbe Meldeadresse wie von der verstorbenen Dr. Christine Grundmann!», sagte Alpay schließlich, als er das Bild von Luca Grundmann aus dem Ausweisregister herausgesucht hatte. «Der wohnt im Stadtteil Rotherbaum.»

Ein sympathischer Mann lächelte ihnen auf dem Bildschirm entgegen. Aber Franka wusste, dass es Umstände im Leben gab, die ganz normale Menschen in tiefe Abgründe rissen.

Sofort griff sie zum Telefonhörer und ließ den Mann zur Fahndung ausschreiben. Der Bereitschaftsdienst des SEK wurde informiert. Des Weiteren beantragte sie beim Ermittlungsrichter im Bereitschaftsdienst die Überwachung von Grundmanns Mobiltelefon. Bevor sie zuschlagen konnten, mussten sie zunächst seinen Aufenthaltsort ermitteln. Zusätzlich forderte Franka die Ortungsdaten seines Telefons für das vergangene Wochenende an. Durch welche Funkzellen hatte sich das Gerät durch Hamburg und Umgebung bewegt? Dass Grundmanns Handydaten zu den Tatorten auf dem Kiez und in Eilbek passten und es darüber hinaus auch gestern in Schleswig-Holstein registriert worden war, davon war Franka fest überzeugt.

Sie würden warten müssen, sagte man ihr am Telefon, bis der Bereitschaftsdienst der TKÜ Grundmanns Aufenthaltsort ermittelt hatte.

Franka beendete das Gespräch, behielt den Hörer aber in der Hand und wählte erneut.

«Ja?» Die Stimme klang verschlafen.

«Erdmann. Wie sieht's aus?»

«'n Abend. Alles ruhig vor Ort», gab der Beamte am anderen Ende der Leitung zurück, der mit einem Kollegen in unmittelbarer Nähe der Bertram-Villa im Auto saß. «Der Sohn hat das Haus um 22.45 Uhr verlassen. Frau Bertram hat sich dann wohl einen gemütlichen Abend vor dem Kaminfeuer gemacht», sagte der Kollege. «Gegen 0.00 Uhr hat sie die Vorhänge zugezogen. Kurz danach ging das Licht aus. Danach ist niemand ins Haus rein.»

«Haben Sie gecheckt, ob es einen Hintereingang gibt?»

«Frau Erdmann, wir machen das auch nicht das erste Mal.»

«Gut», entgegnete Franka und hörte, wie der Mann gähnte. «Wir schicken euch gleich ein Foto des mutmaßlichen Täters.

Fahndung läuft bereits. Luca Grundmann hat nichts mehr zu verlieren. Der scheint zu allem entschlossen, und ich bin sicher, dass der sich Juliane Bertram holt.» Franka beendete das Gespräch, ging zu ihrem abschließbaren Metallschrank und holte ihre Waffe heraus. Während sie das Schulterholster anlegte, schaute sie zu Alpay, der ihre Telefonate genutzt hatte, um Informationen über die Familie Grundmann im Netz zu sammeln, wie er ihr nun erklärte. Ein Einblick in ein ganz normales Leben, das von einem Tag auf den anderen aus den Fugen geraten war und in einer grausamen Tötungsserie geendet hatte.

«Schau mal. Das Internet ist voll mit Infos», sagte Alpay. «Luca Grundmann taucht in einem Portal zum Knüpfen von Businesskontakten auf. Außerdem wurde sein Name im Zusammenhang mit der Hansestadt Hamburg genannt. Im letzten Jahr hat die Stadt einen Bericht zur Grundversorgung der sieben Bezirke veröffentlicht. Darunter auch eine Auflistung der Netzbetreiber für Strom, Wasser – und Wärmeversorgung. Grundmann wird in einem Kurzporträt seines Arbeitgebers vorgestellt», fuhr Alpay fort, «stellvertretend für die über sechshundert Mitarbeiter der Stadt, die für eine zuverlässige und reibungslose Versorgungssicherheit stehen.»

Der neununddreißigjährige ehemalige Zeitsoldat hatte eine Ausbildung zum Heizungsmonteur absolviert, um nach einigen Jahren Berufserfahrung noch ein Studium der Versorgungstechnik anzuhängen. Luca Grundmann arbeitete seit neun Jahren als Versorgungsingenieur für einen Hamburger Gasversorger und war spezialisiert auf die Berechnung von Brenngasanlagen und deren Kontrolle – insbesondere in Wohnanlagen im Hamburger Nordosten. «Grundmann wird mit einem Satz unter seinem Foto zitiert: Auf mich können Sie sich verlassen.»

«Er hat also nicht nur ein Motiv», sagte Franka, «er bringt auch noch das nötige technische Verständnis mit.»

Der Drucker erwachte aus dem Schlafmodus. Alpay zog seine Jacke an und nahm das Foto des Gesuchten aus dem Ausgabefach.

«Wo willst du denn jetzt hin?», fragte sie irritiert. «Um 1.30 Uhr kannst du weder Dörte Mölling noch Joscha Alverut in der U-Haft das Bild unter die Nase halten.»

Alpay nahm Frankas Lederjacke von der Garderobe und machte Anstalten, ihr hineinzuhelfen. «Willst du hier rumsitzen und Däumchen drehen, bis die TKÜ Grundmanns Handy ortet? Wenn es ausgeschaltet ist, sitzen wir hier noch zum Frühstück.»

Franka ließ sich in die Jacke helfen, Alpay hatte ja recht.

«Erinnerst du dich noch an meine Spezialfreundin aus Billstedt?», fragte er, und sie folgte ihm über den Flur in der dritten Etage zu den Fahrstühlen.

«Die mit dem hässlichen Hund?»

«Farinaz Baumann ist Tresenkraft, und ich weiß auch, in welcher Kneipe.» Er winkte mit Luca Grundmanns Foto. «Ich will wissen, wie die Tote in dem Müllkeller in das Raster unseres Täters passt. Warum war Margarete Birgner sein erstes Opfer?»

45 Mittwoch, 18. Oktober

Juliane Bertram saß regungslos auf ihrem Stuhl. Anscheinend war ihr bewusst geworden, dass Luca sie nicht würde laufen lassen. Während das Holz in den Tonnen bereits bis auf die Glut heruntergebrannt war, hatte er auf seinem Richterstuhl Platz genommen und wiegte seinen Jungen im Arm. Je fester er Konrad an sich drückte, desto überzeugter war er von dessen Anwesenheit.

Aber in den wenigen klaren Momenten seit Christines und Lisbeths Tod im August war sich Luca darüber bewusst, dass auch seine Psyche die Fähigkeit besaß, die Realität phasenweise auszublenden. Immer wieder klammerte er sich in der Erinnerung an das Lachen seiner Familie, an die Abende, an denen sich die Kinder an ihn kuschelten, wenn er ihnen vorlas.

Vor fünf Tagen war Luca nun endgültig alleine zurückgeblieben.

«Papi», hatte Konrad in einem seiner wenigen klaren Momente einmal gesagt. Glatzköpfig und faltig wie ein Hundertjähriger, das linke Ohr bereits amputiert, aber mit wachen blauen Augen, die das Leben noch nicht entdeckt hatten. «Papi, baust du mir eine rostige Rakete?»

Tine und Lisbeth waren längst begraben, aber bis zu Konrads letzter Hauttransplantation am Freitag hatte Luca jedes

Mal Ausreden erfinden müssen, wenn der Junge traurig nach ihnen gefragt hatte. Dann hatte er Konrad angelogen und ihm erzählt, sie hätten vor seinem Bett gestanden, als er schlief, und hätten ihn nicht wecken wollen.

«Bitte, Herr Grundmann», wimmerte Juliane Bertram voller Angst und holte Luca zurück in diese kalte Halle. «Bitte, lassen Sie mich gehen …»

Es wurde Zeit. Er holte sich einen der Reservekanister, die er neben der Treppe hinauf zum Büro abgestellt hatte, öffnete den Verschluss und zog mit dem stinkenden Sprit gluckernd einen Kreis um die Anklagebank.

«Herr Grundmann! Ich flehe Sie an», schrie Juliane, die die Art ihres Endes wahrscheinlich schon beim Anblick des Feuers in den Tonnen erahnt hatte. «Wollen Sie, dass ich gestehe?»

Er schaute sie an. Dann lachte er.

Das Benzin floss langsam bis zu Julianes nackten Füßen und sammelte sich in einer Pfütze unter ihrem Stuhl.

Und das erste Mal in dieser Nacht lächelte Luca, denn die Oberfläche des Zündstoffes schimmerte ölig in den Farben des Regenbogens.

46 Mittwoch, 18. Oktober

«Sorry. Aber hier ist jetzt Schicht im Schacht.» Farinaz Baumann wischte den Tresen einer Kneipe ab, die von innen den Anschein einer finnischen Sauna erweckte, nur dass sich das ehemals helle Kiefernholz durch die Ausdünstungen von Suff und Schweiß dunkel verfärbt hatte. Baumann war nun rothaarig und sah aus wie die Schlagersängerin aus dem Radio, bei der Alpays Tante Ceyda immer mitsang.

«Sind Sie taub?» Farinaz warf den Lappen auf den Tresen und stützte demonstrativ die Hände in die Hüften. «Wir haben …» Dann erkannte sie Alpay und ignorierte Franka, die sich auf einen Barhocker setzte.

Nur pro forma präsentierte Alpay seinen Dienstausweis, weil er insgeheim damit rechnete, dass die Frau ihn auflaufen ließ. «Geht auch ganz schnell.»

«Na dann …» Sie spülte die letzten Gläser.

«Frau Baumann, wenn Sie zurückdenken an das Feuer in Ihrem Haus Anfang September, haben Sie diesen Mann hier schon mal irgendwo gesehen?» Alpay schob ihr das Foto von Luca Grundmann über den Tresen.

Sie warf nur einen kurzen Blick auf das Bild, zog die linke Augenbraue nach oben und lächelte süffisant. «So schizo, der Typ. Alter, hat der 'ne Klatsche.» Sie hauchte gegen ein Bierglas und polierte es gegen das Licht. «Was hat der ausgefressen? Jemanden umgelegt?» Sie grinste.

«Erinnern Sie sich noch daran, wann und wo Sie ihn gesehen haben?»

«Der hat bei irgendwas im Heizungsraum geschraubt. Einige Nachbarn in den oberen Stockwerken hatten Probleme mit Warmwasser und Heizung.» Sie räumte die Gläser ins Regal. «Moooment. Hat etwa der Spacken das Feuer gelegt? Sind Sie deswegen hier? Krank genug dafür wär er ja.»

«Krank genug?», mischte sich Franka ein. «Was meinen Sie damit?»

«Der ist voll ausgerastet.»

«Einfach so?», hakte Franka ungläubig nach.

«Na ja. Zwei Kumpels von mir haben meine alte Waschmaschine in den Keller gestellt. Ja-ha, ich weiß, was Sie jetzt sagen wollen. Aber wie soll ich zierliches Ding das Teil bitte zum Recyclinghof transportieren? Also, meine Jungs stellen die Maschine in den Müllkeller, da kommt dieser Heizungstyp um die Ecke und macht mich voll an. Von wegen, ob ich mich nicht schäme, die Umwelt so zu versauen, bla. Da sag ich zu dem: ‹Ey, mach mal halblang. Wenn die ganzen Reichen aufhören, in Privatfliegern unterwegs zu sein, und die Fußballnationalmannschaft auch mal im Zug nach Paris fährt …› So als Witz, verstehen Sie? Und da flippt der mit einem Mal voll aus. Von null auf hundert, so wie als hätte der irgendwas genommen oder so. Voll die Adern sind dem aus dem Hals getreten.»

«Kriegen Sie noch einigermaßen zusammen, wann das ungefähr gewesen ist?»

«Das kann ich Ihnen sogar ganz genau sagen.» Farinaz

holte ihre Handtasche unter der Theke hervor. Bevor sie ihr Smartphone fand, kramte sie zuerst eine Vielzahl anderer Utensilien daraus hervor. «Das war am 5. September, gegen 12.00 Uhr. Der Termin mit meinen Kumpels steht hier noch im Kalender.»

Alpay tauschte einen kurzen Blick mit Franka, die sich auch daran erinnerte, dass Luca Grundmanns Ehefrau an diesem Tag verstorben war. Hatte ihr Ehemann so unter Schock gestanden, dass er trotzdem zur Arbeit gegangen war? Alpay wusste, dass die menschliche Psyche verschiedene Wege kannte, sich in Extremsituationen vor der Realität zu schützen.

«Was ist danach passiert, Frau Baumann?»

Farinaz erzählte, wie sie Schiss bekommen hatte, weil der Typ nicht aufhörte, mit der bloßen Faust gegen die Kellerwand zu schlagen. Er schien einen regelrechten Heulkrampf zu bekommen, und das wegen einer kaputten Waschmaschine. Baumann tippte sich an den Kopf. Sie habe daraufhin schleunigst das Weite gesucht.

Doch Alpay hörte ihr gar nicht mehr richtig zu. Denn Franka starrte wie paralysiert auf Baumanns Krempel aus deren Handtasche, als würde sie ein Gespenst sehen. Auf dem Tresen lagen unter anderem ein Brillenetui, ein Lippenstift, etwas Schmuck, ein Schlüsselbund und ein Zwanzigeuroschein.

«Das glaube ich jetzt nicht», sagte Franka fassungslos und rutschte langsam vom Barhocker. «Komm.»

«Was ist los?»

«Jetzt beweg deinen Hintern.» Und schon war Franka aus der Kneipe gestürmt. Was war denn nun los? Alpay kannte die Frequenz in ihrer Stimme, wenn sie bis zum Zerreißen unter Anspannung stand. Aber das kam jetzt etwas plötzlich. Er bedankte sich bei Farinaz und folgte Franka nach draußen in die Nacht.

«Was hast du denn?» Die frische Luft tat gut nach dem sauren Kneipendunst. Er öffnete die Zentralverriegelung des Wagens.

«Hast du den ganzen Scheiß gesehen, den Baumann in ihrer Handtasche transportiert?»

«Was ist damit?»

«Sag mir, was da auf dem Tresen lag.» Anscheinend hatte Franka nicht mal mehr Zeit für ein *Bitte*.

«Lippenstift, Brillenetui … Scheiße, Franka, was soll das?»

«Mach weiter, Alpay.»

Er wusste nicht, wozu das gut sein sollte, aber um diese Uhrzeit wollte er sich nicht mit ihr streiten. «Ein Brillenetui, Zwanzigeuroschein, ein Schlüsselbund, na ja, dann das Telefon.»

«Es ist der Schlüssel, Alpay. Es ist dieser verdammte Schlüssel!»

«Was ist damit?» Er hatte keine Ahnung, was Franka versuchte, ihm mitzuteilen.

«Die Liste mit Gegenständen von Friederike Minkner, die in dem verbrannten Auto sichergestellt wurden … Mensch, Alpay. Gefunden haben die Minkners verschmortes Handy, ein Brillenetui aus Metall und Münzgeld.»

«Und?»

«Aber keinen Hausschlüssel! Der tauchte in der Liste der Kollegen aus Kiel überhaupt nicht auf. Und auch die Rechtsmedizin hat in den Klamotten der Toten nichts gefunden.

Minkner wird ganz sicher einen Hausschlüssel für die Villa und einen Transponder für die Alarmanlage besessen haben. Beides ist aber nicht aufgelistet worden. Juliane Bertram hat uns gestern absorviert, weil sie sich in ihrem Haus so sicher fühlte wie in Fort Knox. Ich setze der Frau zusätzlich eine Zivilstreife vor das Haus. Die sagen, da ist niemand rein. Aber was nützt das, wenn der Täter vorher schon mit einem Sesam, öffne dich in das Haus spaziert ist? Scheiße, Scheiße, Scheiße! Er hat sich die Frau längst gegriffen!»

47 Mittwoch, 18. Oktober

Juliane weinte, aber sosehr sie sich auch bemühte, Lucas Mitleid zu erregen, ihre Tränen berührten ihn nicht. Inmitten einer riesigen Lache aus Benzin, vermutlich schon benommen von den Dämpfen, reckte sie den Kopf nach oben in der Hoffnung, noch etwas frische Luft zu atmen. Er hatte längst bemerkt, dass sie voller Angst immer wieder zu den glühenden Tonnen hinüberschaute. Nur ein Funke genügte, und die Halle erlebte ein Déjà-vu. Eine Explosion und ein Feuer, das die Trostlosigkeit dieses Geländes endgültig vernichten würde. Und Lucas Hoffnungslosigkeit gleich mit.

Juliane hatte alles versucht. Sogar Geld hatte sie ihm angeboten, wenn er sie laufen ließe. Angefleht hatte sie ihn, an sein Mitleid appelliert, indem sie an ihre Kinder und Enkel erinnerte. Sie selbst hatte ja einen kleinen Enkelsohn im Alter von Lucas Sohn. Richtig? Es tat ihr so unendlich leid, was passiert war. Erst das Unglück im letzten Jahr in der Fabrik, dann Christines tragischer Autounfall. Furchtbar. Mittlerweile zeichnete sich Julianes schlanker Körper unter dem Nachthemd ab, das der Sprit hinauf bis zu den Hüften durchnässt hatte. Die Seide klebte wie eine zweite Haut an ihr. Würde sie aber auch nicht davor schützen, wenn die Oberhaut sich öffnete, die Lederhaut verbrannte und die Hitze sich den Weg bis hinunter auf die Knochen fraß.

«Ich habe wirklich keine Schuld an diesem Unfall. Das musst du mir glauben, Luca. Darf ich Luca zu dir sagen?» Sie lächelte unsicher, wobei ihre Unterlippe leicht zitterte. «Es war damals einfach ein furchtbares Unglück. Deine Frau war so eine großartige Persönlichkeit. Christine war bei uns allen sehr beliebt.»

Versuchte sie etwa gerade, sich mit ihm zu verbünden?

«Was wird das?», fragte er kalt. «Wollen Sie sich mit Verständnis und Sympathie mein Vertrauen erschleichen?» So hatte sie es vermutlich immer getan, dachte er, wenn sie ihre Ziele verfolgte. «Für wie blöd halten Sie mich?»

«Luca, bitte, hör mir zu ...»

«Ich weiß genau, was Sie bezwecken, Frau Bertram. Halten Sie die Klappe.» Er öffnete den nächsten Kanister. «Ich habe Sie und Ihren Anwalt erlebt, wie Sie alles dafür getan haben, Ihren eigenen Arsch zu retten. Sie sind skrupellos, gierig und kalt.» Mit jedem Vorwurf kippte er einen weiteren Schwall Sprit aus dem Kanister.

«Luca, es muss hart für Sie sein, zu akzeptieren, dass Ihre Frau einen tragischen Fehler begangen hat.»

Er lachte. Selbst im Angesicht ihres eigenen Todes log die Unternehmerin. Aber Luca ließ sich nicht von einer Frau einseifen, die ihre Mitarbeiter schon immer eingeschüchtert hatte. Den letzten Schwung aus dem Kanister leerte er nicht auf dem Fußboden aus, sondern kippte ihn Juliane direkt über den Kopf.

Sie schrie, sie hustete, das Benzin mussten ihr höllisch in den Augen und auf den Schleimhäuten brennen. Die Dämpfe ließen sie fast bis zum Erbrechen husten.

«Die Strafe, die Sie verdienen, Frau Bertram, die bekommen Sie von keinem deutschen Gericht – die bekommen sie wie Friederike Minkner nur von mir.»

Luca ging zu seinem Rucksack hinüber und holte den letzten Topf Yellow Attack aus seinem Rucksack.

«Was machen Sie denn da, um Gottes willen?», schrie Juliane, die, weil ihre Augen vermutlich wie Feuer brannten, nicht sehen konnte, dass er etwas auf den Boden pinselte. Als er fertig war, kippte er den Stuhl mitsamt der gefesselten Frau nach hinten, zog sie quer durch den Raum und kippte sie vor die grell leuchtende Nachricht auf dem Boden zurück in die Senkrechte.

«Im Namen des Volkes ergeht folgendes Urteil», sagte Luca, und die Frau begann zu weinen, denn vor ihr auf dem Boden konnte sie das Urteil gegen sich lesen.

Schuldig gemäß der Anklage!

48 Mittwoch, 18. Oktober

Was für eine gespenstische Atmosphäre, dachte Franka und befühlte unter ihrer Lederjacke das Schulterholster mit ihrer Waffe. Im verlassen wirkenden Teil des Industriegebiets in Billbrook hatte sich die Wolkendecke gelichtet. Um kurz nach 3.00 Uhr tauchte der Mond die zerstörte Produktionshalle der Wilhelm Chemie GmbH, von der sie knappe zweihundert Meter entfernt Position bezogen hatten, in ein unwirkliches Licht.

Nach dem Gespräch mit Farinaz Baumann waren Franka und Alpay nach Winterhude gerast, hatten auf der Fahrt die Zivilstreife in der Bellevue alarmiert und das SEK angefordert. Anschließend hatte die Truppe die Haustür aufgebrochen, und Franka und Alpay hatten im Wohnzimmer die Kaminschaufel mit Blut auf dem Parkett gefunden. Dann endlich ortete die Telefonüberwachung das Handy von Luca Grundmann. Noch immer schäumte Franka vor Wut. Sie würde klären, auf welche Weise es dem Täter gelungen war, das Haus vor der Zivilstreife zu verlassen – zusammen mit Juliane Bertram.

Nun parkte der Mannschaftswagen des SEK in gebührendem Abstand auf dem Gelände einer Fabrik, die Turbinen für den Schiffsbau herstellte, wie ihr der Einsatzleiter mitgeteilt hatte. Zwei Krankenwagen warteten um die Ecke in Rufbereitschaft. Ebenso zwei Löschzüge der Feuerwehr. Nur die Krisenintervention fehlte noch, doch sie hatten bei einer Geiselnahme keine Zeit, auf einen Polizeipsychologen zu warten.

Rund um das Areal waren uniformierte Kollegen damit beschäftigt, die Gegend weiträumig abzusperren. Kein einziger Funkspruch war zu hören, denn die Kollegen des SEK trugen ihre Knöpfe im Ohr.

«Wir sind so weit, Frau Erdmann», sagte der Einsatzleiter Ole Freitag leise. Dann klappte er das Visier seines Helms nach unten und aktivierte seine Bodycam. Franka kannte den Mann bereits aus anderen Einsätzen und vertraute seiner Erfahrung und der seiner Staffel, die aus zehn Beamten und Beamtinnen bestand. In ihren schwarzen Monturen, über denen sie zusätzlich Schutzwesten trugen, dazu die Helme auf dem Kopf, die schweren Stiefel an den Füßen und ihre Maschinenpistolen im Anschlag, sahen sie immer etwas martialisch aus.

«Alles Gute», wünschte Franka leise und versuchte damit wohl mehr, sich selbst zu beruhigen.

Das waren die Momente, in denen sie einen Fall abgeben musste. Polizeiarbeit war Teamarbeit. Sie hatte ihren Job erledigt. Fünf Tage hatten diese Ermittlungen gedauert, bis sie heute Nacht zusammen mit Alpay plötzlich alle Puzzleteile zu einem großen Ganzen zusammenlegen konnte.

Franka fand den Ort, den der Täter für sein Finale gewählt hatte, irgendwie schlüssig. Dort drüben in der zerstörten Halle hatte seine grauenvolle Geschichte im letzten Jahr begonnen, und dort bestrafte er sein letztes Opfer, das laut der polizeilichen Ermittlungen tatsächlich für sein Schicksal verantwortlich war. Doch Franka lehnte Selbstjustiz ganz klar ab.

Ole Freitag winkte seine Staffel zusammen. Es ging los. Jeweils zwei Fünferteams liefen im Dunkel in gebückter Haltung von zwei Seiten auf die Halle zu. Faszinierend, dachte Franka, dass man keinen einzigen ihrer Schritte auf dem Kopfsteinpflaster hörte. An der Nordseite der alten Backsteinhalle sah Franka immer wieder den Schein des Feuers, der durch die kaputten Fenster im Inneren der Halle orange aufloderte.

«Hoffentlich geht das gut», flüsterte Alpay. Er saß in der geöffneten Schiebetür des Einsatzbusses. Dass Franka ebenso nervös war wie er, weil sie wusste, dass es bei SEK-Einsätzen auch immer wieder tote Zielpersonen und Geiseln zu beklagen gab, behielt sie für sich.

#

«Meine Augen. Bitte. Das brennt so. Luca!» Juliane kniff die Lider zusammen und flehte ihn an. Sie wimmerte, sie bat ihn freundlich, dann wieder schrie sie herum. Keine Überraschung, dachte Luca. Die Frau befand sich in einer absoluten Ausnahmesituation. Sie stand Todesängste aus, und das war gut so. Doch als sie das Geräusch seines alten Zippo-Feuerzeugs hörte, mit dem er die zur Fackel gerollte Zeitung entzünden wollte, hielt sie plötzlich inne.

«Nein! Bitte. Ich will leben.» Der ausgelaufene Sprit hatte sich von der Pfütze um Julianes Stuhl bis zu ihrem Schuldspruch auf dem Fußboden ausgebreitet. Die Buchstaben verliefen in der Suppe, weil die Farbe noch nicht getrocknet war.

Ruhig stand er da und genoss den Moment. Und dann schreckten über ihm plötzlich die Tauben wieder auf.

In Lucas Kopf schrillten sämtliche Alarmglocken.

Denn er hatte nichts weiter getan, als mit der gerollten Zeitung in der Hand ruhig dazustehen. Kein Grund für die Vögel, erneut Reißaus zu nehmen. Er ahnte, dass er nicht mehr alleine mit Juliane war. Oder wurde er paranoid, weil er wusste, dass die Polizei längst hinter ihm her war?

«Wenn Sie sich auch nur einen Schritt nähern, geht diese Frau in Flammen auf!», brüllte er in die Halle, obwohl er niemanden außer Juliane sah. Noch nie hatte er sich selbst so laut schreien gehört. Selbst als sein Junge am Freitag gestorben war, hatte er nur still in sich hineingeweint. Aber jetzt klang seine Stimme so laut und so metallisch, als würde er seine unbändige Wut, seinen Schmerz und seine Verzweiflung durch ein Megafon brüllen, und als käme all das gebündelt zu ihm zurück, weil die nackten Klinkerwände seinen Schmerz nicht absorbierten.

Juliane schien ihre Chance zu begreifen und rief mit letzter Kraft nach Hilfe. Bis in die Haarspitzen angespannt drehte sich Luca um, schaute zu beiden Giebelseiten des Gebäudes, hatte die Tür im Blick, durch die er die Halle betreten hatte. Dann drehte er den Kopf hoch zum Produktionsbüro. Er wusste, dass es außen an der Fassade noch eine zweite Treppe gab, und er war überzeugt, dass die Polizei ihm von oben kommend den Weg abschneiden würde.

\#

«Da drüben stimmt was nicht», sagte Franka nervös, als sie durch das Fernglas zur Halle schaute. «Da passiert nichts. Zwei Beamte sind außen die Treppe hoch. Scheiße, was ist da los? Warum gehen die nicht endlich rein?» Sie reichte Alpay das Fernglas. Dann hörte sie den Einsatzleiter übers Megafon. Was er sagte, verstand sie nicht.

Im Dunkeln kam ein SEK-Beamter zu den Einsatzfahrzeugen zurückgelaufen. Als er sein Visier hochklappte, erkannte Franka, dass es sich um eine Kollegin handelte.

«Gefahrenstufe rot, Frau Erdmann. Zielperson hat uns bemerkt. Abgesehen davon, ist das da drinnen ein Pulverfass. Wir können weder nebeln noch den Mann mit direktem Zielschuss aus dem Verkehr ziehen. Da brennt Feuer in alten Tonnen, und die Geisel sitzt mitten in einer riesigen Lache aus Benzin. Wir brauchen jemanden von der Krisenintervention.»

Franka schoss der Puls nach oben. Immer noch war niemand aus der Abteilung eingetroffen.

«Hat der Mann was gesagt?», wollte sie wissen. Wenn Luca Grundmann die Unternehmerin bis jetzt noch nicht in Brand gesteckt hatte, gab es eine minimale Chance, auf ihn einzuwirken. Ohne noch einmal im Präsidium nach dem Verbleib des Psychologen zu fragen, wagte sich Franka aus der Deckung und lief mit der Beamtin auf die Halle zu. Sie musste alles versuchen, Juliane Bertram da rauszuholen, und sie wollte auch den Täter – lebend. Dass Alpay ihr entsetzt hinterherrief, blendete Franka einfach aus.

«Herr Grundmann. Mein Name ist Franka Erdmann!», rief sie durch die Metalltür, die sie einen Spaltbreit geöffnet hatte, in die Halle hinein. «Ich bin von der Polizei.»

Juliane Bertram schrie nach Hilfe, und in ihrer Stimme erinnerte nichts mehr an ihre überhebliche Art von gestern Abend.

«Verpissen Sie sich!», brüllte der Mann zurück. «Wenn Sie reinkommen, zünde ich die Frau hier an!»

Franka sah in das besorgte Gesicht des Einsatzleiters. Ole Freitags Blick schien zu sagen, wenn das hier schiefginge, könne Franka ganz sicher mit einem Disziplinarverfahren ihres Dienstherrn rechnen.

«Herr Grundmann, ich weiß, dass Ihr Junge am Freitag gestorben ist. Konrad war sein Name, richtig?»

Der Mann antwortete nicht. Franka war keine Psychologin, aber erfahren genug, um zu wissen, dass sie den Zugang zum Täter offen halten musste. Ihn dort abholen, wo er sich verstanden fühlte in seinem Schmerz. Ihr stand der Schweiß auf der Stirn, denn dort drinnen waren zwei Menschenleben in Gefahr.

«Herr Grundmann, wir wissen, was man Ihnen angetan hat!»

«Einen Scheißdreck wissen Sie!»

Er antwortete wieder, also hatte Franka noch seine Aufmerksamkeit.

«Man hat Ihre Frau benutzt, Luca. Christine war ein Bauernopfer. Das wissen wir.»

Er schrie und lachte zugleich.

«Ich komme jetzt rein, Herr Grundmann. Allein. Ich trage keine Waffe.» Franka zog ihre Lederjacke aus und entledigte sich ihres Schulterholsters mit der Dienstwaffe. Dann atmete sie durch, öffnete die Tür und trat entschlossen in die riesige Halle.

Das Bild, das sich ihr bot, war grauenvoll. Juliane Bertram zitternd und nass, fixiert auf einem Stuhl, die Halle voll schwarzem, beißendem Rauch aus den brennenden Tonnen und immer die Gefahr der Verpuffung in der Luft, durch die Dämpfe des ausgelaufenen Benzins. Kurz schaute Franka hinauf zum kaputten Dach. Hoffentlich reichte die Belüftung.

«Ich warne Sie, wenn Sie noch einen Schritt näher kommen ...» *Zipp, zipp, zipp,* schnellte sein Daumen über das Rädchen des Feuerzeugs. Juliane Bertram schaute auf, und Franka erkannte in ihrem ängstlichen Gesicht, dass sie mit dem Schlimmsten rechnete, vielleicht sogar schon mit dem Leben abgeschlossen hatte.

«Herr Grundmann ...»

«Na, Frau Bertram», schrie er die Unternehmerin an. «Schuldig im Sinne der Anklage?» Er entzündete die Flamme des Feuerzeugs unmittelbar vor Julianes Gesicht. Aus ihren Haaren tropfte das Benzin, und Franka bemerkte nun das kleine Rinnsal Sprit, das aus der riesigen Lache Benzin Richtung Tür bis zu ihren Fußspitzen gelaufen war. Zündete Grundmann die Frau an, war auch Franka in Gefahr. Automatisch machte sie einen Schritt zurück, da sie mit einer Verpuffung und einem anschließenden Flächenbrand rechnete.

Grundmann lachte, weil sich alle erschrocken hatten.

Aber selbst wenn die Unternehmerin alles zugeben würde, weil Luca damit drohte, sie in Brand zu stecken, wäre ihr Geständnis unter diesen Umständen nicht verwertbar.

«Wir wissen, dass Ihrer Frau übel mitgespielt wurde», sagte Franka einfühlsam. «Aber das, was Sie da tun ... Das bringt Christine nicht zurück, und nicht ihre Tochter und auch nicht Konrad.»

Der Schrei, den Luca ausstieß, ging Franka durch und durch. Der Druck, der sich bis zum Beginn seiner Tötungsserie vermutlich in ihm aufgestaut hatte, musste unerträglich sein. Ob die Morde ihm Linderung gebracht hatten, wagte Franka zu bezweifeln. Sie versuchte, den Mann aus der Nähe der Benzinlache zu manövrieren, die mittlerweile vielleicht einen Durchmesser von drei, vier Metern hatte und in deren Mitte Juliane tropfnass auf einem Stuhl gefesselt saß. Franka gab Verständnis für Lucas Situation vor und lotste ihn dabei für den Zugriff des SEK aus der Gefahrenzone. Er musste aus der Benzinlache treten.

«Herr Grundmann, wir haben genug Beweise für eine Anklage gegen die Wilhelm Chemie GmbH gesammelt», sagte Franka und wusste, dass ihre Indizienkette zwar schlüssig, aber noch zu beweisen wäre. Dann wandte sie sich an Juliane Bertram. «Und wir werden klären, ob auch Ihr Sohn mit Ihnen und Frau Minkner unter einer Decke gesteckt hat. Außerdem verspreche ich Ihnen, dass wir herausfinden, wessen Idee es war, Frau Grundmann töten zu lassen, und welche Rolle Ihr Anwalt und der Kfz-Mechaniker dabei gespielt haben.»

Die Frau weinte. Nervlich so am Ende, dass Franka nicht wirklich eine Antwort von Juliane erwartete.

«Herr Grundmann, bitte …», sagte Franka einfühlsam. «Geben Sie mir das Feuerzeug.» Langsam streckte sie ihre Hand danach aus und lächelte warm, auch wenn ihr in Wirklichkeit der Arsch auf Grundeis ging.

Doch kaum hatte sie Luca noch einmal um das Feuerzeug gebeten, zippte er über das Rädchen und warf es mit brennender Flamme in die Benzinlache vor sich. Franka nahm diesen Moment wie in Zeitlupe wahr. Dann spürte sie die Hitze, die ihr vom Fußboden entgegenschlug und ihr im selben Moment den Speichel aus dem Mund zog. Die Druckwelle des Benzins schleuderte sie nach hinten, wo sie zu Boden fiel und hart mit dem Kopf aufschlug. Ihr Körper zog sich vor Schmerz zusammen. Die Lunge tat weh. Doch als Franka durch die Wucht der Verpuffung über etwas Hartes auf dem Boden rollte, das sich wie ein menschlicher Körper anfühlte, begriff sie, dass es Alpay gewesen war, der sie geistesgegenwärtig aus dem Gefahrenbereich gezogen hatte.

Juliane Bertrams Schreie gingen sofort im Lärm der Feuerlöscher unter, die den Schaum aus den Druckbehältern pressten. Franka hoffte inständig, dass das sofortige Eingreifen der Feuerwehr und des Notarztes Juliane retten würde. Luca wurde von vier SEK-Beamten überwältigt. Fast wirkte es so, als würde er sich nicht mehr zur Wehr setzen.

«Danke», sagte sie zu Alpay, der ihr zurück auf die Füße half. Einen Moment standen sie unsicher voreinander. Das erste Mal in ihrer Zusammenarbeit meinte Franka, Angst in seinem Gesicht zu erkennen. Angst um sie.

49 Mittwoch, 18. Oktober

Ein bisschen fühlte Alpay sich wie von einem Zug überrollt, als der Applaus losdonnerte. Die gesamte Abteilung 4 hatte sich um 10.00 Uhr im Aquarium versammelt. Der Chef persönlich hatte die Truppe zusammengetrommelt, um der Kollegin Erdmann und ihm zu gratulieren. Franka lehnte frisch geduscht und umgezogen am Fenster, bedankte sich bei den Kollegen für deren hervorragende Backgroundarbeit und berichtete konzentriert vom nächtlichen Zugriff. Alpay hingegen war von den Ereignissen der Nacht immer noch ziemlich angefasst.

Erst vor zwei Stunden war er selbst zu Hause angekommen, hatte sich unter die Dusche gestellt und sich anschließend einen Kaffee gemacht. Als er ruhig in der Küche gesessen hatte, war ihm noch einmal bewusst geworden, in welche Gefahr sich Franka in der Fabrikhalle begeben hatte. Wenn er ehrlich war, hatte er richtig Schiss um sie gehabt.

Im Gegensatz zu vielen männlichen Kollegen tat Franka Erdmann nicht nur furchtlos – sie war es anscheinend auch. Alpay und Franka waren ein Team geworden, weil sie sich zusammengerauft hatten, dachte Alpay. Auf den ersten Blick zwei Beamte, die unterschiedlicher nicht hätten sein können. Doch er hatte bereits im letzten Jahr begriffen, dass sie sich ähnlicher waren, als es ihm am Anfang ihrer Zusammenarbeit vielleicht lieb gewesen wäre. Wie Franka blendete auch Alpay das persönliche Schicksal von Tätern und Täterinnen nie aus, auch wenn das die Taten nicht entschuldigte. Vielleicht freute er sich auch deshalb eher im Stillen über Ermittlungserfolge und hängte Verhaftungen nicht an die große Glocke.

Worüber hätte er sich im Fall von Luca Grundmann auch freuen sollen? Zwar hatten sie den Täter gefasst, aber Alpay begriff, dass Luca Grundmann eben auch Opfer war. Er versuchte, sich vorzustellen, in welcher psychischen Ausnahmesituation sich der Mann befunden haben musste, nachdem man seine gesamte Familie ausgelöscht hatte. Auch Alpay lehnte Selbstjustiz in jeglicher Form klar ab. Er war aber davon überzeugt, dass Luca nicht zum Täter geworden wäre, wenn ihn nicht die Intrige der Wilhelm Chemie GmbH zum Opfer gemacht hätte.

Die Ergebnisse aus dem Fall Luca Grundmann würden vermutlich die Basis für Juliane Bertrams Anklage bilden. Durch das schnelle Eingreifen der Rettungskräfte hatte sie zum Glück nur oberflächliche Verbrennungen davongetragen, die in einer Spezialklinik behandelt wurden. Trotzdem würden sie die Brandnarben auch nach der Verbüßung einer langjährigen Haftstrafe ein Leben lang zeichnen. Eine Strafe, die sie für immer an das Komplott erinnern würde, das sie geschmiedet hatte.

Luca Grundmanns Geständnis in der Nacht war Alpay wie eine Erlösung vorgekommen. Weinend hatte der Mann vor ihnen gesessen. Dann war er zusammengebrochen und in die geschlossene psychiatrische Abteilung des Landeskrankenhauses Hamburg-Ochsenzoll gebracht worden. Er würde sich für vier schreckliche Morde und eine Entführung mit Tötungsabsicht verantworten müssen. Gutachter würden darüber entscheiden, ob der Mann voll zurechnungsfähig gewesen war oder, und die Vermutung hatte Franka schon vor einigen Stunden Alpay gegenüber geäußert, ob sich der psychische Ausnahmezustand, in dem er sich durch den Tod seiner gesamten Familie befunden hatte, eventuell strafmildernd auf sein Urteil auswirkte.

«Was ich aber immer noch nicht verstehe», hakte Sybille nach, «was hat die verbrannte Frau in Billstedt mit der Wilhelm Chemie GmbH zu tun?»

«Die Frau war ein Versehen, und gleichzeitig war sie Luca Grundmanns Initialzündung. Das hat er uns selbst erzählt.» Franka berichtete den Kollegen von seiner Auseinandersetzung mit Farinaz Baumann. Nur wenige Stunden zuvor hatte er erfahren, dass seine Frau ihren schweren Brandverletzungen erlegen war.

«Und dann ist der trotzdem arbeiten gegangen?» Marcel Reuter verzog das Gesicht.

Franka nickte. «Es gibt Menschen, die im Schock die Realität verdrängen. Die nur durch Aufrechterhaltung ihres Alltags funktionieren und den Horror so komplett ausblenden können. Der Verstand weigert sich, den Ist-Zustand anzuerkennen. Ich glaube, meistens entstehen Psychosen durch Depressionen oder Schizophrenie. Aber manchmal können solche Schübe auch durch erlittene Traumata ausgelöst werden.»

Einige Kollegen wandten entsetzt den Blick ab, Sybille als Mutter reagierte besonders angefasst.

«Der Mann hat heute Morgen gestanden», fuhr Franka fort, «dass er nach dem Streit über die Waschmaschine vor sechs Wochen am Abend in den Keller zurückgekehrt ist und sowohl die Klinke als auch den Bewegungsmelder manipuliert hat. Er wollte den Bewohnern des Hauses lediglich einen Denkzettel verpassen. Als Luca Grundmann dann durch die Medien von dem schrecklichen Brand erfahren hatte, war er am Boden zerstört, sagt er. Er habe das nicht gewollt, und wisst ihr was? Ich glaube ihm. In dem Ausnahmezustand, in dem der sich befunden hat, ist ihm erst durch das Feuer in Billstedt die Idee gekommen, wie er auf sein erlittenes Unrecht und das seiner gesamten Familie aufmerksam machen konnte. Und so bitter das klingt, wir haben ja tatsächlich erst durch seine grauenvollen Taten von diesem Komplott erfahren, dem seine gesamte Familie zum Opfer gefallen ist.»

«Und die Leuchtfarbe?» Ina Reitzenbach kippte das Fenster an. «Also war der Täter mal Mitglied bei Artikel-1?»

«Ja», sagte Alpay. «Bei denen ist er im letzten Jahr eingetreten, nachdem seine Frau wegen fahrlässiger Tötung angeklagt worden war. Grundmann hat sich von Artikel-1 Unterstützung in seinem Kampf gegen die Wilhelm Chemie GmbH erhofft. Doch anscheinend hat er schnell durchschaut, dass die Gruppe ihm gar nicht helfen wollte. Die haben ihn wohl für einen dieser Typen gehalten, die manchmal in solchen Gruppen stranden, weil sie Halt in ihrer Angst vor dem Weltuntergang suchen.»

«Gratulation, Kollegen», sagte Martin und spendete zusammen mit dem Team noch einmal Applaus. «Schlaft euch mal richtig aus.»

Er erhob sich von seinem Stuhl, und nach Schulterklopfen und Glückwünschen der Kollegen löste sich das Teammeeting langsam auf.

Franka hatte die gesamte Nacht taff durchgezogen, doch

obwohl sie geduscht und umgezogen war, sah man ihr die Strapazen an, dachte Alpay. Sie schulterte ihre Umhängetasche, und er folgte ihr hinaus in den Eingangsbereich des Präsidiums, wo sie auf die gläsernen Schiebetüren zusteuerte.

«Weißt du», sagte sie, «da sind wir Luca Grundmann doch zuerst tatsächlich ganz schön auf den Leim gegangen.»

Alpay lächelte schief. «Weil wir geglaubt haben, jemand aus der Klimabewegung radikalisiert sich.»

«Leute wie Anja Sellin und Joscha Alverut gehen vielen in der Gesellschaft mittlerweile gehörig auf die Nerven. Aber ich frage mich langsam: wirklich nur, weil sie Straßen blockieren und den sozialen Frieden stören? Oder weil sich viele von uns insgeheim ertappt fühlen, weil wir uns einfach gefallen lassen, dass unsere Klimaproteste ungehört verhallen?» Zügig lief Franka die Treppe zum Parkplatz hinunter, und Alpay folgte ihr. «Ich bin sicher», fuhr sie währenddessen fort, «dass man in regelmäßigen Abständen weiter prüfen wird, ob es sich bei solchen Gruppierungen um kriminelle Vereinigungen handelt. Irgendwie doch ein Witz, wenn man überlegt, wie jahrelang der Rechtsterrorismus heruntergespielt wurde. Ich frage mich, stimmt hier die Verhältnismäßigkeit?»

Vor dem Mülleimer am Haupteingang schob Franka die Hand in ihre Umhängetasche und warf etwas weg, was Alpay aus dem Augenwinkel sah. War das etwa eine Zigarettenschachtel gewesen? Konnte ja aber gar nicht sein. Er vertraute ihr, dass sie nicht heimlich wieder angefangen hatte.

«Schlaf dich aus», sagte sie, klopfte ihm aufmunternd auf die Schulter und ging hinüber zu ihrem Nissan. Während Alpay sein Fahrradschloss öffnete, beobachtete er Franka, wie sie zwar die Autotür öffnete, aber unschlüssig vor ihrem Wagen stehen blieb.

«Was los? Hast du wieder einen Platten?» Er grinste.

Sie grinste zurück. Dann warf sie die Tür ins Schloss. «Ich glaube, ich nehme die Bahn.»

Zunächst stieg Alpay auf ihren Witz ein und lachte. Doch Franka machte tatsächlich auf dem Absatz kehrt und schlug den kleinen Weg nach rechts durch die Grünanlagen ein, der direkt zum U-Bahnhof Alsterdorf führte.

Sprachlos schaute er ihr hinterher, und als hätte sie seine Reaktion geahnt, drehte sie sich noch einmal nach ihm um.

«Veränderung hat manchmal was mit Unbequemlichkeit zu tun», rief sie ihm zu, «und man kann sich ja nicht ständig darüber beschweren, dass nichts passiert, und dann sein eigenes Verhalten nicht ändern.» Unbeirrt setzte sie ihren Weg Richtung U-Bahn-Station fort.

Franka Erdmann schaffte es doch tatsächlich immer wieder, Alpay zu überraschen. Nachdenklich setzte er seinen Fahrradhelm auf. Im nächsten Dienst würde er sie endlich fragen, ob sie nach Feierabend mal ein Bier zusammen trinken wollten.

Danke

Auch für dieses Buch geht mein Dank an Ilze Cipulis-Levits von der Staatsanwaltschaft Berlin, die mich in allen drei Bänden der «Erdmann und Eloğlu»-Reihe beraten hat. Der Gerichtsmediziner Philipp Möller vom Landesinstitut für gerichtliche Medizin in Berlin war mir ebenfalls wieder eine große Hilfe. Mein Dank und meine Bewunderung gehen an Dr. Monika Linek. Ihr umweltpolitisches Engagement flößt mir größten Respekt ein. Ich habe mich beim Schreiben oft gefragt: «Was ist dein eigener Beitrag?»

Danke an meinen Mann, dem ich das Thema dieser Geschichte zu verdanken habe und der in den letzten Jahren oft geduldig für Franka und Alpay zurückgesteckt hat.

Carla Felgentreff stand mir auch für dieses Buch mit Genauigkeit, Humor und sehr viel Fingerspitzengefühl im Feinlektorat zur Seite. Und wie immer geht ein immenser Dank an meine Lektorin Anne Tente, deren Feedback ich oft verflucht habe. Überflüssig zu erwähnen, dass sie fast immer recht hatte. Anne ist mein analytischer Blick, meine Struktur und meine Motivation auf dem Weg zur Ziellinie. Danke, Anne.

Mein letzter Dank gilt meiner Mutter, auch wenn sie diese Zeilen nicht mehr lesen wird. Ihr habe ich zu verdanken, dass ich mein Talent zum Beruf machen durfte. Wie gut, dass ich ihr das oft genug gesagt habe.

Weitere Titel

Franka Erdmann und Alpay Eloğlu

Das Profil

Die Klinik

Andreas Winkelmann
Das Letzte, was du hörst

Ein Podcast, der Tausende begeistert.
Der süchtig macht. Der den Tod
bringt ...

Lehn dich zurück. Höre diese Stimme.
Vergiss den Alltag, deinen Job, den
Ärger, die Sorgen. Vertrau dich den
Worten an. Sie sind nur für dich. Aber
Vorsicht: Wenn du einmal gefangen bist
in dieser Welt, kommst du nicht mehr
hinaus. Diese Stimme – sie ist das
Letzte, was du hörst.

368 Seiten

Sarah ist süchtig nach dem Podcast «Hörgefühlt». Die Stimme von
Podcaster Marc Maria Hagen ist wie ein seidiges Kissen, seine Worte
sind Trost für die Seele. Doch Sarah ahnt nicht, was hinter den Kulis-
sen vor sich geht. Dass hinter den weichen Worten der Tod lauert ...

Nr.-1-Bestsellerautor Andreas Winkelmann mit einem neuen Thriller,
der dem Bösen eine Stimme gibt.

Weitere Informationen finden Sie unter **rowohlt.de**

Andreas Winkelmann
Die Karte

Er gehört zu deinem Training wie die Schuhe und der Soundtrack: dein Fitness-Tracker, mit dem du deine Laufstrecke online teilen kannst. Jeder kennt deine Lieblingsstrecken – auch jemand, der deinen Tod will ...

NIEMAND LÄUFT DEM TOD DAVON.

384 Seiten

Weitere Informationen finden Sie unter **rowohlt.de**

David Jackson
Der Bewohner

Du weißt: Ein brutaler Serienkiller ist
ausgebrochen. Was du nicht weißt: Er
versteckt sich in deinem Haus.

Thomas Brogan ist Serienkiller. Auf der
Flucht vor der Polizei findet er Unter-
schlupf in einem unbewohnten Reihen-
haus. Und ungeahnte Möglichkeiten
eröffnen sich ihm: Denn die Dachbö-
den der Häuserzeile sind miteinander
verbunden. Brogan «besucht» die anderen Häuser, klaut Essen und erfährt
intimste Geheimnisse. Die schöne

368 Seiten

Colette hat es ihm besonders angetan: Er will alles über sie herausfinden, er muss sie besitzen, sie seinem Willen unterwerfen – und sie
töten. Doch nicht nur, dass in Brogans Kopf zwei Seelen streiten –
auch will Colette lieber am Leben bleiben.

Weitere Informationen finden Sie unter **rowohlt.de**

Jilliane Hoffman
Nemesis

Willkommen im Spiel ohne Grenzen.
Ein geheimes Forum im Internet. Drei-
zehn Männer, die viel Geld bezahlen,
um live dabei zu sein, wenn junge
Frauen sterben: die ahnungslosen Kan-
didatinnen im «Spiel ohne Grenzen».
Als in Miami eine brutal zugerichtete
Frauenleiche entdeckt wird, kommt
Staatsanwältin C.J. Townsend dem per-
versen Spiel des Clubs auf die Spur. Sie
tut alles, um die Macher aufzuhalten,
doch dann verschwindet eine weitere

528 Seiten

junge Frau. Und noch ehe C.J. begriffen hat, dass die Regeln des
Spiels sich geändert haben, verwandelt sich auch ihr eigenes Leben in
einen Albtraum ...